KB161967

Another Me

어 나 더   미

SEPARATED @ BIRTH

지구 반대편, 26년의 시간을 뛰어넘은 쌍둥이 자매의 애틋한 사랑 이야기

Another Me

어나더 미: 우리는 왜 기적이어야 했을까

아나이스 보르디에, 사만다 푸터먼 지음 | 정영수 옮김

책담

두 아기가 태어난 건 1987년 초겨울의 부산.
이듬해 아나이스는 파리에, 사만다는 뉴욕에 도착했다.

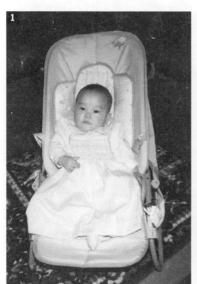 

1988년의 아나이스와 사만다

1 아나이스

2 사만다

1 아나이스의 부모가 파리의 샤를드골공항에서 처음으로 그녀를 안았을 때.

2 판사 무릎에서 젖병을 물고 미국 시민권을 획득한 사만다.

1 시민권 파티 때 사만다는 네 살이었다. 양 옆에는 오빠들, 매튜 푸터먼과 앤드류 푸터먼.

2 미식축구 뉴욕 제츠 팀의 유니폼을 입은 사만다 푸터먼의 가족들.

3 25살의 사만다는 미국으로 입양된 후 처음으로 한국을 다시 방문했다. 아나이스를 만나기 1년 전.

1 한국에 온 아나이스. 궁, 사찰, 감옥, 달 등을 기록한 노트에 "한국으로의 항해"라고 이름 붙였다.

2 부모님과 함께. 아나이스는 아직 일곱 살이었고 고국의 의미를 알지 못했다.

3. 아나이스의 런던 센트럴세인트마틴스 대학교 졸업식.

4 아나이스는 프랑스 학교의 반 친구들 앞에서 한복 모델이 되었다.

아나이스와 사만다가
인터넷의 힘을 빌려 만났던 순간(2013년).

사만다와 아나이스가 처음 만난 날(2013년).

"그 사람은 마치 내가 아는, 꿈속에 나왔던 사람처럼 느껴졌다."

파리의 몽마르트르를

함께 걷던 중에.

차례

추천의 말: 이보다 더 극적이고 애틋한 사연이 있을까요? - 이해인   14

한국어판 서문: 세상 어딘가에 있을 또 다른 기적을 기다리며   16

1   아나이스: 그녀를 처음 발견한 날   19

2   사만다: 나와 닮은 프랑스 여성에게서 온 메시지   34

3   아나이스: 내가 있다는 걸 네가 알 수만 있다면   42

4   사만다: 우리 만남은 누구를 위한 걸까   52

5   아나이스: 세상에 나온 날 vs. 가족을 만난 날   68

6   사만다: 사랑하기 때문에 포기한다는 말   88

7   아나이스: 사만다와의 첫 영상 통화   118

8   사만다: 할리우드 말고 우리가 만들어야 할 영화   128

9   아나이스: 유전자 검사를 위한 성대한 의식   142

10   사만다: 생모는 왜 나를 부정해야 했을까   152

11   아나이스: 우리가 처음 만난 날   177

12   사만다: 나 자신의 얼굴과 마주하다   196

13   아나이스: 캘리포니아, 사만다가 있는 곳으로   213

14 · 사만다: 뜨겁고 아름다웠던 한국의 여름　　　233

15　아나이스: 한국, 두렵지만 너와 함께라면 괜찮아　　　267

16　사만다: 파리에서 함께 맞은 첫 번째 생일　　　288

17　아나이스: 뉴욕에서 대가족을 만들다　　　304

18　사만다: 그래도 생명을 주셔서 감사합니다　　　318

19　아나이스 그리고 사만다: 우리는 서로 얼마나 다를까　　　332

에필로그: 그냥 흘러가게 놓아두렴　　　344

감사의 말　　　359

이보다 더 극적이고
애틋한 사연이 있을까요?

나에게 일란성쌍둥이 자매 조카가 있어서인지 나는 유난히 쌍둥이에 대한 관심이 많습니다. 큰조카 이향은 한국외국어대학교 교수이자 프랑스어 동시통역가로 활동하고 있고, 그동안 영어권 책을 다수 번역해온 작은조카 이진은 한국문학번역원에서 우리 문학작품을 영역하는 일도 하고 있습니다. 그들이 서로를 챙겨주는 애정이 어찌나 지극한지, 어린 시절부터 함께 성장하는 모습을 지켜보면서 쌍둥이는 정말로 '둘이면서 하나'라는 말을 시시로 절감하곤 했습니다. 늘 서로가 서로를 격려하고 충고도 하면서 보완해주기에 인격적 성숙에도 큰 도움을 받는 것 같았습니다.

결혼을 하면 좀 달라지나, 하고 관찰했지만 '또 다른 나'로서의 그들의 각별한 우애는 변함이 없었습니다. 조카들이 태어났던 1970년에 나는 필리핀에 있었기에 오빠 부부에게 '혼자서는 외로워 둘이 함께 세상에 온 아기들아!'라고 축시를 적어 보냈는데 그 애들이 5살 되던 해 꽃다발을 들고 공항에 나와 고모인 나와 첫 대면을 한 기억이 아직도 생생합니다. 우리 가족에게 많은 기쁨과 즐거움을 안겨준 쌍둥이 조카뿐 아니라 세상의 모든 쌍둥이들에게 관심을 갖게 되니 나도 모르게 쌍둥이 예찬론자, 쌍둥이 연구가인 느낌이 들어 빙그레 웃어봅니다.

이 책에 소개된 특별한 쌍둥이 자매의 이야기는 많은 이들의 관심과 사랑을 받을 만합니다. 함께 태어났지만 함께 공유해야 할 많은 시간을 잃어버리고 25년 만에 극적으로 재회한 쌍둥이 자매의 사연은 어떤 소설보다도 드라마틱하고 어떤 서사시보다도 애틋한 감동으로 읽는 이의 심금을 울립니다. 이들의 이야기를 다룬 영화 〈트윈스터스〉를 통해서도 알 수 있듯이 두 자매는 각각 다른 나라에 살면서도 똑같이 구김살 없이 밝고 씩씩한 모습으로 성장해왔고 서로의 존재를 커다란 기쁨과 놀라움으로 받아안습니다.

이들을 친부모나 다름없이 알뜰한 정성으로 키워낸 부모들, 진심으로 축하하고 도와주는 주변 친구들의 이야기도 따뜻하고 아름답습니다. 한국에서 태어났지만 낳아준 부모가 누구인지도 모른 채 낯선 나라에 입양되어야 했던 자신들의 힘들고도 특별한 처지를 두고두고 한탄하거나 원망하기보다는 현재의 삶을 긍정적으로 사랑하고 감사히 받아들이는 두 자매들의 태도 또한 감동을 줍니다. 아나이스는 촉망 받는 디자이너로서, 사만다는 배우로서 각자 삶의 자리에서 최선을 다하는 그 모습은 보기에 얼마나 흐뭇한지요!

그들이 내가 살고 있는 부산에서 태어났다니 더욱 친밀한 느낌이 듭니다. 먼 곳으로 떠났다가 어렵게 다시 만난 쌍둥이 자매들이 오랫동안 떨어져 산 세월만큼 곱절로 더 행복한 삶을 살게 되길 바랍니다. 그리고 세상을 위해서도 이웃을 위해서도 각자의 재능과 마음을 넓혀 사랑을 배우고 사랑을 실천하는 사랑의 사람들이 될 수 있기를 독자의 한 사람으로서 기도하고 기대합니다.

_이해인(수녀, 시인)

세상 어딘가에 있을
또 다른 기적을 기다리며

한국의 국제 입양 프로그램은 한국전쟁 이후 1953년에 시작되었다. 현재 전 세계적으로 한국인 입양인은 20만 명이 넘는다. 해외 입양은 1984년부터 1987년 사이에 크게 늘어 매년 평균 5,700명 이상이 입양되었다. 해외 입양을 통해 한국은 경제적인 도움을 얻었을 뿐만 아니라 아이들을 사랑이 넘치는 전 세계의 가정에 보낼 수 있었다.

요즘은 한 가족인 아이들이 입양 절차에 들어가면 사회복지사가 그 아이들이 함께 지낼 수 있도록 조치한다. 그러나 인종을 초월한 해외 입양이 한창이던 시기에는 그러한 조치가 항상 이루어지지는 않았다.

오늘날 한국의 입양 후속 정책은 마침내 본연의 모습을 찾아가고 있다. 입양인들이 고국으로 돌아와 고국의 문화를 체험하고, 위탁 가족들과 교류하며, 경우에 따라서는 친가족들과의 재회도 할 수 있는 프로그램이 제공된다. 입양인들의 복지를 위해 매우 소중한 컨퍼런스와 기관 방문 프로그램도 마련되어 있다.

입양인들에게 정체성과 가족의 의미는 복잡할 수 있다. 하지만 각지에 흩어져 있던 입양인들은 정부 지원 프로그램과 입양 후 공동체를 통해 자신들의 과거와 온전히 교류하기 시작했다. 이제 입양인들은 떳떳이 나서서 자신의 경험

16

을 나눌 때가 되었다.

우리는 이 책의 저자로서 입양 공동체에 참여하여 우리 이야기를 함께 나눌 수 있게 되어 무척 자랑스럽다. 특히 한국 사람들과 우리 이야기를 공유할 수 있어서 더욱 자랑스럽다. 우리는 서로 다시 만나게 된 사건을 통해 무척 역동적인 문화를 지닌 민족의 일원으로 태어났다는 사실에 큰 자부심을 갖게 되었다. 그렇지만 우리는 수많은 입양인들 가운데 두 사람일 뿐이다. 우리의 희망은 입양인들이 스스로 정체성을 찾기까지 따라 걸을 수 있는 탄탄한 길을 닦는 것이다. 한국의 입양 후속 프로그램의 도움과 지역사회의 지원 없이는 우리의 재회도, 우리의 이야기를 담은 책의 성공도 결코 이루어지지 못했을 것이다.

우리는 세계 곳곳에 우리 이야기의 기쁨이 퍼질 수 있기를 소망한다. 한국 입양인들만이 아니라 모든 입양인들에게 그리고 여성 커뮤니티까지 이 기쁨이 번져나가기를 바란다. 여러분의 삶이 어떻게 시작되었는지는 중요하지 않다. 과거가 아니라 미래를 바라보며 세상 어딘가에는 위대한 기적이 존재한다는 걸 믿는다면, 기회는 누구에게나 열려 있을 것이다.

2015년 4월

아나이스와 사만다

1
아나이스

Anaïs
+
Samantha

그녀를 처음 발견한 날

2012년 12월 15일 토요일, 내 생애 정말 믿지 못할 일이 벌어졌다. 겨울비에 으슬으슬 한기를 느끼며 친구와 함께 사는 핀즈베리 아파트로 향하던 길이었다. 이층버스에 앉아 옥스퍼드 광장을 막 지날 때쯤, 나와 똑같이 생긴 젊은 여자가 미국에 살고 있다는 사실을 알게 되었다! 한 친구가 유튜브 동영상에서 캡처한 사진을 내 휴대폰으로 보냈다. 화면 속 젊은 아시아계 여성은 나랑 아주 똑같이 생겨서 쌍둥이라고 할 수밖에 없었다!

그날도 시작은 다른 날과 별반 다르지 않았다. 나는 이른 아침 일어나 크루아상을 몇 입 베어 물고 진한 프렌치 커피 두 잔을 마셨다. 비를 피해 침대에 더 누워 있고 싶었지만 중요한 일이 있었다. 내년 봄에 열리는 졸업 작품 발표회에 옷을 출품해야 하는데, 그에 어울릴 만한 옷감을 찾아야 했다. 런던 센트럴세인트마틴스 대학교 졸업반 학생들은 5월에 여섯 벌의 작품을 선보여야 한다. 졸업을 앞둔 마지막 한 해 동안 모든 정력을 쏟아부어 작품을 만든 다음, 한 벌마다 90초의 런웨이를 마쳐야 한다. 이 졸업 요건이 충족되기만 하면 나는 세계 최고의 패션 학교에서 디자인 석사 학위를 받게 될 것이다. 알렉산더 매퀸과 존 갈리아노, 스텔라 매카트니와 같은 유명한 디자이너들이 이 학교 출신이다.

포트폴리오의 디자인 스케치는 잘 마무리되었고 이제 옷감을 구하러 다녀야 했다. 크리스마스 방학이 코앞인데도 아직 할 일이 잔뜩 남아 있었다. 아침을 먹은 후 소호에 있는 단골 옷감 가게 세 군데를 들러 마음에 쏙 드는 견본을 몇 가지 챙긴 다음, 집으로 돌아가는 버스에 몸을 실었다. 그때 휴대폰이 울렸다. 친구 켈상이 내 페이스북에 게시물을 올렸다는 알림이었다. 페이스북을 열자마자 나는 깜짝 놀라 숨이 멎을 것만 같았다. 화면 속 그녀는 분명 모르는 사람이었다. 하지만 피부색은 물론이고 눈, 코, 헤어스타일 심지어 웃는 모습까지도 나와 똑같았다.

버스 안 인터넷 연결 상태가 너무 나빠서 더 자세히 알아볼 수는 없었다. 집까지는 20분이나 더 가야 하는데… 나는 도저히 믿을 수가 없었다. 갓난아기일 때 한국에서 입양되어 프랑스에서 자란 나는 이 세상 어딘가에 나와 닮은 사람이 있지 않을까, 하고 항상 생각했다. 그런데 나를 꼭 빼닮은 여자가 휴대폰 화면에서 웃고 있는 것 아닌가! 재주 많은 친구가 장난을 치는 건 아닌지 의심이 들 정도였다. 그렇게 생각하는 것도 전혀 무리는 아니었다. 내 친구들은 다들 아이디어가 기발하고 이미지 편집도 쉽게 할 수 있기 때문이다. 나는 집으로 가는 내내 이 여자의 정체에 대해 온갖 추측을 다 해봤다. 도플갱어일까? 친척일까? 나를 알고 있는 사람일까? 실제로 존재하는 사람이기는 할까? 어쩌면 사기꾼은 아닐까?

집에 도착하자마자 나는 컴퓨터 앞으로 돌진했다. 켈상은 유튜브 동영상을 검색하다가 우연히 나와 닮은꼴을 발견했다고 했다. 그녀는 코미디물 〈하이스쿨 버진High School Virgin〉이라는 4분짜리 짧은 영상에 출연한 여배우인데 섹시한 십 대 역할을 맡고 있었다. 내 '닮은꼴'은 대사가 40초나 됐지만 그녀를 비롯해 출연자 네 명 모두 이름이 나오지 않았다. 미국식 영어 억양을 쓰고 있다는 점만 빼면, 그 동영상을 보면 볼수록 점점 더 나 자신을 보고 있는 것 같았다. 영어로 말할 때 나는 영국식 억양을 썼는데 그 점만 빼면 나와 그녀의 차이점을 단 하나도 찾을 수 없었다. 닮은 점만 보일 뿐이었다. 그녀는 대체 누구일까?

나는 즉시 켈상에게 연락해서 그 동영상을 어떻게 찾았는지 물었다. 그는 무슨 조사를 하고 있었는데 컴퓨터 화면 오른쪽에 그 동영상이 떴다고 말했다. 그 여배우가 나랑 너무 닮아서 한번 보라고 그녀의 사진을 내 페이스북에 올렸다는 것이었다. 대체 무슨 조사를 했기에 "하이스쿨 버진"이라는 제목의 동영상이 떴느냐고 묻지는 않았다. 그건 내가 상관할 바가 아니었고 나는 그저 그에게 고마울 따름이었다. 나는 켈상에 관한 건 뭐든 좋아했다. 그와 나는 대학교 2학년 때부터 친구로 지냈다. 티베트 출신인 켈상은 패션 분야에서 나보다 더 많은 현장 경험을 쌓은 뒤 학교에 입학했다. 그는 언제나 내게 자신만의 작업 비법을 가르쳐주었다.

수수께끼 같은 이 미국인 여배우에 대해 호기심이 강하게 이는 데에는 내가 입양아라는 사실도 한몫했다. 나한테는 형제자매가 없었고, 나는 유럽계 부모님인 퍼트리샤 보르디에와 자크 보르디에를 포함해 가족 어느 누구와도 닮지 않았다. 엄마는 금발에 파란 눈을 지녔고, 아빠의 외모도 프랑스인다웠다. 파리 근교에는 아주 적은 수이기는 해도 한국인들이 살고 있었지만, 내가 살던 파리 북부의 교외 도시 뇌이쉬르센 주변에는 한국인이 아무도 없었다. 대신에 나는 다른 아시아인들과 알고 지냈다. 여기 사람들은 아시아인들이 죄다 똑같이 생겼다고 농담처럼 이야기한다. 특히 프랑스인들은 아시아인들을 모두 중국인으로 생각하는 경향이 있다. 내가 보기에는 분명 그렇지 않은데.

내게는 한국인 친구가 하나 있었지만 그녀는 나보다 여덟 살이나 더 많았다. 그녀도 입양아였고 우연하게도 그녀의 이름도 아나이스였다. 우리는 뇌이쉬르센에 있는 가톨릭 학교인 세인트도미니크 학교에 함께 다녔다. 안경을 쓰면 우리는 아주 비슷해 보였다. 아나이스는 내가 어렸을 때부터 친절하게 대해주었고, 큰언니처럼 나를 보살펴주었다. 내가 다섯 살 때 엄마가 하교 시간에 데리러 왔는데 그때 우리는 친구가 되었다. 엄마가 내 이름을 부르자 아나이스 언니도 뒤를 돌아봤다. 엄마들은 이야기를 나누기 시작했고 아나이스 언니도 한국에서 입양되었다는 사실을 알게 되었다. 누군가와 공통점을 가지고 있다는 건 좋은 일이다.

나는 언젠가는 나와 닮은 누군가를 만나게 될 거라는 소망을 품고 여태껏 살아왔다. 잘은 모르겠지만 자신의 진짜 가족이 어떤 사람들일지 상상해보는 일은 입양아들의 공통된 관심사가 아닐까 싶다. 게다가 나는 외동이라서 이런 공상이 더 심했던 것 같다. 나한테는 아주 어린 시절 "안나"라고 부르는 상상 속 친구가 있었다. 엄마는 내 친구의 엄마가 이런 이야기를 꺼낼 때까지 내 상상 속 친구에 대해 전혀 몰랐다. "저는 아나이스한테 언니가 있는지 몰랐어요." 엄마는 아나이스에게 언니가 없다고 확실하게 말했다. 많은 외둥이들이 상상 속 친구를 두었지만 나는 친한 친구 정도가 아니라 형제자매를 간절히 바랐다. 내가 바라는 건 영원한 단짝 친구 같은 게 아니라, 외모로 볼 때 가족이라고 부를 만한 사람이었다. 당연한 이야기지만 아무도 찾지 못했다. 적어도 지금까지는….

열 번 이상 〈하이스쿨 버진〉을 보면서 나는 그 아시아계 여배우가 어떤 식으로든 나와 관계가 있다는 확신이 들었다. 어쩌면 엄마는 같은데 아빠는 다른 사이라던가, 사촌일 수도 있지 않을까? 내 룸메이트인 마리에게 그 동영상을 보여주자 그녀도 나처럼 깜짝 놀랐다. 우리 둘 다 그 여배우가 나보다 약간 더 어려 보이지만 다른 모든 면에서는 똑같다는 데 의견을 함께 했다. 인터넷으로 단서를 캐는 재주가 뛰어난 마리는 그 여배우가 누구인지 여러 경로로 검색을 해보았다. 하지만 마리도 나처럼 아무 소득이 없었다.

며칠 간 부엌 식탁에 앉아 노트북을 앞에 두고 고심하던 끝에 "케브줌바KevJumba"로 알려진 케빈 우에게 연락해보기로 했다. 그는 중국계 미국인으로 유머 작가이자 〈하이스쿨 버진〉의 감독이었다. 케빈 우에게 메시지를 남기고 싶었지만, 그의 페이스북은 이미 수많은 팬들이 남긴 메시지로 북새통이었고 내 글은 묻혀버릴 게 뻔했다. 그가 연출한 〈하이스쿨 버진〉은 200만 뷰가 넘었고, 영상 아래로는 1만 5,000개가 넘는 댓글이 달렸다. 그러니 케빈 우가 어떻게 내가 남긴 메시지를 보겠는가?

수요일 저녁, 나는 자칭 관상쟁이인 친구 올리버와 저녁을 같이 먹게 되었다. 그는 얼굴 생김새로 사람의 성격을 알 수 있다고 했다. 나는 이미지의 여성에 대한 그의 반응이 어떨지 몹시 궁금했다.

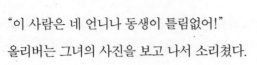

"이 사람은 네 언니나 동생이 틀림없어!"

올리버는 그녀의 사진을 보고 나서 소리쳤다.

"이 사람하고 너는 완전히 똑같이 생겼다니까."

올리버는 내가 어떻게든 케브줌바와 연락할 방법을 찾아야 한다고 강력히 주장했다. 하지만 그가 계속 부추기자 나는 설레기보다는 오히려 두려워졌다. 내가 앞으로 어떤 사실과 맞닥뜨리게 될지 어느 누가 알겠는가? 그녀가 나를 거부하면 어쩌지? 나는 아직 준비가 되어 있지 않다. 어쩌면 그녀는 내게 전혀 관심이 없을지도 모른다.

목요일에 나는 크리스마스를 맞아 유로스타를 타고 파리로 가고 있었다. 그날 아침 출발하기 전에 마리는 내게 동영상에서 캡처한 화면 속 그 미국 여자와 똑같은 포즈를 취하게 했다. 두 사진을 나란히 배열해 그녀와 나를 비교해보려는 생각이었다. 기차가 파리에 도착하기도 전에 마리는 내 페이스북에 사진을 올렸다. 나란히 있는 둘의 사진을 보며 나는 거의 두려울 정도로 놀라움을 금치 못했다.

나를 데리러 아빠가 기차역까지 나와 있었다. 아빠는 내가 지하철을 타고 7킬로미터도 안 되는 집까지 충분히 갈 수 있다는 걸 알았지만 한시라도 빨리 나를 보고 싶어 했다. 집에 도착하자 나는 엄마, 아빠에게 마리가 합성한 사진을 보여드리고 싶은 마음이 굴뚝같았다. 나는 다리 위로 풀쩍 뛰어오르며 반겨주는 애완견 에코한테 인사하는 것도 생략한 채 서둘러 식탁으로 향했다. 엄마는 내가 에코를 반갑게 맞아주지 않는다며 속상해 하는 것 같았지만, 이렇게 놀라운 사진을 보면 엄마도 이해해줄 것이 분명했다. 나는 노트북 화면에 사진을 띄워놓고 부모님의 반응을 기다렸다.

"자, 보세요. 두 사진이 어디가 달라 보여요?" 내가 물었다.

"글쎄다…. 우선 이 사진은 햇볕에 좀 탄 모습이구나."

엄마는 화면 위쪽에 있는 미국 여성의 사진을 가리키며 좀 자신이 없다는 듯 말끝을 흐렸다.

"그리고 흐음….."

"그런데 이 사진은요… 내가 아니에요!"

내가 불쑥 끼어들어 소리쳤다.

"내가 하려던 말이 바로 그거야. 이 사진은 네가 아니야."

엄마가 미소를 지었다. 아마도 너무 당황해서 엄마 딸을 알아보지 못했다는 사실을 인정할 수가 없었을 것이다.

저녁을 먹으면서 부모님께 그녀가 출연한 〈하이스쿨 버진〉을 보여드렸다. 엄마, 아빠 모두 영어로 욕이 상당히 많이 나오는데도 그 동영상을 재미있어 했다. 그러면서도 동영상 속 그 여자가 내 여동생이나 언니일 리가 없는 이유를 여럿 내놓았다. 아빠는 꼭 나처럼 생긴 한국 여배우를 잘 안다고 했다. 시간이 나면 가끔 한국 영화를 보는데 여러 영화에서 그 여배우를 봤다는 것이다.

"너와 비슷하게 생긴 사람들은 언제든지 찾을 수 있어."

아빠가 나름대로 그럴 듯한 근거를 댔다. 아빠는 굉장히 지적이고 훌륭한 사람이지만 지금은 나와 생각이 달랐다.

"이 사람과 나는 비슷하게 닮은 게 아니에요. 우리는 아주 똑같이 생겼다고요!" 나는 고집을 꺾지 않았다.

나는 엄마, 아빠가 이 일을 내 환상쯤으로 치부해버리는 게 싫었다.

설사 부모님이 나를 보호하고 싶어서 그런 거라 해도 나는 엄마, 아빠가 나를 이해시키려 하지 않고 내 말을 있는 그대로 들어주기를 바랐다.

엄마 말에 따르면, 엄마는 내 입양을 담당한 홀트아동복지회에 처음 등록할 때 쌍둥이라도 기꺼이 둘 다 입양할 의사가 있음을 분명히 했다. 신청서에 이런 질문도 있었다. "쌍둥이를 입양하시겠습니까?" 엄마는 내가 만약 쌍둥이 중 하나였다면 나만 따로 입양할 이유가 없다고 했다. 부모님은 내 출생기록도 가지고 있었다. 서류에는 "단독 출생"이라고 적혀 있었고, 부모님은 그 서류가 정확하다고 굳게 믿고 있었다.

엄마의 주장에는 근거가 충분했다. 이 점을 생각하면 할수록 점점 그녀는 나와 쌍둥이도, 친척도 아니라고 자신을 설득하게 되었다. 이 여배우는 이제 그냥 농담거리가 되는 것 같았다. '미국 어딘가에 내 도플갱어가 있다' 이런 식으로 말이다. 하지만 한편으로는 그녀가 누군지 알아낼 수 있으리라는 희망은 계속 품고 있었다. 그래서 매일 같이 케브줌바의 페이스북과 트위터 피드, 웹사이트를 확인했다.

크리스마스 방학이 끝날 즈음 나는 검색을 그만두었다. 그렇다고 그녀에 대한 생각을 떨쳐버린 건 아니었다. 나와 그녀가 닮은 것이 우연일지도 모른다고 인정하면 할수록, 정반대로 그녀가 내 친가족 중 한 사람일 수 있다는 생각도 머릿속에서 더 공고해졌다. 만약에 그녀가 이미 오래전에 나를 발견했다면… 그런데도 나를 찾으려 하지 않았다면 어떡하지? 어쩌면 그녀는 나의 존재에 대해 알고 있고, 내가 그녀에 대해 아예 모르기를 바랄 수도 있다. 또 나는 내가 쌍둥이로 태어났다면 텔레파시로 통하는 서로에 대한 그리움 때문에 내가 쌍둥이라는 걸 느낌으로 알았을 거라고 생각했다. 그렇지만 그런 감정은… 적어도 지금까지는 한 번도 느껴본 적이 없었다.

나는 호기심에 내 출생지인 한국의 항구도시 부산에 대해 조사까지 했다. 인구가 300만 명 이상이고 한국에서 두 번째로 큰 도시인 부산은 고층 빌딩이 가득하고 해산물이 풍부하며 해변 주위로 관광산업이 발전해 있었다.

사실 내가 일곱 살 때 부모님은 내 뿌리를 알려주고 싶다는 생각에 나를 데리고 부산으로 가족 여행을 간 적이 있다. 그때 나는 너무 어려서 그 의미를 깨닫지 못했다. 그보다는 아시아에서 가장 큰 러시아 범죄 조직이 부산에서 활동하고 있다는 사실에 꽤 흥미를 느꼈다. 어쩌면 나한테도 러시아인의 피가 흐르고 있을지도 모른다고 생각했다. 수백 명의 군인이 배치됐던 미군기지 하야리아 캠프는 2006년에 철수할 때까지 부산에 주둔했다. 미군들이 복무를 마치고 돌아갈 때 종종 한국인 부인과 자녀를 버리고 갔다는 건 아주 잘 알려진 사실이다. 그러니 어쩌면 나한테 미국인의 피가 섞였을지도 모른다. 생부가 군복무를 하다가 엄마를 버렸다면? 머릿속으로 이런저런 시나리오를 그려보았지만 쓸데없는 일이었다. 누가 그런 걸 신경이라도 쓸까? 퍼트리샤 보르디에와 자크 보르디에 이 두 분이 내 부모님이고, 내가 부모님이라고 믿고 싶은 유일한 분들이었다. 런던으로 돌아올 때쯤에는 나의 미국인 '쌍둥이'를 마음속 깊은 곳에 묻어두었다.

2013년 2월 중순, 작업에 온 신경을 집중하고 있을 때였다. 그날 나는 하늘거리는 천을 사야 해서 켈상과 루카스 그리고 또 다른 친구와 함께 울크레스트로 향하는 버스에 타고 있었다. 갑자기 켈상이 곧 개봉할 영화 〈21&오버21&Over〉라는 미국 영화 예고편에서 그 미국 여성을 또 봤다고 말했다. 나는 그 말을 듣자마자 휴대폰으로 영화 제목을 검색했다. 이번에는 그녀의 이름을 찾을 수 있을까? 아니나 다를까 출연진 명단에 그녀의 이름이 있었다. 그녀는 바로, 사만다 푸터먼이었다!

나는 무척 흥분했다. 그녀의 이름을 알게 되자 나는 구글에서 검색을 해보았다. 가장 먼저 나온 정보는 유명한 인터넷 영화 데이터베이스 IMDB에 등록된 프로필이었다. 거기에 올라온 그녀의 사진은 카메오로 출연했던 〈하이스쿨 버진〉에서만큼이나 나와 비슷해 보였다. 그런데 정말 충격적인 건 사진 옆의 프로필이었다. 그녀의 생일이 나와 똑같았다….

1987년 11월 19일. 나는 그대로 얼어붙었다. 머릿속에서 내가 읽고 싶은 대로 바꾸어 잘못 읽었을 것이라고 생각했다. 그렇지만 아무리 다시 봐도 여전히 1987년, 11월, 19일이었다.

"켈상!" 나는 버스 안에서 크게 소리를 질렀다.

"그 여자가 1987년 11월 19일에 태어났어!"

"그게 뭐?"

켈상은 그 날짜가 왜 중요한지 이해하지 못하고 되물었다.

"나도 그날 태어났단 말이야."

그녀는 나와 쌍둥이일까? 그녀의 이름은 딱 미국인다웠다. 사만다 푸터먼. 그러니까 그녀도 입양된 것이 틀림없었다. 이제는 전에 미처 보지 못했던 부분들까지, 그녀의 구석구석을 자세히 볼 수 있었다. 세상에, 내 코에 있는 주근깨까지 똑같이 있었다! 버스에서 내릴 때쯤 나는 거의 기절할 지경이었다.

학교로 걸어가는 길 내내 정신을 차릴 수가 없었다. 나는 부모님에게 전화를 걸어 새로 알게 된 사실을 말했다. 내가 엄마한테 그녀와 내가 생일이 똑같다고 말을 하자 엄마는 말을 제대로 잇지 못했다. "그녀가 너와 쌍둥이 자매일 수도 있다고 생각하니?" 엄마가 믿기지 않는다는 듯 물었다.

나중에 전화를 건 아빠는 회의적이었다. 아빠는 사만다 푸터먼에 대해 직접 조사해봐야겠다며 전화를 끊었다. 5분 후에 아빠는 그녀가 1일에 태어났다고 나와 있는 웹사이트를 찾았다면서 그녀는 나와 쌍둥이가 아니라고 단정 지었다. 아빠는 몇몇 웹사이트에 생일이 11월 19일이라고 나와 있는 건 인정하지만, 내가 믿기로 한 생일과 일치하지 않는 다른 '사실'이 있다는 것도 알아야 한다고 했다. 아빠는 사만다 푸터먼이 내 쌍둥이 자매일 리가 전혀 없다고 확신했다.

그날은 무척 이상했다. 정신이 오락가락할 정도였다. 지금 와서 생각해보니 충격이 꽤 셌던 것 같다. 마침내 나는 스튜디오에 자리를 잡고 작업대 위에 천을 펼쳐 의상 작업을 시작하려 했지만, IMDB에 있는 사만다의 프로필을 강박적으로 되풀이해 읽으며 그녀의 사진을 뚫어져라 쳐다볼 뿐이었다. 그녀가 제법 여러 편의 영화에 출연했다는 사실은 인상적이었다. 그중에는 대작도 몇 편 있었는데 그녀는 내가 열일곱 살 때 엄마와 함께 본, 세계적인 베스트셀러를 각색한 〈게이샤의 추억〉에도 출연했다. 그 영화에서 사만다는 여주인공의 언니인 "사츠"라는 이름의 어린 일본 소녀 역할을 했다. 하지만 그 당시에 사만다가 눈에 띄지는 않았다. 일본인처럼 보이려고 두껍게 분장을 했기 때문이다.

열심히 작업 중인 스튜디오 친구들한테 방해가 될 수도 있었지만 나는 흥분을 감출 수가 없었다. "저 여자는 나와 똑같은 날 태어난데다가 입양아야!" 나는 참지 못하고 시도 때도 없이 불쑥불쑥 이 말을 내뱉곤 했다. 사실 그녀가 나와 관계가 있다는 증거는 아무것도 없었다. 하지만 내 머릿속에서는 전혀 터무니없는 말이 아니었기에 친구들에게 내 생각을 알려야 했다. 그들도 나름대로 판단을 하고 있겠지만, 내 생각 역시 확고했다.

상황은 점점 더 기묘해지기 시작했다. 루카스는 사만다가 출연한 유튜브 동영상 가운데 그녀와 내 목소리의 억양과 어투가 똑같다는 걸 보여주는 작품을 여러 편 발견해 알려주었다. 그 가운데 〈입양된다는 건 어떤 느낌일까… 나는 샘How it feels to be adopted... I am Sam〉이라는 제목의 동영상에 나는 마음을 온통 빼앗겨버렸다(여기서 샘은 사만다의 애칭이다). 이 작품은 입양에 관한 그녀의 느낌을 묻는 3분짜리 유머러스한 촌극이었다.

영상 속 사만다의 친구들은 그녀에게 의도적으로 뻔한 질문을 했다. 한국 출신인지, 북한 출신인지, 왜 그녀의 나머지 가족들과 다르게 생겼는지, 생모와 생부가 그녀를 포기했다는 사실 때문에 슬픔이나 외로움을 느끼지는 않는지 같은 것들이었다. 그녀는 미국인 남자 형제가 둘 있다고 밝혔는데 그중 한 명은 그 동영상에 출연했다. 그 말은 나도 미국인 남자 형제가 둘 있다는 뜻일까? 그러다가 한 장면에서 그녀는 유명 만화 속 고아 애니처럼 옷을 입고 큰 소리로 〈투마로우〉라는 노래를 불렀다. 그 장면은 무척 재미있기도 했지만, 사만다와 내가 쌍둥이라는 확신을 갖게 한 장면이라 특히 중요했다. 무심코 튀어나오는 그녀의 버릇이나 목소리, 심지어는 유머감각까지… 모두 나와 똑같았다.

나는 서둘러 집으로 돌아가 생각나는 사람 모두에게 이 영상을 보냈다. 그다음에는 소셜 미디어에 내 모든 기대를 걸고, 친구들에게 부탁해 사만다 푸터먼과 연락할 방법을 찾는 대대적인 작전을 벌였다. 아쉽게 도 사만다의 페이스북 페이지를 찾아내는 데는 실패했다. 하지만 켈상 이 휴대폰으로 그녀의 인스타그램을 찾아냈다. 우리는 사만다의 사진을 모두 훑어보았다. 이런 식으로 염탐하는 것에 약간 죄책감이 들기도 했 지만 그래도 무척 즐거운 일이었다! 우리는 그녀의 최근 한국 여행 사진 을 찾아냈다. 위탁모였던 한 여성과 함께 찍은 사진도 있었다. 사진 속 사만다는 아주 행복해 보였다.

다음으로 우리는 사만다의 트위터 계정을 찾아냈다. 사만다는 최근에 트위터를 많이 하고 있어서 그녀가 주고받은 대화를 엿볼 수 있었다. 모 순적으로 들리겠지만 나는 그녀가 모르는 사이에 천천히, 그러면서도 빠 르게 그녀에 대해 알아가고 있었다. 그때 누군가가 사만다의 트위터 계 정을 통해 그녀의 페이스북 페이지를 찾아보자고 제안했다. 트위터에서 사만다의 친척을 찾은 다음, 그 사람의 페이스북 페이지를 찾아내고, 거 기에서 사만다의 페이스북 페이지를 찾아보자는 것이었다. 성공한다면 우리는 '친구' 목록에서 사만다를 발견할 수 있으리라 생각했다.

검색 끝에 "조 푸터먼"이라는 이름의 트위터 사용자를 발견했다. 우 리는 다시 페이스북에서 "조 푸터먼"을 찾은 다음, 그의 친구 목록을 열 었다. 그런데 놀랍게도 거기에 우리가 찾는 이름이 나왔다! "사만다"라 는 이름을 클릭하자 인스타그램에서 봤던 것과 똑같은 사진이 떴다. 드 디어 찾아냈다! 그녀에 대한 대부분의 정보는 비공개였지만 뭐가 됐든 지 간에 그녀에게 연락할 방법을 찾게 된 것이다. 비행기를 타고 미국으 로 날아가려는 생각은 최후의 수단으로 남겨두었다.

나는 딱 적당한 톤으로 메시지를 작성하기 시작했다. 너무 무섭지도, 너무 웃기지도 않게, 겁을 집어먹고 머뭇거리지 않게, 그러면서도 그녀의 관심을 끌 만큼 진지한 글이어야 했다.

마침내 메시지를 다 쓰고 난 뒤 나는 그녀에게 '친구' 신청을 했다.

안녕. 내 이름은 아나이스야. 나는 프랑스 사람인데 지금은 런던에서 살고 있어. 두 달 전쯤에 내 친구가 유튜브에서 네가 케브줌바와 작업한 동영상 한 편을 봤는데, 그 친구가 말하길 정말로 비슷하다고 그러니까… 너랑 내가 아주 정말로 비슷해 보였대. 우리는 이런저런 웃기는 농담을 했지.(그러다가 나한테 몇 대 맞은 친구도 있어. 하하하.) 오늘 내 친구가 〈21&오버〉 예고편에서 또 너를 봤다고 얘기하더라. 그 영화의 출연진을 보고 드디어 네 이름을 알게 됐고, 너에 대해 조금 찾아봤어. 그리고 네가 1987년 11월 19일에 태어났다는 것도 알게 됐지.

나는 네가 출연한 동영상(아주 재미있었어)를 더 살펴보다가 "입양된다는 건 어떤 느낌일까"를 봤는데… 너도 입양이라는 사실을 알게 되었지.

그러니까… 나는 린제이 로한처럼 굴고 싶지는 않아. 음 그렇지만… 어떻게 말해야 하지? 나는 네가 어디에서 태어났는지 궁금해.

나는 1987년 11월 19일에 부산에서 태어났어. 그런데 내 출생기록은 홀트아동복지회에서 작성된 거라 '공식적으로는' 서울에서 태어난 셈이지. 내 한국 이름은 김은화야. 나는 1988년 3월 5일에 프랑스에 도착했어. 생후 3개월 때였지.

내 사진과 동영상을 보고 싶으면 내 페이스북을 보면 돼. 동영상을 보
면 더 분명해질 거야.

음… 너무 놀라지는 마.

사랑을 듬뿍 담아,

아나이스가.

나는 꼭 사만다의 관심을 끌어야만 했다. 어떤 내용이든 간에, 나는 꼭
답장을 받아야만 했다. 내가 그녀를 찾고 있다는 사실을 알려야만 했다.

2
사만다

Samantha
+
Anaïs

나와 닮은 프랑스 여성에게서 온 메시지

2013년 2월 21일, 그날 아침 잠에서 깼을 때만 해도 〈21&오버〉 시사회로 바쁜 하루가 될 거라고 생각했다. 로스앤젤레스에서 연기와 웨이트리스 일을 겸하며 지낸 지 올해로 3년째다. 나는 배역을 맡거나 오디션이 없을 때는 베벌리힐스에 있는 고급 프랑스 레스토랑에서 일을 했다. 메이저 제작사에서 만든 〈21&오버〉와 같은 영화에서 배역을 맡는다는 건 정말 좋은 일이다. 내가 그저 헛된 꿈을 좇고 있는 것이 아니라 내 길을 제대로 가고 있다는 걸 다시금 일깨워주었기 때문이다.

그날 밤 영화 시사회에서는 레드카펫 행사가 있었다. 나는 완전히 숙맥이어서 레드카펫 위를 걷는 건 정말로 좋아하지 않는다. 그런 행사는 정말 신경 쓰이는 일인 데다가 전혀 흥미롭지도 않다. 내가 화려한 행사를 좋아하는 성격이라면 레드카펫에 좀 더 매력을 느꼈을지 모른다. 하지만 나는 그렇지 않다. 나는 레드카펫 행사가 불편하다. 그건 아마 할리우드 거물들이 모이는 이런 멋진 파티에 내가 끼어 있다는 게 말이 안 된다고 느끼기 때문인 것 같다. 아무리 옷을 멋지게 차려 입어도 '웨이트리스'라는 역을 맡은 사람처럼 전채 음식을 나르는 직원들 사이에 껴 있어야 할 것만 같았다. 빈 술잔이 보이면 작은 쟁반에 담아 부엌으로 가져가야 하는 거 아닌가 하는 생각을 하곤 했다.

내게는 이번이 두 번째 레드카펫 행사였다. 첫 번째는 〈게이샤의 추억〉 시사회였는데, 화려하고 스릴 넘치면서도 공포스럽기까지 한 엄청난 경험이었다. 음식이 매우 훌륭했던 것 말고 자세히 기억 나지는 않는다. 나는 정신이 혼미해질 때까지 먹고 마시다가 무척 행복한 기분으로 파티장을 빠져나왔다.

〈21&오버〉 시사회는 웨스트우드빌리지의 리젠시 씨어터에서 열려서 더욱 특별했다. 과거에 "폭스 씨어터"라고 불렸던 이 웅장하고 유서 깊은 극장에서는 해리포터 시리즈를 포함해 할리우드에서도 손꼽히는 대규모 시사회가 여러 번 열렸다. 나는 소설 해리포터 시리즈의 아주 열렬한 팬이었지만 영화에는 캐스팅될 수 없었다. 1998년, J. K. 롤링은 워너 브러더스에 판권을 팔 때 작품 속에서 국적을 밝히지 않은 배역은 영국 사람을 캐스팅해야 한다고 명시했다. J. K. 롤링이 아시아계 유대인 여성 인물을 등장시킨 적이 없기 때문에 나는 제외될 수밖에 없었다. 그래도 대단한 영화의 시사회가 열렸던 바로 그 장소에서 〈21&오버〉의 시사회가 열린다는 사실만으로도 나는 큰 기대에 부풀었다.

시사회에는 마일스 텔러와 저스틴 전, 스카일러 애스틴 등 〈21&오버〉에 출연하는 유명 배우들 모두가 참석할 예정이었다. 우리는 함께 촬영을 하며 매우 즐거운 시간을 보냈다. 저스틴과 나는 매일 촬영을 마치고 아시아계 미국인 배우끼리의 유대를 돈독히 하면서 맥주잔을 부딪치느라 바를 여러 군데 옮겨 다니기까지 했다.

다른 엄마들처럼 우리 엄마도 요즘 유행하는 말은 통 알아듣지 못해서 영화 제목을 늘 헷갈려 했다. 하지만 나는 엄마가 나를 사랑한다는 걸 안다. 영화 제목을 제대로 아는 게 세상에서 가장 중요한 일이 아니라는 것도 안다. 엄마는 나를 사랑으로 키웠고 항상 든든한 버팀목이 되어주었다. 나는 그런 엄마를 존경했다.

시사회가 열리는 날은 아빠의 생신이기도 했다. 아빠는 점점 나이가 들어가고 있었다. 나는 이 특별한 날에 온 가족이 평생 잊지 못할 큰 선물을 받게 되리라고는 생각지도 못했다.

그날 아침 나는 일찍 일어나 네일 아트를 받으러 친구 로렌의 아파트로 향했다. 레스토랑에서 함께 일하면서 알게 된 로렌은 싸구려 유머감각이 나와 통해서 금세 친해졌다. 로렌은 뉴저지 주 출신의 촌스러운 여자가 매니큐어도 안 바르고 레드카펫에 선다면 완전 망신당할 거라며 네일 아티스트를 자청했다. 한참 수다를 떨며 손톱을 꾸미던 11시쯤 내 휴대폰에 모르는 사람이 보낸 트위터 메시지가 떴다.

"샘, 아나이스라는 친구가 페이스북 메시지를 보냈습니다. 확인해보세요.(스팸보관함에 들어 있을지도 모릅니다.)☺"

낯선 사람이 트위터나 페이스북으로 연락을 해오면 나는 겁이 덜컥 난다. 그래서 낯선 사람들이 내게 접근하지 못하도록 페이스북을 모두 비공개로 설정해두었다. 그런데 이번에는 왜 그랬는지 몰라도 궁금한 마음에 내 페이스북 페이지를 열어보았다. "아나이스"에게서 온 메시지는 없어서 친구 요청을 확인해보았다. 바로 거기에 가로세로 3센티미터 정도 크기의 내 사진이 보였다. 가장 먼저… 이런 생각이 들었다. '이런, 케빈 우의 섬뜩한 팬이 유튜브에서 내 영상을 보고 나를 사칭하는 페이스북 페이지를 만들었군.' 케빈에게는 유튜브 추종자들과 열성적인 구독자들이 엄청나게 많아서 전혀 가능성이 없는 얘기가 아니었다. 그런데도 나는 그 사진을 클릭했다. 그때 나는 그 사진이 내가 아니라는 사실을 깨달았다. 실존하는 여성… 나와 똑같이 생긴 "아나이스"라는 이름의 진짜로 살아 있는 여성이었다. 프로필을 클릭하자 그녀가 스물다섯 살이고 런던에 살고 있다는 내용이 떴다.

아나이스와 나는 생일이 똑같았지만 그게 특별하게 느껴지지는 않았다. '아, 그래… 생일이 같네. 음, 희한하네.' 뭐 이런 느낌이었다. 내 손톱에 매니큐어를 칠하고 있는 로렌에게도 아나이스의 친구 요청을 보여주었다. 로렌이나 나나 이 친구 요청을 어떻게 해야 할지 몰랐다. 하지만 또다시 설명할 수 없는 이유로 나는 아나이스가 진짜라고 판단했고 친구 요청을 수락했다.

그녀와 친구를 맺자마자 그러지 말 걸, 하는 생각이 들었다. 나는 좀처럼 내 세계에 낯선 사람을 들여놓지 않는 성격이라 성급한 결정이 후회스러웠다. 그래서 나는 곧바로 내 페이스북 공개 설정을 바꿨다. 아나이스가 내 프로필의 일부만 볼 수 있게 되자 훨씬 더 안전하다는 느낌이 들었다. 아나이스가 나와 똑같이 생겼다고 해서 내가 보호막을 걷어야 하는 건 아니었다.

설정을 바꾸고 나서 일이 초나 되었을까, 내가 그토록 거리를 유지하고 싶었던 아나이스한테서 페이스북 메시지가 왔다는 알림이 울렸다. 아나이스 보르디에. 이제 안전한 거리에 있다고 생각했던 바로 그때 아나이스가 다시 나타난 것이다. 아나이스가 무슨 이야기를 하는지 보기로 결심했을 때 이상하게도 마음이 차분해졌다. 운명적인 만남으로 나를 인도하는, 무슨 신의 중재 같은 게 있는 것 같았다. 그렇게 말고는 다르게 설명할 수가 없었다.

처음 메시지를 받고 나서는 머릿속이 멍해졌다. 그러다 아나이스가 대단하다는 생각이 들었다. 특히 〈페어런트 트랩〉의 린제이 로한을 언급한 부분이 무척 마음에 들었다. 그 영화에서 린제이 로한은 갓난아기 때 헤어져서 다른 대륙에서 자란 일란성쌍둥이 자매 역을 맡았다. 그러니까 우리도 태어나자마자 헤어진 뒤 다른 대륙에서 자란 일란성쌍둥이일 수 있다는 뜻이었다. 그녀의 메시지는 농담이라고 보기에는 너무 진지했다. 나는 마음속 깊은 곳에서부터 이 말이 사실일 가능성이 상당히 높다고 느꼈다.

아나이스와 페이스북 친구가 되면서 그녀의 사진과 앨범을 살펴볼 수 있는 권한이 생겼다. 나는 그녀가 가짜 신분을 만들어낸 사기꾼이 아니라는 걸 확신했다. 아나이스도 나처럼 페이스북을 비공개로 설정했는데, 그건 사생활을 중요하게 여긴다는 표시였다. 그녀의 사진은 모두 진짜 같았다. 사진 속 아나이스가 꼭 나처럼 보인다는 점이 가장 인상적이었다. 사촌이나 도플갱어처럼 비슷해 보이는 것이 아니라… 거울에 비친 내 모습 같았다.

나는 잠시 아나이스의 앨범을 둘러보았다. 사진 속에서 내가 발견한 유사성은 신비로울 정도였다. 예를 들어 아나이스가 레스토랑에서 메뉴를 들여다보는 사진이 있었는데, 그 밑에 이런 익살맞은 글이 쓰여 있었다. "이거, 이거, 이거 다 먹고 싶어!" 마치 모든 음식을 다 맛보고 싶어 하는 그녀의 성격을 보여주는 듯했다. 그 점은 나와 똑같았다. 나도 항상 메뉴에 있는 음식을 하나하나 다 먹어보고 싶어 하고, 지나치게 흥분한 투로 말한다. 더욱 이상한 점은, 보통 한국 사람들은 주근깨가 별로 없는데 아나이스도 나와 똑같이 주근깨가 있다는 것이다. 나는 지금껏 뉴저지 해변의 태양 아래에서 너무 오래 태닝을 한 바람에 주근깨가 생겼다고 생각했다. 혹시 주근깨도 유전일까? 아나이스가 최근에 할로윈 때 찍은 사진에서 그녀는 괴상한 날개를 단 매력적인 검은 새 복장을 했는데, 설명에 따르면 그녀가 직접 만들어 입은 것이었다. 나도 할로윈을 무척 좋아한다. 사탕을 얻으러 다니는 여자들은 살짝 야해 보이는 복장을 하는 경우가 많은데, 나도 아나이스처럼 재미있는 동물 의상을 선택하곤 했다.

사이버 스토킹은 그쯤 했으면 됐고, 나는 아나이스의 페이스북 페이지를 캡처해 자칭 〈21&오버〉의 스타인 저스틴 전에게 문자를 보냈다.

"샘, 너랑 쌍둥이네." 저스틴이 답장을 보내왔다.

똑같은 생각이 뇌리를 스치기는 했지만 나는 정말로 그렇게 믿지는 않았다. 나 자신을 보호하고 싶은 마음에, 그 말이 아마도 사실일 거라 생각하면서도 인정하고 싶지는 않았던 것이다. 대신에 나는 마음을 차분히 가다듬으며 조사를 계속했다. '조사'라 함은 의견을 듣기 위해 내가 아는 모든 사람들에게 캡처 화면을 보냈다는 뜻이다.

나는 친구들 중에서도 카노아의 의견을 가장 신뢰했다. 카노아는 알고 지낸 지 몇 달밖에 되지 않았지만 로스앤젤레스에서 가장 친한 친구

중 하나였다. 저스틴이 처음 소개해준 뒤로 우리는 연기 학원에 대한 이야기를 나누거나 레스토랑에서 일하며 생활비를 벌고 있는 처지를 서로 위로하면서 급속도로 가까워졌다. 카노아도 소수민족 출신 배우였다. 그는 중국인과 백인, 하와이 부족 외 여러 민족의 피가 두루 섞인 아시아계 혼혈이었다. 태생이 어떻든지 간에 카노아는 아주 멋진 사람이었다.

카노아의 의견은 정말로 따뜻하고 위안이 되었다. 그는 쌍둥이가 맞는지 아닌지에 대한 자기 생각을 말하지 않고, 비슷하게 생긴 이 프랑스 여성에게 연락을 받고 혹여나 충격을 받지는 않았는지부터 물었다. 저스틴의 거리낌 없는 확언에 놀랐던 나는 카노아의 세심함이 정말로 고마웠다. 나는 다른 의견도 듣고 싶었다. 특히 매트와 앤드류, 두 오빠들의 생각이 궁금했다. 나는 일이 너무 커질까 봐 오빠들에게 부모님한테는 말씀드리지 말라고 당부하며 물었다. 역시나 짧은 대답이 돌아왔다.

"와… 섬뜩한데?" 내용도 예상했던 대로 별게 없었다.

이어서 친구들의 극성맞은 문자가 속속 도착했다. 특히 저스틴은 나와 아나이스가 쌍둥이라는 주장을 굽히지 않았다.

"샘, 그 여자는 너랑 쌍둥이야. 틀림없다니까. 쌍둥이가 맞아. 쌍둥이. 쌍둥이. 쌍둥이. 쌍둥이."

오랫동안 만나지 못한 쌍둥이와 재회한다는 건 영화에서나 나올 만한 일이다. 〈페어런트 트랩〉과 같은 영화 말이다!

지난여름 나는 엄마와 함께 한국으로 '뿌리 찾기' 여행을 다녀왔다. 그때 내 입양을 담당했던 서울의 입양기관에서 출생기록을 살펴볼 수 있었다. 출생기록에는 쌍둥이에 대한 언급이 전혀 없었다. 공식 기록에 따르면 나는 쌍둥이가 아니라 혼자 태어났다. 그 대신 생모가 2년 전에 딸을 하나 낳았다는 기록은 있었다. 기록이 정확하다면 나한테 언니가 한 명 있다는 뜻이다. 하지만 나중에 출생기록에 추가된 내용이어서 좀 의심스러웠다. 뭐가 진실인지 누가 알겠는가?

몇 주 전에 나는 로빈이라는 친구와 만났다. 그녀는 생모를 찾으러 한국에 갔다. 그곳에서 로빈과 그녀의 생모로 추정되는 사람이 유전자 검사를 해보았는데 친모녀 사이가 아닌 것으로 밝혀졌다. 정확하지 않은 정보를 바탕으로 뿌리를 찾았으니 결과가 좋을 리 없었다. 그들은 잠시 생모와 딸을 찾았다고 생각했지만 결국 실패하고 말았다. 한국에서는 실제로 나설 수 있을 만큼 용감한 생모가 아주 적어서 로빈은 자신이 행운아라고 생각했었다. 진실을 알았을 때 그녀는 얼마나 슬펐을까? 나는 그 마음을 헤아릴 수조차 없었다.

나는 생모를 찾는 과정에서 친엄마가 나와 연락을 주고받는 데 전혀 관심이 없었다는 사실을 알게 되었다. 그 후로 언젠가 생모를 만날 날이 올 것이라는 희망을 버렸다. 그런데 이제는 나한테 쌍둥이 자매가 있다고? 전혀 상상도 못한 일이었다. 그렇지만 나는 그 생각을 지워버릴 수가 없었다. 아나이스가 정말로 내 쌍둥이 자매일 수도 있다는 말이다. 그녀와 나는 같은 날 태어났고, 완전히 똑같이 생겼다. 이상한 일이 벌어졌다. 그런데 아나이스가 쌍둥이는커녕 친척도 아니라면 어떡하지? 머릿속이 복잡해졌다.

아나이스에게 답장을 보내야 했지만 이런 메시지에는 어떻게 답을 해야 할지 감도 안 잡혔다. 뭐라고 말하지? "하하하. 말도 안 돼! 다시 연락할게." 이렇게 보낼까? 도대체 뭐라고 해야 할까?

3
아나이스

Anaïs
+
Samantha

내가 있다는 걸 네가 알 수만 있다면

오늘날 세계에서 사회 관계망, 즉 SNS가 끼치는 영향력은 이루 말할 수 없을 정도로 지대하다. 네트워크와 그 안의 다양한 서비스를 통해 우리는 생각을 나누고 정보를 얻으며 상품을 내놓기도 한다. 서로 사진을 공유하고 의견을 제시하며 어마어마한 양의 지식을 습득하기도 하는데 어떤 것들은 너무 사소한 것들이라 애초에 그런 걸 왜 필요로 했는지 혼란스럽기까지 하다. 우리는 친구들과 끊임없이 연결되어 있으며, 연락이 닿지 않는 친구들은 키워드 검색 몇 번으로 찾을 수 있다. SNS가 없었다면 나는 결코 사만다 푸터먼을 찾지 못했을 것이다.

인터넷을 통한 연결에는 긍정적인 면과 부정적인 면이 둘 다 있다. 전 세계 사람들과의 소통이라는 건 대단한 일인데, 우리는 순식간에 이루어지는 만남과 그로부터의 즉각적인 만족감을 당연하게 생각하는 경향이 있다. 가령 블로그에 글을 올리고 나면 곧바로 피드백을 받는다. 트위터에 글을 쓴 다음에는 그 자리에서 글이 계속해서 리트윗이 되는지 지켜본다. 페이스북에 게시물을 올리면 수 분 안에 얼마나 많은 친구들이 "좋아요"를 누르는지 알 수 있다. 나는 사만다에게 우리가 쌍둥이인 것 같다는, 내 일생의 가장 중요한 메시지를 보낸 후 곧바로 답장이 올 거라 기대했다. 하지만 나는 기다리고 또 기다려야 했다.

사만다의 답장을 가슴 졸이며 기다리면서 나는 친구들로부터 정신적인 지지를 받고 싶었다. 켈상은 자기 집에서 '연락을 기다리는 피자 파티'를 열었고 나는 그의 초대에 응했다. 켈상과 그의 룸메이트를 비롯해 우리 친구들 라파, 에인절, 마르타는 심하게 들떠 있는 내 정신 상태를 진정시키는 데 큰 도움이 되었다. 피자헛에서 피자를 사온다는 생각도 괜찮았다. 함께 있는 친구들 모두가 나만큼 들떠 있었다. 다들 새로운 소식을 한순간도 놓치지 않으려고 트위터와 페이스북 페이지에서 새로고침 단추를 계속해서 눌러댔다. 우리는 피자와 와인을 쌓아두고 웃고 떠들며 기다리는 시간을 즐겁게 보냈다.

하지만 시간이 흐를수록 의구심과 불안감이 점점 수면 위로 떠오르기 시작했다. 친구들은 여전히 흥분해 있었지만 나는 무언가 잘못됐을 수도 있다는 생각에 신경이 쓰이기 시작했다. 시차는 이미 고려했다. 여기 런던이 저녁 7시니까 사만다가 있는 캘리포니아는 아침 11시쯤 되었을 것이다. 내 생각에 사만다도 나와 비슷할 텐데, 정말 그렇다면 그녀는 조금 전에 일어나 모든 SNS를 확인했을 것이다. 그럼 왜 그녀는 답장을 보내지 않는 걸까? 나는 덜컥 겁이 났다. 어쩌면 사만다가 내 메시지를 일부러 보지 않을 수도 있고, 최악의 경우 메시지를 보고도 답장을 하지 않을 수도 있다. 페이스북에서는 받는 사람이 내가 보낸 메시지를 읽었는지 알 수 있기 때문에 나는 '몇 시 몇 분에 읽었다'는 알림을 기다리며 뚫어져라 컴퓨터 화면을 지켜보았다. 하지만 알림은 절대로 나타나지 않았다.

자정이 한참 지날 때까지 켈상의 아파트에서 기다렸지만 아무런 답장이 없었다. 지금쯤이면 캘리포니아는 늦은 오후일 테니 로그인을 안 했을 리가 없다. 어쩌면 사만다가 나는 모르게 내가 보낸 친구 요청을 볼 수 있도록 페이스북 비공개 설정을 했을 수도 있다. 그런 경우에 사만다가 답장을 하지 않고 있다면 내가 할 수 있는 일은 아무것도 없었다. 내가 보낸 메시지가 스팸보관함으로 들어갔을 가능성도 있었는데 그런 경우 역시 친구 요청은 실패할 것이다.

나는 감정적으로나 육체적으로나 진이 다 빠져버렸다. 다른 세상에 살고 있는 사만다를 기다리고 있다는 걸 알면서도, 시간이 지날수록 불안감은 더 커져만 갔다. 사만다가 친구 요청을 수락할지 말지 걱정하는 건 쓸데없는 일이었다. 내가 할 수 있는 일은 집에 가서 잠자리에 드는 것뿐이었다. 하지만 사만다에 대한 집착을 도저히 멈출 수가 없어서 잠이 들 때까지 사만다가 출연한 비디오를 계속 봤다.

사만다는 어디에 있는 걸까? 지금 이 순간 사만다는 뭘 하고 있을까? 2013년 2월 20일 수요일, 잠에서 깼을 때 가장 먼저 든 생각이었다. 나와 쌍둥이 자매일지도 모르는 그녀는 미국 어딘가에 실제로 있고 그 생각을 하면 기운이 났다. 나는 부모님에게 인스타그램에서 찾은 사만다의 사진을 보내기로 했다. 엄마는 그 사진에서 뭔가 알아낼 수 있다는 생각에 정말로 흥분한 것 같았다. 아빠는 그만큼 열광적이지는 않았지만 내가 찾은 사진을 보내달라며 용기를 북돋아주었다.

나한테 정말로 오래전 헤어졌던 쌍둥이 자매가 있다면 그건 내 문제만이 아닐 터였다. 우리 가족 전체의 관계가 변화를 맞을 것이다. 그러니까 엄마, 아빠한테는 갑자기 딸이 하나 더 생긴다는 건데, 잠깐만… 그말은 내게 엄마, 아빠가 한 명씩 더 생긴다는 뜻이기도 했다. 내가 문신을 하고 싶다는 걸 부모님 네 분에게 설명해야 하나? 사만다의 부모님은 내게 어떤 사람이 되는 걸까? 모두 서로에게 어떤 사람이 되는 걸까? 나는 엄마, 아빠를 무척 좋아한다. 그런데 이제는 엄마, 아빠의 사랑을 사만다와 나눠 가져야 하는 걸까?

나는 내 감정을 다른 사람에게 잘 드러내지 않는데, 내 부모님에 대해 말하자면 굉장한 분들이고 부모님 없는 삶은 상상할 수도 없다. 엄마, 아빠는 진짜 내 부모님이고, 나와 논쟁을 하면서도 동시에 존경할 수 있는 분들이다. 게다가 다정하고 사려 깊고 친절하다. 그런데 내가 사만다의 부모님을 싫어하면 어떡하지? 사만다가 내 부모님을 싫어하면 어떡하지? 모두 잘 어울릴 수 있을까? 휴가나 생일은 어떻게 하지? 모두 함께 지내야 할까? 아니면 결혼한 부부가 시댁과 친정을 오가듯 서로 번갈아가며 지내야 할까?

너무 앞서 나간 생각일 수도 있겠지만 쌍둥이 자매가 생긴다는 상상이 실제로 나를 압박하기 시작했다. 나는 꼼짝도 하지 않고 침대에 누워 가능한 모든 시나리오를 떠올려보았다. 아직까지 푸터먼 가족은 낯선 이들일 뿐이었다. 그들은 보르디에 가족이 있는지도 알지 못했다. 그제야 나는 현실로 돌아와 혹여나 놓쳤을지 모르는 소식을 기대하며 다시 사만다의 트위터를 들여다보았다. 나는 엄마한테 전화를 걸어 아직까지는 잘 지내고 있다고 했다. 엄마는 사만다도 나처럼 부산에서 태어났는지 물어보는 건 어떠냐고 했다. 하지만 사만다는 아직 내 페이스북 친구 요청에도 답을 주지 않은 상태였다. 무슨 메시지를 얼마나 많이 보내든 사만다는 절대 답하지 않을 수도 있다. 나는 그게 제일 두려웠다.

사만다의 트위터에 다시 들어가니 반가운 마음마저 들었다. 이번에는 지난해 사만다가 한국에 여행을 간 동안에 올렸던 소식들을 살펴봤다. 그런데 생모가 부산 출신이라고 쓰여 있었다! 우리가 쌍둥이라는 증거가 하나 더 생겼다. 나는 이 놀라운 사실을 알리려고 엄마한테 전화를 했고, 그다음에는 아빠한테 그리고 이어서 내가 아는 모든 사람들에게 전화를 돌렸다.

사만다가 내 메시지를 보지 않았기에 나는 그녀가 지난 25년 간 무슨 일을 하며 지냈는지 알아내는 데 좀 더 시간이 필요했다. 페이스북이나 왓츠앱 같은 소셜 미디어는 놀라우리만치 손쉽게 사람들의 일상을 엿볼 수 있게 해준다. 나는 관음증을 발휘할 수 있는 새로운 장을 마련해준 과학기술의 덕을 톡톡히 봤다. 사진을 둘러보며 사만다가 매력적인 의상을 입는 걸 좋아하고 그녀의 남자친구는 아주 키가 크다는 걸 알 수 있었다. 어쩔 줄 몰라 하는 것처럼 보이는 일고여덟 살 때 사진 한 장만 빼면 사만다는 유쾌하고 장난기가 많은 사람인 것 같았다. 사진 속 그녀는 무척이나 행복해보였다. 어떤 사진에서 사만다는 품에 아기를 안고 오빠 둘과 함께 있었다. 사만다는 카메라를 똑바로 쳐다보고 있지도, 오빠들처럼 웃고 있지도 않았다. 왜 그런지 모르겠지만 나는 그 사진이 특히 인상적이었다.

사만다의 어린 시절 사진에 빠져 있는 동안 다시 두려움이 엄습해왔다. 사만다는 절대로 내 친구 요청을 수락하지 않을 것이다. 내 요청은 사만다의 스팸메일함으로 들어간 게 분명했다. 사만다는 배우라서 나 같은 스토커를 특히 싫어할 것이다. 그 때문에 나는 온 세상 사람들이 다 볼 수 있는 곳에 글을 올리고 싶지 않았다. 이미 내 친구들과 나는 인스타그램과 트위터, 왓츠앱 등 할 수 있는 한 모든 곳에 사만다를 추가해놓았다. 심지어는 사만다의 유튜브 채널에 팔로워가 되기도 했다.

나는 오후 두 시가 되어서야 겨우 침대에서 일어났다. 그날은 학교에 가지 않았다. 사만다에게 아무 소식도 듣지 못해서 굉장히 실망했고 기운도 다 빠졌다. 학교 수업에 빠지는 것도 정말로 기분이 좋지 않았다. '잠재적 쌍둥이 자매의 연락을 기다리는 것'이 결석의 변명이 될 수는 없겠지만, 그런 건 더 이상 신경 쓰고 싶지 않았다. 나는 사만다가 누구인지 좀 더 알고 싶을 뿐이었다. 사만다의 인스타그램에서 알아낸 단서들을 최대한 이용해 로스앤젤레스로 날아가기라도 할 참이었다. 아무튼 천천히 사만다의 이야기를 조각조각 맞추어가면서 나는 무슨 탐정이라도 된 기분이 들었다.

켈상은 내 깊은 실망감을 알아챈 듯했다. 다정한 켈상은 할 일이 무척 많았음에도 함께 극장에 가자고 제안했다. 우리는 〈뷰티풀 크리처스〉를 보러 갔는데 당시 상황에 딱 맞게 유치한 영화였다. 영화를 본 뒤 나는 휴대폰으로 새 소식이 있는지 알아봤다. 사만다에게서는 아직도 답장이 없었고, 나는 켈상을 끌고 엄마 생신 선물로 실크 웃옷을 사러 프렌치커넥션유케이에 갔다. 그런 다음에 햄버거를 먹으러 켈상과 함께 다시 내 아파트로 돌아왔다. 엄마 옷을 사고 내 아파트로 돌아올 때까지 한 시간

반이 지났지만 여전히 아무 소식도 없었다. 감정 소모가 많았던 긴 하루 동안 수많은 의문이 생겼지만 아무 답도 얻지 못했다. 엉뚱한 생각들이 머릿속을 스치고 지나갔다. 사만다가 흥미를 보이지 않으면 어쩌지? 사만다가 나에 대해 알고 싶어 하지 않으면 어쩌지? 사만다가 나를 무슨 십 대 스토커쯤으로 생각하면 어쩌지? 사만다가 내 메시지를 아예 발견하지 못하면 어쩌지? 나는 거의 미쳐가고 있었다. 켈상과 나는 사만다에게 다시 트위터 메시지를 보내야 할지 의견을 나누다가 보내지 않기로 결정했다. 켈상이 떠난 뒤 나는 진이 다 빠진 채로 내 '쌍둥이'가 나오는 동영상을 다시 봤다. 나는 꿈속으로 서서히 스며드는 사만다를 보며 잠이 들었다.

다음 날 아침, 나는 완전히 정신분열증 환자가 된 느낌이었다. 그 동영상을 너무 많이 봐서 이제는 사만다와 나의 차이점을 분간할 수도 없을 지경이었다. 모든 것이 한데 합쳐지고 섞이고 있었다. 그 동영상은 실제 같았고 시간은 왜곡되었다. 나는 제정신이 아니었다. 지난 며칠 간 사만다의 생활이 어떠했는지 무척 많은 사실을 알게 됐기 때문에 그녀는 내게 더 이상 단순한 이미지가 아니었다. 사만다는 지금 이 순간 지구상 어딘가를 걸어 다니고 있는, 실제로 숨을 쉬는 사람이었다. 그녀는 여기저기 돌아다니며 저녁에 뭘 먹을지 결정하고 어쩌면 맡은 배역의 대사를 읽고 있을지도 몰랐다. 그녀는 나와 같은 세상에 있다. 문제는 나만 그 사실을 알고 있다는 것이다. 마치 책을 읽을 때 조금씩 인물을 해석하면서 그 인물을 상상 속에서 현실로 불러들이는 것과 비슷하다. 하지만 사만다는 달랐다. 나는 살과 뼈로 이루어진, 실존하는 사만다의 사진을 똑똑히 보았다.

다음 날 아침, 켈상이 아침을 먹으러 왔다. 우리는 사만다가 트위터를 하고 있는지 알아보려고 컴퓨터를 켰다. 켈상은 사만다의 트위터 계정이나 아이디를 멘션하는 트윗을 올리면 자동으로 사만다의 '알림 창'에 그 내용이 뜨는 걸 이용하려고 했다. 켈상은 내가 보낸 쪽지가 들어 있을지 모르니 페이스북 스팸보관함에 가보라는 내용을 트윗했다. 나는 켈상이 트윗을 하자마자 어쩔 줄 몰라 하며 당황했다. 심장이 쿵쾅쿵쾅 뛰었다. 내용이 스팸처럼 보일 수 있어서 걱정이 된 나는 켈상에게 즉시 그 트윗을 삭제해달라고 부탁했고 그는 내 말대로 했다.

그때 사만다의 유튜브 채널에 쪽지를 보내야겠다는 생각이 떠올랐다. 하지만 켈상은 이미 다 써본 방법이라며 내 말을 잘랐다. 그래도 나는 쪽지를 남겼다. 그런 다음 어떻게든 전달하기로 마음을 먹고 메시지를 하나 작성하기 시작했다. "아, 좋은 아침이야. 나는 너랑 쌍둥이야. 안녕." 아니다. 이건 좀 지나치게 대범하다. 이런 메시지라면 사만다가 본다 해도 진지하게 받아들일 리도 없을 거다.

수업에 들어가야 할 시간이었다. 한창 졸업 작품을 준비해야 할 시기인데 전날 학교를 빠져서 발등에 불이 떨어진 상황이었다. 사실 나는 이번 학년에 거의 잠을 자지도, 밥을 먹지도 못했다. 내 흥미를 끄는 건 작업 시간을 세 시간은 절약해줄 수 있는, 새로운 바느질법을 알아내는 것뿐이었다. 모든 신경이 사만다에 집중되어 있다고 하더라도 나는 런던에서 해야 할 일이 있었다. 작업으로 돌아가야만 했다. 페이스북 친구 요청을 보낸 지 사흘밖에 안 되었지만 이십오 년은 지난 것처럼 느껴졌다. 사만다의 답장을 받는 것보다 더 중요한 일은 없었다. 나는 사만다가 내 메시지를 받았는지 알고 싶었지만 그보다도 사만다가 답장을 해주기를 더 바랐다. 나는 너무 힘들어서 파리에 있는 집으로 돌아가 엄마와 아빠한테 위로를 받고 싶었다. 엄마와 아빠는 오직 부모님만이 할 수 있는 방법으로 나를 응원해줄 것이다.

그 순간 나는 절망감과 불안감에 휩싸였다. 나는 어딘가에 갇힌 채 내 목소리를 들을 수 없는, 아니 한 번도 들어본 적도 없는, 내가 죽었는지 살았는지 따위에는 아무 관심도 없는 누군가에게 소리치고 있는 것 같았다. 나는 사만다에 대해 알지만 그녀는 내 존재에 대해 전혀 알지 못한다는 사실을 견딜 수가 없었다. 나는 그저 사만다가 나를 보기를, 내가 보낸 메시지를 보고 반응해주기를 바랐다. 무슨 반응을 보이던 간에 나라는 사람이 존재한다는 사실을 사만다가 알아챌 수만 있다면…. 내가 할 수 있는 일은 기다리는 것뿐이었다.

내 친구들도 내가 받는 스트레스를 함께 느끼면서 기다려주었다. 모두들 내 문제가 해결되기를 간절히 바랐고 몇몇은 직접 행동에 나서기도 했다. 파리에 있는 내 친구 막상스는 사만다에게 트윗을 보냈다. 아나이스라는 사람이 페이스북에 보낸 메시지를 찾아서 읽어보라는 내용이었다. 루카스는 내 사진 밑에 손글씨로 "스팸보관함을 보시오."라는 문구를 넣어 인스타그램에 올렸다. 루카스는 컴퓨터로 쓴 메시지보다 손글씨가 더 친근해 보일 거라고 생각했고, 사만다가 페이스북 스팸보관함에 그런 메시지가 있다는 사실을 알지도 못할 거라 여기고 있었다.

그리고 잠시 후 일이 벌어졌다! 내 인생이 극적으로 바뀌는 순간이 찾아온 것이다. 내 휴대폰으로 사만다가 친구 요청을 수락했고 내 메시지를 읽었다는 알림이 왔다. 친구들과 함께 학교 작업실에 있을 때였다. "앗싸! 야호! 이야! 야호!" 나는 미친 듯이 작업실을 뛰어다니며 소리쳤다. "사만다가 메시지를 읽었어! 메시지를 읽었다고! 드디어 읽었어!"

　　모두 환호성을 질렀다. 그땐 몰랐지만 일을 성사시킨 메시지는 파리에서 막상스가 보낸 트윗이었다. 막상스의 트윗이 사만다의 주의를 끌었던 것이다. 마침내 연락이 되었다! 내가 아는 건 오직 그것뿐이었고, 그보다 더 신나는 일은 없었다.

4
사만다

Samantha
+
Anaïs

우리 만남은 누구를 위한 걸까

아나이스의 친구 요청을 수락하기는 했지만, 그다음에 뭘 해야 할지 정말로 몰랐다. 아나이스의 앨범에서 본 사진들은 나와 닮지 않았다고 말할 수도, 그녀의 망상일 뿐이라고 치부할 수도 없었다. 그녀와 나는 그냥 비슷하게 생긴 정도가 아니었다. 거울 속에 비친 내 모습을 보는 것 같았다. 도대체 이해할 수가 없었다. 출생기록에 따르면 나는 분명 단독 출생이다. 아나이스의 사진은 또 다른 진실을 보여주는 것 같았지만, 여태껏 나는 내가 단독 출생이 아닐 수도 있다는 느낌을 가져본 적이 한 번도 없었다. 아나이스와 나는 둘 다 정확히 똑같은 날 태어났다. 그 말은 아나이스가 내 동생이거나, 엄마나 아빠가 다른 자매일 수는 없다는 뜻이다. 어쩌면 아빠는 같은데 엄마는 다를 수 있다. 우리의 아빠가 부산에서 엄마들을 동시에 각각 만나 아기가 생겼다면… 그렇다면 우리는 엄마가 다른 자매일 수도 있다. 물론 말도 안 되는 일이다. 그렇게까지 생각할 가치도 없다. 그렇지만 방금 읽은 메시지에는 어떻게 답장을 써야 할까? "안녕? 나는 너와 쌍둥이인 것 같아."

이상하게 들릴지도 모르겠지만, 나는 필요 이상으로 친밀해지고 싶지 않았다. 게다가 시사회 시간이 다가오고 있어서 시간이 촉박했다. 어찌 되었건 나는 아나이스에게 내 출생기록을 보내기로 결심했다. 첫 단계로 괜찮다는 생각에서였다. 나는 서울에 갔을 때 내 출생기록 전체를 사진으로 찍어서 휴대폰에 저장해두었다. 그래서 출생기록을 아나이스한테 보내는 건 간단했다. 정확히 낮 12시 30분, 나는 페이스북 메신저로 출생기록의 첫 번째 장 사진을 보냈다. 이제 아나이스는 나와 개인적인 접촉 없이도 자신의 출생기록과 내 것이 일치하는지 확인할 수 있을 것이다. 일치하지 않아도 문제될 건 없다. 우리 둘 다 각자 가던 길 그대로 가면 된다. 인터넷 공간의 수많은 사람들 가운데 한국인 입양아 둘이 페이스북 메시지를 통해 한 차례 마주친 것뿐이었다.

"고마워." 정확히 10분 후에 아나이스한테서 답장이 왔다. 와, 아나이스는 정말로 이 문제에 매달려 있었다. "그 문서를 살펴봤는데 둘 중에 첫 번째라는 말이지?!" 아나이스는 우리 생모한테 여동생이 있다는 뜻인 "둘 중에 첫 번째"라는 문구를 내가 두 아이 가운데 첫 번째라는 뜻으로 오해했다. 나는 마음이 너무 불편해서 아나이스의 오해를 직접 바로잡을 수 없었다. 그래서 아나이스가 이해하기를 바라면서 곧장 출생기록의 두 번째 장 사진을 보냈다.

내 출생기록을 본 아나이스는 더욱 들뜬 것 같았다. "심장이 멎는 줄 알았어." 아나이스는 "하하하"라고 쓰고 나서 이렇게 말했다. "내 출생기록도 보낼게." 아나이스가 분명히 밝히지는 않았지만 내 출생기록을 보니 우리가 쌍둥이일 가능성이 더 높아진 모양이었다. 나는 정말로 더 대화를 나누고 싶었지만 시간이 없었다. 그래서 이렇게 답장을 보냈다.

"사실 나 지금 〈21&오버〉 시사회 준비를 하고 있었어. 바로바로 답장을 못해서 미안해. 세상에 이런 일이! 나중에 꼭 다시 이야기하자. 우리는 진짜 쌍둥이야."

그렇다. 우리는 둘 다 서로를 쌍둥이라고 불렀다. 아나이스는 8,000킬로미터 떨어진 곳에서 살고 있는 완전히 낯선 사람이었다. 그럼에도 우리가 일란성쌍둥이일 가능성이 있을까? 나는 아나이스에게 내 출생기록의 마지막 장 사진을 보냈다. 정말 사실인지는 알 수 없지만 거기에는 내 친부모님에 대한 내용이 들어 있었다.

출생기록에 따르면 내 친부모님은 친척 소개로 만나 1985년에 결혼했다. 내가 태어났을 때 생부는 스물아홉 살이었다. 생부는 서울과 부산 사이에 있는 경상북도 출신이었다. 고등학교를 졸업한 후 일자리를 찾아 부산으로 갔고, 다른 곳에서 군복무를 마치고 나서 다시 부산으로 돌아갔다. 생부는 결혼하면서 생모의 가족도 돌보겠다고 약속했는데 그 때문에 친부모님은 궁핍한 생활에 놓이게 되었다. 내 친부모님은 둘째 아이인 나를 임신했을 때 나를 위해 입양 보내는 것이 최선이라고 판단했다. 출생기록의 마지막 장 왼쪽 위 귀퉁이에는 "정라희"라는 내 한국 이름이 적혀 있었다.

나는 아나이스의 답장을 기다렸다. 그녀는 시사회에서 내게 행운이 깃들기를 바란다고 하며 집에 돌아가서 자기도 출생기록을 보내겠다고 말했다. "우리, 할 말이 무척 많을 거야." 아나이스가 대화를 일단락 지었다. 혼란스러웠지만 이제 나는 몸치장에 집중해야만 했다. 모두들 오후 4시에 우리 집에 올 예정이었는데 벌써 1시 30분이었다. 로렌은 아주 세밀한 브러시로 내 손톱에 꽃무늬를 그려넣어 주었다. 아주 멋졌다. 10센티미터짜리 굽이 달린 하이힐을 신고 레드카펫 위를 걸을 수 있을 만큼 자신감이 생겼다. 그걸 신으면 내 키는 158센티미터 정도가 된다. 하지만 치장을 하는 내내 쌍둥이가 된다는 게 어떤 기분일지 자꾸만 마음이 쓰였다.

오후 1시 57분에 아나이스는 자기 어린 시절부터 대학 시절까지의 사진을 보냈다. 아나이스와 나는 지금도 아주 똑같아 보이지만, 그 나이 또래 때는 지금보다도 훨씬 더, 놀랄 정도로 닮아 있었다. 우리는 키에 대해서도 잠깐 대화를 나누었다. 아나이스는 153센티미터 정도라고 했다. 우리 둘 다 작은 키였다. 나는 평생 체구가 작았는데 아마도 쌍둥이가 이유였던 것 같다! 쌍둥이들은 아주 작으니까. 게다가 서로 딱 붙어있어서 그런지 손을 잡는 것도 좋아한다!

아나이스도 입양기관에서 받은 출생기록 사진을 보냈다. 그런데 이상한 점이 있었다. 아나이스를 맡은 입양기관은 홀트아동복지회였는데 나를 맡은 입양기관이 아니었다. 쌍둥이가 다른 입양기관으로 보내졌다는 건 이해가 되지 않았다. 게다가 우리는 성도 달랐다. 출생 당시 아나이스는 김 씨였고, 나는 정 씨였다. 어쩌면 우리 생모는 단독 출생아가 입양 보내기 더 쉬울 거라고 생각했던 걸까? 만약에 나라면 쌍둥이를 떨어뜨리려고 하지 않았을 거 같다.

아나이스의 출생기록은 내가 가진 것과 일치하지 않는 점이 많았다.

하지만 나는 '뿌리 찾기' 여행을 통해 한국 입양아의 출생 정보가 믿을 만하지 못하다는 걸 알고 있었다. 우선 생모가 미혼모인 경우 수치심 때문에 진실을 있는 그대로 이야기하지 않을 가능성이 크다. 한국에서 미혼모라는 '오명'을 쓰고 자녀를 홀로 키우기란 거의 불가능할 정도로 힘들다. 미혼모에 대한 정부의 지원도 거의 없을뿐더러 일가친척들에게도 배척당한다. 엄마와 아이들은 집에서 쫓겨나고 동료, 고용주는 물론 미혼모라는 걸 아는 사람들 모두에게 따돌림을 당한다. 미혼모라는 이유로 취업이나, 주택 마련, 사회적 지위 유지에 불이익을 받을 수도 있다. 입양기관에 맡겨진 영유아의 90퍼센트가 미혼모에게서 태어난다.

많은 미혼모들이 임신 말기에 머물 수 있는 쉼터에서 아기를 낳는다. 출산 후 아기들은 위탁모에게 안전하게 맡겨지고 이 과정은 비밀리에 진행된다. 그래서 미혼모들은 오명에서 벗어나 다시 자신의 삶으로 돌아갈 수 있다. 증빙 서류 같은 걸 요구하지도 않기 때문에 미혼모들은 출생기록을 위한 인터뷰에서 하고 싶은 말을 하면 된다. 입양을 위해 아기를 포기한다면 심지어 출생신고를 하지 않을 수도 있다.

많은 미혼모들은 자신들을 수치스러워 하는 사회 속에서 치러야 하는 대가가 너무 크기 때문에 신분이 드러나는 걸 원치 않는다. 인터뷰에서 거짓말을 더 많이 할수록 나중에 추적당해 책임을 질 가능성이 줄어든다. 만약 그런 상황이 온다면, 안타깝게도 이 여성들은 대단히 심각한 상황에 처하게 된다. 굉장히 느리기는 하지만 어쨌든 한국도 미혼모를 인정하고 지원하는 데 진전을 보이고 있다.

허위 정보 외에 출생기록이 정확히 번역되지 않는다는 점도 큰 문제였다. 특히 한국어는 영어나 프랑스어와는 완전히 다른 언어이기 때문에 정확한 번역이 어렵다. 아나이스의 출생기록은 첫 번째 장과 그 다음 장이 일관되지 않았다. 첫 장에는 아나이스가 "만기 출산이며 자연분만"이라고 적혀 있었는데 바로 뒷장에는 "조산"이라고 되어 있었다.

우리 생모의 이름도 달랐다. 내 출생기록에는 생부의 성이 기록되어 있었는데 생모가 출산 후 나중에 돌아와 내 아버지에 대한 정보를 추가로 제공하겠다고 해서 직원이 써넣은 것이다. 아나이스의 생부란은 비어 있었다. 내 출생기록에는 내 언니에 대한 언급이 있는 반면, 아나이스의 출생기록에는 아나이스가 생모가 처음 낳은 아이라고 쓰여 있었다.

아나이스의 출생기록에 따르면 그녀의 생모는 고등학교를 졸업하고 스물한 살부터 공장에서 일했다. 그리고 기록상 미혼 상태였다. 아나이스의 생부도 고등학교를 졸업하고 공장에서 일했다. 그는 스물여덟 살이었는데 역시 미혼이었다. 임신을 하게 된 경위는 아주 자세히 기록되어 있었다. 생모가 영화를 보러 갔다가 생부를 만났다. 둘은 약 3개월 동안 교제를 했고, 생모는 의도치 않게 임신을 했다. 생부가 직장을 옮기고 나서 둘 사이에 대화가 단절되었다. 평소 생리가 불규칙했던 생모는 임신 6개월이 되어서야 임신 사실을 알게 되었다. 그녀는 배를 꽉 묶어서 임신 사실을 숨긴 채 일을 계속 하다가 출산을 15일 앞두고 공장을 그만두었다. 아나이스의 생모는 "자신의 불리한 상황으로 인해" 혼자서 아기를 제대로 키울 수 없었고, 아기의 "밝은 미래"를 고려해 국제적인 입양기관인 홀트아동복지회에 입양을 의뢰했다.

출생기록 상 다른 차이점들도 있었다. 나는 태어났을 때 2.4킬로그램이었고 아나이스는 2.2킬로그램이었다. 우리가 달수를 꽉 채워 단독 출생했다면 이 몸무게는 저체중으로 여겨졌을 것이다. 하지만 정상을 벗어난 수치는 아니었다. 달수를 꽉 채운 경우 아시아인 신생아는 보통 서구권 신생아보다 더 작다. 게다가 우리가 달수를 얼마나 채워서 태어났는지도 분명하지 않았다. 기록상 한 가지 일치하는 점은 아나이스와 내가 단독 출생이라는 점이었다. 두 출생기록에는 쌍둥이를 암시하는 어떤 말도 없었다. 그럼에도 우리는 쌍둥이가 확실했다. "얘, 우리는 빼도 박도 못하게 쌍둥이야." 우리가 서로에게 이렇게 말하면 그저 장난치는 것쯤으로 보였을 수도 있다. 하지만 내 생각에 우리는 둘 다 한 점의 의심도 없이 우리가 쌍둥이라는 걸 느꼈다.

믿을 수 없는 일이 벌어진 상황에서 내가 할 수 있는 건 별로 없었다. 처음으로 연락을 주고받은 지 두 시간 만에 모든 것이 제자리를 찾아가기 시작했다. 나는 가끔 삶의 무게에 눌려서 내 인생에서 제대로 풀리는 건 아무것도 없다고 생각했다. 어쩌면 나 자신을 안쓰럽게 여기면서 스스로에게 응석을 부렸는지도 모르겠다. 하지만 내가 쌍둥이일지도 모른다는 사실을 알게 되자 모든 것이 변했다. 어쩌면 지금까지의 내 모든 삶은 바로 이 순간을 향하고 있었는지도 모른다. 내가 좀 더 일찍 비중 있는 배역을 맡았더라면 아나이스도 더 빨리 나를 알아봤을 테고 이 순간도 더 일찍 일어났을 수 있다. 그렇지만 내가 준비가 되지 않아 쌍둥이 자매가 생기는 일을 받아들일 수 없었다면 어찌 되었을까? 나는 이 놀라운 일이 벌어지는 시점도 우리를 위한 거대한 계획의 일부라고 받아들일 수밖에 없었다. 아나이스와 나는 며칠 안에 이야기를 더 나누기로 했다. 반드시 음성 통화여야만 했다!

일단 차에 타자 나는 여느 로스앤젤레스 사람들처럼 여기저기 전화를 해대기 시작했다. 제일 먼저 아빠한테 전화를 걸었다.

"아빠, 나 쌍둥이에요!" 아빠가 전화를 받자 내가 불쑥 말했다.

"뭐라고?" 아빠는 미심쩍어하며 물었다. 아마도 내가 아빠 생신 때마다 하는, 한 번도 실패한 적 없는 장난을 치고 있다고 생각했을 것이다. 나는 아빠에게 내 말이 농담이 아니라는 걸 보여주는 증거로 아나이스의 사진이 있다고 말했다.

다음으로 퇴근 중일 엄마한테 전화를 걸어 냅다 소리쳤다.

"나 쌍둥이에요!"

"끊지 마. 차 좀 세울게." 엄마가 말했다.

나는 걱정하지 말라고 안심시키면서 집에 도착하면 자세히 이야기하겠다고 했다.

집에 들어가자마자 머리와 화장은 시작하지도 않은 채 가족과 친구들에게 아나이스의 프로필 사진을 보냈다. 몇 분 뒤에 아빠한테서 전화가 왔다. 아빠는 무척 회의적이었다. 특히 아빠는 미식축구광이었는데, 있지도 않은 '가상 여자 친구' 스캔들로 미국 전역을 떠들썩하게 만들었던 미식축구 선수 맨타이 테오 사건에 충격을 받은 터였다. 그래서 아나이스가 사기꾼일지도 모른다며 걱정했다.

"음… 샘, 너랑 그 여자아이는 똑같이 닮지는 않았어."

아빠가 말했다. 하지만 아나이스가 아기였을 때의 사진을 보내드리자 아빠는 더 확신을 갖게 되었다. 회계사인 아빠는 통계 수치까지 제시하며 결론을 내렸다.

"좋아. 너와 그 여자아이가 쌍둥이일 가능성은 91퍼센트야."

엄마는 무척 흥분했지만 모성 본능에 따라 나를 보호하고 싶어 했기에 늘 그랬듯이 옹호적이었다. 엄마는 성급하게 희망에 부풀지는 말라고 당부했다. 만약 이 일이 사실이 아니라고 밝혀진다면 나 스스로 희망을 뭉개버려야 하기 때문이었다. 나는 또한 엄마한테서 살짝 슬픈 감정을 느꼈지만 그게 무슨 의미인지 확신하지는 못했다.

내 친구들은 이 소식에 큰 충격을 받았다. 내 에이전트도 마찬가지였다. 내 매니저인 아일린은 아나이스의 사진을 보고 열광했다. 내가 열 살일 때부터 매니저 역할을 해왔던 아일린은 내 두 번째 엄마 같았다. 반면 그 당시 나의 다른 매니저였던 도미나는 그 사진이 가짜라고 생각했다. 마침내 내 말을 믿게 된 도미나는 〈엘렌 드제너러스 쇼〉의 프로듀서를 안다고 말했다. "그 프로듀서한테 연락해볼까?" 도미나가 내게 물었다. 아무튼 매니저들은 자신이 담당하는 연예인들을 위해 뭐든지 이용하려 한다.

시사회에 갈 사람들은 내 아파트에 모여 함께 가기로 했다. 나는 시내 중심에 있는 그리 비싸지 않은 아파트에 살았다. 방 세 개에 욕실 두 개, 화장실이 하나였는데, 변기와 세면대만 있는 화장실은 형편없었다. 환기구 팬이 돌아갈 때는 곰팡이 냄새가 나기도 했고, 세탁실 벽 위에는 검은 먼지가 뒤덮고 있었다. 위층에 사는 여자는 개를 키웠는데 그 개는 열쇠가 쨍그랑거리는 소리가 들릴 때마다 짖어댔다. 그 여자가 개를 산책시키는 모습은 본 적이 없었지만 그녀의 아파트로 올라가는 계단에는 지린내가 났다. 스토브는 기름이 덕지덕지 묻어 있었고 벽 곳곳에 좀먹은 흔적이 가득했다.

집주인은 작은 체구에 얼굴에 검버섯이 피기는 했지만 어딘가 사랑스러운 매력이 있는 할아버지였다. 그는 아내의 마음을 얻기 위해 낭만적인 세계 일주 이야기를 하는 걸 좋아했다. 아무튼 나이 지긋한 할아버지 한테 여러 가지 집수리를 부탁하는 일은 결코 쉬운 일이 아니었다. 그래서 유지 보수 문제가 많기는 했지만 불평하지 않으려고 애쓰면서 될 수 있는 대로 이케아를 통해 해결했다.

나랑 같이 사는 친구의 이름은 리사였다. 리사와 나는 뉴저지에서 잠깐 알고 지냈다. 우리는 서로 균형을 아주 잘 유지했다. 리사는 요리를 못해서 내가 저녁을 만들었고, 지나치게 깔끔한 리사는 청소를 했다. 완벽한 역할 분담이었다.

4시쯤 카노아와 저스틴 전, 케빈 우, 아일린 그리고 프로듀서 제임스가 우리 집 거실에 모였다. 모두들 문제의 프랑스 여성에 대해 서로 문자메시지를 주고받는 데 하루 종일 정신이 팔려 있었다. 내 아파트에 도착할 무렵에는 다들 이상한 기분에 사로잡혀 이야기를 멈출 수가 없었다. "내가 쌍둥이래. … 쌍둥이 말이야. … 나는 쌍둥이야." 나도 그 얘기 말고는 할 말이 없었다.

그런 상황에서도 어떻게 다시 집중력을 찾을 수 있었을까? 이상하게도 레드카펫 위를 걸으니 내가 쌍둥이일지도 모른다는 강력한 생각에서 어느 정도 벗어날 수 있었다. 한편으로 아나이스에 대한 생각 탓에 나는 카메라 앞에서 남의 이목을 의식하지 않게 되었다. 지구 반대편에 나와 똑같이 생긴 누군가가 있다는 사실을 생각하니 레드카펫은 내가 있을 자리가 아니라는 어색한 기분 따위는 사라져버렸다. 저녁 내내 잔뜩 흥분한 상태에서도 나는 계속 휴대폰을 들여다보며 메시지를 확인했다. 나는 사람들에게 내 매력을 발산하며 끊임없이 이야기를 나누어야 했지만 내 핸드폰 화면에 떠 있는 프랑스 여성에 대한 생각밖에 나지 않았다.

그날 저녁에 나는 케빈과 함께 레드카펫에 서 있는 사진을 올렸다. 제일 먼저 반응을 보인 사람은 매트 오빠였다.

"오 이런, 이 사진은 네가 아니야. 아나이스지. 진짜 다들 그렇게 생각할 걸."

아나이스가 그 뒤를 이어 멘션을 남겼다.

"와! 저 드레스를 입으니까 내가 멋져 보여!"

나는 압박감을 느꼈다. 그런 댓글을 달기에는 너무 이른 거 아닌가? 처음으로 나는 이번 일이 너무 빠르게 진행되고 있다고 느꼈다. 아나이스의 멘션에는 나쁜 뜻이 전혀 없었지만 나는 이상한 기분이 들었다. 너는 나만의 공간을 침범하고 있어! 나는 아직 우리 관계를 그 정도 수준으로 맺을 준비가 되어 있지 않았다. 다음은 뭐지? 페이스북에다 우리 사이를 공표해야 하나? 물론 나는 댓글을 달지 않았다. 나는 마음을 가라앉히기 위해 내 감정에만 집중했다.

나는 영화를 보러 극장 안으로 들어갔지만 아나이스에 대한 생각을 떨칠 수가 없었다. 그날 밤 다른 사람들과 별로 어울리지도 않았다. 시사회 파티에서 나는 신경을 진정시키려고 위스키에 얼음을 넣어 단숨에 들이켰다. 아나이스의 사진과 아나이스의 페이스북 메시지, 그리고 내 가족과 친구들의 반응이 계속 머릿속에서 빙빙 돌았다.

다음 날 아침, 나는 침대에 엎드린 채 한 번에 한쪽씩 눈을 뜨면서 잠에서 깼다. 몸을 가누기가 몹시 힘들고 머리도 좀 아팠지만 술을 몇 잔마신 다음 날에는 늘 있는 일이었다. 한쪽 눈을 마저 떴을 즈음 나는 오랫동안 헤어져 지냈던 쌍둥이 자매가 다시 떠올랐다! 나는 거의 의식하지 못했지만 아나이스는 이미 내 마음속에 들어와 있었다. 나는 꿈이 아니라는 걸 확인하려고 손을 뻗어 휴대폰을 집었다. 휴대폰으로 아나이스의 페이스북 프로필을 열었다. 아나이스가 나를 똑바로 쳐다보고 있었다. 아나이스의 눈… 나의 눈. 그래, 사실이었다. 아나이스와 나는 쌍둥이였다.

나는 그날 있을 첫 번째 오디션을 준비할 시간을 남겨두고 급하게 샤워를 했다. 내가 해야 할 부분은 극적인 장면이었다. 나는 세 번째 장면에서 눈물 흘릴 준비가 되어 있어야 했다. 그쯤이야 문제 되지 않을 것이었다. 바로 전날 이 모든 일을 겪은 터라 내 감정은 자유롭게 흐르고 있었다. 내게는 분출해야 할 에너지가 많이 쌓여 있었다. 때로는 배우로서 열정적인 에너지를 모두 끌어모아 사용해야만 했다.

나는 전형적인 로스앤젤레스의 배우 지망생이다. 마음 한편으로는 다른 배우들이 자신들의 '업'과 생활 방식을 과연 얼마나 심각하게 받아들이는지에 대해서 정말로 불편하고 짜증이 난다. 그렇지만 한편으로는 그런 것들을 몰래 즐긴다. 속으로는 비웃어대더라도 말이다. 로스앤젤레스 사람들은 유난히 허세를 부리는 것 같다. 시내 근처 언덕배기를 오를 때도 풀 메이크업을 하고, 유기농 옷가게에는 녹즙 음료 냉장고가 놓여 있고, 어느 식당에서나 채식을 하는 사람이나 글루텐이 없는 음식을 먹는 사람들을 위한 대체 음식만 주문할 수 있으며, 스타벅스에는 노트북을 켜놓고 대본을 읽으면서 저지방 바닐라 라테를 마시는 사람들로 가득 차 있다. 하지만 나는 크게 신경 쓰지 않는다. 나는 로스앤젤레스에서 멋진 친구들을 여럿 사귀었고 꿈을 좇고 있기 때문이다. 공식적으로 밝히건대 나는 풀 메이크업을 하고 산을 오르는 일 따위는 하지 않는다. 내가 그런 적이 있다면 내 얼굴을 한 대 쳐도 좋다.

차를 몰고 오디션 장소로 향했다. 가는 길에 지금껏 외웠던 대사와 내 쌍둥이 자매의 얼굴과 내 얼굴이 머릿속에서 계속 번갈아 떠올랐다. 캐스팅 사무실 앞에 차를 대고 오디션 대기 장소까지 계단을 뛰어올라가 자리에 앉았다. 그리고 오디션이 끝나자마자 다음 오디션을 준비하기 위해 다시 집으로 향했다. 이번 오디션에서는 나이가 더 들어보이도록 머리 모양과 화장, 의상을 바꿔야 했다. 준비가 되자 나는 다시 산타모니카로 차를 몰았다. 또다시 내 머릿속은 오디션 대사와 프랑스 여성과 다음에 무슨 이야기를 나눌지에 대한 생각으로 뒤범벅되었다. 어쩌면 '콕 찔러보기'를 해야 할까? 남자들한테 쓰는 '3일 규칙'을 따라야 할까? 이제는 내가 아나이스에게 말을 걸 차례였다. 산타모니카에서의 오디션은 별 문제없이 잘했지만 며칠 동안 아무런 연락도 받지 못했다.

나는 오디션에 마음을 쏟을 수가 없었다. 음악을 틀고 차를 몰아 집으로 와서는 그대로 침대에 누워버렸다. 그러고는 페이스북의 아나이스를 몰래 훔쳐봤다. 휴대폰을 켜자마자 아나이스에게서 온 메시지가 떴다. 이상하게도 아나이스는 벌써 내 마음을 읽고 있었다.

"샘, 잘 지내? 모든 일이 잘 되길 바라! 시사회 때 사진을 봤어. 너 정말 예쁘더라! 지금 당장 영화 보고 싶어서 죽겠어. 하하! 내일 엄마 생신이라 파리에 가서 주말을 보낼 거야. 가서 좀 더 찾아봐야겠지만 엄마가 벌써 내가 너한테 보낸 자료를 거의 다 스캔했어."

잠시 후에 아나이스의 스카이프 아이디가 적힌 다른 메시지가 올라왔다.

"스카이프로 통화하고 싶다면 언제든지 환영이야. 하하하."

하하하… 아! 나는 아직 스카이프로 통화할 준비가 안 됐다. 한참 밀리는 시간에 차를 몰고 집으로 가고 있으니 곧바로 답장을 보내지 않아도 완벽한 핑계가 되었다. 나는 좀 차분하게 이 모든 상황을 되짚어볼 필요가 있었다. 오디션이 어떻게 됐는지 물어보려고 아일린에게 전화를 걸었지만 자연스레 대화는 아나이스 이야기로 흘렀다. 어쩌면 아나이스와 스카이프로 통화를 하게 될지도 모른다고 말하자, 아일린은 일단 통화를 미루고 주말 동안 잘 생각해보라고 조언했다. 그녀는 몇몇 사람들과 먼저 이야기를 나누고 싶어 했다. 아일린은 벌써부터 나와 아나이스의 사연을 최대한 내게 이득이 될 수 있도록 이런저런 기회를 엿보고 있었다.

아직 나 자신이 준비가 됐다는 확신이 없어서 아나이스와의 통화를 미룰 수 있다는 사실에 조금은 안도감을 느꼈다. 집으로 돌아온 후 내 친구들은 스카이프 통화에 대해 갖가지 의견을 내놓았다. 친구들은 내가 통화를 해야 하고 통화 내용은 녹음해야 한다는 점에서 의견 일치를 보였다. 처음에는 아주 좋은 생각처럼 들렸다. 하지만 가만 생각해보니 아나이스와 나 둘 다 이용당하는 것 같다는 기분이 들었다. 통화는 무척 사적인 일이고 무엇보다 아나이스와 나, 우리 둘에게만 관련된 일이었다. 내가 아나이스와의 대화를 기다리는 이유가 뭔데? 왜 나는 다른 사람들이 끼어들도록 만들었을까? 아나이스는 내 쌍둥이 자매였다! 아무나가 아니었다! 이건 내 인생이다. 하지만 다른 한편으로는 후대를 위해 기록을 남기는 것도 좋을 것 같았다. 우리는 그 기록을 영원히 간직할 것이다.

고민 끝에 카노아에게 전화를 걸었다. 나는 주위 사람들이 아나이스와 나의 이야기를 두고 상업적인 제안을 한다고 털어놓았다. 그는 충분히 고민한 뒤에 내가 옳다고 생각하는 대로 하라고 말했다. 그는 정확했다. 나는 정말로 내가 신뢰하는 사람에게서 그 말을 듣고 싶었다. 이 이야기가 멋진 사업 기회가 될 수도 있겠지만 나 스스로 선택을 해야 한다. 나는 아나이스와 통화를 하기로 결심했다. 하지만 그날 밤은 아니었다. 나의 하루는 종일 오디션을 본 뒤에 레스토랑에서 근무 시간을 꽉 채워 일해야 끝이 난다.

마침내 레스토랑에서 일을 마치고 집으로 돌아왔다. 나는 곧장 컴퓨터 앞에 앉아 아나이스에게 보낼 메시지를 적었다.

아나이스! 나는 잘 지내고 있어(어느 정도는 사실이야). 아직도 이 말도 안 되는 일들이 대체 어떻게 된 건지 따라가느라 정신이 없어(정말이야). 시사회는 굉장했어! 확실히 정신없는 날이었어. ☺ (네가 불편해하지는 않을까 걱정되기도 하고 나도 뭐라고 해야 할지 몰라서 이모티콘을 넣은 거야). 이 영화를 보면 이상할 거야. 네가 너를 보게 될 테니까… 하지만 아니야… 나니까… 그런데 너니까… (네가 불편해 할까 봐 농담 좀 해봤어. 기분이 나아질 거야.)

좋아! 잘 됐어! 엄마랑 아빠한테 내가 아기 때 쓰던 것들 사진을 찍어 달라고 했어. 부모님은 뉴저지에 계시고 나는 로스앤젤레스에 살아서 약간 멀어… 그래도 너한테 보내줄게!(음… 네가 애를 많이 썼으니까, 나도 그만큼 해야지.) 그리고 우리 하자! 스카이프 통화! 시차가 있으니까 몇 시쯤 할지 결정해야 할 거야.

너는 잘 지내? 이 상황을 네 가족들은 어떻게 받아들이고 있어? 너는 괜찮은 거야?

너를 사랑하는 샘.

　나는 메시지를 보낸 후 침대 위로 풀쩍 뛰어올라 이불 속에서 몸을 웅크렸다. 그러고는 페이스북에 로그인을 한 다음 아나이스 사진을 보고 또 보면서 아나이스와 그녀의 친구들이 올린 그녀의 과거를 돌아봤다. 문자 그대로 우리가 떨어져 지낸 이 모든 세월의 타임라인timeline이 그녀가 처음으로 내게 연락한 바로 그 순간까지 이어져 있었다. 나는 손바닥 안에서 그 모든 순간들을 볼 수 있었다.

5
아나이스

Anaïs
+
Samantha

세상에 나온 날 vs. 가족을 만난 날

나는 아무런 부족함 없이 자랐다. 부유한 파리 근교의 다른 아이들처럼 파리 최고의 학교에 다녔고, 피아노도 배웠다. 프랑스 남부 지방에서 여름을 보내고, 해외여행도 다녔다. 수년 동안 고전무용과 승마 레슨도 받았다. 남부럽지 않은 환경이었지만 한편으로는 항상 나와 비슷하게 생긴 다른 사람을 찾는 것에 호기심이 많았고 비밀스러운 갈망이 있었다.

뇌이쉬르센처럼 단절된 지역사회에서 한국계로 산다는 건 쉽지만은 않은 일이다. 내가 아기였을 때 같은 동 아파트에 살던 의사는 엄마한테 내가 처음에 어느 나라 언어로 말을 했냐고 물었다. 엄마는 그 의사의 무지함에 소스라치게 놀랐다. "당연히 프랑스어죠!" 엄마는 이렇게 대답하며 그 의사에게 내가 무슨 말을 했을 거 같느냐고 반문했다. 의사라는 사람이 내가 한국에서 태어났다는 이유로 당연히 한국어를 알 거라고 생각한 거다. 엄마가 그 의사를 몹시 편협한 사람이라고 생각하는 것도 무리는 아니다.

내가 유치원에 다닐 때 우리 가족은 벨기에에 살고 있었다. 나는 가끔 친구들 집에 놀러가곤 했는데 친구 엄마들은 내게 '맞춰'줄 줄도 아는 게 자랑스럽다는 듯이 흰 쌀밥을 내왔다. 그건 호의의 표시이기도 했지만 동시에 모욕적이기도 했다. 우리 가족이 이사 온 지 2년 밖에 안 된 탓에 나를 모르는 마을 사람들은 아파트 엘리베이터에서 나를 보면 가정부나 청소부라고 생각했다. 실제로 뇌이쉬르센에는 아시아계 사람들이 그리 많지 않았는데, 남아시아 출신 도우미는 꽤 있었다. 하지만 분명코 나는 외국인이 아니다. 나는 프랑스어로 말하고, 프랑스 음식을 먹고, 프랑스 식으로 옷을 입는다. 프랑스는 내 고향이고, 프랑스 사람이라는 점에서 나는 부모님과 다를 바 없다.

2월 22일은 엄마의 생신이었다. 나는 정말로 엄마와 아빠가 보고 싶었다. 부모님과 함께 있고 싶었다. 그 사이 샘이 트위터와 페이스북에 사진을 몇 장 더 올렸고, 이 모든 것은 정말 현실이 되어가고 있었다. 샘이 거기에 있었다. 나는 실제로 존재하는 샘과 메시지를 주고받았다. 페이스북에 올린 어떤 포스팅에서 샘은 자기 아빠의 생일을 언급했다. 그래서 샘의 아빠마저도 실재가 되어 가고 있었다. 우리 엄마와 샘의 아빠가 거의 같은 날 태어났다니 얼마나 멋진 일인가! 딱 하루밖에 차이가 나지 않았다.

내가 쌍둥이라는 사실을 알고 나서 처음으로 부모님께 전화를 드렸을 때는 샘과 연락이 닿은 직후였기에 나는 거의 울고 있었다. 두 번째 전화 통화를 할 때는 최대한 빨리 내 출생기록을 보내줘야 샘에게 보여줄 수 있다며 엄마한테 소리를 질러댔다. 샘이 내게 자기 출생기록을 보내줬기에, 나는 내 출생기록을 그녀에게 보내고 싶었다. 세 번째 통화를 할 즈음에는 나는 기쁨으로 제정신이 아니었다. 나는 샘이랑 내 아기 때 사진을 같이 볼 수 있게 엄마한테 사진을 보내달라고 했다. 아빠는 마지막까지 확신하지 못했지만 어쨌건 이 모든 일에 무척 마음 아파했다. 나는 아빠의 어린 딸이었고 하나뿐인 자식이었기 때문에 똑같이 생긴 내가 둘이 있다는 생각에 힘든 시간을 보내고 있었다.

아빠 쪽 집안은 대가족이었다. 아빠는 오를레앙과 샤르트르 두 도시 사이, 루아르 계곡 한가운데에 있는 작은 농장에서 자랐다. 할아버지 가스통 보르디에는 밀 농부였다. 할머니 마들렌과 함께 다섯 자녀를 두었고 아빠는 장남이었다. 아빠 위로는 누나가 한 명 있었고, 여동생이 둘, 남동생이 하나 있었다. 아빠는 농장을 아주 좋아했고 할아버지가 도움이 필요한 곳이면 어디든 곁에서 일을 했다. 아빠는 대학에 가고 싶어 했고, 여행을 하고 언어를 배우고 싶어 했는데 어쩌면 학자가 됐을지도 모르겠다. 아빠는 약간 완벽주의자여서 맡은 일은 뭐든지 잘 하고 싶어 했다. 아빠의 첫 직업은 에어프랑스와 관련이 있었고, 일을 하면서 학교도 다녔다. 학업을 마치고 대학교 시험을 모두 통과한 뒤에는 간부급 직위에 올랐다. 그때 경험은 나중에 사업을 시작할 때 좋은 아이디어를 얻는 데 도움이 되었다. 마침내 아빠는 가죽 제품 회사를 인수해 명품 시장에서 자리를 잡았다.

엄마도 열심히 일했다. 엄마는 부모님이 사업체를 사들일 때 완벽하고 믿음직한 도우미였다. 엄마는 파리에서 남동쪽으로 100킬로미터 떨어진 샹파뉴 지방의 아름다운 중세 도시 트로예에서 자랐다. 외할아버지 자크 바흐는 성공한 회계사였다. 외할아버지와 외할머니 시몬은 슬하에 자녀를 둘 두었는데 엄마는 남동생 질과 다섯 살 터울이었다.

가톨릭 사제인 외삼촌 질은 플로렌스 지역 인근에 직접 세운 신학대학을 운영하고 있다. 외가 식구들은 독실한 신자들은 아니었는데도 가끔 성당에 가곤 했다. 트로예 근처에 여름에 들르는 별장이 하나 있었는데 어느 날 미사를 드린 후 엄마는 집 근처 정원에서 우연히 외삼촌 질이 무언가를 하고 있는 걸 봤다. 당시 다섯 살이었던 외삼촌은 엄마 인형을 모두 가지고 가서 인형들이 자기를 바라볼 수 있게 놓은 다음 할머니의 검정색 치마를 가운처럼 입고 인형들을 위한 미사를 드리고 있었다. 엄마는 외할머니에게 달려갔고 외할머니는 외삼촌한테 무슨 놀이를 하고 있느냐고 물었다.

"엄마, 나는 놀고 있는 게 아니에요. 난 언젠가는 사제가 될 거예요."

외삼촌이 대답했다.

외삼촌이 예언한 대로 그는 로마가톨릭교회의 서품을 받았다. 외삼촌이 스물세 살이던 1979년에 요한 바오로 2세가 그의 사제 서품식을 집례했다. 내가 세례를 받을 때 그 영광스런 예식을 집례한 이는 바로 외삼촌이었다.

엄마는 소녀 시절 마음껏 자유를 누렸다. 엄마는 자기 말을 가지고 있었는데, 열두 살 때부터 말을 타서 뛰어넘기도 할 줄 알았다. 나도 엄마와 함께 여덟 살 때부터 말을 타기 시작했다. 엄마는 어린 시절 여름마다 가족들과 함께 지중해나 대서양 연안 쪽 남프랑스로 여행을 갔다. 똑똑하고 교육을 잘 받았던 엄마는 영국에서 대학을 다녔다. 엄마가 아빠를 만난 건 파리의 한 파티에서였다. 두 사람은 첫눈에 사랑에 빠졌다. 공통점이 많았던 엄마와 아빠는 곧바로 인생의 반려자를 만났다는 사실을 깨달았다.

1976년 트루아에서 결혼한 부모님은 경제적으로 안정을 찾은 후에 아기를 갖고 싶어 했다. 하지만 몇 년이 지나 아기를 가지려 노력했을 때는 아기가 생기지 않았다. 부모님은 불임 치료를 받을 생각이 없어서 곧바로 입양을 하기로 결정했다. 엄마는 입양한 아이를 키우면서도 행복할 수 있다는 걸 알았고 무엇보다도 가족을 원했다. 엄마와 아빠는 반드시 한국에서 태어난 아이를 입양하기로 결정했다. 엄마는 이 결정이 가슴으로부터 우러나오는 것이었다고 말했다. 무슨 이유인지 확실하지는 않지만 그래야만 한다는 강렬한 느낌을 받았다고 한다. 아빠도 마찬가지였다. 아빠는 심지어 기대감에 들떠 한국어를 독학하기 시작했다.

부모님은 한 나라에 대한 특별한 관심이 문제가 될 수 있다는 걸 깨닫지 못했다. 프랑스에서는 입양을 위해 거쳐야 하는 일정한 과정이 있다. 첫 번째로 사회복지기관에서 입양 지원자가 입양아에게 부모로서 적합한지 판단을 내린다. 승인을 받으면 지원자는 국내에서 입양하고 싶은지, 해외에서 입양하고 싶은지 결정해야 한다. 부모님은 '전 세계 어린이의 친구들AEM, Amis des Enfants du Monde'이라는 단체를 통해 입양하기로 했다. 부모님이 한국 아기에게만 관심이 있다고 말하자 그 기관의 담당자는 당황해 하며 어디에서 태어났든지 아이는 다 똑같은 아이라고 설득했다.

엄마는 굽히지 않았다. 지원서가 한국으로 가지 않는다면 다른 입양기관을 알아볼 것이라고 엄포를 놓았다. 아이의 출생 국가와 유대감을 느끼는 건 엄마에게 아주 중요한 일이었다. 납득할 만한 이유를 댈 수는 없지만 엄마는 한국과 연결되어 있다고 생각했다.

엄마는 결정을 내릴 때 무척 많은 생각을 했다. 유아기 때만이 아니라 아이의 인생 전체를 고려했다. 엄마는 해외 입양을 하는 프랑스의 많은 부모들이 다른 나라에서 온 아이들을 키우면서 겪게 될 어려움들을 제대로 대비하지 않는다고 생각했다.

기관의 승인을 받는 데는 2년 가까이 걸렸다. 1987년 크리스마스 바로 직전, 부모님은 AEM으로부터 여자 아기가 태어났다는 소식을 들었다. 몸무게는 2.2킬로그램이고 키는 44센티미터였다. 첫 번째 신체검사 소견서에는 내가 "귀엽고 아주 작다"고 쓰여 있었다. 나는 6개월 후에나 프랑스에 도착할 예정이었다. 부모님이 갖고 계신 내 첫 번째 사진은 내가 태어난 지 나흘째 되던 날, 부산에 있는 한 개인 병원에서 AEM과 협력하고 있는 서울의 홀트아동복지회로 옮겨진 다음 찍은 것이었다. 며칠 뒤에 부모님은 좀 더 공식적인 내 두 번째 사진을 받았는데 등록번호와 김은화라는 한국 이름이 같이 찍혀 있었다. 한국에서 '은'은 '은銀'을, '화'는 '꽃'을 뜻한다.

몇 주 후에 입양기관은 내 머리에 있는 딸기 색깔의 꽤 큰 혈관 모반을 찍은 사진을 보냈다. 이 보기 흉한 혹은 혈관종이라고도 불리는데 신생아에게는 무척 흔한 것이며 모양만 그렇지 위험하지는 않다. 엄마는 큰 문제는 아닌지 확실히 하고 싶어서 그 사진을 들고 소아과 의사를 찾아갔다. 그는 내가 아홉 살이 될 무렵이면 그 모반이 완전히 없어질 거라며 엄마를 안심시켰다.

이제 이름을 지을 차례였다. 엄마와 아빠가 많은 시간을 보낸 남프랑스에는 이름이 아나이스인 여자아이들이 아주 많았는데, 그 이름은 매우 특별한 이유로 부모님 마음을 움직였다. 그 이유 중 하나는 아나이스라는 이름이 남프랑스에서 인기가 많다는 점이었다. 마침 나는 한국의 남부 지방에서 태어났다. 또 다른 이유는 아나이스가 일본어에서 꽃을 뜻하는 단어 "하나에"와 발음이 거의 비슷하다는 점이었다. 내 한국 이름에도 꽃을 뜻하는 말이 들어 있다. 그래서 아나이스는 여러 의미 있는 해석이 가능한 완벽한 선택이었다.

홀트아동복지회에서는 내가 생후 6개월이 될 때쯤, 그러니까 5월에나 도착할 거라고 통보했다. 그래서 엄마는 내 방에 가구를 들여놓고, 서랍에 옷을 채우는 일들을 서두를 필요가 없다고 생각했다. 그런데 갑자기 2월 마지막 월요일에 어떤 여자가 전화를 걸어서는 내가 바로 그 주 토요일에 비행기를 타고 도착할 거라고 말했다. 엄마로서는 당황스러운 일이었다. 엄마 친구들이 모두 나서서 아기 침대와 옷, 기저귀, 분유, 장난감, 담요, 그 밖에 신생아에게 필요한 것들을 구하는 일을 도왔다. 내 침대는 집으로 배달됐는데 무려 열다섯 개 부분으로 나뉘어 도착했다. 그래서 아빠를 도와 침대를 조립할 사람을 찾느라 또 한 번 소동이 일어났다. 부모님의 친구들 덕분에 짧은 닷새 안에 완벽히 준비를 마칠 수 있었다.

1988년 3월 5일, 나는 멋지게 도착했다. 나는 한국에서 날아와 샤를드골 공항에 내린 네 명의 어린아이 가운데 하나였다. 나를 제외한 세 명 중 하나는 아기였는데 나와 나이가 같은 어린 여자아이였다. 나머지 두 명은 두 살짜리 여자아이와 일곱 살짜리 남자아이였다. 홀트아동복지회의 직원 한 사람이 우리를 안전하게 데리고 올 임무를 맡아 함께 왔다.

비행기에서 내렸을 때 나는 깊이 잠들어 있었다고 한다. 엄마는 처음으로 나를 품에 안자마자 곧바로 나와 유대감을 느꼈다. 그 순간 엄마는 엄마가 가슴으로 낳은, '내 아이'를 안고 있다는 걸 깨달았다. 엄마 말에 따르면 나는 갑자기 눈을 뜨고 엄마를 쳐다보더니 눈을 다시 감기 전에 미소를 지었다. 엄마는 차를 타고 집으로 가는 동안 내가 너무 깊이 잠들어서 숨을 제대로 쉬고 있는지 확인하려고 계속 꼬집었다고 한다. 아빠는 어땠느냐 하면, 아빠는 정말로 행복하기만 했다!

엄마는 우리 세 식구가 처음으로 한 가족으로서 아파트에 도착했을 때의 풍경을 들려주었는데 나는 그 이야기를 무척 좋아한다. 집에는 "트위스트"라는 여섯 살 난 푸들이 있었는데 나를 만나서 신이 났는지 아닌지는 확실하지 않다. 아무튼 부모님은 트위스트가 내게 너무 가까이 가지 못하도록 했다. 사실 엄마와 아빠는 내가 무슨 이상한 세균에 감염될까 봐 너무 염려해서 젖병을 물릴 때 흰 실험실 가운을 입기도 했다. 엄마는 흰 가운 속에 빨간 터틀넥 윗도리와 검은색과 흰색이 어우러진 멋진 바지를 입고 있었고, 아빠는 검은 스웨터 아래 산뜻한 파란색 셔츠와 청바지를 입고 있었다. 그 모든 순간이 사진으로 담겼다.

이야기를 들어보면 집에 도착한 나는 약간 놀라서 눈을 떴던 것 같다. 내가 '어디에 있는 거지?' 하며 걱정하는 표정이었다고 한다. 엄마가 내게 젖병을 물렸는데 내가 빨지 않자 아빠가 나를 안았다. 아빠는 성공한 뒤에 무척 뿌듯해 했지만 곧 나는 울기 시작했다. 분유가 맞지 않았기 때문이었다. 부모님은 소아과 의사인 이웃에게 전화를 걸었고 그는 특수 분유에 대해 설명해주었다. 이제 막 프랑스에 왔는데 유당불내증이라니, 오자마자 험난한 길이 시작된 거다.

엄마는 나의 '첫 순간들'을 모두 기억한다. 나는 첫 번째 생일날에 첫 걸음마를 뗐다. 처음 맞은 성탄절에 우리는 하얀 전구와 산타 장식품으로 크리스마스트리를 꾸미고 나무 꼭대기에는 빨간색 리본을 묶었다. 나는 빨간 드레스와 흰 블라우스를 입고 처음으로 산타 할아버지한테서 인형 선물을 받았다. 파란색 파자마를 입은 남자아이 인형이었다. 나는 외삼촌에 대한 존경의 의미로 그 인형을 "아기 질"이라고 불렀다. 나는 갖고 있는 인형 중에 아기 질을 가장 좋아해서 항상 내 배낭에 넣어서 가지고 다녔다. 아기 질은 지금도 내 방에 있다.

내가 세 살 때까지 우리 가족은 프랑스에서 가장 부촌 중 하나인 뇌이쉬르센에서 살았다. 나중에 프랑스 대통령이 된 니콜라스 사르코지는 내가 입양됐을 당시 뇌이쉬르센의 시장이었다. 그는 종종 내가 다니던 학교 바로 근처 쉐지 가에 있는 작은 카페 두 파르크 비스트로에서 아침을 먹었다. 엄마는 아침에 나를 학교에 내려주고 커피를 마시러 갔다가 가끔 그를 봤다.

뇌이쉬르센에는 배우와 작가, 운동선수, 정치가, 외교관 등 유명인들이 많았다. 그곳이 무척 아름답기도 했지만 남들 눈에 띄지 않고 지낼 수 있기 때문이었다. 뇌이쉬르센은 넓은 가로수 길로 유명한데 원래 그 길은 국왕 루이 필리프 1세의 저택 안에 난 길이었다. 파리에서 두 번째로 큰 공원인 볼로뉴의 숲도 있었다. 프랑스 최고의 병원 중 하나로 명성이 자자한 파리 미국 병원도 있었고, 이제는 인터내셔널 뉴욕 타임즈로 바뀐 인터내셔널 헤럴드 트리뷴의 본사도 있었다. 뇌이쉬르센은 파리 중심부와 아주 가까우면서도 한편으로는 평온한 안식처가 되기에도 적당한 거리에 있어서 살기에 기막히게 좋은 곳이었다.

내가 세 번째 생일을 맞이한 바로 다음 날 우리는 브뤼셀로 이사를 갔다. 아빠가 화장품 회사에서 총괄 관리자로 일하게 되었는데 맡은 지역이 벨기에와 네덜란드, 룩셈부르크였다. 엄마는 케이크로 조촐하게 내 생일을 축하해주었고 그다음 날 우리는 벨기에로 떠났다. 아빠는 시내 중심부에 위치한 아름다운 복층 아파트를 구했다. 아빠 사무실에서 15분 거리에 있었는데, 넓이가 200평방미터나 됐다. 위층으로 올라가는 계단이 개방형이라 무서웠지만 생캉트네르 공원이 내려다보이는 테라스는 무척 마음에 들었다. 나는 그 테라스에서 처음으로 눈사람을 만들었다.

엄마는 이사하는 걸 정말 싫어했지만 그 아파트는 마음에 들어 했다. 우리는 거기에 아는 사람이 아무도 없었고 날씨도 끔찍했다. 하지만 유치원 친구들의 부모님들이 모두 북해 지역에 집을 빌린, 다음 해의 부활절 즈음에는 상황이 좋아졌다. 친구를 사귈 수 있는 기회라면서 엄마도 거기에 집을 빌렸기 때문이다. 엄마 생각이 맞았다. 우리는 유치원 친구들의 가족들과 브뤼셀에서 북서쪽으로 약 113킬로미터 떨어진 크로케의 바닷가 리조트에서 즐거운 시간을 보냈다. 엄마는 그 후로 우리 집을 더 좋아하게 되었다.

나는 처음부터 브뤼셀을 좋아했다. 그때부터 의상을 차려 입는 걸 가장 좋아했는데 스타일에 대한 관심이 어린 시절에 드러난 것이었다. 나는 특히 스팽글 장식이 달린 할리퀸 의상을 매우 좋아해서 그 옷을 입고 아기 인형 질이 들어 있는 가방을 등에 멘 채로 온 동네를 돌아다녔다.

학교 분위기는 친절하고 따뜻했다. 선생님 한 분이 아기를 가졌다는 걸 알았을 때 나는 무척 감동을 받아 그 소식을 엄마에게 전했다.

"엄마, 선생님 뱃속에 뭐가 있는지 상상도 못할 거예요!"

나는 집에 돌아와 소리쳤다.

"아기인 것 같구나." 엄마가 대답했다.

"저도 엄마 뱃속에 있었어요?"

나는 호기심에 엄마한테 물었다. 그런데 엄마의 대답은 나를 혼란스럽게 했다.

"아나이스, 너는 언제나 내 가슴 속에 있었단다. 그런데 너를 낳아준 다른 여자 분이 있었어. 너는 그 분 뱃속에서 나왔단다."

"어떤 다른 여자 분이요?"

나는 따지듯이 물었다. 어떻게 그런 일이 일어날 수 있을까?

"그 분은 네 엄마가 될 수 없어서 엄마랑 아빠한테 너를 주신 거란다." 엄마가 대답했다.

나는 더 이상 묻지 않았다. 너무 이상한 이야기라서 무슨 질문을 해야 할지도 몰랐다. 하지만 그게 무슨 뜻인지 깨닫는 데는 오래 걸리지 않았다.

"너는 네 엄마랑 조금도 닮지 않았어."

"네 엄마는 진짜 엄마일 리가 없어. 네 엄마는 금발에 눈이 파란데 너는 중국 사람이잖아."

학교 친구들이 이렇게 말했을 때 비로소 조금씩 이해하기 시작했다. 그러던 어느 날, 나는 완전히 흥분한 채로 학교에서 돌아와 엄마에게 물었다.

"내가 버려졌었어요? 엄마가 쓰레기통에서 나를 찾은 거예요?"

필리핀에서 한 아기가 쓰레기통에서 발견됐다는 뉴스를 텔레비전에서 봤는데, 학교에서 한 남자아이가 나도 그랬을 거라고 말했다. 내가 쓰레기통에 버려졌고 엄마가 나를 거기에서 꺼내왔다는 것이었다.

"아나이스, 아니야. 너는 절대로 버려지지 않았어."

엄마가 나를 안심시켰다.

"너를 낳아주신 분은 너를 낳자마자 곧바로 엄마랑 아빠한테 너를 주셨어. 너는 절대로 버려지지 않았어. 이거 봐. 네가 태어나고 나서 바로 나흘째 되던 날 찍은 사진도 있잖아."

나는 더 이상 아무 질문도 하지 않았지만 엄마가 사진을 가지고 있다고 해도 버려졌다는 느낌은 사라지지 않았다. 학교에서 남자아이가 했던 말이 내 안의 감정을 헤집어놓아서 나는 어떻게 해야 할지, 무슨 말을 해야 할지 몰랐다. 나는 누구보다도 엄마를 더 사랑하는데, 엄마가 이야기하는 다른 엄마는 누구일까? 왜 나는 그 다른 엄마와 함께 있지 않은 걸까?

처음으로 나는 마음속 깊은 곳에서부터 외로움을 느꼈다. 나는 침착하게 그 이야기를 받아들이고 있는 것처럼 보이려고 애썼지만 말로는 설명하기 어려운 아픔을 느꼈다. 그 아픔은 지금까지도 내 안에 머물러 있다. 내가 그걸 어떻게 생각하든지 간에 인생이 첫 시작부터 뭔가 잘못됐다는 느낌을 떨쳐버릴 수가 없었다. 내 생모는 나를 키울 수 없었다. 그러니까 나는 생모에게 골칫거리였던 것이 틀림없었다. 부모님은 정말로 나를 키우고 싶어 했지만 아이를 가질 수 있었다면 나를 입양할 필요가 없었을 것이다. 이런 감정은 힘들고 복잡해서 다른 누군가와 나누고 싶지 않았다. 나는 부모님을 사랑했지만 내 외로움을 입 밖에 낼 수 없었다. 대신에 나는 그 감정을 묻어두려고 애를 썼다.

나는 진짜 엄마와 완벽한 행복을 누리고 있었기 때문에 생모가 내게 어떤 의미인지 걱정하지 않았다. 하지만 한편으로 나는 울화통이 터지거나 밤에 이상한 꿈을 꾸고 불쾌해질 때도 있었다. 아무 이유도 없이 극심한 불안이나 슬픔을 느끼기도 했다. 때로는 내가 무언가로부터 떨어져 나왔다는 기분을 느꼈는데 그 감정이 아주 기이해서 말로 설명할 방법이 없었다. 내가 인스타그램에 올린 사진 중에 어린 시절 아기 질과 또 다른 인형, 이렇게 두 개의 인형을 가지고 노는 사진이 있다. 내 어린 시절 사진 중에 아기 질 인형이 없는 사진은 찾기 어렵다. 아기 질은 단순히 내가 가장 좋아하는 인형이 아니었다. 나는 절대로 아기 질을 혼자 두지 않았다. 나는 어디든지 그 인형을 가지고 다녔고 아기 질을 깜박 잊은 날에는 영원히 사라져버릴까 봐 겁에 질려 어쩔 줄을 몰라 했다. 아기 질은 내가 어디를 가든지 나의 변치 않는 친구였고 우리는 서로가 필요했다. 아무도 나를 아기 질과 떨어뜨려놓지 못했다.

우리 가족은 3년 반 동안 브뤼셀에서 살았다. 아빠가 승진을 해서 뇌이쉬르센으로 돌아가야 했을 때 나는 무척 우울했다. 1994년 2월에 아빠가 파리로 떠났는데도 엄마와 나는 학년을 마치는 4월까지 브뤼셀에 계속 머물렀다. 나는 읽기를 배우고 있었는데, 엄마는 내가 생 도미니크 학교로 돌아갔을 때 내 학년 수준을 맞추려면 읽기 수업을 다 마쳐야 한다고 생각했다. 당시 나는 우리 반에서 글을 제일 잘 읽는 학생 중 하나였고 부모님은 그런 나를 자랑스러워했다.

프랑스의 학교로 돌아가는 건 전학생이 되는 거랑 비슷했다. 나는 친구가 하나도 없었고, 반 친구들은 모두들 이미 친한 사이라 또 다른 친구가 필요하지 않아 보였다. 나는 브뤼셀에 있는 학교에서처럼 친구들과 교실에 들어갈 때 두 명씩 손을 잡는 방식이 그리웠다. 생 도미니크에서는 모든 아이들이 각자 다녔다. 그래도 좋은 소식은 브뤼셀에서처럼 내가 우리 학년에서 키가 제일 작지는 않다는 것이었다. 나보다 2센티미터 정도 작은 여자아이들 둘이 있었는데 우리는 금세 친구가 되었다.

어렸을 때부터 엄마는 나를 여러 과외 활동에 등록시켜주었는데 나는 그 활동을 아주 좋아했다. 피아노, 발레, 승마 등 내 능력이 미치는 한 뭐든지 하고 싶어 했다. 추진력에 있어서만큼은 나는 아빠를 똑 닮았다. 나는 동기가 없으면 금세 흥미를 잃었다. 피아노를 배울 때도 경연 대회라는 도전이 필요했다. 처음 피아노를 배울 때는 아빠가 피아노도 사주고 연습도 많이 해서 진도가 빨랐다. 하지만 더 이상 경연 대회가 없는 수준까지 올라가자 그걸로 끝이었다. 발레를 배울 때도 마찬가지였다. 무용학원이 학교 바로 옆에 있어서 나는 학원에 가는 걸 무척 좋아했다. 나는 거의 하루도 빠지지 않고 착실하게 학원을 다니면서 꾸준히 실력을 키웠다. 그러다 발레 선생님이 내가 나가고 싶어 했던 경연 대회에 다른 여자아이를 지목한 바로 그날, 발레를 그만두었다.

승마도 목표를 향해 노력하는 동안에는 잘했다. 엄마와 나는 우리 아파트 근처에 있는 최신식 승마 센터에서 곧잘 말을 빌렸다. 승마 수업이 없는 날에는 좁은 길에서 말을 타거나 원형 경기장에서 연습을 했다. 나는 여덟 살부터 열다섯 살까지 말을 탔는데 말에서 떨어져 팔이 부러지면서 승마를 잠시 쉬어야 했었다. 팔이 다 나은 후, 선수단에 들어갈 수만 있다면 기꺼이 승마를 다시 하고 싶었다. 하지만 그러려면 공부를 제쳐 두고 너무 많은 시간을 승마에 할애해야 한다는 문제가 있었다. 그래서 승마도 그만두었다. 경쟁하지 않는다면 나는 흥미를 갖지 않았다.

만으로 일곱 살 때였다. 부모님은 부활절 방학을 이용해 나를 데리고 두 주 동안 한국에 갔다. 여행의 목적은 누군가를 다시 찾는 것이 아니었다. 그 나라의 음식도 먹어보고 그 나라의 말도 해보고 사람 구경도 하면서 순수하게 즐기는 마음으로 관광지를 여행하는 것이었다. 비행은 스무 시간도 더 넘게 걸렸다. 그 사이 나는 앞자리에 앉은 작은 한국 남자아이와 친구가 되었다. 스튜어디스는 아주 작은 날개가 달린, 대한항공 로고가 그려진 핀을 주었다. 엄마는 아직도 그 핀을 기념품 보물상자에 보관해두고 있다. 부모님은 내게 태어난 나라를 보여준다는 사실에 흥분했다. 한국에 가본 적 없는 건 부모님도 마찬가지였는데, 아빠는 연습해왔던 한국어를 실제로 해볼 수 있어서 기대가 매우 컸다.

우리는 서울에 있는 그랜드 앰배서더 호텔에서 묵었다. 그 호텔에는 여러 나라의 음식을 차려놓은 아주 큰 뷔페가 있었다. 당시에 대한 기억 중 일부는 내가 "한국으로의 항해"라고 이름 붙인 아주 작은 스프링 노트에 쓴 일기를 참고했다. 들어간 내용은 무척 짧았지만 나는 여행 내내 충실하게 적었다. 그뿐 아니라 비행기 창문에서부터 사람들이 운전하는 차에 이르기까지 내게 가치 있는 인상을 준 모든 것들을 그려 넣기도 했다. 나는 그 노트에 궁과 감옥, 사찰, 전통무용 그리고 아름다운 달에 관한 감상 등을 간략히 써두었다. 그 노트는 적은 돈으로도 한국 여행을 할 수 있도록 돕는 안내서였다. 나는 필기체 손글씨를 연습하기까지 했다.

나는 너무 어려서 한국이 나의 뿌리가 있는 나라라는 게 무슨 뜻인지 완전히 깨닫지 못했다. 그 여행은 나보다는 부모님에게 더욱 감동적이었다. 한국 사람들은 멋지고 따뜻했다. 파리에 있는 입양기관의 몇몇 사람들은 나를 한국에 데리고 가는 게 좋은 생각은 아니라고 걱정하기도 했다. 한국 사람들이 자기 나라 아이를 돌보지 못했다며 비참함을 느끼기 때문이라는 것이다. 그런데 실상은 그렇지 않았다. 부모님과 나는 한국 사람들에게 최고의 환대를 받았다.

우리가 돌아오자 선생님은 부모님을 초대해 반 친구들에게 한국에 대한 소개를 해달라고 했다. 엄마와 아빠는 슬라이드 자료를 만들고 전통 의상인 한복을 포함해 우리가 사온 장신구와 기념품 들을 가지고 왔다. 나는 발표 시간에 한복 모델을 했다. 한복은 아름답고 강렬한 색감에 대단히 큰 치마와 아주 작은 윗도리, 통이 넓은 소매 그리고 끈 장식이 달려 있는 무척 화려한 옷이었다. 발표 이후 아시아인은 중국인이나 일본인이 전부라고 생각했던 반 친구들에게 한국은 실재하는 곳이 되었다. 한국에 대해 들어본 적도 없던 반 친구들은 호기심이 생겨서 부모님께 갖가지 질문을 했다.

며칠 후 다른 반의 어떤 친구가 나를 보고 중국 사람이라고 말했다. 그러자 우리 반 남자아이가 바로잡아 주었다. "아나이스는 중국 사람이 아니야. 한국 사람이야." 나는 마침내 내 정체성을 갖게 되었다. 이제 다른 사람들은 내가 누구인지 이해할 수 있었고 더 이상 모든 아시아 사람들과 나를 한데 묶지 않았다. 나는 그 아이가 상처를 주려고 그런 말을 한 게 아니라는 걸 안다. 그렇지만 그 아이들은 내가 어느 나라 출신인지에 대해 알지도 못했고 관심을 갖지도 않았다. 프랑스에는 우월감에 젖어 있는 아이들이 있는데 특히 거의 프랑스 아이들만 다니는 우리 학교의 아이들이 그러했다. 어떤 점이 나를 불편하게 했는지 정확하게 집어내기는 어렵지만, 아무튼 뇌이쉬르센에는 여러 세대를 거슬러 올라가면 보수적인 집안들이 수두룩했다. 어떤 선생님들은 아주 오랫동안 근무를 해서 반 친구들의 엄마와 할머니를 가르친 적도 있다. 프랑스 학교는 융통성이 없고 구식인데다 엄격하고 경쟁적이다. 벨기에에서는 연필로 필기를 했지만 여기에서는 깃펜을 써야 했다. 나는 양손을 자유자재로 쓸 수 있지만 왼손이 더 편했는데 프랑스 교육자들은 학생들이 오른손을 쓰도록 유도했다. 부모는 자녀가 모든 일에 최고가 될 수 있도록 많은 투자를 하고 압박을 가했다. 나는 나 자신을 채찍질했기에 훌륭한 학생이었지만 스트레스는 굉장했다.

6학년이 되자 영어와 독일어 중에서 제2외국어를 선택해야 했다. 나는 열한 살 때 런던에서 3주 동안 지낸 적이 있어서 영어를 조금 할 줄 알았다. 그때 나는 일본계 미국인 친구인 미쿠의 가족과 함께 지냈다. 미쿠의 엄마는 일본 사람이었고 아빠는 미국 사람이었다. 미쿠 가족은 벨기에에 있을 때 알게 됐는데 당시에는 런던 남서쪽의 윔블던 지역에서 살았다. 그곳은 영국에서도 한인 사회가 잘 조성된 지역이었다. 나와 닮은 사람들과 이웃해서 사는 건 처음이었는데 정말 좋았다. 우리는 한국 음식을 많이 먹었고 파리에는 없는 포장 음식을 파는 한국 식당에도 많이 갔다. 내게는 생소했지만 한국 아이들은 아주 작은 스티커가 든 폴더를 가지고 있었다. 화려한 색깔에 반짝거리는 스티커들은 프랑스에서는 본 적 없는, 기묘하게 생긴 동물 또는 한국 캐릭터였다. 한인 공동체에 속해 있다는 건 정말 황홀한 경험이었고, 거기에서 나는 덤으로 영어도 약간 배웠다.

독일어와 영어 중 선택해야 할 시간이 다가왔다. 나는 영어를 조금 할 줄 알았지만 그래도 독일어를 공부하고 싶었다. 그런데 그 즈음에《해리포터와 불의 잔》이 출간되면서 마음이 바뀌었다. 나는 해리포터 시리즈의 앞 세 권을 프랑스어로 읽었다. 하지만 4권이 나왔을 때는 영어로 읽고 싶었다. 영어로 된 책만 구할 수 있기도 했다. 그 책은 뉴욕에서 자정에 판매가 시작되었고, 나는 아침 8시 30분에 콩코르드 광장의 WH 스미스 서점에 가서 기다렸다. 그 서점에서는 영어책을 취급했는데《해리포터와 불의 잔》도 들여놓았다. 30분 뒤, 정각 9시에 문이 열리자마자 나는 책이 쌓여 있는 곳으로 곧장 가서 한 권 집어 들고 와서는 계산을 했다. 나는 영어-프랑스어 사전의 도움을 받아 그 책을 읽으면서 여름을 보냈다. 여름이 끝날 무렵 내 영어 실력은 꽤 늘었고 나는 제2외국어로 영어를 선택했다. 해리포터 시리즈의 다음 책이 또 나올 테니 그에 대비해야 했다.

열다섯 살 때 나는 생일을 1987년 11월 19일에서 내가 처음으로 프랑스에 도착해 내 인생이 시작된 바로 그날인 1988년 3월 5일로 바꾸고 싶었다. 우리 가족은 그날을 내가 "도착한 날"이라고 불렀고 내게는 실제 생일보다 훨씬 더 중요한 날이었다. 3월 5일이면 우리 가족은 항상 가장 좋아하는 한국 식당인, 마르스 광장 길에 있는 '사모'에 간다. 우리는 불고기라는 한국식 바비큐를 정말로 좋아한다. 우리는 내 진짜 생일에도 외식을 하지만 반드시 한국 식당에 가는 건 아니다. 나는 내가 진짜 가족의 일원이 된 날인 "도착한 날"이 그냥 더 좋다.

미국식으로 따지면 고등학교에 해당하는 생 도미니크 중등학교에서는 정신을 못 차릴 만큼 엄청난 강도로 공부를 시킨다. 수업은 아침 8시부터 저녁 6시까지 있었다. 학교 공부와 정규 수업 시간에 보는 시험 외에도 대입자격시험을 대비하기 위해 수요일마다 4시간씩 또 시험을 봤다. 학과 공부 외에 해마다 올려야 하는 연극 작품도 있었다. 미국 고등학교로 치면 최고 학년에 해당하는, 대입자격시험을 치르는 학년에 나는 무대 세트 디자인을 맡았다. 전체적인 윤곽을 잡는 것에서부터 작업을 위한 도면을 그리는 것까지 무대 전체를 디자인하는 일이었다. 이 일이 너무 재미있어서 극장과 연관된 직업을 가지면 어떨까 고민하기도 했다. 하지만 부모님의 반응은 썩 좋지 않았다. 아역 배우와 모델은 항상 착취당한다고 생각하는 부모님은 내가 극장과 관련 있는 일을 하고 싶다면 열여덟 살이 될 때까지 기다리라고 조언했다. 나는 연기를 하고 무대에 서는 걸 좋아했지만 결국 미술대학에 입학했다. 그리고 늘 언젠가는 의상 디자인이나 세트 디자인 혹은 연기를 통해 영화와 관련된 일을 해야겠다고 생각했다. 나는 영화와 연극을 정말 좋아했지만 아시아인들이 맡을 수 있는 역할은 많지 않았다.

생 도미니크 학교를 졸업하기 바로 직전까지 나는 의과대학과 미술대학 사이에서 마음을 정하지 못했다. 생물 선생님은 내가 미술대학을 고려하고 있다는 이야기를 듣고는 내가 생물학을 공부해야만 하는 이유를 대며 미술대학에 가지 않도록 설득했다. 내 시험 점수가 꽤 높아서 선생님은 내가 다른 과목을 붙잡고 있는 걸 싫어했다. 모범생에게 직업적으로 더 나은 선택은 엔지니어나 정치가, 의사 혹은 변호사인데, 대체 왜 미술대학을 들어가려는지 모르겠다는 식이었다.

엄마는 내가 의사가 되기를 바랐다. 엄마는 의사야말로 나에게 맞는 좋은 직업이 될 거라고 설득했다. 고정적이고 안정적인 수입을 가져다주는데다, 근무지를 정하는 것도 비교적 자유롭다는 장점을 내세웠다.

놀랍게도 내가 미술대학에 가야 한다고 엄마를 설득한 사람은 아빠였다. 아빠는 내가 적은 급여를 받으며 실험실에서 연구를 하거나, 따분한 일상이 반복되는 개업의가 되는 걸 원치 않을 거라 생각했다. 아빠는 설사 돈을 벌지 못할지라도, 배고픈 예술가가 된다 할지라도, 내가 예술에 대한 열정이 있기에 평생 예술가로서 행복할 수 있을 거라고 믿었다.

그렇다. 나는 디자인 학교에 와서 행복하다. 나는 여기에서 전 세계에서 온 많은 사람들을 만날 수 있었고 샘을 찾은 것도 바로 거기에서였다. 디자인 학교는 내 운명이었다. 디자인 학교에 가지 않았다면 나는 런던에 가지도 않았을 테고, 그러면 켈상을 만나지도 못했을 것이며, 켈상이 내게 케브줌바의 영상을 보여주는 일도 없었을 것이다. 그러면 나는 샘이 존재하는지 결코 알지 못한 채 남은 인생을 살았을지도 모른다.

6
사만다

Samantha
+
Anaïs

사랑하기 때문에 포기한다는 말

어렸을 때 나는 항상 부모님이 아이를 더 가지길 바랐다. 하나뿐인 딸이라 사랑과 관심을 독차지하고 싶은 마음도 분명 있었지만 그러면서도 돌봐주어야 할 동생이 있었으면 했다. 다들 아시아계 아기들이 특히나 귀엽다는 건 인정할 거다. 나 또한 아기였을 때, 게다가 여아라서 더 많이 이목을 끌었다. 가족들만이 아니라 가족의 친구들과 처음 보는 사람들에게서도 관심을 받았다. 내가 그런 관심을 즐기지 않았다고 말한다면 거짓말이겠지만, 그래도 언니나 여동생이 있다는 건 멋진 일이다. 나는 학교에 언니 옷을 입고 왔다가 쉬는 시간에 서로 싸우는 여자아이들이 부러웠다. 그렇다고 내가 오빠들의 찢어진 셔츠를 입거나 냄새나는 운동화를 신을 수는 없는 거 아닌가? 나한테 맞지도 않았다!

나는 정말로 여동생을 갖고 싶었다. 그러면 내가 매니큐어도 칠해주고 머리도 묶어줄 수 있을 텐데. 나를 우러러봐줄 여동생이 있다면 내가 가진 모든 지식을 여동생한테 줄 수 있을 텐데! 뭐, 내가 막내 여동생이라서 아는 게 그렇게 많지는 않았지만 말이다. 그래도 나는 친구 집에 놀러가서 자고 오는 날 친구들에게서 배우거나, 사춘기 소녀들의 우정을 다룬 〈나우 앤 덴〉 같은 영화를 보면서 배운 바가 있어서, 최소한 댄스 슈즈 끈을 제대로 묶는 법이나 머리를 몇 번이나 빗어야 반짝반짝 윤이 나는지 정도는 확실히 알고 있었다.

물론 나한테 여동생이 생기려면 부모님은 또 여자아이를 '사와야' 했다. 어렸을 때 나는 가끔씩 나를 '사왔다고' 부모님께 농담을 했다. 그렇다고 부모님이 나를 '원가에 샀다'는 점에 결코 억울해하지도, 내가 여자아이여서 나를 입양했다는 사실에 화가 난 적도 결코 없다. 그냥 농담일 뿐이다. 사실 나는 부모님이 콕 집어서 여자아이를 입양하려고 했는지, 어쨌는지 알지 못했다. 그렇지만 부모님이 여자아이를 바라지 않았다면 내가 지금 여기에 있을 수도 없을 텐데, 어떻게 내가 그런 이유로 부모님한테 화를 낼 수 있겠는가? 나는 한 번도 '사온 아이'라는 느낌을 받은 적이 없다. 그렇지만 어떤 의미에서 보면 농담은 대립 상태에서 '수동적이면서 동시에 공격적인' 성질을 띤다. 때로는 자신이 처한 상황을 웃음으로 넘기면서도 그 상황이 실제로 무얼 의미하는지 따져볼 필요가 있다. 그런데 진실을 보자면 부모님은 남은 생애 동안 사랑을 쏟아줄 또 다른 아이를 바란 것뿐이고, 그것 말고 다른 이유는 없었다.

나에게 쌍둥이 자매가 있을 거라고는 상상도 해본 적이 없다. 점점 나이가 들면서 나와 비슷한 누군가를 찾고 싶기는 했지만 말이다. 그렇다. 많은 아시아 사람들이 비슷하게 생겼다. 하지만 나는 아직 나처럼 생겼다고 인정할 만한 사람을 찾지 못했었다. 나는 무척 키가 작고 흔치 않은 몸매를 지니고 있다. 주근깨도 있고 가슴도 좀 있고 엉덩이가 크다. 한국인의 전형적인 특징은 없다. 오빠들이 부모님과 눈에 띄게 닮아서 이런 말을 하는 건 아니지만, 나는 엄마와 아빠 중 누구를 더 닮을지 생각해볼 기회조차 없었다. 늙으면 주름살이 어떤 모양으로 생길까? 몇 살부터 뚱뚱해지기 시작할까? 나도 거미혈관종이 생길까? 나에게는 어떻게 늙어갈지 근거가 될 만한 모델이 없었다.

어린 시절, 거울에 내 모습을 비춰보았을 때 내 눈에 보였던 건 작은 아시아 여자아이가 아니었다. 작은 백인 여자아이였다. 나는 뉴저지 주 베로나에 사는 모든 사람들처럼 내 모습이 파란 눈에 금발이기를 간절히 바랐다. 그렇다고 거울을 보며 실망하지는 않았다. 나는 나의 아름다운 면이 가족들을 닮은 점이라고 생각했다. 나 자신이 아름답다고 상상했을 때 나는 부모님과 오빠들과 닮아 있었다. 하지만 거울에 비친 내 모습을 보고 정신을 차렸다. 나는 누군가와 마주 서서 그의 눈을 똑바로 보았을 때 나 자신이 보인다는 상상은 결코 해본 적이 없다.

나는 내가 입양됐다는 사실을 늘 인지하고 있었다. 마치 풀은 초록색이고 하늘은 파란색이라는 사실을 알고 있는 것과 같다. 어떤 부모들은 자녀가 입양되었다는 사실을 말해줄 특정한 시기나 적당한 나이를 정하기도 한다. 그렇지만 나는 내가 입양되지 않았다고 생각할 수가 없었다. 부모님이 나와 다른 인종이기 때문이다. 물론 인종이 다르다는 건 전혀 문제가 되지 않았다. 엄마도 진짜 엄마였고, 아빠도 진짜 아빠였고, 오빠들도 진짜 오빠들이었다.

입양은 항상 푸터먼 가족계획의 일부였다. 부모님은 결혼 전부터 입양에 대해 이야기를 나눴다. 입양이 엄마, 아빠의 관심을 끌었던 건 어떤 이타적인 이유 때문은 아니었다고 한다. 부모님은 '불쌍한 고아'를 돕고 싶었던 게 아니다. 부모님은 그저 친자식 한두 명을 낳고, 한두 명을 더 입양하고 싶었을 뿐이었다. 부모님은 아무것도 모른 채 결국 반항적인 아이를 입양하게 되었고, 이제는 프랑스 아이를 '하나 더' 갖게 될지도 모른다.

가족계획은 예정대로 흘러갔다. 부모님은 친아들 둘, 매튜 오빠와 앤드류 오빠를 낳은 뒤 세 번째 아이를 입양하기 위한 절차에 들어갔다. 알고 보니 엄마는 아직 다 끝나지 않았다는 느낌이 들어 둘째 앤드류 오빠가 입었던 아기 옷을 보관함에 넣어두었다고 한다. 부모님은 먼저 '가톨릭 채리티스Catholic Charities'라는 미국 내 입양기관에 문의했다. 하지만 8년에서 10년까지 기다려야 할지도 모른다는 말을 듣고 고민에 빠졌다. 그때 오빠들은 여섯 살이 좀 안 됐는데, 부모님은 맞이하게 될 동생이 가능하면 오빠들과 나이 차가 적기를 바랐다. 일이 이렇게 흘러가고 있을 때 매튜 오빠가 유치원에서 한국에서 입양된 여자아이를 새로 사귀었다. 부모님은 한국 아이에 호감을 느꼈고, 그 여자아이의 부모에게 어떻게 입양을 했는지 물었다.

부모님은 스펜스-채핀Spence-Chapin을 추천받았다. 그 입양기관의 담당자는 입양 절차와 필요한 서류, 부모의 나이 등 조건을 아주 명확하게 설명해주었다. 엄마는 혹여나 아빠가 자격이 되지 않을까 걱정했다. 수수료와 비용에 대해 이야기를 나눌 때는 걱정이 되는 정도가 아니라 충격을 받았다. 비용이 아주 많이 들었다. 거기에는 뉴욕 입양기관과 한국 입양기관 수수료, 위탁 양육비, 아기와 동반자의 항공료 그리고 동반자의 사레비가 포함되어 있었다. 당시에는 입양될 아기가 동반자의 보호 아래 양부모의 나라로 왔다고 한다. 양부모가 아기가 태어난 나라에 직접 가서 아기를 데려오는 경우는 아주 적었다. 부모님은 가난하지는 않았지만 그렇다고 부자도 아니어서 그 비용을 감당할 수 있을지 의문이 들었다. 게다가 앞으로 18년 동안 나를 키우는 비용에, 대학 등록금도 내야 할 것이다. 하지만 내 생각에 입양은 안전한 투자다. 부모님도 그렇게 생각했다. 부모님은 베로나에 있는 집을 다시 저당 잡혀서 그 비용을 지불했다.

스펜스-채핀은 철저했다. 사회복지사는 우리 가족의 주치의와 이야기를 나누었을 뿐만 아니라, 한국 아이가 살기에 어려움은 없을지 우리 이웃까지 조사했다. 입양기관에서는 우리 가족 모두가 참여하는 모임도 열었다. 양부모가 될 다른 사람들과 함께 한두 번 그룹 모임을 갖기도 했는데 무슨 집단 분석 같았다고 한다. 이 과정은 한국 아기가 생기면 가족 간의 관계에 어떤 변화가 일어날지 대비하기 위한 것이었다.

부모님은 산더미 같은 서류를 작성해야 했다. 문서에 따르면, 입양기관 측에서는 부모님한테 이미 아들 둘이 있으니 딸의 입양을 신청할 수 있고 원하는 입양이 성사될 수 있도록 가능한 노력을 다 하겠다고 약속했다. 또한 아빠가 사십대 초반이고 엄마는 삼십대 후반이라는 점을 고려해 추가 입양은 한국에서 승인하지 않을 거라고도 했다. 그래서 부모님의 '친자식을 한두 명, 입양아를 한두 명 키운다'는 처음 계획은 '입양아 한 명'으로 바뀌었다. 부모님은 딸을 신청했고, 이제 기다리는 일만 남았다.

입양 절차를 시작한 지 일 년이 채 안 됐을 때였다. 아빠는 스펜스-채핀으로부터 입양될 아기가 태어났다는 전화를 받았다. 아빠는 딸이 태어났다는 감격스러운 소식에 거의 정신을 잃은 채 엄마를 찾았다. 내가 태어난 건 1987년 11월이었는데, 부모님이 그 소식을 들은 건 1988년 1월이었다.

아빠는 친할머니와 외할머니에게 "딸이에요!"라고 쓴 카드와 함께 분홍색 꽃다발을 보내며 내가 태어났다는 소식을 알렸다. 외할머니는 그때 아동복을 취급하는 작은 옷가게에서 일하고 있었는데, 그 가게 사장이 가게 창가에 진열해놓은 여자아이 옷을 전부 부모님께 보냈다고 한다. 한편 친할머니는 분홍색 옷이란 옷은 찾아서 전부 샀다.

그때 안 좋은 소식이 들려왔다. 사회복지사가 부모님께 전화를 걸어 한국 입양기관에서 내가 심각한 선천적 장애가 있다는 소식을 전해왔다고 말했다. 상태가 너무 심각해서 입양을 포기하고 다음 아기를 기다릴 수도 있다는 말도 덧붙였다. 부모님은 별의별 상상을 다 했다. 손가락이 열한 개이거나 발가락이 열두 개인가? 얼굴을 덮는 큰 반점 같은 게 있나? 아니면 얼굴이 없나? 한국의 입양기관으로부터 세 장의 사진을 받고 나서야 부모님은 무슨 일인지 알 수 있었다. 하나는 내가 위탁모한테 안겨 있는 사진이었고 나머지 두 장은 "심각한 선천적 장애"를 안고 있는 내 팔을 찍은 사진이었는데, 해당 부위에 동그라미가 쳐져 있고 화살표로 강조되어 있었다. 엄마는 나중에 이 붉은 점이 한때 한국에서 액운의 징조로 여겨졌다는 이야기를 들었다. 하지만 아이나 부모 중 누구에게 액운이 낀다는 건지, 그게 믿을 만한 이야기인지는 알 수 없는 일이었다. 의학적 소견서를 본 가족 주치의에 따르면 내 왼쪽 팔 위에 있는 그 "심각한" 장애는 혈관종으로 알려진, 부어오른 딸기 모양의 모반에 불과했다. 의사는 내가 두 돌이 되기 전에 그 모반이 없어질 거라며 부모님을 안심시켰다.

부모님은 입양을 연기하지 않았다. 혈관종이 문제가 되었음에도 나는 엄마가 가슴으로 낳은, 엄마의 아기였다. 내 위탁모는 엄마와 아빠에게 한국어로 편지를 썼고 그 편지를 사회복지사가 번역을 해서 부모님한테 전화로 읽어주었다. 위탁모는 내가 처음으로 맡아 돌본 아기라 한 번도 내려놓은 적이 없으며 항상 나를 데리고 다니고 안아주었다고 했다. 위탁모는 부모님에게 내가 밤낮이 바뀌었으니 조심하라면서 아기의 머리를 어깨에 대주면서 재우는 것이 좋다고 조언했다. 처음에 나를 돌봐준 분에게 그렇게 많은 사랑을 받았다니 참으로 믿기 어려웠다.

부모님은 나를 만나기까지 두 달을 더 기다려야 했다. 아기 방을 준비해 아기 침대를 놓고 안전한 집으로 꾸밀 시간은 충분했다. 그사이 엄마는 아빠에게서 특별한 선물을 받았다. 우리 가정에 아기가 생길 때마다 아빠는 엄마에게 그날을 기념하는 보석을 사주었다. 1982년 매튜 오빠가 태어난 기념으로 엄마는 다이아몬드 반지를 받았다. 1985년에 앤드류 오빠가 태어난 기념으로는 다이아몬드 목걸이를 받았다. 그리고 내가 태어났을 때 아빠는 한국을 생각하면서 고른 초록색 옥과 에메랄드가 박힌 금팔찌를 선물했다.

1988년 3월 21일, 부모님은 오빠 둘을 데리고 뉴욕의 존에프케네디국제공항으로 차를 몰고 와서 내가 도착하기를 기다렸다. 불과 두 주 전에 다섯 시간의 시차가 나는 곳에서 한 프랑스 부부가 나와 같은 날 태어난 작은 한국 여자아이를 파리의 국제공항에 데리러 갔다는 사실을 생각하니 아주 이상한 기분이 들었다.

입양 절차 내내 엄마의 동기는 단순명료했다. 엄마는 셋째 아이를 갖고 싶었다. 그게 다였다. 엄마에게는 서로를 깊이 이해하고 돕는 다정한 가족이 있었기 때문에 셋째 아이를 돌보는 일은 걱정하지 않았다. 하지만 엄마는 내가 뉴저지에 도착하기 전날 밤 심각한 공황 발작을 겪었다. 갑자기 무의식적으로 자신이 꼭 딸을 키우기 위해 속임수를 쓰고 있다는 죄책감을 느낀 것이다. 엄마는 불현듯 나를 데려오는 것이 이기적인 행동일 뿐이고, 내게는 최선의 선택이 아닐 수 있다는 생각이 들었다. 어쩌면 자신이 어린아이 셋을 돌볼 능력이 없는 건 아닐까, 우리 동네가 아이를 받아들이지 않으면 어떡할까, 내가 친구를 하나도 사귀지 못하는 건 아닐까 하는 두려움이 몰려들었다. 결국 샤워를 하다가 불안감을 견디지 못해 무너져버렸고 걷잡을 수 없이 울음을 터뜨렸다. 엄마는 아주 잠깐 눈을 붙이고 공항으로 가면서 가까스로 안정을 되찾았다.

부모님은 내가 도착하는 날은 가족끼리만, 그러니까 조부모나 다른 친척들 없이 엄마, 아빠 그리고 오빠 둘하고만 있고 싶다고 미리 알렸다. 베로나에 있는 우리 집에서 나와 유대감을 쌓을 적당한 시간을 가진 후에 한 번에 몇 명씩 친척들을 초대하겠다는 이야기도 덧붙였다. 우리 가족에게는 늘 있는 일이지만, 그 계획은 정말로 따분하게 들려서 아무도 귀담아 듣지 않았다. 결국 친할머니와 삼촌, 외할머니와 외할아버지까지 모두 그날 공항에 모였다. 그게 꼭 나쁘지만은 않았다. 대기실 의자에는 동전을 넣고 보는 텔레비전이 달려 있었는데 외할아버지가 25센트짜리 동전을 계속 집어넣어서 당시 여섯 살, 두 살이던 오빠들이 얌전히 기다릴 수 있었다.

입양으로 맺어진 다른 아홉 가정도 내가 탄 비행기를 기다리고 있었다. 이윽고 터미널 창밖으로 비행기 한 대가 천천히 다가와서 멈춰 섰다.

오빠들은 갑자기 텔레비전에서 눈을 떼고 창문에 얼굴을 바짝 붙였다. 비행기를 그렇게 가까이에서 볼 수 있다니, 흥분할 만도 했을 거다. 물론 내가 도착한다는 기대감에 자리를 박차고 나온 건 아니었다.

아홉 가족 모두 계속 지켜봤다. 대부분의 승객들은 이미 다른 문으로 비행기에서 내렸고 이제 아홉 명의 한국 아기와 의대생 하나, 동반자가 비행기에 남아 있었다. 동반자 한 명이 서울에서부터 열네 시간의 비행 동안 아홉 명의 아기를 돌보고 있었다니! 나라면 그 비행기가 정말 끔찍했을 거다.

가족들과 함께 기다리던 스펜스-채핀의 사회복지사는 가족 중 한 명이 비행기에 가서 아기를 데려와야 한다고 설명했다. 아빠가 벌떡 일어섰다. 아빠는 비행기에 들어갈 사람들 중 제일 앞에 섰다. 그런데 내릴 때는 맨 마지막이었다. 아빠는 "푸터먼"이라고 쓰여 있는 팔찌를 찾아 아기들을 모두 살펴보느라 맨 뒤쪽에 있는 나를 찾는 데 시간이 좀 걸렸다. 나는 노란실로 뜬 옷을 입고 나비를 아플리케 처리한 신발을 신고 있었다. 모두 위탁모가 나를 위해 직접 손으로 지은 것들이었다.

드디어 비행기에서 나왔을 때 아빠는 자랑스럽다는 듯 환하게 웃었다. 사진으로 보면 슈퍼마리오 스타일의 지나치게 큰 콧수염 아래로도 웃는 입 모양이 보일 정도였다. 가족들이 모두 나를 볼 수 있게 아빠는 내 얼굴이 앞을 향하게 해서 안았다. 정말로 멋진 등장이었다.

엄마는 나만 옷을 멋지게 차려 입은 게 아니었다고 했다. 모든 아기들이 사랑스러운 작은 옷을 입고 있었고 보살핌과 사랑을 듬뿍 받은 것처럼 보였다. 드디어 내가 엄마 곁에 왔을 때 나는 엄마가 이제껏 본 것 중에 가장 크고 아름다운 미소를 지으며 엄마 눈을 똑바로 쳐다봤다. 그 순간 엄마가 전날 밤에 느꼈던 공포는 모두 사라졌다. 나는 마치 모여 있는 사람들이 내 가족이라는 걸 딱 보고 알아챘다는 듯이 아주 자신감 넘쳐 보였다고 한다. 어떻게 태어난 지 넉 달밖에 안된 내가 순식간에 가족들을 장악했는지 아직도 놀랍기만 하다. 만남의 순간부터 나는 그들의 가족이었고, 그들은 내 가족이었다. 모든 것이 더할 나위 없이 좋았다.

엄마는 아주 잠깐 나를 안아봤을 뿐, 곧 할머니 두 분이 와서 나를 데려가 버렸다. 친할머니에서 외할머니 이어서 외할아버지, 삼촌까지 돌아가며 나를 안았다. 그날 찍은 사진은 그야말로 기념비적인 사건을 상기시켜주는 멋진 기록물이다.

그날 공항에서의 모든 일이 일사천리로 진행된 건 아니었다. 엄마가 긴장이 풀려 '예의 바른' 아이들 셋을 통제 아래 두고 간신히 편안한 기분이 되었을 때였다. 앤드류 오빠가 엄마의 권력에 도전하기로 했다. 앤드류 오빠는 가족들이 비행기에서 데려오고 싶은 아기를 선택할 수 있다고 확신했다. 나는 뮤지컬 〈애니〉에 나오는 억만장자 워벅스만큼 머리카락이 없었는데, 앤드류 오빠는 다른 부모들 중 몇몇이 정말로 멋진 머리 모양을 한 아기들과 함께 비행기에서 나오는 모습을 보고는 그 아기들 중 하나를 데려오고 싶어 했다. 앤드류 오빠는 모히칸 스타일을 특히 좋아했다. 몹시 당황한 엄마는 사회복지사에게 우리가 얼마나 '완벽한' 가족인지를 애써 보여주려고 했지만, 결국엔 비명을 지르는 앤드류 오빠를 축구공처럼 겨드랑이 밑에 끼고 비행기 밖으로 데려나올 수밖에 없었다. "나는 저 아기는 싫어요. 나는 모히칸 머리를 한 아기를 데려오고 싶단 말이에요!" 내가 주인공인 날이었지만 앤드류 오빠는 관심을 가로채려 하고 있었다. 앤드류 오빠의 둘째 증후군이 시작됐다.

가족들은 점심 식사 겸 입양 축하 파티가 열리는 외가댁으로 갔다. 엄마는 그날 이후 정신없으면서도 신나는 날들이 이어졌고 나에 대한 사랑의 감정이 끝없이 커지는 걸 느꼈다. 늘 쉽지는 않았다. 세 아이들의 요구 사항에 압도되는 날도 있었다. 지하실에 쌓인 빨랫감은 네 배가 되었다. 오빠들은 금세 나를 사랑하게 되었고 나와 노는 걸 무척 자랑스러워하면서 내재된 감정을 행동으로 표출했다. 매트 오빠는 아기가 새로 생길 때마다 못마땅해 하기도 했다. 앤드류 오빠가 태어난 지 몇 주 지났을 때는 이렇게 묻기도 했다. "아기는 언제 돌아가요?" 그래서 내가 집에 왔을 때 매튜 오빠가 부모님의 주의를 끌려는 행동을 한 건 놀랄 일이 아니었다. 앤드류 오빠한테도 그런 때가 있었다. 그중에서도 최고의 순간은 어느 날 아빠가 출장 준비를 하고 있을 때였다. 엄마가 아빠는 곧 공항으로 간다고 말하자, 오빠는 완전히 겁에 질린 얼굴로 엄마를 쳐다보며 물었다.

"아빠가 아기를 한 명 더 데려오시는 거 아니죠? 그렇죠?"

1990년 3월 22일, 공식적으로 내가 입양되었을 때 나는 네 살이었다. 4개월 후 7월 17일에 나는 미국 시민권을 받았다. 그날 찍은 사진을 보면 꼭 미국 독립기념일에 뒷마당에서 대가족이 한데 모여 바비큐 파티를 하는 것 같다. 나는 빨간색과 파란색, 흰색이 뒤섞인 우스꽝스러운 옷을 입었다. 사진을 찍으려고 오빠들 옆에 나를 세워놓느라 엄마가 무진 애를 쓰던 모습이 어렴풋하게 기억난다. 나는 그냥 그네가 타고 싶었을 뿐이었는데…. 2주 쯤 지난 뒤 선서식에서도 나는 똑같은 애국적인 의상을 입었다. 심지어 그 행사는 지역신문 〈베로나-시더 그로브 타임스〉의

1면을 장식했다. 엄마는 출생란에 실리기를 기대하면서 신문사에 짧은 소식을 전했을 뿐이었다. 그런데 기자가 집으로 찾아와 엄마와 인터뷰도 하고 알록달록한 그 옷을 입고 성조기를 흔드는 내 모습도 찍어 갔다. 엄마는 누렇게 바랜 그 신문을 아직도 여러 부 가지고 있다.

　어렸을 때 엄마는 입양에 관련된 이야기를 읽어주고는 했다. 내가 가장 좋아하는 이야기는《뽕나무에 사는 새The Mulberry Bird》였다. 그 책은 앤 브래프 브로드진스키가 쓴 입양에 관한 이야기였다. 어떻게 미혼모 새가 아기 새를 더 잘 돌볼 수 있는 새 가족에게 아기 새를 보내기로 결심하게 되었는지에 대해 들려준다. 특히 그 책의 행복한 결말은 최고였다. 그래서 그 이야기를 들은 후에는 늘 편안히 잠들었다.

　어떤 입양아들에게는 입양된다는 것이 무엇을 의미하는지 '아하!' 하고 깨닫는 순간이 온다. 그때 그들은 친부모가 포기하거나 양부모가 데려옴으로서 자신과 유전적 혈통 관계가 없는 다른 사람에 의해 키워진다는 걸 알게 된다. 나는 부모님과 닮지 않았기 때문에 그런 갑작스러운 깨우침은 없었다. '입양'은 어렸을 때부터 자연스럽게 이해할 수 있는 단어였다. 나는 부모님이 제대로 대처했다고 생각한다. 입양은 논쟁거리나 뭔가 내가 잘못한 것이 아니라 그저 입양일 뿐이었다.

　엄마는 내 친부모님이 나를 무척 많이 사랑했고, 내가 더 나은 삶을 살기를 바랐기 때문에 나를 포기한 거라고 가르쳤다. 나는 엄마 말을 믿었고 지금도 그 믿음은 변하지 않았다. 그 당시 나를 낳아준 엄마의 의도가 좋았든, 나빴든 간에 생모는 나를 부양할 수 없었기 때문에 나를 포기했다. 그건 사랑이다. 생모는 나를 키우지 않았지만 최소한 나를 변기에 버리고 물을 내리거나 쓰레기통에 버리지는 않았다. 대신에 생모는 내가 좀 더 나은 삶을 살 수 있다는 희망을 가지고 어딘가로 데려다주었다.

내 정체성에 대해 불편한 순간이 없었던 건 아니다. 때때로 사람들은 부모님을 보고 이렇게 말하곤 했다. "아, 아이가 중국 아이네요…." 대부분의 사람들은, 특히 학교 친구들은 내가 중국 사람이거나 일본 사람이라고 생각했다. 학교 아이들은 한국이 어디에 있는지도 전혀 몰랐다. 내가 한국 사람이라고 말하면 아이들이 물었다. "거기가 어딘데?" 그러면 나는 어깨를 으쓱하며 대답했다. "일본 근처?" 솔직히 나는 내 자신에 대해 잘 몰랐다. 하지만 상관없었다. 아이들은 그냥 "아, 알았어."라고 대답했고 그걸로 끝이었다. 아이들은 그에 대해 더 이상 아무 말도 하지 않았고 나도 그랬다.

어렸을 때 어느 생일날, 엄마는 몹시 화가 난 채 침대 이불 속에 숨어 있는 나를 발견했다.

"그 여자는 내 생각을 해본 적이 있을까요?" 나는 물었다.

엄마는 내가 누구에 대해 이야기하고 있는지 정확히 알았다.

"엄마라고 불러도 돼." 엄마가 말했다.

"엄마가 내 엄마예요."

"좋아, 그럼 생모라고 하자. 생모는 네 생각을 해. 그렇고 말고. 생모는 단지 너를 키울 수 없었을 뿐이야."

당시 부모님은 내 생모가 열네 살 때 나를 낳았다고 생각했다. 매튜 오빠랑 같은 나이였다.

"오빠를 보렴. 오빠가 아빠가 되기에 적당한 나이일까?"

"아니요." 나는 엄마 말에 동의했다.

"음, 네 생모는 엄마가 되기 힘든 나이였던 거야."

나는 엄마의 설명을 납득했다. 하지만 나는 이따금 나를 낳아준 엄마를 생각했다. 깊이 생각하지는 않았지만 내 생모가 걱정되기도 했다. 생모가 안전한지, 먹을 것은 충분히 있는지, 살 곳은 있는지, 내가 가진 것들을 생모도 갖고 있는지 궁금했다. 나, 사만다 푸터먼은 한국 사람이기도 했지만, 뼛속 깊이 미국 사람이었다.

부모님은 내가 한국에 관심을 갖도록 격려했지만 결코 강요하지는 않았다. 부모님은 내가 무엇을 바라고 필요로 하는지 읽어내는 데 일가견이 있었다. 내가 무술을 배우고 싶다고 말하자 부모님은 태권도 도장에 등록해주었다. 앤드류 오빠도 같이 수업을 받아서 더욱 열심히 배웠다. 나는 앤드류 오빠가 나보다 앞서 너무 많이 승급하기를 바라지 않았다. 해마다 태권도 도장에서는 한국 음식을 차려놓고 파티를 열었다. 한국어 강습도 있어서 잠시 수업을 듣기도 했지만 곧 흥미를 잃었다. 대체 왜 방과 후에 공부를 또 해야 한단 말인가? 나는 대련용 고무 칼과 쌍절곤 때문에, 그리고 오빠들과 오빠 친구들 앞에서 멋져 보일 수 있어서 태권도를 좋아했다.

나는 학교의 같은 반에 있는 한국인 여자아이와 친구였다. 엄마는 나와 한국 유산을 공유할 수 있는 사람이 또 생겼다는 사실에 기뻐했다. 부모님은 나를 아예 포트리 인근에서 주말 수업을 하는 진짜 한국 학교에 입학시켰지만 나는 흥미가 없었다. 내가 태권도와 한국 음식에 관심 있는 건 문화적인 욕구를 충족하기 위한 것일 뿐, 그 이상의 관심은 없었다. 나는 이웃 대부분이 백인인 미국 사람들에 둘러싸여 사는 것을 완전히 받아들였다. 나 스스로 한국 사람이 아니라 미국 사람이라고 밝혔고 나를 이방인처럼 느끼게 하는 사람들은 거의 없었다.

내 고향 베로나는 맨해튼에서 약 18킬로미터 떨어져 있다. 베로나는 폭이 약 3킬로미터밖에 되지 않는 아기자기하고 작은 마을이다. 마을 중학교 근처에는 멋진 델리 가게도 있는데 나는 거기서 늘 햄과 살라미, 프로볼로네, 토마토, 양파, 가늘게 채 썬 양상추, 기름, 식초가 들어간 맛있는 샌드위치, '7번 서브마린 샌드위치'에 치즈와 그레이비소스를 얹은 감자튀김 '머드슬라이드'를 곁들여 먹었다. 하지만 내가 베로나를 정말 좋아하는 이유는 이 뉴저지의 별미보다도 피자 가게와 네일숍이 아주 많기 때문이었다. 번화가인 브룸필드 대로로 차를 몰고 내려가면 레이네 피자, 파라디소 네일 살롱, 네일 스토리스파, 카프리, 베로나 피자, 티아라 네일즈, 네일 아트Ⅱ, 서로 다른 두 피자 가게인 앤소니 프란코네와 프랭크 앤소니네가 양 옆으로 늘어서 있었다. HBO의 인기 시리즈 〈소프라노스〉에는 베로나를 배경으로 한 장면이 꽤 많이 나온다. 베로나는 혼다와 토요타가 많고 1,300평방미터짜리 잘 가꾼 집들이 즐비한, 중상류층 사람들의 베드타운이다.

내 기억에 내가 살았던 집은 지금도 부모님이 살고 계시는 그 집 하나뿐이다. 나무 마루와 음침한 창문의 삐걱거리는 소리가 소름끼치는, 동부 연안 튜더 양식의 낡은 3층 집이다. 어두침침한 복도와 계단통도 무서웠다. 나는 늘 가족이 아닌 누군가가 어둠 속에서 튀어나오는 상상을 했다.

부모님은 3층 다락방을 개조해서 침실로 사용했는데, 오빠들과 나는 항상 그 방 바닥에서 잤다. 그 방에 가려면 우리는 1층과 2층 사이에 있는 계단통보다 훨씬 더 좁은 계단을 올라가야 했다. 부모님은 침대에서, 오빠들과 나는 바닥에서 잤다. 계단과 가까운 쪽인 침대 발치에서 자는 건 싫었지만, 돌아가면서 자리를 바꾸는 규칙을 따라야 했기에 어쩔 수 없었다. 아빠가 출장을 가면 적어도 우리 중 둘은 침대위 엄마 옆에서 잘 수 있었다.

아빠는 업무상 자주 해외 출장을 갔는데 정확히 기억나지는 않지만 출장 기간이 보름 정도였던 것 같다. 꽤 오랜 시간이었지만 아빠가 떠날 때 나는 정말로 신경을 쓰지 않았다. 아빠가 출장을 가면 엄마와 함께 침대에 누울 수 있는 공간이 생기기도 했고, 아빠가 집에 돌아올 때 멋진 선물을 가져오기 때문이었다. 나는 외국에서 사온 아름다운 인형이나 옷을 선물로 받았다.

아빠는 공인회계사다. 뉴욕 브루클린에서 태어난 뒤 동생 로버트 삼촌이 태어면서 가족들과 함께 퀸스 플러싱으로 이사를 했고 거기에서 자랐다. 아빠와 삼촌은 다섯 살 터울이었다. 할아버지 제리 푸터먼은 인쇄업자였고, 할머니 릴리안 푸터먼은 회계 담당자로 일했다. 할아버지, 할머니는 집을 장만하고 싶었지만 조합 공동주택을 소유했다. 할아버지는 아빠가 스물네 살 때 심장마비로 세상을 떠났다.

엄마는 퀸스 칼리지 포인트에서 자랐다. 엄마는 맏이이고 다니엘이라는 열 살 터울의 남동생이 하나 있다. 외할아버지는 다양한 직장에서 일했는데 마지막 직업은 난방 설비와 수영장을 만드는 회사의 관리 감독직이었다. 외할아버지께서 돌아가신 후에 부모님이 내게 말씀해주실 때까지 나는 외할아버지의 직업이 무엇이었는지 전혀 알지 못했다. 외할아버지는 내게 멋진 나무 조각품을 만들어주었고 숲에서 엽총 쏘는 법을 가르쳐주었다는 것이 내가 아는 전부였다. 외할머니는 크리스마스 때 쓸 여윳돈을 벌려고 아르바이트를 했는데 보통은 우체국에서 일했다. 외갓집은 두 가구가 사는 주택 1층에 세를 얻었는데 2층에는 집주인 부부가 살았다. 엄마는 집주인 부부를 무척 좋아해서 "이모"와 "삼촌"이라고 부를 정도였다. 그들이 세상을 떠났을 때 유언장에는 외할아버지, 외할머니가 오래 전에 집주인 부부가 지불했던 가격에 그 집을 살 수 있다고 적혀 있었다.

부모님은 퀸스 대학교 야간 과정에서 만났다. 엄마는 문예창작 전공에 부전공으로 아서 왕 전설을 공부했고. 아빠는 회계를 전공하고 있었다. 부모님은 커뮤니케이션 강의 시간에 만나 그 후 4년 동안 연애를 했다. 아빠가 유대인이고 엄마는 가톨릭 신자였다는 사실도, 아빠가 결혼했던 전력이 있으며 제레미라는 어린 아들이 있다는 사실도 부모님의 결합에 영향을 미치지 않았다.

아빠는 뉴욕 메츠의 경기가 열리는 시스타디움에서 엄마에게 청혼을 했는데, 그곳은 아빠와 엄마가 첫 데이트를 했던 장소이기도 했다. 아빠는 미리 산 크래커잭스 팝콘 상자 안에 약혼반지를 넣고 헤어드라이어로 상자를 다시 밀봉했다. 경기가 치러지는 동안 아빠는 매점에 갔다가 음료수와 약혼반지가 든 크래커잭스 팝콘 상자를 들고 돌아왔다. 하지만 엄마는 크래커잭스 팝콘을 좋아하지 않아서 그냥 자리 밑에 놓아두었다. 아빠는 어쩔 수 없이 팝콘을 먹고 싶다며 엄마한테 박스를 뜯으라고 보챘다. 엄마가 박스를 뜯자마자 제일 위에 반지가 나왔다.

부모님은 1976년 칼리지 포인트에 있는 성 피델리스 교회에서 결혼식을 올렸다. 참고로 보르디에 부부도 같은 해에 프랑스 트루아에서 결혼했다. 부모님의 첫 아파트는 뉴욕 시 쓰레기 처리장의 길 맞은편에 있는 퀸스에 있었다. 침실이 아주 작아서 침대가 겨우 들어가는 집이었다.

아빠는 소니에서 일했는데 본부가 뉴저지로 이전하면서 부모님도 이사를 했다. 부모님은 베로나에서 그리 멀지 않은 폼프톤 호 인근의, 나무로 지은 아주 작은 집을 샀다. 엄마는 뉴욕의 모빌 정유회사에서 비서로 일했는데 매튜 오빠가 태어나 전업주부가 될 때까지 통근을 했다. 부모님은 장난감을 둘 수 있을 만큼 큰 마당과 아이들이 각자 자기 방을 가질 정도로 큰 집이 필요했고, 다시 베로나로 이사를 갔다.

내 방은 요새 같았다. 그렇다고 텔레비전이나 불을 켜지 않고 잠들 수 있었다는 말은 아니다. 나는 늑대와 무섭게 생긴 기니피그가 나오는 악몽을 꾸고는 했는데 전등이 도움이 되었다. 기니피그 꿈을 꾸었던 건 죄책감 때문이었던 것 같다. 1년 동안 네 마리 정도의 기니피그가 나를 거쳐 갔다. 우리 집은 물고기, 개, 새, 설치류 등등 온갖 동물들을 키워서 동물원 같았지만 나는 동물들을 잘 다루지 못했다. 내가 기르던 앵무새들과 햄스터들은 늘 끝이 좋지 않았고, 그때마다 나는 기분이 나빠졌다. 나는 동물들한테 흥미를 잃고 밥을 주는 걸 한 달 가까이 잊어버리기도 했다. 다행히 엄마가 내 대신 밥을 줬지만. 내 방에는 푸른빛이 도는 보라색 카펫이 방 전체에 깔려 있었고, 어렵게 발품을 팔아 찾아낸 아름다운 체리 색 가구가 놓여 있었다.

부모님은 감사하게도 내 방을 완전히 나만의 공간으로 꾸미는 걸 허락했다. 나는 방을 완벽하게 꾸미는 걸 무척 좋아했다. 오빠들은 게을러서 방도 주인을 그대로 닮았지만 내 방은 나만의 장소, 나의 안식처로 충분했다. 누군가가 학교에서 나한테 못되게 굴 때도, 나중에 오디션에서 배역을 하나도 얻지 못해서 화가 났을 때도 다 털어버릴 수 있는 장소였다. 그럴 때면 위층 내 방으로 올라가 문을 닫고 혼자 울었다. 나는 완벽하게 조화로운 구조를 고민하면서, 그리고 내가 다시 재충전의 시간을 보낼 수 있는 최적의 방을 상상하면서 침대와 서랍장의 위치를 이리저리 바꿔보기도 했다. 그때마다 만족스러운 결과를 얻었기에 나는 내가 인테리어 디자이너가 될 거라고 생각하기도 했다.

어렸을 때 나는 '엄마의 딸'이었고 늘 엄마 품에 안기고 싶어 했다. 엄마 품에서 나는 엄마의 아름다운 푸른 눈을 들여다볼 수 있었다. 나는 엄마의 창백한 피부와 끊임없이 색조가 변하는 붉은빛 도는 금발도 좋아했다. 아빠는 부엌 싱크대에서 엄마 머리를 염색해주기도 했다. 아빠는 손님용 화장실에서 자기 머리와 콧수염, 눈썹도 직접 염색했다. 그런데 왜 그런지는 몰라도 엄마 머리는 부엌에서 염색했다.

엄마는 내 영웅이었다. 나는 엄마가 어떤 것에 대해 안 된다고 할지 알고 있었고 그럴 때면 아빠를 내 편으로 설득했다. 하지만 아빠는 이 집의 가장이었기에 나는 2대 1로 맞서야 했다. 아빠는 내게 쉽게 동요하지 않으면서 동시에 유머감각을 유지하는 법을 가르쳐주었다. 아빠는 자주 집을 비웠지만 오빠들과 나는 절대로 불평하지 않았다. 오히려 그 때문에 아빠가 집에 있을 때 더 즐겁고 신이 났다. 저녁 때 주차장 진입로에 아빠 차의 헤드라이트가 보이면 우리는 재빨리 달려가서 근처에 숨었다. 내가 숨는 곳은 늘 별로였다. 긴장해서 그런지 영리하게 굴지 못하고 쉽게 들킬 만한 곳을 선택하곤 했다. 하지만 아빠는 항상 그런 나에게 맞춰주었고, 나 스스로를 보물처럼 느끼게 해주었다. 그리고 나서 아빠는 내 발을 잡아 올려 공중에 매달리게 했다. 아빠가 내게 입을 맞출 때는 아빠의 콧수염에 얼굴이 긁혔다.

오빠들은 항상 내 편이었고, 나를 보호해주었다. 우리는 꽥꽥 비명을 지르고 돌아다니면서 레슬링을 하고 헤드록을 주고받으면서 자랐다. 나는 우리가 한 가족이 아니라고 느낀 적이 한 번도 없었다. 우리는 내가 엄마 뱃속에서 태어나지 않았다는 사실을 생각해본 적도 없었다. 나는 생모와 산 경험이 없어서 친부모와 자식 사이의 결속감은 또 어떻게 다른지 모른다. 그렇지만 나는 엄마한테서 태어났다. 나는 엄마의 가슴에서, 희망과 소망으로 태어났다. 수많은 아기들이 '실수'로 세상에 나오거나 '갑작스럽게' 태어나지만, 부모님은 나를 데려오기 위해 많은 걸 희생해야 했다.

오빠들은 내게 학교에서 살아남는 법과 비디오 게임에서 이기는 법, 온갖 종류의 운동하는 법을 가르쳐주었다. 자기네 친구들이랑 같이 놀수 없을 때는 내게 '덕 헌트'나 '동키 콩', 농구, 스틱볼 같은 게임을 억지로 가르쳐주면서 상대편 역할을 하도록 했다. 나는 오빠들의 애완동물 같았다. 나는 나대로 오빠들에게 멋진 동생으로 인정받고 싶었다. 그래서 오빠들이 나한테 시키는 걸 열심히 배웠다. 오빠들은 가끔 내가 놀고 싶지 않을 때도 나를 데리러 방에 왔다. 엄마는 그럴 때는 그냥 오빠들한테 신경 쓰지 말라고 했는데, 그러면 오빠들은 가버렸다. 안 통할 때도 있었지만 말이다.

매튜 오빠와 앤드류 오빠는 성격이 좀 많이 달랐다. 매튜 오빠는 조용하고 내성적이다. 앤드류 오빠와 내가 노느라 이리저리 뛰어다니는 동안 매튜 오빠는 할 일이 있다면서 방에 처박혀 있었다. 매튜 오빠는 앤드류 오빠와 내가 주의를 끌려고 노력해서 결국 얻어내는 걸 언짢아하는 것 같기는 했지만 매튜 오빠는 관심을 구걸할 사람이 아니었다. 매튜 오빠는 자신이 이룬 성과를 떠벌이지 않고도 인정받고 싶어 했다. 굉장히 예술적이었던 매튜 오빠는 감탄을 자아낼 만한 만화나 웃긴 그림을 그려 보이고는 했다. 나는 매튜 오빠를 우러러봤고, 오빠가 나를 자랑스러워하기를 바랐다.

앤드류 오빠는 거칠고 애정에 굶주린 전형적인 둘째였다. 유치원에 다닐 때부터 시작해서 학교에 가서도 말썽꾸러기였다. 엄마는 앤드류 오빠 때문에 몇 번이나 교장실에 들락거려야 했다. 내가 중학교에 갔을 때 나는 "푸터먼의 여동생"으로 알려졌고, 모든 선생님들이 내가 앤드류 오빠와 남매 사이라는 사실에 잔뜩 긴장했다. 나는 앤드류 오빠가 내 오빠가 아닌 척했다. 우리는 서로 닮지 않아서 방과 후에 엄마가 오빠와 나를 데리러 오는 모습을 친구들이 보기 전까지는 효과가 있었다. 아무튼 앤드류 오빠는 항상 의도는 정말 좋은데 제대로 실행에 옮기지를 못하는 게 문제였다. 앤드류 오빠는 꼭 아빠처럼 성격이 급했다. 하지만 이렇다저렇다 해도, 앤드류 오빠와 나는 가장 친한 친구가 되었다.

어린 시절에 앤드류 오빠와 나는 많은 걸 함께 했다. 내가 네 살 때 무용을 배우기 시작하자, 앤드류 오빠는 내가 다니는 무용 학원에서 재즈 댄스와 체조 수업을 들었다. 한 발표회에서 앤드류 오빠는 댄스곡에 맞춰 안무를 하다가 클라이막스에 어떤 여자아이를 들어올리기로 되어 있었는데 그만 무대 위에 떨어뜨리기도 했다. 앤드류 오빠가 마을 극장에 올리는 크리스마스 연극의 오디션을 보기로 했을 때는 나도 엄마를 졸라 함께 오디션을 보았다. 잘 되면 정말로 연극에 출연하거나 최소한 가방처럼 이리저리 끌려다니기라도 할 테니 도전해볼 만한 일이었다. 다행히 우리는 둘 다 바라던 배역을 맡았다. 앤드류 오빠는 크리스마스 요정이었고 나는 크리스마스 천사였다. 그렇게 내 연기 인생이 시작되었다.

앤드류 오빠와 내가 중학교에 들어가자 우리는 조금 더 독립적으로 지내게 되었다. 우리는 함께 밴드에 들어가기도 했지만, 나는 더 이상 앤드류 오빠 때문에 난처해지고 싶지 않았다. 앤드류 오빠가 1교시에 무슨 멍청한 짓을 하면 나는 점심시간이나 되어서야 다른 친구들을 통해 그 얘기를 들었다. 한번은 앤드류 오빠가 초강력 접착제를 바른 손을 자기 얼굴에 붙여버렸는데 그때 나는 오빠가 내 인생을 망치고 있다는 생각 밖에 들지 않았다. 남학생들을 좋아하기 시작한 내게 찾아온 기회를 앤드류 오빠가 망쳐버리고 있는 것처럼 보였다.

어느 날 밤 나는 집 계단 꼭대기에 앉아서 부모님이 언쟁을 벌이는 소리에 몰래 귀 기울이고 있었다. 부모님의 다툼은 엄청난 충격이었고 내 안에서 정말로 강렬한 슬픔을 불러일으켰다. 나는 부모님이 어떻게 해결책을 찾는지 들어봐야 했기에 계속 자리를 지켰다. 때마침 매튜 오빠가 방에서 나왔다가 나를 보고는 멈춰 섰다. 오빠는 말없이 옆에 앉아 내 어깨를 감쌌다. 우리 둘은 말이 필요 없는 사이였다. 매튜 오빠는 괜한 위로의 말 같은 걸로 내 기분을 맞춰주려고 하지 않았다. 사소한 행동이었음에도 나는 매튜 오빠가 나를 위해준다는 것이 깊이 느껴졌다.

우리 사이에 오해가 없었다는 말은 아니다. 한번은 매튜 오빠와 엄마와 함께 차를 타고 가면서 입양에 관해 이야기를 나누고 있었다. 그런데 빨간 신호등에 차를 멈춘 사이 오빠가 불쑥 이런 말을 했다.

"사람들이 직접 아이를 낳을 수 있는데도 왜 입양을 하는지 이해가 안 돼요."

이런 상황에서 내가 뭐라고 해야 할까? 나는 아무 말 없이 꼼짝 않고

뒷자리에 앉아 있었다. 정말로 화가 났다.

집에 돌아오자 나는 부모님께 매튜 오빠가 했던 말은 정말 편협하고 멍청한 생각이라며 버럭 화를 냈다. 점점 분노가 치밀어 올랐다. 부모님은 서로 쳐다보다가 싱긋 웃는 표정을 지었다. 내가 방금 전에 한 말을 못 들으셨나? 매튜 오빠가 뭐라고 했지?

"샘, 그건 비난하는 말이 아니야." 아빠가 설명했다. "매튜는 너를 입양아로 생각하지도 않아."

아빠 말을 곰곰이 생각해보니 무슨 뜻인지 이해가 갔다. 매튜 오빠가 왜 사람들이 입양을 하는지 모르겠다고 말했을 때 오빠는 입양아들 가운데 나를 포함하지 않았다. 매튜 오빠는 자신과 앤드류 오빠가 친형제인 것처럼 나도 친동생으로 여겼다. 아빠 말이 맞았다! 나의 분노는 존경으로 바뀌었다. 절대로 잊지 못할 순간이었다. 아빠는 매튜 오빠를 내 분노로부터 구하려고 하지 않았다. 아빠는 현명했다.

6학년 때 나는 어린이들을 위한 야구 리그인 리틀 리그의 남자아이들 팀에 껴서 참가했다. 소프트볼은 여린 여자아이들이나 하는 경기였고 나는 이미 오빠들과 집 뒷마당에서 야구를 했었다. 나는 원한다면 여자도 야구를 할 수 있다는 것을 보여주고 싶었다. 게다가 감독이 아빠였다. 그래서 나는 남자아이들이 득시글한 팀에 하나뿐인 자그마한 아시아계 소녀로 끼어 있었다. 나는 우익수 후보 선수였지만 어쨌든 팀의 일원이었다. 외야에 수비를 하러 나갈 때면 너무 많은 사람들의 시선을 끌지 않고 무용 경연대회 독무 연습을 할 수 있었다.

무용도 열심히 했다. 나는 탭댄스, 재즈 무용, 발레 그리고 발레와 재즈 무용을 접목한 리리컬 댄스를 배웠다. 그중에 발레는 아주 마음에 안 들었다. 너무 규칙이 많고 창의적인 표현이 충분하지 않은데다, 클래식 음악을 들어야 했기 때문이다. 게다가 머리를 동그랗게 말아 올리고 치마도 없이 몸에 딱 붙는 스타킹을 신어야 하는 건 정말 별로였다. 그에 비해 재즈 무용은 훨씬 좋았다. 나는 주위를 빙빙 도는 춤을 추면서 재즈 무용의 손동작을 할 수 있었다. 깃털과 술로 장식된 의상도 좋았다. 때때로 나는 쥐가 나서 한밤중에 깨어 발작하듯 울고는 했다. 그럴 때면 엄마는 내 옆에 무릎을 꿇고 앉아 내 무릎 밑에 베개를 놓고는 내가 다시 잠들 때까지 다리를 주물러주었다. 학교를 보내지 않을 때도 있었다. 엄마는 분명히 나의 영웅이다.

엄마는 나를 차에 태우고 일주일에 서너 번 무용 수업과 태권도, 리틀리그 연습장, 연극 연습, 호른 수업 등 모든 과외 활동에 데려다주었다. 나는 방과 후에 집에 와서 스프를 한 그릇 먹고 옷을 갈아입은 다음, 오후 6시부터 8시까지 계속되는 무용 수업에 갔다 와서 잠자리에 들었다.

나는 늘 몹시 감정적이었다. 부모님한테 화가 많이 나면 부엌 바닥에 누워서 이런 식으로 비명을 질러댔다.

"나는 내 생일 파티에 선물 주머니를 만들지 않을 거야!"

엄마는 내 이런 행동을 "사만다 붕괴 상태"라고 불렀다. 내가 스포트라이트를 받은 순간 중에 하나는 정말 잊을 수가 없는데 안 좋은 이유 때문이다. 나는 초등학교 추수감사절 정기 연극에서 순진한 아가씨 역할을 연기하고 있었는데 너무 겁이 나서 화장실에 가겠다는 말을 하지 못했다. 그래서 결국 무대 위에서, 반 아이들 전체 앞에서 실례를 하고 말았다. 어쩌면 무대 위에 영역 표시를 한 것뿐이라고 말할 수도 있을 것 같다. 그러니까 나는 내가 배우가 될 운명이라는 걸 알았던 거다.

나는 여덟 살 때부터 여름 학기 연극을 시작했다. 첫 작품인 〈아가씨와 건달들〉에서는 합창단 무용수였다. 다음 해 여름에는 〈안녕 버디〉에서 다시 무용수 역할을 했다. 나는 항상 합창단에서 수석 무용수였다. 열두 살 때는 페이퍼밀플레이하우스 여름 예술학교에서 훈련을 받았다. 페이퍼밀플레이하우스는 뉴저지 주 밀번에서 높이 평가받는 지역 극단으로 종종 브로드웨이의 유명한 스타를 캐스팅하기도 했다. 그곳에서 아침 10시에 시작해 오후 5시에 끝나는 수업을 들으며 여름 두 달을 보냈다. 나는 〈왕과 나〉 〈미스 사이공〉 같은 공연을 하는 메인 스테이지에서 연기를 하게 되었고, 그러면서 탤런트 매니저 아일린을 만나게 되었다.

레오나르도 디카프리오는 동경의 대상이었다. 나는 영화 〈타이타닉〉이 개봉하자마자 보러 갔는데 곧 내 방 벽은 레오나르도 디카프리오의 포스터로 도배 되었다. 나는 엄마가 사준 사운드트랙을 들으며 시간을 보냈다. 내 방에서 음악을 틀고 침대 위에 서서 바다 위로, 그러니까 내 방 바닥을 덮은 푸른빛이 도는 카펫 위로 인형들을 던지는 연기를 했다. 그 영화 말고도 내가 좋아하는 영화 〈아웃브레이크〉를 바탕으로 리메이크작을 만들기도 했다. 무슨 이유인지 모르겠지만 부모님은 내가 아주 어렸을 때 그 영화를 보는 걸 허락했다. 아무튼 상황은 이러했다.

'내 모든 인형들이 에볼라 바이러스로 죽어버리자 나는 아래층으로 내려가 나쁜 소식을 직접 전한다. 엄마는 나를 따라 위층으로 올라와 모든 인형들이 영안실에 누워 있는 모습을 발견한다…. 영안실은 역시 내 방 방바닥이었고 인형들 위에는 작은 담요가 덮여 있었다.'

암울했지만 직설적인 표현이었다.

베로나 고등학교에 입학한 뒤로 연기에 대한 열정은 활활 타올랐다. 광고와 텔레비전 쇼, 인쇄물, 영화에 오디션을 보러 맨해튼에 간 적도 있었다. 엄마는 내 프로필 사진과 이력서, 대본을 차에 싣고 학교로 나를 데리러 와서 맨해튼까지 태워다주었다. 자동차 기름 값, 통행료, 주차비 등 비용이 상당히 많이 들었지만 엄마는 괘념치 않았다. 한번은 차가 견인된 적도 있었는데 비용이 250달러가 넘게 들었다.

장편영화에 데뷔한 건 열다섯 살 때였다. 황홀 그 자체였다! 〈모텔〉이라는 영화였는데 마이클 강이 직접 시나리오를 쓰고 연출한 독립영화였다. 마이클 강은 지금까지도 내 친구이자 훌륭한 멘토다. 내가 두 번째로 맡은 큰 역할은 〈게이샤의 추억〉의 배역이었다. 나는 열여섯 살이었기 때문에 촬영하는 동안 부모님 중 한 분이 촬영장에 있어야 했다. 엄마는 유치원 교사를 그만두고 나와 함께 캘리포니아를 오갔다. 엄마는 언제나 자식들이 우선이었다.

2학년 때 나는 맨해튼에 있는, 입학 오디션을 봐야 하는 공립 고등학교인 공연예술전문학교PPAS로 전학을 갔다. 뉴욕 시 도처에서 온 아이들이 그 학교에 입학하고 싶어 해서 경쟁이 치열했다. 오디션을 보는 날, 트럼펫과 색소폰 주자, 무용가, 합창단 등 다양한 인종과 체구의 아이들이 차례를 기다리고 있었다. 나는 외우고 있는 노래의 악보가 빼곡히 들어찬 바인더를 손에 들고 있었다. 곧 분홍색 방으로 불려 들어갔다. 피아노 앞에는 한 남자가, 책상 뒤쪽으로는 선생님 한 분이 앉아 있었다. 나는 제일 자신 있는 노래를 하고 나서 밖으로 나와 안도의 한숨을 쉬었다. 그리고 몇 주 후에 합격했을 때는 더 큰 한숨을 쉬었다.

나는 매일 아침 6시에 일어나 6시 50분에 버스를 타고 8시에 뉴욕 시내에 도착해 학교까지 두세 구역을 걸어갔다. 학교에서는 매일 1시 15분까지 학과 수업을 들었다. 나머지 오후 시간에는 공연 예술 수업에 전념했는데 요일마다 주안점이 달랐다. 월요일에는 발성 훈련, 화요일에는 연기, 수요일에는 노래 준비, 목요일에는 연기 그리고 금요일에는 신체 움직임에 중점을 둔 수업이 이어졌다. 그리고 3시 15분에 학교에서 해방되었다. 나는 버스 정류장까지 걸어가서 3시 55분에 집으로 가는 버스를 타고 4시 45분에 베로나에 도착했다. 봄에는 봄 뮤지컬 리허설 시간이 포함되어 있기 때문에 오후 수업 시간이 더 길었다. 나는 10시까지 리허설을 했다. 그럴 때면 엄마는 차를 몰고 나를 데리러 왔는데 가끔 11시가 될 때도 있었다. 어느 날 밤에는 친구들과 하릴없이 맨해튼에 머물기도 했다. 나는 이따금씩 타임스퀘어에 나와 스와치 매장을 구경하거나, 세포라에서 화장품 샘플을 발라보기도 하고, 테이크아웃 가게에서 잠바 주스를 마시며 점심시간을 보냈다. 나는 열다섯 살이었고 맨해튼 시내가 다 내 것 같았다.

학교에서는 배역을 맡은 학생들이 영화나 텔레비전 쇼의 출연 때문에 결석하는 걸 허용해주었다. 나와 친구들은 브로드웨이의 "30분 커튼콜" 작품인 〈라이온 킹〉에서 아역을 맡아 1시 15분에 학교에서 나왔다. "30분 커튼콜"이란 막이 오르고 공연이 시작되기 전 30분을 뜻하는 무대 용어다. 나는 공연이나 연예오락물에서의 아역을 포함해 다양한 역할을 배웠다. 놀라울 정도로 다양한 인종이 모인 환경에 속해 있던 건 그때가 처음이었다. 아시아계 학생들이 많지는 않았지만 전혀 상관없었다. 전부다 다르게 생겼고 다른 스타일의 옷을 입었다. 대단했다. 우리는 예술가로서 자신의 재능을 최대한 발휘하며 갈고 닦는 연기자였다. 나는 2학년 작품인 〈숲 속으로〉에서 흰 소 역할을 맡았다. 소 의상을 입고 무대 위에서 죽는 연기를 했는데, 지금까지도 내가 가장 좋아하는 역할 중 하나다.

나도 다른 십 대들처럼 나 자신에 만족하는 편이었다. 내 모습이 뚱뚱해지든 말든 나는 남자애들한테 빠져 있었다. 그런 중에도 가끔은 내가 지닌 한국의 유산이 궁금해졌다. 특히 화장을 시작하면서 내 얼굴의 특징을 좀 더 주의 깊게 바라볼 수밖에 없게 되자 호기심은 더욱 커졌다. 그렇다고 해서 내가 한국인이라는 이유로 한국에 관심을 갖게 되는 건 아니었다. 아빠가 온가족이 한국으로 여행을 가자고 제안했을 때 나는 정말로 가고 싶지 않았다. 그래서 우리는 멕시코 칸쿤으로 갔다.

결국 한국에 가기는 했다. 스물다섯 살 때였다. 우리는 스펜스-채핀 입양기관으로부터 한국인 입양아들과 그 가족들을 한국으로 초청하는 연례행사인 '뿌리 찾기 여행'에 관한 책자를 하나 받았다. 이런 말이 쓰여 있었다. "한국의 많은 볼 것과 소리, 맛이 여러분의 여행을 풍요롭게 해줄 것입니다." 그 책자도 꽤 매력적이었고 엄마는 시기적으로 한국 여행에 가장 좋은 때라며 나를 설득했다. 어쨌건 나는 엄마와 함께 여행한다는 점이 훨씬 더 마음을 끌었다. 엄마는 비용이 상당히 많이 든다는 점이 걱정됐지만 결국 우리는 떠나기로 했다.

엄마와 나는 입양된 한국 아이들과 함께 온 다른 두 가족과 함께 한국으로 여행을 떠났다. 서울에 도착해보니 전 세계에서 온 입양아들로 여행단 규모는 훨씬 더 컸다. 우리는 대한사회복지회에 들렀다가 대구에 있는 임산부 출산 지원 센터를 방문했다. 그곳에는 출산을 앞둔 열 명의 엄마들이 있었다. 같은 공간 안에 우리들, 45명의 입양아와 부모가 함께

115

있었다. 그곳에서의 경험은 나에게 정말 깊은 깨달음과 감동을 주었다. 나는 생모들이 곧 낳을 아기들에 대해 갖는 애착을 보며 숙연해졌다. 그들은 자기 아기가 어디로 갈지, 사랑을 받을지에 대해 굉장히 많이 염려했다. 어떤 생모들은 아기가 미국에서 더 나은 보살핌을 받을 것이라 생각하며 아기가 미국으로 보내지길 바랐다. 몇몇은 아기가 한국에 남아서 미래에 아이가 원한다면 다시 만날 수 있기를 바랐다. 입양아로서 나는 내 생모가 나를 많이 사랑했을 거라는 믿음이 틀림없는 사실이었음을 눈앞에서 확인할 수 있었다.

나는 이 여성들이 얼마나 어려운 환경에 직면해 있는지를 보고 진정으로 감명을 받았다. 이 여성들은 임신 상태를 알게 된 때부터 출산 후 이삼 개월 더, 길게는 1년 이상 이 출산 지원 센터에서 머물 수 있었다. 그래서 그들은 가족들에게 아프다거나 우울증에 걸려 치료법을 찾고 있다는 식으로 임신이 아닌 이유를 둘러댈 수 있었다. 우리가 방문한 기간에 만난 젊은 엄마들은 나이가 열여섯 살에서 스물여섯 살 사이였다. 그들과 함께 있으면서 나는 생모와 자식 간의 사랑을 훨씬 더 깊이 이해하게 되었다.

믿을 수 없을 정도로 강력하고 감동적인 경험이었다. 우리는 생모들에게 질문을 할 수도 있었다. 우리 중 한 사람이 물었다.

"왜 아이를 다시 만나고 싶어 하지 않나요?"

익명의 여성은 그들도 아이를 다시 만나고 싶지만 한국 사회에서 미혼모에 대한 낙인이 엄청나서 그런 일이 벌어지는 건 거의 불가능하다고 대답했다.

몇몇 여성들이 우리에게 질문했다.

"입양아도 친자식만큼 사랑하나요?"

그러자 엄마가 일어섰다.

"저는 친아들이 둘 있는데 내 딸과 똑같이 그 아이들도 사랑합니다. 사만다는 아들과 똑같이 제 자식입니다."

나는 입양을 보내기 위해, 입양을 결정하고 아이를 포기하는 데 얼마나 많은 사랑이 들어가는지, 얼마나 깊이 생각해야 하는지 깨달았다. 자리에서 일어나 열정적으로 말하는 엄마가 나는 무척 자랑스러웠다. 나는 생모의 마음을 알 수는 없지만 그녀가 사랑으로 나를 포기했다고 생각한다. 그리고 항상 생모에게 대해서만 생각했었는데, 생부에 대해서도 한번쯤 생각해보게 되었다. 그런데 생부는 나에 대해서 생각해본 적이나 있을까? 아니, 나라는 존재가 있다는 사실을 알기나 할까?

한국에 있는 동안 입양 가족이 새로 생긴 아들을 데리러 오는 모습을 지켜봤다. 그 남자아이는 만으로 두 살 정도 되어 보였다. 지난 2년 동안 위탁 부모였던 부부와 그 아이가 어쩌면 영원히 헤어지는 모습을 지켜보며 나는 가슴을 후벼 파는 고통을 느꼈다. 2년은 분명히 아이의 양육에 관여했던 이들이 아이에게 상당한 애착을 가질 만한 시간이다. 그 아이와 아이를 키워줬던 할아버지는 마지막으로 서로 안으며 눈물을 쏟았다. 그 광경은 이 아이들이 얼마나 많은 사랑을 받았는지 다시 한 번 상기시켜주었다. 입양아들은 종종 자신들이 사랑을 받지 못한다고 느낀다. 그들은 친부모가 '포기한' 아이들이기 때문이다. 나는 이 여행을 통해 그런 생각이 근거 없는 믿음이라는 걸 깨닫게 되었다. 우리는 엄마 뱃속에서 수정되는 그 순간부터 무척 많은 사람들에게 사랑을 받았다.

7

아나이스

Anaïs
+
Samantha

사만다와의 첫 영상 통화

나는 샘에 대해 점점 더 알아가고 있었다. 하지만 샘에게는 내가 얼마나 많이 염탐하고 있는지 굳이 말하지는 않았다. 나는 샘의 아기 때 사진과 한국 여행 중 찍은 사진을 살펴봤다. 나는 〈입양된다는 건 어떤 느낌일까…. 나는 샘〉에서 그녀의 생활에 대해 알게 되었지만 그건 어디까지나 여배우로서의 모습이었기 때문에 샘의 연기와 실제 모습이 얼마나 비슷한지 판단해야만 했다. SNS를 통해 어떤 사람에 대해 알아낸다는 건 미친 짓이다. 서로의 사진을 보고 몇 차례 대화를 나눴지만 아직 그녀와 나 사이에 공통점을 발견할 수 없었다. 샘과 나의 삶은 이 시점에 이르기까지 완전히 분리되어 있었다. 그러다 우리가 태어나자마자 헤어진 쌍둥이일지 모른다는 직감에 기대어 우리는 갑자기 가장 친한 친구가 되었다. 나는 메시지를 주고받는 동안에 꺼낼 화제를 생각해내기가 약간 어려웠다. 어쨌든 샘은 내가 전혀 모르지만 한편으로는 나와 똑같다고 느껴지는 어떤 사람이었다.

서로 메시지를 주고받는 건 분명 첫 번째 접촉으로 가장 좋은 방법이었다. 우선 나는 자의식이 강하지 않았기에 얼굴을 맞대고 나누는 대화가 아닌 타이핑의 익명성에서 보호를 받는다는 느낌이 들었다. 두 번째로 나는 말보다 글로 적을 때 무슨 말을 전할지에 대해 더 오래 생각할 수 있다. 이상하거나 의도와 달리 느껴지는 경우에 다시 살펴보고 고칠 수 있다는 장점도 있다. 하지만 다른 한편으로는 하나의 단어라도 자의적으로 해석할 수 있기에 글쓰기는 무척 곤혹스럽기도 하다. 글로 쓰인 메시지는 미묘한 차이로 잘못 이해될 수 있다는 말이다. 그보다도 정말 머리 아픈 문제는 영어가 내 모국어가 아니라는 점이다.

처음 며칠 동안 샘과 나는 재미있고 일반적인 얘기들만 했다. 가령 나는 외동딸이고 디자인 학교 졸업반이며 밤에 늦게 자는 걸 좋아해서 8시간 시차는 걱정할 필요가 없다는 둥의 이야기를 늘어놓았다.

스카이프 영상 통화로 샘을 '본다'는 생각은 분명 머릿속 어딘가에 떠다니고 있었지만 나는 애써 그 생각을 무시하려고 했던 것 같다. 나와 쌍둥이일 가능성이 있는 샘을 실시간으로 직접 본다는 생각은 애초부터 가장 먼저 하고 싶었던 것이다. 사실 페이스북에서도 동시에 서로와 교감하며 수다를 떨 수 있었다. 페이스북 메신저는 비록 얼굴을 마주볼 수는 없지만, 마치 즉석사진처럼 즉각적이라는 점이 매력적이다. 나는 샘에게 스카이프 통화를 하고 싶은지 물어보는 건 주저했지만, 그렇다고 우리의 만남을 이뤄줄 누군가를 초대할 수 있는 것도 아니었기 때문에 정말로 샘을 '실시간으로' 보고 싶었다. 그건 마치 데이트 같아서 서두르지 않고 알맞은 때를 끈기 있게 기다려야만 했다.

페이스북 메신저로 몇 차례 대화를 나눈 후에 나는 샘에게 가볍게 스카이프를 언급했고 그녀가 스카이프로 이야기하는 것에 관심이 있을 경우를 생각해 내 스카이프 이름을 알려주었다. 하지만 사오일이 지나도록 샘은 스카이프 통화에 대해 아무런 언급이 없었고 나는 슬슬 걱정이 되기 시작했다. 그러다 마침내 샘이 시간을 정하자고 제안을 해왔다. 나는 샘이 나처럼 흥분되면서도 두려운지 알 길이 없었다. 나는 대체로 두려웠지만 좋은 방향에서의 두려움이었다. "평생 가장 이상한 경험이 될 거야!" 나는 샘에게 답장을 보냈다.

우리는 그날 밤 늦게, 내가 있는 런던 시간으로 2월 27일 밤 10시에 통화를 하기로 정했다. 사만다가 있는 로스앤젤레스 시각으로는 오후 2시였다. 나는 일찌감치 집에 가서 컴퓨터 앞에 앉았다. 영상 통화라고 해서 특별한 옷을 입지는 않았다. 나는 학교에 입고 갔던 브이넥 스웨터를 그대로 입고 있었다. 전화할 때까지 몇 분이 남았는지 세고 있을 무렵 나는 샘이 마지막 오디션을 봤다는 메시지를 받았다. 샘은 여전히 통화를 하고 싶다고 분명하게 말했다. 그렇지만 우리는 몇 시간 뒤로 통화를 미뤄야 했다. 나는 크게 실망했지만 적어도 취소된 것은 아니니 괜찮다고 스스로를 달랬다. 조금 연기됐을 뿐이다….

내 룸메이트들이 모두 외출하는 바람에 저녁 시간에 나는 갑자기 혼자 있게 되었다. 무료한 시간을 보내기 위해 나는 프로젝트용 디자인 작업을 하려고 했다. 전화를 기다리는 동안 집중이 잘 되지는 않았지만 그래도 최선을 다해 옷감을 자르고 바느질을 했다. 최상의 상태로 집중을 할 수가 없어서 심지어 모든 것을 처음부터 다시 시작해야 했음에도 말이다. 시간은 굉장히 느리게 흘렀다. 시계를 쳐다볼 때마다 몇 분밖에 지나지 않았다. 두세 시간을 더 기다려야 하는데…. 그래도 괜찮았다. 전혀 문제없었다…. 정말로… 나는 괜찮았다.

수많은 질문들이 머릿속을 빠르게 스쳐 지나갔다. 내 몸은 무슨 연체동물처럼 딱딱하게 굳었다가 부드러워지기를 쉴 새 없이 반복했다. 하지만 그 와중에도 마음만은 기쁨으로 펄쩍펄쩍 뛰고 있었다. 나는 정말로 궁금한 것이 많았다. 샘과 내가 실제로도 똑같이 생겼는지, 샘과 내가 정말 자매가 될 수 있을지, 내가 너무 간절히 바라서 꿈을 꾼 것일 뿐인지, 나는 정말 알고 싶었다. 샘을 유튜브 비디오에서 봤을 때부터 나는 그녀가 연기한 모든 극중 인물들을 바탕으로 그녀의 성격을 구축하기 시작했다. 또한 내 성격을 바탕으로 그녀의 성격을 추정해보았다. 어쨌든 우리는 쌍둥이다. 한 발을 앞으로 내밀었다가 다시 제자리에 놓고 나서 한 바퀴 돌지만 결국에는 원 안에 그대로 머물게 되는 살사나 왈츠처럼 모순의 춤 같았다.

나는 생각들이 떠오르는 즉시 머릿속에서 몰아내고 있었다.

'샘의 성격은 틀림없이 나와 비슷할 것이다. 아니, 잠깐만 그건 바보 같은 생각이다. 나는 우리가 똑같이 생겼는지, 정말 쌍둥이인지조차도 모른다. 어쩌면 모두 다 환상일지도 모른다. 아니, 그렇지 않다. 나는 사만다가 실제 인물인지 확인하려고 페이스북을 살펴봤다. 우리는 아기 때 똑같이 생겼었다. 그래? 우리 사진을 본 적이 있나? 아니…. 나는 정신분열증 환자가 되어가고 있다. 아, 잠깐만, 샘은 진짜다. 샘의 페이스북은 여전히 그대로 있다. 휴우. 한숨을 쉰다. 좋아. 몇 시지? 2분 뒤다. 그래, 괜찮아. 샘은 분명히 키가 작다. 그녀가 출연한 어떤 비디오에서 분명히

말했다. 나 역시도 정말 키가 작다. 이건 일치한다….'

나는 영상 통화를 하는 게 어떤 느낌일지 상상도 안 됐다. 일단 샘이 가족들에게 보여주고 싶어 한다는 것을 알기에 우리 통화를 녹화하는 것에는 동의했다. 그런데 얼마나 오랫동안 대화가 이어질까? 샘은 얼마나 오래 통화하고 싶을까? 샘도 나만큼 흥분했을까? 샘이 나한테 의례적이기만 하면 어쩌지? 샘은 혼자 있을까? 샘은 내게 관심이 있을까? 어쩌면 그녀는 나를 싫어할지도 모르겠지만… 그녀가 내 쌍둥이 자매라면 나를 좋아해야만 한다. 왜냐하면 나는 그녀를 모르는데도 이미 그녀를 좋아하기 때문이다. 농담을 해도 될까? 그러기에는 너무 빠른가? 목록을 만들어서 중요한 순서대로 정리를 해야 할 것 같았다. 그녀는 슈퍼스타 배우처럼 자기에 관한 이야기만 할까? 성격이 더러우면 어쩌지? 아니야, 내가 그런 사람이 아니니까 그녀도…. 그렇지만 우리는 다른 사람이고 쌍둥이라 해도 다를 수 있다. 그녀는 내가 제정신이 아니라고 생각할까? 호들갑스러운 성격일까? 배우들은 매우 극적일 수도 있다. 그렇지 않은가?

마침내 샘이 스카이프를 시작하자고 페이스북 메시지를 보냈다. 우리가 처음 생각했던 시각보다 두 시간 반이 늦은 새벽 12시 29분이었다. 잠시 후 주소록에 있는 누군가가 로그인을 했을 때 스카이프에서 나는 작은 소리가 들렸다. 의심할 여지없이… 샘이었다.

"아아아아아." 샘이 메시지 창에 입력했다.

나는 샘이 나처럼 제정신이 아닐 거라고 생각했다. 게다가 샘도 나처럼 의성어 쓰기를 좋아했다. 그녀는 글자를 다섯 개씩 묶어서 쓰고 있었다. 불안해 하고 있다는 뜻이다. 내 컴퓨터 화면이 그 증거였다. 재빨리 관찰하고 나니 훨씬 마음이 편해졌다. 이제 곧 굉장한 일이 벌어질 것이다. 그런데… 인터넷 연결이 말썽이다. 5, 4, 3, 2, 1. 투티 두 티투 디, 드디어 스카이프 전화가 울렸다. 이제 안심이다!

왜 이렇게 인터넷 연결 속도가 느릴까? 분명 평상시 속도가 아니었다. 어쩌면 샘이 아주 멀리 로스앤젤레스에서 전화를 걸고 있기 때문인지도 몰랐다. 컴퓨터 화면에 뭔가 흐릿하게 초점을 맞춰가는 형상이 보였다. 믿을 수가 없었다. 내가 나를 컴퓨터 화면으로 보다니! 나였다. 그런데 반팔에 흰색 레이스가 달린 블라우스를 입고 있었다! 컴퓨터 화면으로 보고 있는데도 우리는 정말 똑같아 보였다. 아, 샘이 움직이고 있다. 그녀는 아주 멋져 보인다. 미소를 짓고… 행복해 보인다. 아, 그녀가 킬킬 웃고 있다. 나도 따라서 웃는다. 도무지 믿기지 않는 일이다. 세상에, 우리는 다시 만났다!

아아, 무슨 소리가 들린다! 샘이 말을 하려고 한다! 누가 먼저 말을 할까? 인터넷 연결 상태가 최악이라 아무 말도 못하게 생겼다. 인터넷 연결이 완전히 끊어질 것 같은 바로 그 순간, 갑자기 연결 상태가 안정을 되찾았다. 하나님 감사합니다. 나는 말끝에 욕을 섞어서 말하려다가 그래도 괜찮을지 확신이 안 들었다. 그렇지만 샘과는 뭘 해도 괜찮다는 걸 곧 알게 되었다. 우리는 거리낌 없이 욕을 하는 점도 매우 비슷했다.

"인터넷 연결 상태가 정말로 안 좋아."

내가 먼저 샘에게 말을 건넸다.

"오, 이런 세상에, 너 유럽 사람이구나!"

샘이 꽥 하고 소리를 질렀다. 그러면서 믿기지 않는다는 듯 양손을 얼굴로 가져갔다. 내 억양이 샘의 허를 찔렀던 것 같다. 우리 둘은 갑자기 낄낄거리며 웃기 시작했다. 내가 프랑스 사람이라는 건 의식하고 있었지만 누군가 나를 "유럽 사람"이라고 부르는 걸 들으니 재미있었다.

통화를 시작하고 처음 몇 분 동안은 꿈만 같았다. 나는 구름 위를 떠다니고 있는 것처럼, 마치 나를 둘러싼, 아니 우리를 둘러싼 시간이 얼어붙은 것처럼 느껴졌다. 우리가 지구 반대편에서 동시에 이야기를 하고 있기 때문에 시간과 공간은 더 이상 중요하지 않았다. 심지어 우리는 처음에 서로 다른 언어로 이야기했다. 샘이 "잘 지내?"라고 물었을 때 나는 프랑스어로 대답했다! 아무 생각 없이 프랑스어로 "좋아."라고 말이 튀어나왔다.

"정말 이상한 경험이야." 내가 말했다.

"저엉마알 이상해."

샘이 동의하자 우리는 다시 낄낄거리며 웃기 시작했다. 우리 대답에는 시간 지연이 생겼다. 우리가 서로를 바라보다 얼어붙은 듯 꼼짝도 못했기 때문이었다. 때때로 내가 거울에 비친 나한테 말을 하고 있을 때 누군가 들어와 그런 나를 보는 것 같은 느낌이 들었다. 그럴 때면 나는 너무 깜짝 놀라서 샘에게 물어보려고 했던 것들을 자꾸 잊어버렸다. 그녀를 보고 있으면 그냥 아무 생각도 안 났다. 그렇다고 겁에 질린 것처럼 무언가 말을 하려고 애쓰지는 않았다. 우리는 번갈아가며 질문을 하면서 자연스럽게 대화를 이어갔다. 그게 합리적이었다. 우리는 원래부터 알고 지내며 함께 즐거운 시간을 보냈던 사람들처럼 이야기를 나누었다. 우리는 점점 더 빨라지는 시간 속에서 관계를 맺어가는 것 같았다. 밖에서 보면 앞으로 빨리 감기를 하는 것처럼 보일 수 있겠지만, 내게는 시간이 멈춰 있는 것 같았다. 나는 절대로 전화를 끊고 싶지 않았다. 결코!

"정말 이상한 일이야. 어디를 쳐다봐야 할지 모르겠어."

나는 샘을 똑바로 쳐다보는 걸 어색해 하며 말했다.

"오, 이런 세상에나!" 샘이 감탄사를 내뱉는 소리가 들렸다.

"정말 이상해. 꼭 페어런트 트랩 같아!"

"그러게 말이야." 내가 낄낄거렸다.

"거기는 몇 시야?"

"밤 12시 30분이야. 거기는 낮이겠네. 여기는 한밤중이야."

우리는 직업, 공부, 인생, 어린 시절, 남자 친구 이야기며 내가 어떻게 샘을 찾았는지, 문신(뭐라고? 누가 문신을 했는데?), 병원에 갔던 일, 수술, 주근깨, 작은 손, 음식 취향 등등 모든 주제를 섭렵했다. 나는 디자인을 하느라 긴 하루를 보낸 뒤에 완전히 지친 상태로 통화를 시작했다. 하지만 일단 대화를 시작하자 갑자기 기운이 넘쳤다. 나는 샘이 사라질까 봐, 아니면 잠에서 깼을 때 이 모든 게 꿈이었을 것 같아서 자러 가고 싶지 않았다. 우스운 이야기를 하나 덧붙이자면, 나는 화장실에 가고 싶었지만 샘에게서 눈을 뗄 수가 없어서 있는 힘을 다해 참았다. 나는 절대로 샘을 보내고 싶지 않았다.

적절한 때에 내 룸메이트 로리와 샘의 룸메이트 리사가 집에 돌아왔다. 거의 동시였다. 로리는 컴퓨터 화면에 샘의 얼굴이 떠 있는 걸 보고는 깜짝 놀라 입을 다물지 못했다. 그러면서 우리를 방해해서 미안하다는 듯 약간 당황해 했다. 로리는 발끝으로 살금살금 걸어 부엌에서 물을 한 잔 따른 다음 눈에 띄지 않으려고 애쓰면서 다시 자기 방으로 들어갔다. 샘의 컴퓨터 화면 뒤로 리사가 얼핏 보였다. 리사는 잠깐 내게 말까지 걸었다. 샘의 방은 괜찮아 보였지만 약간 지저분했다. 내 방도 그렇게 깔끔하지는 않았다. 나는 샘의 패션 취향도 마음에 들었다. 그녀가 입은 블라우스는 여름에 내가 입을 것만 같은 디자인이었다. 그때 나는 2월이라도 로스앤젤레스는 항상 여름이라는 사실이 기억났다. 샘에 대해 좀 더 정확하게 그려볼 수 있어서 무척 기분이 좋아졌다.

하지만 결국에는 통화를 마쳐야 했다. 샘은 친구를 만나러 갈 예정이었다. 샘은 두통이 있는데다가 정신을 차릴 수 없을 만큼 압도되어 피곤하다고 했다. 나 역시 진이 다 빠졌다. 샘이랑 이렇게 대화를 할 수 있다는 건 굉장한 일이었다. 그것도 90분이나 통화를 했다는… 아니 잠깐만, 세 시간이 넘었다고? 나는 완전히 시간 감각을 잃어버렸다. 아무튼 샘과 쉬지 않고 이야기를 나눈 세 시간은 잘 아는 친구들과의 대화보다도 더 편안했다. 우리는 마지못해 작별 인사를 하고 다음 날 다시 통화를 하기로 약속했다. 나는 몸속 모든 감정이 다 빠져나가 버린 채 미끄러지듯 침대로 들어갔다. 부모님과 이 경험을 나누고 싶었지만 이미 새벽 4시에 가까운 시간이라 아침이 올 때까지 기다려야 했다.

아주 짧은 시간 동안 너무 많은 일들이 벌어졌고, 전에는 한 번도 느껴보지 못했던 온갖 종류의 새로운 감정들이 솟아났다. 나는 그게 어떤 감정인지 묘사할 수조차 없었지만 내 인생이 방금 전 완전히 변해버렸다는 건 확실했다. 이 낯선 사람과 관계를 맺지 못하면 어쩌나, 하는 두려움도 사라져버렸다. 더 이상 무서워할 이유가 없었다. 아직 완벽한 증거는 없더라도 내 자매를 찾은 게 분명했기 때문이다.

다음에 무슨 일이 일어날지 알 수는 없지만, 지금 나는 엄청난 전환점에 도달해 있음을 느낄 수 있었다. 이제부터는 이 모든 상황이 어떻게 한데 어우러지는지 지켜봐야 한다. 내가 살아온 세상은 완전히 뒤죽박

죽이 되었다. 지금껏 살면서 획기적인 사건을 한 번도 겪어본 적이 없었
던 내가, 방금 전 지구 반대편에 있는 나와 쌍둥이일 가능성이 있는 사
람과 이야기를 나눴다. 이제 런던은 거의 날이 밝았고 샘은 날이 바뀌려
면 아직 오후 시간이 남아 있었다. 시간과 공간은 더 이상 존재하지 않
는 것 같았다. 우리는 더 이상 인터넷으로만 연결된 존재가 아니었다. 우
리는 인간적으로 맺어졌다. 우리는 실제로 같은 공간 안에 숨 쉬고 있으
며, 서로 다른 평행세계에서 살고 있는 것이 절대 아님을 서로에게 증명
해보였다. 통화가 끝난 뒤 샘은 무엇을 하고 있을까? 지금은 어디로 갔
을까? 무슨 음식을 먹었을까? 이 모든 걸 샘은 어떻게 느끼고 있을까?

　적어도 이제 나는 이 모든 게 꿈이 아니라는 걸 알았다. 침대에 몸을
누이면서 생각했다. 그래 맞아… 나는 절대로 정신분열증 환자가 아니
야…. 나는 자신을 속이고 있는 것이 아님을 확실히 하기 위해 두어 차례
나를 꼬집어보았다. 그러고는 침대 속에 푹 파묻혀 무슨 일인가 일어나
기를, 내 몸이 충전되고 두뇌에 새로운 프로그램이 가동되기를 기다렸
다. 꼭 비디오 게임 같았다. 로딩 중… 생명이 다시 채워져 이제 다음 단
계로 갈 준비가 되었다. 샘에게 이야기를 하는 건 마치 방금 사랑에 빠
진 어떤 사람에게 말을 거는 것과 같았다. 고작 세 시간 만에 나는 샘을
사랑하고 있음을 깨달았다.

8
사만다

Samantha
+
Anaïs

할리우드 말고 우리가 만들어야 할 영화

영상 통화로 본 아나이스는 현실 같지가 않았다. 그 말은 우리가 진짜로 쌍둥이여야만 한다는 뜻이다. 나는 거울에 비친 듯 나와 똑같은 모습은커녕 약간이라도 나와 닮은 사람을 본 적도 없었다. 그런데 아나이스는 웃는 모습이나 주근깨, 몸매까지도 나와 똑같았다. 통화 중 아나이스가 얼굴을 옆으로 돌렸을 때는 기절하는 줄 알았다. 속으로 너무 놀라 잠시 꼼짝 않고 있었다.

그런데 우리가 자매 사이가 아니라면 어떻게 하지? 그 말은, 그러니까 공룡이 예수님과 함께 지구상에 존재했다는 말 같은 건가? 그런 말도 안 되는 소리가 어디 있을까? 우리가 혈연관계가 아닐 리는 절대 없었다. 하지만 나는 이 세상에 확실히 보장할 수 있는 사실 따위는 없다고 생각한다.

우리가 자매 사이라면 아나이스도 나와 비슷한 의학적인 문제가 있을 것이다. 어쩌면 아나이스는 주근깨와 건조한 피부, 습진이 누구에게서 물려받은 것인지 알고 있을지도 몰랐다! 아나이스가 유당불내증이면 어쩌지?

입양된다는 것과 마찬가지로 의사 진료실에서 병력을 적어달라는 질문지를 받는 건 좀 슬픈 일이었다. 질문지를 체크하다가 가족 가운데 암이나 심장 질환, 당뇨 등을 앓고 있는 사람이 있는지 묻는 부분에 이르면 나는 크게 엑스를 그리고 "해당 없음"이라고 썼다. 나는 병력이 없다. 엄마가 유방암에 걸렸는지, 폐암에 걸렸는지, 민감성 피부인지 알 수가 없다. 이 말은 내가 어떤 병을 조심해야 할지 전혀 모른다는 뜻이었다. 결코 대비할 수가 없기 때문에 나는 심기증 환자가 되고 말았다. 뭔가 조금만 잘못되어도 나는 최악의 상황을 맞았다고… 내가 죽어 가고 있다고 상상했다. 그런 다음 인터넷에서 내 증상을 찾아보면 확실히 판명되었다. 즉사였다. 정말 터무니없었다. 이런 웹사이트들은 정상이 아니었다. 두통? 체크. 목이 아픈가? 체크. 위통? 체크. 발진은? 아마도.

드디어 나는 병력을 갖게 된 걸지도 모른다. 적어도 내 심기증을 함께 나눌 이가 생겼다. 아나이스와 나는 비슷한 나이에 매우 유사한 신경 장애를 앓았다는 사실을 알게 되었다. 나는 2011년 가을에 캘리포니아 주로 이사하고 나서 곧바로 앓았는데 거의 죽겠구나 싶었다. 한동안은 오른쪽 발에 환상통이 있었는데 다리 신경이 손상됐다고 생각했다. 하지만 각종 검사를 한 후에 아무것도 아닌 것으로 판명되었다. 신경이 내 몸에 이것저것 뒤섞인 신호를 보내자 그걸 통증으로 해석한 것이었다. 내 몸은 예상치 못한 관심을 받고 싶어 했다. 아나이스도 환상통을 겪었는데 등과 목에 통증을 느꼈다고 한다. 그래서 합리적으로 결론을 내리자면 우리는 둘 다 제정신이 아니다.

영상 통화는 우리가 어떤 점이 닮았는지 생각해볼 수 있는 기회였다. 이후 며칠 동안 나는 다음 통화를 도저히 기다릴 수가 없었다. 나는 아나이스 보르디에 중독자가 되어 가고 있었다. 아무리 아나이스와 이야기를 나누어도 부족했고, 그건 아나이스도 마찬가지일 거라는 생각이 들었다. 나는 친구들에게 아나이스에 대한 이야기만 떠들어댔다. 그래도 다행인 건 친구들이 지루해 하지는 않았다는 거다. 그러든 말든 별로 신경 쓰지도 않았지만 말이다. 아나이스는 내 인생에서 새롭게 주목하는 대상이었고, 감사하게도 주위 모든 사람들은 우리 이야기에 신이 난 거 같았다.

내가 할리우드에 살고 있는지라, 우리 이야기로 비즈니스를 해보자는 제안도 무척 많이 받았다. 아나이스에게서 처음 연락을 받았던 순간부터 나는 내가 쌍둥이일지도 모른다고 사람들에게 말했는데, 그때부터 매니저와 친구들은 프로젝트라고 생각했던 거다! 아나이스에게 처음 연락을 받았던 날 밤, 〈21&오버〉 시사회에서 내가 들은 말은 온통 이런 것들이었다.

"영화를 만들어야 해. 우리는 영화를 만들어야 한다고!"

끊임없이 재잘거리는 소리들이 내 인생에서 일어나고 있는 믿을 수 없는 사건을 압도할 지경이었다!

"아나이스랑 통화하면 녹화해야 돼!" 누군가 말했다.

"잊어버리지 마! 꼭 녹화해야 돼!" 또 다른 누군가가 말했다.

나는 우리가 쌍둥이라고 판명된다면 우리 이야기를 영화로 제작하면 멋질 거라는 데에는 동의했다. 그렇지만 당분간은 입을 좀 다물었으면

했다. 나는 정말 말도 안 되는 사건, 비할 바 없이 멋진 무언가를 경험하고 있었다. 그런 황홀한 순간에 프로젝트를 계획하고 싶지는 않았다. 단지 순간에 충실하고 싶었다.

내 매니저는 우선 아나이스와의 통화를 연기하라고 했다. 매니저로서 통화를 하기 전에 생각을 정리할 필요가 있었다. 한편으로 나는 이 일이 아나이스와 나 둘만의 완전히 사적인 일이 되기를 바랐다. 나는 우리의 소중한 순간이 불청객들에 의해 변질되고 이용되기를 바라지 않았다. 특히 내 생계와 관련된 일이라면 사절이었다.

다른 한편으로는 그 순간을 녹화해서 개인적으로 소장한다면 얼마나 근사할까, 라는 상상을 하기도 했다. 그래서 아나이스에게 허락을 구하자 그녀는 괜찮다고 답했다. 나는 곧바로 녹화 프로그램을 내려받았다. 받고 나자 너무 기쁘고 안심이 되었다. 우리가 처음 실시간으로 서로를 본 순간, 둘 다 아무 말도 할 수가 없었다. 그야말로 말로 형언할 수 없는 순간이었다. 그때 모습은 고스란히 저장되었고 나는 내 친구들, 가족들과 함께 그 순간을 계속해서 다시 볼 수 있었다.

화상 통화를 녹화하는 것 외에도 나와 친구들은 다큐멘터리 제작을 위한 아이디어를 나누었다. 나는 이 말도 안 되는 모든 우연을 상업화하고 싶지는 않았다. 나는 할리우드가 얼마나 추해질 수 있는지 안다. 쇼에 등장하는 대상을 그저 이용하기만 하는, 정말 이상한 리얼리티 쇼도 있다. 아나이스와 내가 그런 꼴을 당하는 건 싫었다. 특히나 아나이스한테 겁을 주어서 그녀를 쫓아버리고 싶지 않았다. 나는 장단점의 경중을 따져보고 모두에게 그 문제에 대한 의견을 물어보기 시작했다. 아나이스와 내가 영화를 만들어야 할까? 영화를 제작하지 않고 시나리오를 쓰기만 하면 안 될까? 우리가 이야기를 주고받는 모습을 정말로 촬영해야만 할까? 이 모든 장면으로 우리는 결국 무엇을 할 수 있을까? 다큐멘터리는 어떻게 보일까? 우리의 옛 사진과 어린 시절에 대한 추억 같을까? 우리가 쌍둥이인지도 아직은 확실하지 않았다. 고민 끝에 아나이스와 나는 조심스럽게 진행하되 다큐멘터리 제작을 추진하기로 결정했다.

한 번도 만나본 적이 없는 어떤 사람과 다큐멘터리 작업을 하기로 결정한 건 이상한 일이기도 했다. 말하자면 나는 지구 반대편에 있는 누군가와 사업 계획을 꾸미고 있는데, 그와의 가장 친밀한 순간을 관객들과 공유한다는 계획이었다. 도대체 왜 아나이스와 내가 이 엄청난 기쁨의 순간을 카메라맨들로 퇴색시켜야 하나? 여배우이자 사업가로서 지금 내 앞에 펼쳐지는 일들은 일생일대의 엄청난 사건이라는 걸 잘 알고 있었다. 다큐멘터리 작업은 창조적인 일이면서 치유까지도 가능하다는 것이 큰 장점이다. 어쩌면 이 작업은 갑자기 우리에게 들이닥친 이 놀라운 사건의 진정한 의미를 발견하게 해줄지도 몰랐다. 인생에서 이런 말도 안 되는 경험을 하는 사람은 많지 않다.

우리는 단편보다는 장편 다큐멘터리를 만들고 싶었다. 우선 비디오 블로그와 비디오 일기 그리고 화상 통화를 통해 서로를 알아가는 모습을 촬영하는 것부터 시작했다. 영화 제작진은 우리가 처음 만날 준비를 할 때부터 우리를 따라다녔다.

우리는 영화에 우리 가족의 모습도 담고 싶었다. 아나이스와 나만큼 우리 가족들도 흥분된 감정을 추스르고 있었다. 양쪽 부모님들은 혹여나 우리가 깊은 실망감만 안게 될까 봐 두려워했지만 그러면서도 우리가 놀랄 정도로 똑같이 생겼다는 점과 태어난 날과 장소가 같다는 사실을 알고 무척 흥분했다. 부모님은 묻고 싶은 것이 많았지만 우리가 혈연 관계이고 결국 서로를 찾아냈다고 철석같이 믿었다.

내 부모님은 다큐멘터리에 완전히 동참했다. 엄마는 내가 어릴 때부터 이쪽 분야 주변에 있었기 때문에 카메라를 신경 쓰지 않았고, 아빠는 아마추어 연기자였다. 아나이스의 아빠는 이 프로젝트에 대해 가장 회의적이었다. 보르디에가 사람들은 사생활을 매우 중시해서 할리우드식 관음증에 익숙하지 않았다. 아나이스 부모님은 참여한다고는 했지만 열의는 없었다. 아나이스는 아빠가 반대한다기보다는 자신을 보호하고 있는 것뿐이라는 사실을 잘 알았다. 프랑스 문화는 개인의 사생활을 조용히 잘 지켜준다. 사생활을 무시하는 미국과는 무척 다르다.

프로젝트를 하기로 결정하자 이제 제작진을 찾아야 했다. 그때 나는 저스틴 전과 케빈 우 그리고 제임스 이와 하와이에서 막 영화 촬영을 끝냈다. 그 세 사람은 시사회 날 밤에도, 내가 아나이스에게 처음 연락을 받았을 때도 나와 함께 있었고 이제는 이 프로젝트에 참여하고 싶어 했다. 카노아도 합류하고 싶어 했다. 저스틴은 제작책임자, 카노아와 제임스는 프로듀서가 되었다. 내 매니저도 프로듀서로 참여하게 되었다. 제임스는 런던으로 떠날 소규모 제작진의 경비를 충당할 예산으로 4만 달러를 책정했다. 여기에는 항공료와 숙박비, 식대, 촬영 후 편집 비용, 카메라 장비 비용까지 포함되어 있었다. 이제 우리는 자금을 모아야 했다. 우리 모두 이 이야기가 흥미롭고 매력적이라는 건 알았지만 그렇다고 대규모 후원이 보장되는 건 아니었다.

우리는 몇몇 개인 투자자와 단체에 연락을 해봤지만 이렇다 할 소득을 얻지 못했다. 나는 할리우드 스튜디오에 우리 이야기의 판권을 파는 것만큼은 피하고 싶었다. 그들은 우리의 놀라운 이야기를 '아시아의 페어런트 트랩'쯤으로 바꿔놓을 테니까. 우리가 진심을 담아 우리 인생의 이야기를 나누고자 한다면 돈 되는 것만 찾아다니는 할리우드 제작자의 시각은 멀리해야 했다. 우리는 이야기를 미화시키지 않고 올바로, 정확하게 보여주고 싶었다.

나는 잠시도 지체하지 않고 아나이스를 만나러 런던에 가고 싶었다. 카메라맨을 찾는 것이 문제라면 찍어야 할 순간에 내 아이폰으로 촬영하면 그만이었다. 문제가 있건 말건 나는 당장 가고 싶었다. 하지만 아나이스도 나름대로 시기를 고려하고 있었다. 아나이스는 5월 중순까지 기다렸다가 센트럴세인트마틴스에서 열리는 그녀의 패션쇼를 보러오는 것도 한 방법이라고 생각했다. 아나이스는 그 패션쇼가 학생들이 상상할 수 있는 가장 화려한 의상을 선보이는 자리인데다 규모도 굉장히 크다고 말했다.

아나이스의 부모님도 패션쇼에 참석하기 위해 런던으로 올 계획이라 그렇게만 된다면 나도 아나이스의 부모님을 만날 수 있을 것이었다. 나는 아나이스에게 내 부모님도 패션쇼에 초대하는 건 어떨지 물었고 그녀는 대찬성이었다. 부모님들이 동의한다면 모든 것이 갖춰진 행사가 될 것이었다. 물론 처음에는 가족 단위가 아니라 아나이스와 나, 우리 둘만 만날 것이고 그다음에 우리가 서로의 가족을 소개할 것이다. 벌써부터 아나이스의 엄마는 내 엄마에게 연락을 하고 싶어 했다.

제작진은 5월에 런던으로 떠나는 이 아이디어를 좋아했다. 자금을 구하고 다큐멘터리를 준비할 충분한 시간을 벌 수 있기 때문이다. 나는 아나이스를 만나려면 거의 석 달을 기다려야 하기에 실망감을 억누르며 마지못해 동의했다. 그 이후로 나는 아나이스를 만날 때까지, 실제로 서로를 끌어안고 직접 만져볼 수 있을 때까지 영상 통화로 매일같이 아나이스와 '가상' 만남을 계속했다.

제작진은 자금 마련을 위해 인터넷에서 크라우드 펀딩을 받자는 아이디어를 냈다. 당시로서는 유일한 방법처럼 보였다. 소셜 미디어는 아나이스와 내가 서로를 찾는 데 아주 큰 역할을 했다. 그러니 우리가 크라우드 펀딩을 받지 못할 이유가 없지 않은가? 나는 우리 이야기가 입소문이 날 가능성이 있다고 생각했다. 많이 알려지면 아마 기부금도 많이 들어올 것이다.

카노아와 함께 크라우드 펀딩 사이트를 알아본 결과 킥스타터와 인디고고가 가장 괜찮았다. 우리는 크라우드 펀딩에서 가장 크고 많이 알려진 플랫폼인 킥스타터를 이용하기로 결정했다. 우선 우리는 모금하는 방법을 꼼꼼히 읽고 킥스타터에서 모금에 성공한 사람들과 이야기를 나누었다. 그와 동시에 제작진과 나는 다큐멘터리 제목과 제작사 이름을 숙고하면서 구체화 작업에 착수했다. 며칠 밤에 걸쳐 고민한 끝에 우리는 영화 제목을 "트윈스터스Twinsters"로 결정했다. 여러 시간 식탁에 둘러앉아 술도 몇 잔 마셔가며 내린 결정이었다. 우리는 몇 가지 단어를 서로 조합해서 새로운 말을 만들고 싶었다. 쌍둥이twins, 자매들sisters, 트윈스… 트윈스터스! 제작사 이름은 "스몰패키지필름Small Package Film"으로 정했다. 이름을 정하자마자 프로젝트를 가동했다. 먼저 나는 기금 모금에 필요한 호소문을 썼다.

여러분의 도움이 필요합니다!

우리는 킥스타터와 같은 크라우드 소싱과 크라우드 펀딩을 비롯해 소셜 미디어의 충실한 지지자들입니다! 소셜 미디어가 없었다면 아나이스와 사만다는 결코 인연을 맺을 수 없었을 것입니다.

우리는 이 킥스타터 캠페인을 통해 전체 예산을 충당할 계획입니다. 다큐멘터리를 제작하는 데는 비용이 매우 많이 들 수 있습니다. 특히 유럽으로 촬영을 가게 되면 말이죠! 여러분의 기부가 제작비 마련에 도움이 될 것입니다. 제작비에는 항공료와 체재비, 장비 대여비, 보험료, 제작진 급여 그리고 사만다와 아나이스의 유전자 검사 비용이 포함됩니다. 또한 음향 및 영상 편집과 그래픽 디자인 인건비 그 외 작업 진행에 따르는 경비와 후반 작업 비용으로 사용될 것입니다.

펀딩 개시일이 다가오자 우리 모두 압박감을 느꼈다. 그렇게 많은 돈을 모으는 게 가능할지도 의문이었다. 그래서 마지막 순간에 우리는 모금액을 3만 달러로 줄이기로 결정하고 예산을 삭감했다. 우리는 3주 반동안 3만 달러를 모아야 했다. 자금 문제를 해결하고 나서 아나이스의 패션쇼에 늦지 않게 가려면 5월 16일까지는 런던에 도착해야 하는데 그때까지는 2주의 시간 여유가 있었다. 킥스타터의 규칙에 따르면 우리가목표 금액에 도달할 경우 모금액에서 플랫폼 사용 수수료와 지급 수수료로 5퍼센트를 제한 나머지 금액을 우리가 갖게 된다. 만약 목표 금액에 미치지 못하면 돈을 받을 수 없다. 전체 프로젝트 가운데 절반을 약간 넘는 캠페인만이 성공했다.

개시일 전날 밤, 나는 마지막으로 세부 사항을 작업하느라 밤을 새웠다. 그리고 다음 날 아침 7시에 우리는 공식적으로 모금을 시작했다. 몇 분 만에 아일린이 첫 기부로 100달러를 내놓았다. 그 후로 돈이 밀려들기 시작했다. 9시쯤에는 2,000달러에 가까운 돈이 들어왔고, 저녁 즈음에는 5,000달러 가까이 모금되었다. 말도 안 되는 일이었다. 예술적 노력의 결실을 보는 것 외에는 기부자들에게 득이 될 게 거의 없는 프로젝트에 사람들이 이렇게 후한 관심을, 이리도 빨리 보여줄지는 결코 기대하지 않았다. 이 속도라면 예정된 28일보다 훨씬 빨리 모금이 끝날 것 같았다.

그때 대중매체의 관심이 이어졌다. 모금을 하기 전, 이야기가 대중에게 알려지는 것을 두려워하는 아나이스 때문에 염려했던 일이 일어난 것이다. 아나이스는 나보다 훨씬 사적인 사람이어서 각종 매체가 쇄도하면 도망가 버릴지도 몰라 걱정이 되었다. 다음 날 아침, 주요 뉴스 기자들에게 이메일과 페이스북, 트위터, 킥스타터 메시지가 와 있었다. 여러 명의 기자들이 더 자세한 취재를 위해 아빠를 찾아내 직장으로 전화를 걸기도 했다. 도대체 이럴 때는 어떻게 해야 할까? 가장 먼저 든 생각은 기자들이 아나이스를 괴롭히지 않았으면 하는 바람이었다. 내가 아나이스에게 안부를 묻자 아니나 다를까 기자들이 아나이스에게도 연락을 했었다. 아나이스의 페이스북 친구들에게도 사람들이 메시지를 보내고 전화 통화를 시도했다. 내가 두려워했던 일이 벌어지고 있었다. 사람들은 아나이스의 삶에 함부로 침입했다. 다행히 저스틴의 홍보담당자가 나서서 대중 매체를 상대해줘서 안심이 되었다.

아직 해결되지 않은 한 가지는 영화 촬영 기사를 찾는 것이었다. 저스틴은 자기 친구의 친구인 라이언 미야모토를 추천했다. 라이언의 웹사이트에 올라온 그의 작품을 보고 나서 나는 몹시 감동을 받았다. 거기다가 그는 무척 귀엽기까지 했다. 스트레스가 심한 여러 주 동안 같이 다녀도 너무 심하게 추레해지지 않을 것 같았다. 게다가 그는 다음 주에 떠난 뒤 한동안 집에 돌아가지 않아도 괜찮았다. 그는 영순위이자 유일한 선택이었다.

이제 런던에서의 촬영 계획을 진지하게 생각해봐야 할 때였다. 우리는 쇼어디치에 있는, 전체 제작진이 지내기에 충분한 크기의 집을 단기로 임대했다. 여행 일정표 마지막에는 해리포터 스튜디오에 하루 방문하는 것도 포함했다. 아나이스와 나는 둘 다 해리포터를 엄청나게 좋아한다.

모든 것이 완벽하게 제자리를 찾아가고 있을 때 나는 쌍둥이 연구 분야에서 세계 최고인 캘리포니아 주립대학교 플러턴 캠퍼스의 심리학과 교수로부터 메시지를 받았다. 낸시 시걸 박사는 쌍둥이 연구 센터의 책임자이기도 했다. 낸시 시걸 박사는 2012년 7월, 하버드 대학교 출판부에서 출간된《함께 태어나 헤어져 자란 이들Born Together-Reared Apart》과 2011년 8월에 프로메테우스 출판사에서 출간된《다른 사람의 쌍둥이Someone Else's Twin》를 포함해 태어날 때 헤어진 쌍둥이를 주제로 여러 권의 책을 썼다.

연락을 받은 후 곧 나는 시걸 박사를 만나러 갔다. 플러턴 캠퍼스는 로스앤젤레스에서 남쪽으로 30분밖에 걸리지 않았다. 시걸 박사는 오랫동안 쌍둥이 연구를 해왔다. 그녀는 자신이 이란성쌍둥이였기 때문에 이 주제에 대해 더욱 흥미와 열정을 갖고 있었다. 시걸 박사의 서재는 엄청나게 컸고, 아나이스와 나의 현재 상황과 모든 앞으로의 가능성을 탐구해볼 수 있는 수백 권의 책이 꽂혀 있었다. 시걸 박사는 서로 관련이 없는 닮은꼴 사람들에 대해서도 방대한 연구를 하고 있었다. 이 연구는 정말로 흥미로웠지만 어떤 점에서는 두려움을 불러일으켰다. 아나이스와 내가 쌍둥이가 아니라는 결과는 상상할 수도 없지만, 그래도 가능성은 있다는 점을 불현듯 깨달았다.

시걸 박사가 자신의 전문 지식을 우리에게 전해주겠다고 제안했을 때 나는 몹시 흥분했다. 게다가 아나이스와 나의 유전자 검사도 맡아서 해주겠다고 했다. 아나이스와 나는 대화 초기부터 유전자 검사에 대해 계속 의논해왔지만 어떻게 해야 할지 몰랐다. 그런 상황에서 시걸 박사의 제안은 환상적이었다. 시걸 박사는 정부 기관과 개인 고객에게 유전자 검사를 제공하는 어필리에이티드 제네틱스의 임상연구소와 관련이 있었다. 유전자 검사 결과야말로 우리가 쌍둥이라는 결정적인 증거가 될 것이다. 우리는 이미 친자매라고 확신하고 있지만 진실은 검사에 달려 있었다.

우리는 모든 유전자 검사 과정을 함께 하고 싶었다. 그래서 결과를 받는 장면을 촬영해도 된다는 허락을 받았지만, 우리 둘만 있을지 아니면 가족들과 함께 있을지는 아직 정하지 않았다. 그런 세부 사항은 나중에 결정하기로 했다. 또한 시걸 박사는 아나이스와 나의 심리적, 신체적 유사성과 차이점을 알아보기 위해 따로따로 검사를 할 것이며, 자신의 강의와 인터뷰를 촬영해 다큐멘터리에 사용해도 좋다는 허락을 해주었다. 이 모든 걸 무료로 해주겠다는 말도 덧붙였다. 받아들이지 않을 이유가 없었다!

시걸 박사는 아나이스와 나의 출생 기록을 검토했다. 그녀는 우리가 같은 날, 같은 도시에서 태어났다는 사실을 확인했고 무척 많이 닮았다는 유사성도 인지했다. 하지만 마음속에 한 가지 의문이 드는 건 쌍둥이인데도 서로 다른 입양기관이 우리를 각각 담당했다는 점이었다. 이는 드문 경우라고 했다. 시걸 박사는 유전자 검사용품 박스를 두 개 건네주었다. 하나는 내가 쓸 것이었고 다른 하나는 아나이스 것이었다. 검사 결과가 나오려면 보통 삼사 주가 걸리지만 시걸 박사가 우리 상황을 연구소에 설명해주어서 좀 더 빨리 진행할 수 있었다.

원래 아나이스와 나는 함께 테스트를 받고, 런던에서 함께 결과를 보고 싶었다. 일정이 맞지 않아서 우리는 영상 통화를 켜놓고 함께 유전자 샘플을 채취한 뒤, 결과는 런던에서 같이 보기로 계획을 변경했다. 시걸 박사는 아나이스와 내가 만날 때까지 결과를 기밀에 부쳤다가, 우리가 함께 있을 때 영상 통화를 통해 알려주기로 했다.

유전자 검사가 끝날 때까지 아나이스와 나는 같은 날, 같은 곳에서 태어나 모습이 거의 똑같은, 하지만 쌍둥이 자매의 가능성이 있는 사이일 뿐이었다. 그렇지만 나는 아나이스가 내 쌍둥이 자매라는 확신이 든 이후로 그 믿음이 흔들린 적이 없다. 우리가 혈연관계가 아니라는 결과가 나온다면 그게 더 이상할 것이다. 처음 본 순간부터 지금까지 우리가 쌍둥이라는 사실은 완벽하게 앞뒤가 맞아떨어졌다. 쌍둥이가 아니라는 건 말이 안 된다. 우리가 만날 때까지 나는 진정한 사랑을 몰랐다. 하지만 이제 확신할 수 있다. 진정한 사랑은 이런 느낌임에 틀림없다.

그즈음에 우리는 만약 쌍둥이가 아니라고 판명되더라도 계속 친구 사이로 지내기로 결정했다. 아나이스는 이 특별한 경험이 어떤 것인지 이

140

해하는, 나 말고 유일한 사람이었다. 희망과 꿈, 흥분 그리고 이 모든 상황에 대한 조심스러운 침착함까지도 노트북 화면을 통해 무척 자주 나를 들여다보던 바로 그 사람, 아나이스만 아는 것이었다. 그건 마치 육상 경기에 나선 것과 같다. 경기에 앞서 우리는 자신이 무엇을 원하는지 안다. 트랙과 규칙을 알고, 결승선이 어디인지도, 관중들이 있다는 사실도, 자신이 우승하기를 바랄 뿐 아니라, 틀림없이 우승하리라는 것도 안다. 그때 우리는 우승하는 모습을 머릿속에 그리고 오로지 그것에만 집중한다. 군중들이 환호하는 소리가 들린다. 결승 테이프가 가슴에 닿고 하늘로 두 팔을 들어 올리며 비로소 영광을 차지할 것이다. 하지만 경기에 나선 그 순간, 모든 영광은 미래의 일일 뿐이다. 출발선에서 최악의 상황을 맞이할 계획 따위는 세우지 않는다. 우리는 오로지 앞만 주시하고 순간에 충실해야 한다. 그래서 출발 신호가 울렸을 때 전속력을 다해 앞으로 달려 나가야 한다. 나는 그렇게 했다.

9
아나이스

Anaïs
+
Samantha

유전자 검사를 위한 성대한 의식

4월 23일 화요일, 런던 시각으로 저녁 10시. 로스앤젤레스 시각으로는 오후 2시였다. 샘과 나는 스카이프 영상 통화를 하며 유전자 검사용 샘플을 채취하기 위해 각자 뺨 안쪽을 면봉으로 문질렀다. 이 검사는 우리가 쌍둥이인지 아닌지를 밝혀줄 것이다. 정말로 우리가 쌍둥이라면 일란성인지, 이란성인지도 알 수 있을 것이다. 일란성쌍둥이는 유전자 검사를 하면 99.99퍼센트 일치한다는 결과가 나온다. 반면 이란성쌍둥이의 유전자 일치율은 50~75퍼센트 정도다. 이 검사는 쌍둥이가 일란성인지, 이란성인지를 확실히 알 수 있는 유일한 방법이다. 그 당시 샘과 나는 우리가 일란성쌍둥이라고 백 퍼센트 믿었다. 우리가 쌍둥이라는 걸 의심하는 사람도 거의 없었다. 하지만 혹시나 의심하는 사람이 있다면 그의 입을 막기 위해서라도 증명은 필요했다.

밤 10시는 유럽에서 저녁을 먹기에 적당한 시간이었다. 우리는 미국 사람들보다 훨씬 늦게 마지막 끼니를 먹지만 보통 아주 간단하게 먹는다. 집에서 저녁을 먹는다면 뭐든 간에 적은 양의 음식과 와인 약간, 디저트 약간이면 충분하다. 내가 샘과 동시에 면봉을 문지르던 그날 밤에 내 옆에는 마리와 루카스가 같이 있었다. 두 사람은 샘과 나의 곁에서 유전자 검사를 축제 분위기로 만들어주었다.

예정된 시간이 되자, 컴퓨터 화면 너머로 샘이 준비되었다고 말했다. 샘과 나는 이 순간을 함께 나누기 위해 두 주 이상 기다려왔다. 검사 자체는 몇 초밖에 걸리지 않겠지만, 우리는 유전자 샘플 채취 의식을 더욱 성대하게 만들기 위해 파스타를 먹었다. 당연히 와인도 곁들였다. 나는 곧 공식적으로 미국인 일란성쌍둥이 자매를 갖게 될지도 모른다. 내가 프랑스 사람인데도!

재미있는 건 샘과 내가 둘 다 주방에서 샘플 채취를 했다는 점이다. 노트북 카메라로 본 샘의 주방은 기분을 좋게 만드는, 아주 밝고 노란 빛깔이어서 깊은 인상을 받았다. 로스앤젤레스의 모든 것들은 언제나 햇빛을 듬뿍 받은 파스텔 톤으로 보였다. 반면에 런던에 있는 모든 것들은 회색빛이거나 그보다도 더 어두운 색이었다. 특히 일 년 중 이맘때가 그랬다. 샘은 웹캠이 달린 노트북을 들고는 자기가 앉은 자리에서 시작해 흔들거리며 빠른 속도로 집 구경을 시켜주었다. 주방을 나와서 거실이 시작되는 지점에 이르렀을 때 버티컬 블라인드 사이로 햇빛이 새어 들어오는 모습이 보였다. 여기 런던은 몇 시간째 새까만 밤이었다. 그래도 이제 겨우 봄이 찾아왔다고 말할 수 있을 정도로 낮이 좀 길어지기는 했다. 그것만 해도 감사한 일이다.

마리는 샘의 노트북 투어에 대한 보답으로 내 노트북을 들어 샘에게 우리 집 주방을 한 바퀴 돌며 보여주었다. 우리 집 주방은 흰색 톤으로 매우 실용적인 구조였고 꽤 크고 둥그런 흰 식탁과 의자 네 개가 들어갈 정도의 크기였다. 나는 파스타 면을 너무 오래 삶은 건 아닌지 확인하려고 냄비 옆에 서 있었다. 카메라가 나를 휙 지나쳐 가자, 샘이 큰소리로 나를 부르는 소리가 들렸다. 나는 돌아서서 미소를 지으며 "안녕"이라고 대답했다. 루카스가 화이트 와인을 따서 우리에게 한 잔씩 따라주었다. 음… 샘은 빼고.

마침내 우리 모두 식탁에 둘러앉았다. 식탁 위 노트북 화면을 우리 쪽으로 돌려놓자 샘이 우리와 함께 저녁을 먹고 있는 것 같았다. 우리 프랑스 사람들은 식사하는 것을 매우 진지하게 여긴다. 그래서 유전자 검사를 하기 전에 한자리에 모여 앉아서 저녁을 먹는 우리 모습이 이상해 보일 수도 있겠지만, 여기서는 별로 특이한 일이 아니다. 그보다도, 내 소원은 샘이 실제로 우리 모두와 함께 둘러앉는 것이었다. 컴퓨터 화면이 아니라.

샘도 혼자가 아니었다. 샘은 이따금씩 고개를 돌려 촬영을 하러 온 라이언에게 무언가를 이야기했다. 초록색 격자무늬 셔츠를 입고 있는 샘은 딱 미국 사람처럼 보였다. 나는 샘이 지닌 모든 면을 다 좋아했는데, 특히 그녀의 긍정적인 태도가 좋았다. 샘은 언제나 미소를 짓고 있었고 행복한 모습이었으며 쾌활했다. 내가 흰색과 검은색 가로줄 줄무늬 세일러복을 입고 있어서 샘은 아마 내가 진짜 프랑스 사람처럼 보인다고 생각했을 것이다. 우리 둘은 평소보다 훨씬 더 말이 없어서 마리와 루카스가 대화를 이끌었다. 루카스는 우리 목소리가 아주 비슷해서 샘이 말할 때 꼭 프랑스어로 말하는 것 같다고 했다. 그는 샘이 프랑스어로 말하면 누가 이야기하고 있는지 알 수 없을 거라며 너스레를 떨었다.

"너도 같은 음식을 만들었어야 함께 음식을 먹을 수 있을 텐데."

마리는 식탁 의자에 앉으면서 웹캠에 대고 샘한테 말했다. 마리는 나보다 영어가 더 유창하지만 역시 프랑스어 억양이 짙게 섞여 있었다. 샘과 마리는 전에 영상 통화로 서로 본 적이 있었는데 아주 잘 어울리는 것 같아서 내 마음이 무척 편안해졌다. 나는 친구들이 내 '잠정적' 자매인 샘에게 관심이 있어서 좋았다. 사실 이건 꽤 중요한 문제였다. 내 마음에 드는 사람들이 샘과도 친구가 될 수 있다는 걸 보여주기 때문이다.

우리는 샘이 지켜보는 가운데 방금 간 파르메산 치즈와 숟가락 하나 가득 빨간 소스를 올린 파스타를 먹기 시작했다. 거기에 루카스가 고른 레드 와인을 곁들였다.

"프랑스 사람들은 이상해. 왜 음식을 양손으로 먹지?"

샘은 우리가 한 손에 하나씩 식사 도구를 들고는 미국 사람들처럼 음식을 먹는 내내 포크를 바꾸지 않는다는 뜻으로 말했다.

"아, 이런 세상에. 너희는 우리랑 같이 밥을 먹으면 정말 무례하다고 생각하겠구나!" 샘이 외쳤다.

마리는 미국 사람들 방식이 무례하지 않다고, 모두 문화 탓이라고 말했다. 나는 이 모든 일들이 재미있었다.

마리는 또 샘과 나의 웃음소리가 정말 비슷하다며 놀라워했다.

"너희 둘이 웃을 때 완전 똑같아. 말도 안 돼!"

나는 웃음소리에 대해서는 생각해보지 않았지만 마리 말이 맞았다.

친구들은 만약에 우리가 쌍둥이가 아닐 경우에, 그래도 혈연관계일 수는 있지 않느냐며 여러 의견을 내놓았다. 하지만 샘과 나 둘 다 친가족에게서 연락을 받은 적이 없어서, 말도 안 되는 이야기라고 결론이 났다.

"어쩌면 생부가 두 여자와 잠자리를 가진 건 아닐까?"

내가 잔에 와인을 더 따르며 말했다. 마리는 그게 정말 웃기다고 생각했다.

"동시에?"

나는 깔깔거리며 웃는 마리에게 혹여나 같은 날이었다고 해도 동시에는 아닐 거라고 말했다. 그러자 샘이 가장 추잡한 생각을 내놨다.

"아니면 형제 둘이 자매 둘하고 한 거야. 그런 다음 자매 둘 다 임신을 했고, 아이를 하나씩 낳은 거고….'

샘과 나는 어떻게 우리가 혈연관계가 되었는지 골똘히 생각할 기회가 생길 때마다 늘 말도 안 되는 말을 하며 옆길로 샜다. 우리가 쌍둥이가 아니라면, 아무리 온갖 상상력을 다 동원해봐도 우리는 형제거나 가까운 친척 관계일 것이다. 우리는 이미 서로에게 그만큼의 의미였다.

대화 주제는 우리 이야기를 치열하게 다루고 있는 매스컴 보도 쪽으로 바뀌었다. 마리는 런던 사람들 중에는 샘과 나에 대해 모르는 사람이 없다고 말했다. 샘과 나는 한국에도 보도가 되고 있음을 알았다. 킥스타터 모금 개시 이후로 전 세계 기자들이 우리를 찾아내려고 하고 있었다. 루카스가 샘에게 미국에서는 얼마나 큰 화제인지 묻자, 샘은 온갖 인터넷 사이트에서 회자되고 있는데다가 주요 매체에서도 계속 떠들어 대고 있다고 답했다. 내가 처음 샘에게 연락했을 때 이런 관심을 기대한 건 아니었다. 나는 샘을 만나기 전과 달라진 점이 아무것도 없었다. 그런데 세상에는 말도 안 되는 일들이 일어나고 있었다.

갑자기 스카이프 통화가 먹통이 되었다. 샘과 라이언이 이야기하는 소리는 들렸지만 아무것도 보이지 않았다. 라이언이 샘에게 묻고 있었다. "프랑스 버전의 너를 보면 이상하지 않아?"

"왜 아나이스가 프랑스 사람이어야 해?" 샘이 웃음을 터뜨리며 하는 말이 들렸다. 샘은 항상 내가 "와아안저어언 프랑스 사람이야!"라고 말하면서 나를 놀려댔다. 아닌 게 아니라, 샘은 처음으로 내 연락을 받았을 때 나를 완전히 틀에 박힌 프랑스 사람의 이미지로 생각했다고 한다. 거만한 억양에 베레모를 쓰고 다니며 바구니가 달린 투박한 자전거를 타고 겨드랑이에 바게트를 끼고 있는 모습이었다.

뭐, 나는 괜찮다! 나는 아나이스가 와아안저어언 미국 사람이라고 생각했으니까. 나는 아나이스가 티셔츠를 입고 야구 모자 밑으로 선글라스를 끼고는 스타벅스 1리터짜리 컵을 들고 마시면서 쇼핑몰로 향하는 모습을 상상했다. 내 상상 속에서 샘은 아주 천하태평한 모습으로 파자마 파티에 나타나 "이봐아아아, 얘에에 드으을아."라고 미국식 억양으로 말하며 여자 친구들과 소문을 떠벌이거나, 응원단 활동을 마친 후 야구장에서 남자들에 관해 이러쿵저러쿵 수다를 떨고 있었다.

저녁을 먹고 나자 '실시간으로' 함께 유전자 검사를 할 시간이 되었다. "양치하고 금방 돌아올게." 나는 샘에게 말했다. 나중에 안 사실이지만 샘과 나는 둘 다 이 닦는 것을 좋아해서 하루에도 일고여덟 번이나 닦았다!

"크리스마스 같아!" 샘이 연구소에서 온 봉투를 열어보면서 말했다. 샘은 우스꽝스러운 표정을 짓기 시작하더니 봉투를 머리 위에 썼다. 나도 똑같이 따라했다. 어쩌면 우리 둘 다 너무 불안해서 쌍둥이임을 입증하는 이 일에 일부러 가벼운 행동을 덧붙이고 있다는 생각이 들었다. 이런 행동을 보면 우리는 이미 정신적으로나 감정적으로는 쌍둥이라는 게 입증된 것 같았다.

샘과 나는 둘 다 초조했다. 하지만 적어도 우리가 할 일은 간단했다. 각자 뺨 안쪽에서 면봉으로 침을 조금 모은 다음, 그걸 봉투에 들어있던 두꺼운 종이에 놓고 마를 때까지 기다리기만 하면 됐다.

방법은 복잡하지 않았지만 결과는 심히 중대하기에 우리 둘 다 시작하는 걸 몹시 불안해했다. 유전자 샘플을 채취하다가 아주 작은 실수를 하는 바람에 시작부터 결과에 이르는 전체 과정이 끔찍하게 잘못된다면, 그럼 어떡한단 말인가?

"작은 동그라미를 만지지 않도록 조심해. 설명서에 보면 면봉을 사용해야 하는데 면봉 양쪽으로 입안을 문지른 다음 20초에서 30초 정도 동그라미 위에 대고 누르고 있어야 해."

나는 샘의 말을 아주 진지하게 들었다.

내 친구들은 마치 크리스마스 때 부모님이 자녀에게 선물을 사다주고 어떻게 하나 지켜보는 것처럼 나를 응시하고 있었다. 넉 달 전만 해도 나는 샘이 존재한다는 걸 알지 못했다. 그리고 이제 면봉을 네 번만 쓱쓱 문지르면 기적적으로 연락이 닿은, 오랫동안 잃어버렸던 자매지간이 될 수 있었다. 내 친구들은 여전히 유전자 검사가 필요 없다고 생각했지만 말이다.

"솔직히 너희들은 정말로 이 검사가 필요 없어. 너희는 완전히 똑같아. 인상 쓰는 모습까지도 똑같다니까."

샘과 내가 채취에 앞서 하나 둘 셋, 시작! 하고 숫자를 셀 때 마리가 중얼거렸다.

샘과 나는 우리한테 있는 많은 공통점에 대해서 이야기를 나눴다. 우리 둘 다 사랑니가 잇몸을 뚫고 나오기도 전에 빼버렸고, 한쪽 눈썹만 위로 올릴 수도 있었다. 또한 우리 둘 다 엄지발가락만 유난히 두꺼웠다. 하루에 몇 번이든 상관없이 집을 나서기 전에는 꼭 이를 닦았고, 샤워 커튼에 몸이 닿는 걸 끔찍이 무서워했다. 우리 둘 다 콜라는 펩시를 더 좋아했다! 우리는 둘 다 나폴레옹 콤플렉스가 있어서 키가 작다는 열등감으로 인한 공격적인 성향이 있었고, 창의력을 더 끌어올리기 위해 잠을 10시간은 자야 했으며, 나머지 시간에는 먹었다. 또한 우리는 감당할 수 없는 감정에 휩싸이면 낮잠을 잤다. 이런 것들은 유전자 검사로는 나오지 않을 것이다.

우리는 유머 감각도 비슷한데 샘이 나보다 훨씬 더 장난꾸러기였다.

"성별SEX을 표시하는 칸에 '좋아YES'라고 쓰면 어떨까?"

샘은 영화 〈오스틴 파워〉를 빗대 농담을 했다. 우리는 유전자 샘플 이름을 서로 바꾸는 것으로 시간을 허비하기까지 했다. 샘은 품위가 좀 떨어지는 미국 생방송 토크쇼에 출연해 우리가 사람들 앞에서 검사 결과를 받는 장면의 시나리오를 생각해내기도 했다.

"진행자가 옆으로 나와서 이렇게 말하는 거야. '자 결과는… 여러분은 쌍둥이가 아닙니다.' 그러면 모두 '아아아!'라고 하겠지."

우리는 둘 다 그럴 리 없다는 걸 알았지만, 만약에 정말로 쌍둥이가 아니라고 하면 어떻게 되는 걸까? 나는 내가 느낄 실망감을 가늠할 수조차 없었다. 게다가 그 모습이 전부 카메라에 잡힐 텐데.

나한테 언니나 동생이 생긴다는 생각은 정말로 기분이 좋았다. 나는 외동딸로 자라서 항상 형제가 있었으면 하고 꿈꿔왔다. 주위 사람들은 모두들 형제, 자매가 있었다. 형제도 좋고, 자매도 좋다. 때로는 오빠가 있었으면 싶기도 했다. 오빠가 나를 보살펴주거나 오빠 친구들과 데이트를 할 수 있기 때문이었다. 가끔은 옷 입는 법과 화장하는 법을 가르쳐줄 언니가 있으면 좋겠다고 생각하기도 했다. 또는 그러한 것들을 내가 가르쳐줄 수 있는 여동생이 있었으면 하고 바란 적도 있다. 나한테는 조나단이라는 아주 친한 친구가 있다. 조나단은 나보다 13개월 어렸는데 그는 미국 사람들이 "피를 나눈 형제"라고 부르는 것처럼 내게는 "심장과도 같은 형제"였다. 조나단은 내 남동생 같았다. 우리가 친구로 지낸 지는 20년 가까이 되었다. 그에게는 어머니밖에 없었다. 남자 형제도, 여자 형제도, 아빠도 없었다.

어렸을 때 집에 내 또래가 없어도 그렇게 외롭지는 않았다. 나는 친구들도 있었고, 과외 활동도 했으며, 휴가 때 나이 지긋한 가족들과 어울리는 것도 괜찮았다. 그들 모두를 사랑했기 때문이었다. 하지만 사람들은 언제나 내가 어른처럼 행동하기를 기대했다. 게다가 노인들은 옛날 방식으로만 생각했다. 그들은 나와 다른 방식으로 생각했고, 관점도 달랐다. 노인들은 항상 과거 속에서 살고 있는 것 같았다. 그런 나에게 갑자기 샘이 나타났다. 여자 형제와 함께 동료들도 생겼다. 샘한테는 오빠들도 있었는데 그들에 대해서는 나중에 좀 더 알아보기로 했다.

이제 샘과 나의 유전자 샘플 봉투를 밀봉해서 우편으로 부칠 시간이었다. 우리는 증인들의 사인을 받았다. 내 증인은 마리와 루카스였고 샘의 증인은 라이언이었다. 그런데 갑자기 샘이 일어서더니 가슴 위로 손을 올렸다. "아나이스, 준비됐어?" 샘이 내게 물었다. 샘은 미국의 '국기에 대한 맹세'를 낭독하기 시작했다.

"안돼!" 마리가 샘에게 소리쳤다. "우리는 그런 거 안 해!"

나는 마리, 루카스와 함께 프랑스의 국가 '라 마르세예즈'를 부르기 시작했다.

"안돼!" 샘이 다시 소리치더니 '라마르세예즈'보다 더 크게 '국기에 대한 맹세'를 낭독했다. 나는 우리가 이겼다고 생각한다. 왜냐하면 사람 수가 3대 1이었고 우리는 정말로 크게 불렀기 때문이다. 루카스가 집으로 돌아간 뒤, 샘과 마리와 나는 런던 어디에서 검사 결과를 들어야 좋을지 의논했다. 이제 유전자 검사 샘플은 밀봉된 채 우리 손을 떠났다. 우리는 이국적이거나 기발한 곳을 생각해내려고 머리를 쥐어짰다. 마리는 웨스트민스터 사원 같은 유명한 장소를 제안했고, 그 소리를 들은 샘은 버킹검 궁전을 떠올렸다. 마리는 런던아이를 강력히 추천하며 이렇게 말했다.

"너희들이 위로, 위로 올라가서 제일 높은 곳에 다다라 런던 전체 모습이 보이면 그때 검사 결과를 알게 되는 거야."

샘과 나는 그 아이디어에 반대했다. 우리는 대관람차를 좋아하지 않았다. 그건 우리의 또 다른 공통점이다. 마리는 런던아이가 아주 천천히 돌아가기 때문에 덜 무서울 것이라고 설득했지만, 우리는 전혀 관심이 없었다. 정말로 천천히 가는 건 우리가 유전자 검사 결과를 기다리고 있는 시간이었다. 우리는 이미 자매로서 사랑을 나누기 시작했지만, 모두들 증거를 갖고 싶어 했다. 일단 런던 어디쯤에서 검사 결과를 들을 것인지에 대해서는 아직 결정하지 않은 상태로 놔두었다. 이 모든 게 훨씬 더 운명적인 것처럼 보여서, 아이디어를 모으는 자체만으로도 재미있었다.

10
사만다

Samantha
+
Anaïs

생모는 왜 나를 부정해야 했을까

4월 24일 수요일, 지구 반대편에 있는 누군가와 내 유전자가 일치하는지 알아보기 위해 전날 밤에 내 뺨 안쪽을 면봉으로 문질렀다는 걸 제외하면, 평소와 다름없는 날이었다. 유전자 검사를 받는다는 건 대단히 이상한 느낌이었다. 내 인생에 있어서 정말 중요한 순간이었는데 한편으로는 그냥 평소와 다름없는 수요일이기도 했다. 유전자 검사는 정말로 강렬하면서도 동시에 그렇지 않은 일이기도 했다. 겉보기에는 로스앤젤레스 여기저기를 뛰어다니는, 평상시와 다름없는 짜증나는 날이었지만 내 마음은 한껏 들떠 있었다.

아나이스는 어떤 기분이었는지 잘 모르겠다. 아나이스의 태도는 훨씬 더 느긋해 보였다. 내 말은, 내가 우리의 남은 인생에 엄청난 영향을 미칠 유전자 검사를 앞두고 영상 통화를 기다리며 초조하게 앉아 있는 동안 아나이스는 우선 자기 친구들과 자리에 앉아서 저녁을 먹어야 한다고 고집했다는 거다. 저녁 식사 시간은 거의 45분이나 지속되었다. 무척 프랑스 사람다웠다. 지금은 그 저녁 식사가 극한의 상황에 대처하는 아나이스만의 방법이었다는 걸 이해한다. 하지만 그 당시에는 이상하다고 생각했다. 아니면 좀 예의가 없는 행동이거나. 아무튼 프랑스 사람들은 무슨 일이 있어도 식사와 사교는 포기하지 못하는 것 같다.

나는 최악의 상황을 맞아 공황 상태에 빠질 때면 혼자서 차를 몰고 로스앤젤레스 여기저기를 돌아다녔다. 저스틴 팀버레이크의 〈미러스〉를 쾅쾅 울리며 토요타 라브4를 몰았다. 나는 아나이스와 그 노래를 틀어놓고 화면을 반씩 나눈 뮤직비디오를 만들기도 했다. 우리는 각자의 아파트에서 애들처럼 정신을 놓고 춤을 추었다. 그 순간이야말로 아나이스와 내가 함께 나눈, 절대로 잊지 못할 시간이었다. 가끔씩 나는 이 동화 같은 이야기가 다 끝나버리고 우리의 기쁨도 아무것도 아닌 것이 될까 봐 두려웠다.

하지만 다시 영상 통화로 아나이스를 보자마자 초조함은 사라졌다. 아나이스와 이야기를 나눌수록 우리가 어떤 설명할 수 없는 방식으로 이어져 있다는 것이 점점 더 분명하게 느껴졌다. 오빠들과 연결되어 있는 것과는 다른 방식이었다. 무언가 훨씬 더 강한 느낌이었다. 나는 자매가 없지만 아나이스가 내 인생에 들어왔을 때 언니나 여동생이 있으면 이런 느낌일 거라고 믿었다. 불안하기는 했지만 유전자 검사 결과에 상관없이 우리는 일생의 친구가 될 거라는 사실을 금세 깨달았다. 벌써부터 험난한 세월을 함께 보낸 사이 같았다.

당장이라도 나는 런던으로 떠나고 싶었다. 내가 런던에 도착한 다음에야 우리는 검사 결과를 알 수 있었다. 그때까지 기다려야 하다니… 이상한 선택임을 나도 알고 있다. 대부분의 사람들은 자신의 시간과 돈 그리고 감정을 쏟기 전에 결과부터 확인해야 한다는 쪽으로 생각이 기울어 있다. 하지만 나는 호빗처럼 체구가 작은 나의 나머지 반쪽을 만나 그녀를 내 옆에 앉히고 검사 결과를 들어야만 했다. 친구들은 이미 우리가 일란성쌍둥이라고 확신했는데, 아주 많이 닮았다는 이유 때문이 아니라 버릇이나 습관이 똑같아서였다. 우리는 좋아하는 것도, 생각하는 방식도 비슷했다. 아나이스가 엉뚱하고 괴상한 말이나 농담을 좋아하는 것도 나를 똑 닮았다.

프랑스인 쌍둥이 자매가 생긴다는 사실도 아주 매력적이었다. 나는 늘 프랑스에 가보고 싶었는데 이제 그럴듯한 이유가 생겼다. 그렇다고 특별히 프랑스 사람들이 멋지다고 생각하는 건 아니었다. 오히려 프랑스 사람들은 허세를 부리고 냄새가 나며 담배를 피운다고 생각했다. 나는 특히나 리비에라에 가고 싶었는데 그곳은 겨드랑이에 털이 잔뜩 난 프랑스 사람들이 아름다운 바닷가에서 가슴을 드러내놓고 돌아다니는 곳이었다. 그밖에도 무언극과 자전거, 바게트가 가득한 자갈길도 떠올려보았지만… 우선 나는 런던에 가야 했다.

유전자 검사 샘플을 우편으로 보낸 다음 날, 나는 아나이스에 대한 정말로 이상한 꿈을 꾸었다. 꿈속에서 아나이스의 친구 마리는 파스타 면을 뜨거운 물로 삶지 않고도 감탄할 만큼 맛있는 파스타를 만들었다. 아나이스는 내게 자기를 따라오라고 손짓하면서 길을 따라 걷고 있었다. 그런데 갑자기 아나이스가 변하기 시작했고 멀리 가면 갈수록 점점 나와 덜 비슷해 보였다. 친구들 모두가 커다란 유리창 너머로 우리를 바라보고 있었다. 꿈속 배경은 오래된 가스등이 있는 모래와 자갈로 뒤덮인 곳이었지만 베로나의 어린 시절 이웃집과 비슷하게 결합된 부분도 있었다. 나는 아나이스가 멈출 때까지 뒤따라갔다. 마침내 아나이스를 따라잡았을 때 그녀가 돌아섰는데 더 이상 나와 닮은 모습이 아니었다. 믿을 수 없는 일이었다. 내가 하루 종일 느꼈던 모든 공포가 악몽으로 나타나는 것 같았다. 나한테 쌍둥이 자매가 있었던 건지, 아닌지 그리고 품격 있는 식사를 같이 할 짝으로 쌍둥이 자매가 필요했던 건 아닌지 등등 두려움 섞인 걱정이 엄습해왔다. 잠에서 깼을 때 안도감이란 이루 말할 수가 없었다.

길지 않은 기간이었지만 시걸 박사로부터 무척 많은 것을 배웠다. 처음 방문한 이후로 나는 여러 번 더 시걸 박사를 만나러 갔다. 그녀에게 묻고 싶은 것들이 너무 많았다. 시걸 박사는 내게 수년 동안 자신이 연구했던, 따로 떨어져서 자란 쌍둥이들의 재결합을 담은 영상을 보여주었다. 뿐만 아니라 자신의 모든 연구 자료도 보여주었다. 그녀는 한국에 있는 전남 대학교 행동학 전문가 허윤미와 함께 2008년에 공동 집필한 논문과 자신이 주도했던 연구를 다시 살펴보았다. 주제는 서로 떨어져 자란 한국인 쌍둥이 자매에 관한 것이었다. 이들 중 한 명은 한국에서, 나머지 한 명은 미국에서 자랐다. 아나이스와 내가 쌍둥이임이 입증된다면 그들의 이야기는 우리 이야기와 상당히 비슷할 것이다. 다른 점이라면 이들 중 한 명은 한국에서 친부모 밑에서 자랐고, 나머지 한 명은 미국의 입양 가정에서 자랐다는 사실이다. 이 쌍둥이 자매의 친부모에게는 이미 네 살배기와 10개월 된 자녀가 있어서 쌍둥이 가운데 한 명은 키울 형편이 되지 않았다. 결국 아이 한 명은 태어난 날 위탁모에게 맡겨졌고 두 달 후 미국 동부 연안에 사는 부부에게 입양되었다. 두 가정은 한국에 있는 사회복지사의 도움으로 계속 연락을 주고받았고 두 자매는 자신들에게 쌍둥이 자매가 있음을 알고 있었다. 자매는 열두 살이 되었을 때 직접 연락을 주고받기 시작했고 열일곱 살 때 처음 만났다.

시걸 박사는 두 여자아이들에게서 흥미로운 유사점을 찾아냈다. 예를 들어 생선은 한국의 주요 식재료인데도 둘 다 생선을 무척 싫어했다. 그리고 둘 다 음악적 재능이 매우 뛰어났는데 한 명은 피아노를, 다른 한 명은 바이올린을 연주했다. 또한 그들은 교육 환경과 문화가 다른 환경에서 자랐음에도 둘 다 지능 지수가 똑같았다.

쌍둥이 가운데 한 명은 친가족 곁에서 자라고 한 명은 입양된다는 건 정말 가슴 아프고 괴로운 시나리오였다. 내가 그런 상황을 겪어야 한다는 건 상상조차 할 수 없었다. 나는 다른 사람에게 넘겨졌고 내 쌍둥이 자매는 친가족들과 함께 지냈다는 사실을 안다면 내 기분은 어떨까? 친가족들 기분은 어떨까? 죄책감이 들까? 선택받지 못해서 다른 집으로 보내졌던 사람은 나중에 어떤 감정을 갖게 될까? 또 한편으로 친가족 곁에 남은 사람이 나라면 어떨까? 왜 나는 친가족들에게 선택받았을까? 우리 엄마 마음은 어땠을까? 이 사례는 아나이스와 내가 처한 상황보다 훨씬 더 강렬한 이야기였고, 도저히 잊히지가 않았다. 우리는 동등하게 둘 다 생모가 포기를 한 경우다. 하지만 그 동등함은 우리가 입양 가정에 도착했을 때 끝났다. 나는 아나이스보다 더 많은 것을 받았다는 죄책감을 느꼈다. 아나이스는 외동딸로 자랐지만 나는 오빠 둘과 같이 자랐다. 하필 왜 내가 아나이스보다 운이 좋았던 걸까? 아직 만나보지도 못했지만, 벌써부터 아나이스에게 이렇게 전하고 싶었다. 네가 더 행복할 수만 있다면 생각할 것도 없이 나는 너와 자리를 바꾸었을 거라고.

나는 시걸 박사의 연구를 통해, 함께 자랐든 떨어져 자랐든 간에 쌍둥이가 얼마나 매력적인 존재인지 알게 되었다. 사실 잘 몰랐을 때는 쌍둥이가 소름끼친다고 생각했다. 비슷하게 생긴 혈족이 있다는 생각이 나를 기겁하게 만들었을 수도 있다. 특히나 일란성쌍둥이는 이상했다. 시걸 박사는 1999년에 출간한 저서 《유전적으로 연계된 생명Entwined Lives》에서 모든 사람의 기질에 영향을 미치는 유전적 영향력에 대해 설명했다. 이 책에 따르면 유전자는 사교성과 지능, 운동 능력, 진로 선택, 직업 만족도, 성격에 영향을 미친다.

시걸 박사는 쌍둥이들 중에서도 유전학과 인간 행동을 탐구하기에 가장 적절한 대상을 찾았다. 아나이스와 내가 탐구해보고 싶은 주제인 경쟁과 협동, 유대감은 시걸 박사가 주목하는 주제 중 일부다. 생면부지였던 우리 둘 사이에 형성되고 있는 유대감은 정말 주목할 만한 것이었고, 나는 그에 대해 더 많이 배울 수 있다는 생각에 들떠 있었다. 아나이스도 나만큼 이상한 사람일까? 아나이스는 치즈를 좋아할까? 아나이스도 발냄새가 날까? 나는 원래부터 인류학광이라 '천성 대 양육'이라는 개념을 정말로 좋아했다. 아나이스와 내가 인터넷만으로도 이만큼 강하게 유대감이 형성되었다면 직접 만났을 때는 어떻겠는가? 문자메시지를 주고받을 때도 우리는 몇 페이지가 넘어가도록 이모티콘만 사용해서 대화할 수 있었다. 그런 우리가 실제로 만나면 서로에게 무슨 말을 하게 될까?

태어났을 때 헤어진 쌍둥이에 관한 시걸 박사의 연구로 말하자면, 세간의 주목을 받고 있는 중요한 연구 결과들 중에서도 단연코 선두에 있다고 할 수 있다. 시걸 박사는 미네소타 대학교의 '떨어져 자란 쌍둥이 연구'에 참여했다. 이 획기적인 프로젝트는 인간에게 미치는 유전자 영향에 대해 포괄적으로 다뤘다. 그 연구는 심리학과 교수이자 '미네소타 쌍둥이와 가족 연구 센터'의 책임자인 토마스 부샤드 박사가 시작했다. 이 연구는 양육(외부 환경)뿐 아니라 천성(유전자)도 사람의 성격과 심리학적 특징에 영향을 미친다는 것을 보여주는 가장 큰 규모의 프로젝트였다. 이 연구 전까지 학자들은 한 사람의 성격과 행동을 결정짓는 주요 요소가 양육과 환경이라고 추정했다. 그렇다고 역할 모델과 양육의 중요성을 무시하는 것은 아니다. 그보다는 유전자가 사람의 행동을 주도할 수도 있음을 보여준 연구라고 할 수 있다.

부샤드 박사는 짐 스프링거와 짐 루이스를 알게 된 1979년부터 연구에 착수했다. 그들은 태어나자마자 헤어졌다가 39년 후에 다시 만난 일란성쌍둥이였다. 당시 신문에서 두 사람의 재결합에 대해 다뤘는데 부샤드 박사는 그들에게 놀라운 유사점들이 꽤 많다는 사실에 흥미를 느꼈다. 두 사람 다 세례명이 "제임스"였고 어린 시절 키웠던 개 이름은 "토이"였다. 둘 다 "린다"라는 이름의 여성과 결혼했다가 이혼했으며 "베티"라는 이름의 여성과 재혼했다. 큰 아들 이름은 한 사람은 제임스 앨런James Allen으로, 다른 사람은 제임스 앨런James Alan으로 지었는데 "앨런"의 철자가 다르기는 하지만 둘 다 같은 이름이었다. 두 사람 모두 경찰 훈련을 받았고, 법 집행 기관에서 시간제 근무를 했으며, 손톱을 물어뜯는 버릇이 있었다. 또 둘 다 똑같이 살렘 담배를 피우고 밀러 맥주를 마셨다. 다른 가정에서 자란 일란성쌍둥이를 연구한 전력이 있던 부샤드 박사는 그들의 유전적인 것처럼 보이는 공통된 버릇에 주목했다.

부샤드 박사와 '짐 쌍둥이'는 언론과 대중으로부터 엄청난 관심을 받았다. 미국 심리학계에서 유전적 영향은 주목받지 못하던 때였다. 유전적 요인과 환경의 조합이 어떻게 행동에 영향을 미치는지 탐구하는 사람들도 많지 않았다. 하지만 이번 연구는 대중과 학계의 큰 관심을 불러일으켰고, 떨어져 자란 많은 쌍둥이들이 부샤드 박사에게 연락하게 된 계기가 되었다. 따로 떨어져 입양된 일란성쌍둥이 두어 쌍의 간단한 검사로 시작된 것이 이제는 일란성쌍둥이와 이란성쌍둥이 모두 합쳐 130쌍 이상의 본격적인 연구로 성장했다. 대부분의 경우에 대상자들은 아주 늦게까지도 어딘가에 자신의 쌍둥이 형제가 살고 있다는 사실을 몰랐다.

연구가 시작됐을 때 시걸 박사는 시카고 대학교의 대학원생이었는데 그곳에서도 쌍둥이 연구를 했다. 시걸 박사는 태어나자마자 헤어진 일란성쌍둥이를 찾아내 부샤드 박사에게 전했다. 1982년 시걸 박사는 박사 후 연구원으로 부샤드 박사의 연구에 합류했고 나중에는 미네소타 대학교의 '떨어져 자란 쌍둥이 연구'의 부책임자가 되었다. 시걸 박사는 쌍둥이들과의 연락과 자료 분석, 쌍둥이들이 미네소타 대학교에 방문했을 때의 준비 등의 업무를 담당했다. 시걸 박사는 그때의 경험을 "지상낙원"으로 묘사했다. 그러면서 그 연구의 성공은 부샤드 박사의 탁월함과 매력, 호감이 가는 성격 덕분이라고 말했다.

미네소타 쌍둥이 연구 프로젝트는 1979년부터 1999년까지 20년 동안 계속되었다. 수집된 자료는 더 놀라웠다. 시걸 박사가 모은 정보는 너무나 광범위해서 어딘가에 묻힌 채 분석조차 되지 않은 자료들도 있었다. 연구를 통해 드러난 쌍둥이들의 공통점들 가운데는 불가능해 보이는 것들도 있었다. 그중에서도 오스카 스토와 잭 유페는 흥미로운 한 쌍이었다. 그들은 1930년대 영국령 트리니다드에서 루마니아계 아버지와 독일계 어머니 사이에서 태어났다. 부모는 그들이 생후 6개월일 때 이혼했다. 어머니는 오스카를 데리고 독일로 돌아갔고 그는 외할머니의 가톨릭 신앙 안에서 자랐다. 오스카는 나치 독일의 청소년 조직인 히틀러 유겐트에 참여하기도 했다. 아버지와 함께 카리브 해에 남은 잭은 유대인으로 자라 성장기에 수년 동안 이스라엘 키부츠에서 시간을 보냈으며 이스라엘 해군이 되었다.

두 사람이 이십대 초반에 만났을 때는 유아기 이후 첫 만남이라 공통점도 없어보였고 관계를 복구할 아무런 이유도 찾지 못했다. 그들은 다른 언어, 즉 독일어와 이디시어로 말했고 정치적으로나 종교적으로 공통점이 전혀 없었다. 그들은 서로를 그다지 좋아하지 않았다. 두 사람은 이따금씩 서로 편지를 쓰기는 했지만 잭이 미네소타의 쌍둥이 연구에 대해 읽고 나서 오스카에게 연구에 참여할 생각이 있는지 묻기 위해 연락할 때까지 25년 동안 다시 만난 적이 없었다. 그 후 두 사람은 공항에서 만났는데 그들 사이에 묘한 유사점이 드러나기 시작했다. 그들은 둘 다 금속 테 안경을 쓰고 있었고, 주머니 두 개와 견장이 달린 셔츠를 입고 있었으며, 둘 다 콧수염을 기르고 있었다.

그들이 검사를 하는 동안 나타난 또 다른 흥미로운 점은 두 사람 모두 건망증이 심하고, 매운 음식을 좋아하고, 버터에 구운 토스트를 커피에 적셔 먹고, 단 음료를 마신다는 점이었다. 잡지는 뒤에서부터 앞으로 읽고, 손목에 고무줄을 차고 있으며, 수학은 힘들어하지만 운동에는 소질을 보였고, 텔레비전을 보다가 잠이 드는 점도 똑같았다. 그중에서도 가장 특이한 공통점은 화장실을 사용하기 전에 한 번, 사용한 후에 한 번

물을 내린다는 것과 사람들로 가득 찬 엘리베이터에서처럼 불편한 침묵 속에 있게 되면 큰 소리로 가짜 재채기를 한다는 점이었다.

쌍둥이에 관한 연구는 믿을 수 없을 정도로 흥미로웠다. 당시 연구에 참여한 쌍둥이들은 1만 5,000개 이상의 질문을 받았고 오랜 시간 검사를 받으며 일주일가량 미네소타에 머물렀다. 시걸 박사는 유전자 검사로 아나이스와 내가 쌍둥이임이 판명되면 바로 우리 둘에게 일련의 검사를 할 계획이었다. 유전자 검사를 통해 우리는 일란성인지 이란성인지 알 수 있을 것이다. 나는 부모들조차 동성 쌍둥이 자녀가 이란성인지, 일란성인지 판단을 제대로 하지 못한다는 사실을 알고는 깜짝 놀랐다. 시걸 박사가 알아낸 바에 따르면 외양만으로 쌍둥이의 종류를 정확히 구별할 수 없다. 겉으로는 거의 똑같아 보여도 이란성쌍둥이일 수 있으며, 서로 아주 똑같지는 않은 쌍둥이도 일란성쌍둥이일 수 있다.

시걸 박사는 미네소타 연구를 하면서 일란성과 이란성의 구별이 얼마나 어려운 일인지 깨닫게 해주는 한 쌍의 쌍둥이를 만났다. 케리와 에이미, 이 두 소녀는 아기 때 버몬트 주의 다른 가정으로 각각 입양되었다. 케리는 열여덟 살 때 버몬트에 있는 한 도시로 이사를 갔는데 그곳 사람들이 자신을 에이미라고 부르기 시작한 것을 알아차렸다. 7년 후 케리는 어떤 파티에서 한 남자에게 놀라운 이야기를 들었다. 케리에게 에이미라는 이름의 쌍둥이 자매가 있다는 데 백만 달러를 걸겠다는 것이다. 그는 자매를 서로 소개시켜 주겠다고까지 했다. 두 여성은 몇 번의 연락을 주고받은 끝에 만났고 서로 닮은 모습에 깜짝 놀랐다. 더욱 흥미로운 점은 그들이 일란성쌍둥이가 아니었다는 점이었다. 유전자 검사를 통해 확인된 바로는 두 사람은 서로를 꼭 빼닮은 이란성쌍둥이였다. 이 사연은 미네소타 연구에서 이란성쌍둥이가 각자 다른 사람으로 오해를 받아 서로를 찾게 된 단 하나의 사례였다. 시걸 박사 팀은 이란성쌍둥이와 일란성쌍둥이를 구별해내는 것이 얼마나 어려운지 보여주기 위해 케리와 에이미를 비공식적으로 평가한 뒤 그들을 일란성쌍둥이라고 추측했다. 이번 딱 한 번뿐이기는 했지만 연구팀이 틀렸다.

이란성쌍둥이는 난자 두 개가 두 개의 다른 정자와 수정되어 태어난다. 일란성쌍둥이는 난자 한 개와 정자 한 개가 수정되었다가 14일 후에 둘로 나뉘는 경우다. 일란성쌍둥이는 자연 임신으로 태어난 쌍둥이 중 약 3분의 1을 차지하며, 쌍둥이를 포함한 모든 아기 천 명 중 약 세 명 꼴로 때어난다. 아나이스와 나는 우리가 어떤 쌍둥이인지보다도 앞으로 있을 성격 검사를 더 기대했다. 우리 둘 다 시걸 박사가 우리의 닮은 점과 다른 점을 찾아내주기를 진심으로 바랐다.

지능 검사는 겁이 났다. 그 검사가 어떻게 이뤄지고 점수는 또 어떻게 매기는지 이해가 안 됐지만, 아무튼 나는 지능이 낮은 쪽에 속한다고 생각했다. 분명 나는 형편없이 멍청할 것이고 아나이스는 비범하게 똑똑할 거다…. 나는 실제로 바보였다. 아나이스는 이 검사에 대해 더 잘 알았고, 대부분의 쌍둥이들은 거의 똑같은 점수가 나온다고 나를 안심시켰다. 우리는 우리의 닮은 점에 놀라서 말문이 막힐 지경이었다. 우리가 똑같이 완전히 바보라는 결과가 나올 수도 있다는 두려움은 쏙 들어갈 정도로. 감사하게도 아나이스는 SNS를 이용해 나를 찾아낼 만큼 똑똑했고, 나도 결국에는 아나이스에게 답장을 보낼 만큼 똑똑했다. 그렇지 않았다면 우리는 절대 연결되지 못했을 것이다. 그게 아니라면 우리가 '쌍둥이로서 강하게 연결되어 있어서' SNS에서 우연히 마주쳐 서로 알게 된 것이거나. 그러니까 우리 안의 영혼이 늘 나머지 반쪽을 찾고 있었기 때문이라는 말이다. 아마도 우리는 늘 서로를 찾고 있었던 것 같다. 먼 우주를 헤매던 우리 둘의 별들이 마침내 제자리를 찾았다.

시걸 박사는 떨어져 자란 쌍둥이들의 재결합에 인터넷의 공이 크다고 평가했다. 미네소타 연구팀이 20년 간 이어진 프로젝트를 마무리한 건 사실상 떨어져 자란 쌍둥이들을 대부분 찾아냈고 더 이상 표본을 모을 수 없다고 판단했기 때문이었다. 하지만 이제는 인터넷 덕분에 쌍둥이들이 맹렬한 기세로 서로를 발견하고 있다. 시걸 박사는 일흔여덟 살 쌍둥이 한 쌍이 처음 만나려고 준비 중이라고 했다. 그들은 연구가 시작된 이래 가장 오랫동안 헤어져 있다가 서로를 찾아낸 쌍둥이였다. 나는 아나이스와 내가 그렇게 오래 기다리지 않아서 다행이라고 생각했다. 50년 뒤에 만났다면 우리는 몹시 바보 같아 보였을 것이다. 일흔 하고도 일고여덟 살 먹은 아시아계 조그마한 일란성쌍둥이 할머니들이 저스틴 팀버레이크의 노래에 맞춰 춤을 추는 모습은 그다지 귀엽지도 매력적이지도 않을 것이다. 어쩌면 지금으로부터 50년 후라면 서로를 만나러 비행기를 탈 필요도 없을지 모른다. 우리는 서로의 집 문 앞까지 실어 날라주는 드론을 이용할 수 있을 것이다. 유전자 검사도 우리 몸을 완전히 스캔하는 방식일 것이다. 그때쯤이면 기술이 발전해서 우리 몸의 세포 수가 몇 개인지를, 우리가 얼마나 오래 살아왔는지를 초 단위까지 알 수 있을 것이다. 그러면 우리는 누가 더 나이가 많은지에 대한 의혹을 잠재울 수 있을 것이다!

이미 시걸 박사는 우리가 생물학적으로 관련이 있다고 99퍼센트 확신했다. 그걸 "피할 수 없는 결과"라고 말하기까지 했다. 그녀는 우리가 무척 닮았을 뿐 아니라 서로 완벽하게 잘 맞고 놀라우리만치 편안해 한다고 했다. 태어날 때 헤어진 다른 쌍둥이들에게서 볼 수 있는 편안함이었다. 단 한 가지 의문스러운 점이라면 우리를 담당했던 한국의 입양 기관이 서로 다르다는 사실이었다. 그 점은 누가 봐도 이상한 부분이기는 했다.

시걸 박사는 우리가 쌍둥이가 아니라고 판명된다면 그게 더 놀라운 일이라고 말했다. 사실 나 자신도 믿지 못했던 순간이 있기는 했지만 아나이스와 나도 시걸 박사의 생각과 같았다. 하지만 시걸 박사의 '99퍼센트의 확신'조차도 나를 벼랑 끝에 몰아넣는 것 같았다. 우리가 쌍둥이가 아닐 확률이 아직도 1퍼센트나 있다는 말인가? 그 1퍼센트가 나를 압도했다. 1퍼센트 안에서 나는 아나이스를 잃을 수 있고 내가 겨우 딛고 서 있는 자리에서 무너져 내릴 수 있다. 나는 완벽한 통제를 좋아한다. 확신을 가졌을 때 행동 방침을 정할 수 있다. 여전히 저 밖에 있는 1퍼센트 때문에 내가 99퍼센트의 불안정한 상태에 있다는 걸 누구에게도 들키고 싶지 않았다. 나는 내적으로 강해지고 싶었고 우리가 쌍둥이이든 아니든 아무 상관없다는 것을 보여주고 싶었다. 나는 진심으로 여전히 아나이스가 내게 아주 특별한 의미라고 믿었다. 하지만 동시에 내 내면 어딘가에서 나는 두려워하고 있었다.

두려움은 뉴욕에 있는 스펜스-채핀의 사회복지사 벤 소머스에게서 전화를 받을 때까지 계속됐다. 지난 2월, 나는 그곳으로 연락해 내가 쌍둥이일 가능성이 있는지 문의했다. 그때 나의 상담을 맡은 담당자가 벤이었다. 그도 한국계 입양아인데, 친가족을 만나기까지 했다.

벤은 뉴욕의 입양기관과 서울의 대한사회복지회 사이의 내 주요 연락 담당자였다. 또한 아나이스의 입양기관인 홀트아동복지회와의 연락도 담당했다. 벤은 우리의 친가족과 관련해 대한사회복지회로부터 받은 정보를 하나부터 열까지 전부 번역했다. 나는 벤이 나처럼 입양아라는 사실에 깊이 안심이 되었다. 혈족을 찾아 수소문하고 생애 처음으로 친가족과 재회한다는 게 어떤 건지 이해하는 사람이기 때문이다. 그는 단순히 앞으로 내가 어떤 경험을 하게 될지 알려주는 것이 아니라, 그의 경험을 바탕으로 나 또한 재회에 성공할 수 있도록 도와주었다.

4월 30일에 나는 벤에게서 전화해달라는 메시지를 받았다. 그는 중요한 할 말이 있는 것 같았지만 그게 무엇인지는 말하지 않았다. 나는 너무나 당황스러워서 어쩔 줄 몰랐다. 마치 병원에서 중요한 검사를 받은 후에, 의사가 직접 전화를 해서는 결과가 나왔다면서 병원에 들르라고 할 때의 느낌이었다. 아마도 내 생모와 관련해 무슨 일이 있거나 내 출생기록에 뭔가 문제가 있어서 전화를 한 것이리라. 내 심장 박동이 몸통에서부터 목구멍까지 쿵쿵 진동하는 게 느껴졌다.

벤에게 전화를 걸자 그는 좋은 소식이 있다고 말했다. 순간 심장이 몸밖으로 튀어나왔다가 다시 제자리로 돌아온 것 같았다. 한국인은 모두 미국의 사회보장번호와 비슷한 주민등록번호를 가지고 있는데 내 생모의 주민등록번호가 아나이스 생모의 번호와 일치한다는 것이었다. 오자나 실수로 이렇게 될 가능성은 거의 없었다. 특히 우리 둘의 생일이 같고 신체적으로 닮았다는 점에 비추어 보면 더욱 그러하다. 게다가 좋은 소식이 하나 더 있었다. 아나이스와 내가 부산에 있는 같은 산부인과에서 태어났다는 사실을 한국에 있는 입양사후관리기관의 사회복지사가 확인해주었다는 것이다. 아쉽지만 그 이상의 정보를 얻지는 못했다. 그 산부인과는 문을 닫은 지 오래였고 아기의 출산을 도운 의사는 이 세상 사람이 아니었다.

벤은 또한 내 생모와 다시 연락이 닿았다고 했다. 나는 내가 한국을 방문하기 1년 전에 생모와 연락하기 위한 시도가 있었다는 걸 알고 있었다. 하지만 생모에게서는 아무런 응답이 없었다. 나는 그게 생모가 문의에 답을 하지 않았다는 뜻이라고 생각했다. 그렇지만 벤의 생각은 달랐다. 그는 생모가 아이를 출산한 사실이 전혀 없다면서 부인한 것으로 생각했다. 그에 따르면 올해 다시 연락이 되었을 때도 생모의 반응은 지난해와 다르지 않았다. 또다시 생모는 아이를 가진 적이 한 번도 없기 때문에 자기가 내 엄마일 리가 없다고 잘라 말했다. 그래서 이번에는 쌍둥이에 대해 질문하며 강하게 추궁했지만 그녀는 여전히 부인했다. 나는 벤에게 혹시나 그 기관에서 다른 여자한테 물어봤을 가능성이 있는지 물었다. 하지만 그는 그렇게 생각하는 것 같지 않았다. 결국 정말로 우리에게 무슨 일이 벌어졌는지, 왜 우리가 헤어졌는지 알아낼 수 있는 방법은 딱 하나뿐이었다. 그건 바로 지금까지도 우리의 존재를 부정하고 있는 우리 생모가 입을 열기를 기다리는 것이었다.

나는 아무 말도 하지 않았다. 얼어붙은 채 가만히 있었다. 무슨 말을 해야 할까? 어떻게 반응해야 하지? 나는 완전히 압도당했다. 나쁜 소식은 아니었지만 기분이 좋은 것도 아니었다. 나는 아직 전화 통화를 하고 있다는 걸 벤이 알 수 있게 가끔씩 "아아" "네에" 소리밖에 할 수가 없었다. 나 자신이 그의 말을 듣고 있는 건지도 확실하지 않았다. 나는 벤이 하고 있는 말을 모두 들을 수 있었고 무슨 말인지도 이해했다. 하지만 나는 동시에 내 몸이 부풀어 오르는 걸 느낄 수 있었다. 그리고 이내 내 몸이 다시 숨을 쉬며 공기를 밀어내는 것이 느껴졌다.

벤의 말이 다시 또렷하게 들리기 시작했다. 그는 나와 아나이스가 생모에게 편지를 써서 최근 사진과 함께 대한사회복지회에 보내는 것이 어떻겠느냐고 제안했다. 그러면 그 기관은 편지와 사진을 따로 잘 보관해둘 것이다. 그는 생모가 과거와 화해를 하는 데에는 시간이 오래 걸릴 수 있다고 말했다. 불행한 일이지만 자신의 아이를 포기하고 입양을 보낸 엄마들은 오랫동안 묻어두려고 애써왔던 것들과 다시 대면할 권리가 자신들에게 없다고 생각한다. 한국 사회는 입양을 보낸 생모들의 권리 신장이 필요하다. 벤은 느리지만 변화가 시작되고 있고, 입양에 대한 부정적인 인식도 점점 사라지고 있다고 생각했다. 이 분위기가 완전히 무르익으면 더 많은 생모들이 자신이 낳은 아이들과 유대 관계를 맺을 만큼 충분히 편안함을 느낄 것이다. 그는 생모마다 그 정도가 다르고, 어떤 생모들은 다른 사람들보다 더 빨리 용기를 낼 수도 있다고 덧붙였다. 관건은 그 사회의 지원 체계, 아이를 입양 보냈다는 사실에 대한 공개 수준 그리고 그들의 현재 상황에 달려 있었다.

우리는 너무 낙심하지 말라는 벤의 말을 끝으로 통화를 끝냈다.

"이게 끝이라고 생각하지는 말아요. 문의한 사항에 더 진전이 없어서 힘들고 좌절감이 들 거예요. 그렇지만 분명 앞으로 다시 논의할 기회가 있을 거예요."

벤은 내 마음을 잘 알고 있다는 듯이 격려해주었다. 그는 여전히 내가 필요한 곳에서 나를 인도해주었고, 어쩌면 잘못될 수도 있는 일에 염려 섞인 당부의 말을 하는 것도 잊지 않았다. 벤은 친가족과의 만남이 아주

기쁘기보다는 어색하고 불편할 때도 많다고 했다. 유대감은 있지만 시기가 적절하지 않았기 때문이라는 것이다. 생모가 한걸음 앞으로 나서기로 결심한다면 기관이 보관해둔, 자신 앞으로 온 편지를 볼 수 있을 테고 두 딸이 자신을 기다리고 있었다는 사실을 알게 될 것이다.

전화를 끊고 나서 나는 두 손에 얼굴을 파묻고 울기 시작했다. 생모를 생각하니 아주 큰 고통이 느껴졌다. 생모가 아나이스와 나의 존재를 부정하면서 살고 있고, 한 번도 자기 자신과 가족들에게 자신의 과거에 대해 솔직해질 수 없었다는 걸 생각하니 내 속이 아팠다. 나 자신을 생각해도 고통스러웠고, 아나이스 몫의 고통도 느껴졌다. 내 부모님은 이런 상황에 대해 미칠 듯한 분노의 감정으로 가득 차 있었다. 부모님은 아나이스와 내가 함께 입양될 수 없었던 것에 대해서도 화가 나 있었다. 내가 쌍둥이인 줄 알았다면 부모님은 기꺼이 우리 둘 다 입양했을 것이다. 그렇지만 엄마가 우리 둘 다 데려갔다면 아나이스의 부모가 될 예정이었던 보르디에 부부는 애교 넘치는 아나이스를 키우지 못했을 것이라는 점은 인정했다.

엄마는 특히나 우리가 헤어져 지내왔다는 사실에 극도로 화를 냈다. 쌍둥이로서의 우리 인생이 부정당했고 그 시간은 절대로 되찾을 수 없기 때문이다. 아나이스와 내가 서로를 찾았다고 기뻐하고 있을 때 부모님들은 우리가 함께 보냈어야 할 어린 시절을 잃어버렸음을 슬퍼하며 우리를 대신해 그 상황을 안타까워했다. 그건 정말 우리 부모님들다운 반응이었다. 나의 기쁨과 행복을 위해 헌신했던 우리 부모님들은 우리가 기만당했다고 느꼈다. 부모님들은 우리가 왜 헤어지게 되었는지, 우리보다 더 알고 싶어 했다. 하지만 그건 절대로 답을 알지 못할 것만 같은 미스터리였다.

벤은 전화 통화에 이어서 한국에 있는 스펜스-채핀의 사후입양관리 부서에서 보낸 편지를 이메일로 보내왔다.

이 사례에 관하여 우리는 생모와 두어 차례 전화로 이야기를 나누었 습니다. 유감스럽게도 그녀의 반응은 지난해와 똑같았습니다. 그녀는 여전히 자신이 낳은 아기를 입양을 보냈다는 사실을 부정하 고 있습니다. 쌍둥이를 출산했다는 것도 인정하지 않았습니다. 일전에 알려드렸듯이 의뢰자의 친부모 이름은 홀트아동복지회에 기 록된 이름과 같습니다. 뿐만 아니라 사만다와 아나이스가 태어난 산 부인과 이름 또한 같습니다. 이러한 정황들로 보건대 사만다와 아나 이스는 쌍둥이입니다.

그렇지만 우리는 생모로부터 어떤 단서나 해명도 들을 수 없었습니 다. 그래서 그 산부인과 의사를 찾아봤습니다만 그 병원은 오래 전에 문을 닫았고 의사도 이미 세상을 떠났습니다. 결국 우리는 이 쌍둥이 사례에 관하여 더 이상의 해명을 들을 수가 없었습니다.

사만다에게 어떤 분명한 답변을 주지 못해 무척 유감입니다. 그러나 이 시점에서 저희도 명확히 밝혀낼 수 있는 다른 방법이 없습니다.

분명히 놀라운 소식이었다. 심지어 입양기관도 우리가 쌍둥이인 것 같다고 확인해준 것이다. 생모가 과거를 인정하지 않는다고 해서 명백 한 증거가 바뀌지는 않는다. 이제 남은 건 두 주 안에 받게 될 유전자 검 사 결과였다. 어찌 됐든 우리 생모가 우리를 낳았음을 또다시 부정했다는 사실은 완전히 충격적이었다. 그렇다고 그 말에 화가 나지는 않았다. 나는 지금껏 평온 속에서 사랑받아왔기 때문이다. 하지만 여전히 그 말은 감정적으로 엄청나게 충격적이었다.

아나이스에게 이 사실을 어떻게 전해야 할까? 아나이스는 항상 자신이 거부당했다는 느낌을 갖고 있었다. 한 번도 우리의 과거를 알아보려고 한 적이 없었다. 바로 이런 이유 때문이었다. 나는 아나이스가 늘 두려워했던 그 고통을 확인해주고 싶지 않았다. 아나이스의 메시지를 받았던 그날처럼 나는 다시 춤을 추며 우리 만남을 축하하고 싶었다. 하지만 그럴 수 없었다. 20분쯤 후에는 아나이스에게 이 소식을 전해야만 했고, 그것 말고도 할 일이 너무 많았다.

나는 런던 여행을 앞두고 치열한 날들을 보냈다. 여전히 '만약의 문제'가 머릿속에 가득했지만 다큐멘터리 준비에 최대한 집중했다. 나는 우리가 곧 런던으로 떠난다는 게 실감 나지 않았다. 어쩌면 다큐멘터리를 준비하는 일로 주의를 분산시키는 행동은 감정을 누그러뜨리는 방법, 즉 스트레스를 해소하는 나만의 방법이었는지도 모른다.

아나이스와 나는 영화를 보완하기 위해 우리의 경험에 대한 책도 쓸 예정이었다. 우리는 책에서 천성 대 양육, 입양, 자매애 그리고 소셜 미디어의 힘 등의 주제를 더 심도 있게 다루고 싶었다. 두 프로젝트 모두 정말 재미있을 것이다. 또 우리 경험을 공유함으로서 다른 사람들에게도 꿈만 꾸고 있던 것들을 발견해낼 수 있도록 용기를 줄 수 있을 것이다.

아나이스와 내가 유전자 검사에 기대하는 건 우리가 쌍둥이인지 아닌지를 밝히는 게 아니다. 우리가 관심 있는 건 검사를 통해 우리가 일란성쌍둥이인지, 이란성쌍둥이인지를 판별하는 것이었다. 아나이스를 알게 된 후 내가 누구인지에 대한 인식이 명백하게 바뀌었다. 여전히 아나이스는 내게 낯선 사람이고 나도 그녀에게 마찬가지이기는 했지만, 우리가 서로에게 느꼈던 사랑과 유대감은 가족에 대한 사랑일 수밖에 없었다.

우리의 믿기지 않는 운명의 뒤틀림은 사람들에게 인생에 불가능이란 없음을 알게 해줄 것이다. 또한 이 이야기를 통해 삶의 가장 큰 장벽이 스스로 만들어놓은 것일 뿐이라는 사실을 깨닫고 큰 기쁨을 느끼게 될 것이다. 인생에는 무척 많은 가능성들이 있고 말도 안 되는 일들이 일어난다. 그 모든 일들을 끌어안고 받아들일 수만 있다면 그 모든 것들은 인생이 준 선물이 된다. 그 당시 우리의 관계는 '가상현실'일 뿐이었는데, 어떻게 만나본 적도 없는 누군가의 존재를 그토록 강하게 느낄 수 있었을까? 왜 나는 그녀와 대화를 나눌 때면 아무것도 거리낄 것 없이, 다른 어떤 사람들에게보다도 더 솔직해질 수 있었을까? "눈은 마음의 창"이라는 말도 있는데, 눈이 내 손바닥 위의 전자 기기를 통해서 연결된다면 그것도 포함되는 걸까? 내가 아는 건 나와 혈연관계인 이 낯선 이를 향해 아무 조건 없는 사랑의 감정을 품었다는 것뿐이었다.

매일 나는 내 쌍둥이 자매를 만날 때까지 얼마나 남았는지 날짜를 셌다. 아침에는 일어나자마자 아나이스가 보낸 메시지가 있는지부터 살폈다. 나는 아나이스와 같이 시간을 보내면서도 지금 우리 관계가 어떻게 형성되고 있는지 궁금했고, 심지어는 불가피한 침묵 속에서도 아나이스의 생각과 감정을 알고 싶어 참을 수가 없었다. 나는 우리의 만남이 어떻게 흘러갈지 계속해서 머릿속에 그려보았다. 우리가 이 책을 통해 하고 싶은 건 우리의 이야기를 세상 사람들과 공유할 수 있는 이야

171

기로 만드는 것이다. 다큐멘터리는 새로운 내용이 밝혀지는 순간을 모두 실시간으로 담기 때문에 사람들의 즉각적인 반응과 느낌을 포착할 수 있을 것이다.

런던으로 떠나기 전 주말에 나는 카메라 장비를 임대하고 제작 보험을 들고, 마지막으로 여행 계획을 마무리 짓기 위해 로스앤젤레스 여기저기를 돌아다녔다. 모든 것이 통제 불가능한 것처럼 느껴지기 시작했을 때, 마음속으로 정리를 하면서 내 머릿속은 다시 다큐멘터리 작업에 대한 생각으로 돌아갔고 다시 나 자신이 생산적이라는 기분을 느꼈다. 내 가족은 각기 다른 곳에서 출발했는데 부모님과 매튜 오빠는 뉴저지 주에서, 앤드류 오빠는 오리건 주에서 오고 있었다. 앤드류 오빠는 미 육군으로 이라크 복무를 마치고 나서 오리건 주립대학교에서 어류와 야생동물 생물학을 공부하고 있었다. 나는 부모님과 오빠들이 언제 도착하는지 세세하게 신경 쓰며 조바심을 내지 않으려고 더 일찍 로스앤젤레스에서 비행기를 탔다. 나는 이 모든 과정이 완벽하기를 바랐다.

우리가 출발하기 전 일요일은 '어머니의 날'이라, 당연히 나는 일을 해야 했다. '어머니의 날'은 외식을 해야 하는 날로 알려져 있어서 요식업계에서는 의무적인 근무일이었다. 베벌리힐스에 사는 많은 어머니들은 약간 자기중심적이어서 주문한 음식이 곧바로 나오지 않거나 주문한 대로 정확히 나오지 않는다면 끝장이다. 내 생각에 그 어머니들은 자신과 함께 시간을 보내고 싶어 하는 가족이 있다는 것만으로도 감사해야 한다. 나는 엄마에게, 엄마가 나에게 해준 일에 대해 감사하는 마음 그 이상을 갖고 있다. 그리고 내가 혹시 있을지도 모르는 혈족을, 그러니까 언니나 여동생을 찾고 있을 때 엄마가 내게 보내준 지지와 사랑에 특히 감사했다! 부모님은 우편으로 내 첫 사진을 받았던 그 순간부터 오직 사랑으로 나를 감싸왔다. 나는 처음부터, 어쩌면 입양 절차를 시작하기 전부터 부모님의 가슴속에 있었다.

런던으로 떠날 준비를 하는 중에도 모두 내게 전화를 하고 문자를 보내는 통에 정신이 없었다. 구운 감자 칩 한 봉지를 들고 침대 속으로 기어들어가 사이언스 채널을 좀 보다가 낮잠을 실컷 자고 싶은 기분이 들었지만, 그럴 시간이 없었다. 나는 완전히 작업 모드였다. 나는 아나이스 외에 다른 사람들한테는 쌀쌀맞게 대했다. 내가 아나이스한테 메시지를 보내면 그녀는 예상대로 나를 행복하게 해주었다. 불쾌한 기분이 들어도 때로는 아주 재미있었다. 그 불쾌함을 받아주는 쪽이 아니라면 말이다. 터무니없는 행동이라는 건 알지만 나는 사람들이 내 의견에 조금이라도 반대를 하면 분노의 구렁텅이에 빠져서는 그날 그 사람과는 눈도 마주치지 않았다. 구렁텅이에서 나를 끌어내기란 만만치 않은 일이었다.

다행히 나한테는 정말로 놀라운 친구들과 가족이 있었다. 그들은 나를 상대할 때와 혼자 내버려둬야 할 때를 안다. 여행을 떠나기 전 주에 그들은 상당히 뒤로 물러나 있었다. 어쩌면 내가 신경 쇠약에 걸려 할리우드 방식대로 머리카락을 뭉텅뭉텅 잘라버리고 집을 쓰레기 장으로 만들까 봐 두려웠을지도 모른다. 하지만 그들은 긍정적인 상태를 유지했고, 내가 혼자 광란 상태에 빠지는 걸 그냥 내버려두었다.

라이언은 우리가 떠날 때까지 거의 모든 순간을 촬영했다. 내가 흥분하면 그는 곧바로 녹화 버튼을 눌렀고 내가 알아서 문제를 해결하게 두었다. 그의 역할은 모든 중요한 순간을 포착하는 것이지 내 기분을 좋게 해주는 것이 아니었다. 나는 때때로 내가 어떻게 느껴야 하는지 충고하는 대신에 그저 내 말에 귀를 기울여주는 누군가가 있음에 고마움을 느낀다. 인생을 살면서 나쁘고 힘든 일로부터 숨을 수는 없다. 부정적인 것 없이는 긍정적인 것도 없다. 인생에는 그러한 균형이 있다. 하지만 알면서도 견딜 수 없을 때가 있다. 그럴 때 정신을 차리려면 무엇을 해야 할까? 나는 주변을 정리한다! 진공청소기를 돌리고, 먼지를 털어내고, 침대를 정리한다. 그리고 조금은 자신을 억제를 하는 것 같은 기분이 들 수 있게 작은 일들을 한다. 문제를 다 해결하고 '사만다 붕괴'를 겪은 후에 모든 것을 통제하려고 해봤자 무슨 소용이 있겠는가?

런던으로 떠나는 날인 5월 13일 월요일까지 내가 해야 할 거의 모든 임무를 마쳤다. 아침나절에 끝낼 일이 몇 가지 더 있기는 했다. 그래서 나는 아침 일찍 일어나 샤워를 하고, 제작자의 지시대로 비디오 블로그를 하고, 옷을 갈아입고, 제작 보험 수표를 갖다 주러 버뱅크에 갔다가, 중간에 카노아를 만나 차에 태운 다음, 점심을 먹으러 갔다. 그다음 이를 닦고 칫솔을 내 여행 가방에 넣고 나서 모든 짐을 차에 실었다. 휴우.
　로스앤젤레스국제공항에 갈 시간이 되자 마침내 침착해졌다. 나는 라이언과 카노아, 리사와 함께 있었고, 이제는 그냥 이렇게 내뱉어도 될 것 같았다. "제기랄! 될 대로 되라지." 만약 아나이스와 내가 쌍둥이가 아니라고 해도 이번 여행은 내 인생에 있어서 내 정체성이 밝혀지는 중요한 여행이 될 것이었다. 내 지금까지의 인생에서 가장 강렬한 경험이 될 터였다. 무엇보다 오랫동안 잃어버렸던 내 쌍둥이 자매를 찾을 수 있기를 바랐다. 〈페어런트 트랩〉에서 린제이 로한의 역할은 나도 해낼 수 있었다. 그런데 만약에, 내가 해낼 수 없다면? 상상하고 싶지도 않았고 그래봤자 쓸모없는 일이었다. 그런데다 아나이스와 내가 쌍둥이가 아니라고 밝혀진다면… 그러면 내 인생은 한층 더 미쳐 돌아갈 것이다.

공항에 도착해 물방울무늬 여행 가방을 질질 끌고 유리문으로 들어설 때쯤 갑자기 열의가 막 솟구쳐 올랐다. 나는 깡충깡충 뛰어다니며 춤을 추기 시작했다. 내 심장은 가슴에서 쿵쿵 울리고 있었고, 나는 아주 의기양양해졌으며, 바로 그 순간에 내가 존재하고 있음이 생생하게 느껴졌다. 심지어 땀이 맺히기 시작할 때 내 피부에 닿는 공기를 느낄 수 있을 정도였다. 나는 자궁에서 나오자마자 헤어진 내 쌍둥이 자매를 처음으로 만나러 가고 있었다!

우리는 가방을 부치고 약간의 돈을 환전하고 나서 면세점으로 향했다. 거기에서 런던에서 새로 사귀게 될 친구들을 위해 씨즈캔디를, 아나이스의 부모님을 위해 레드 와인을 샀다. 게이트에 도착할 무렵 사람들이 너무 많아서 우리는 바닥에 앉아야 했다. 나는 아이팟을 꺼내 셀카도 찍고, 비행기 표, 카노아, 촬영을 하고 있는 라이언 등 닥치는 대로 찍기 시작했다. 멈출 수가 없었다. 흥분과 두려움, 성취감이 모두 한데 뒤섞인 순간이었다.

비행기에 타라는 안내가 나왔다. 이제 때가 된 것이다. 나는 재빨리 아나이스에게 우리가 비행기에 탔고 이제 곧 이륙하려 한다는 사실을 알렸다. 아나이스가 정말로 알았으면 하고 바랐던 것은 내가 마음을 바꾸지 않았다는 사실이었다. 내가 아나이스라면 이륙하기 바로 직전에 마지막 메시지를 받고 싶을 것이다. 그렇지 않다면 상대방이 마음이 바뀌어 나를 보러 오지 않았을까 봐 걱정하면서 몹시 흥분했을 것이다. 그러면 결국 실망감과 패배감에 완전히 정신이 나가버릴 것이다. 나는 아나이스가 최악의 상황을 상상하게 둘 수 없어서 모든 것이 계획대로 진행되고 있음을 알려주었다.

비행기에 탄 사람들은 모두들 누가 들어도 딱 영국 사람 같은 억양으로 말했는데, 꽤 인상적이었다. 그래서 나는 최대한 치기 어리고 무례한 태도로 키득거렸다. 땀방울이 목과 겨드랑이, 손 위로 송골송골 맺히기 시작했다. 창밖을 응시하자 생각들이 정신없이 지나갔다. 머릿속에서 두 개의 시나리오가 펼쳐지고 있었다. 첫 번째 시나리오는 우리가 쌍둥이가 아니었을 때였다. 그 경우에 나는 짧지만 엄청나게 터무니없는 이 이야깃거리를 가지고 어마어마한 대도시 런던을 탐험할 것이다. 가서 내 시간을 즐길 것이다. 만약 우리가 쌍둥이라는 게 입증된다면 나의 다른 반쪽 찾기와 같은 가능성 있는 일을 탐험하면서 여행의 나머지 시간과 내 인생의 나머지를 보낼 것이다.

나도 모르는 새에 비행기 객실 문이 닫혔다. 나는 비행기가 내 밑으로 우르릉거리며 나아가는 걸 느낄 수 있었다. 우리는 이륙하고 있었다. 이제 때가 됐고, 뒤 돌아볼 일은 없었다. 뉴질랜드에서 번지점프를 했을 때가 떠올랐다. 134미터 아래를 내려다보며 절벽 끝에 서 있었는데 지금까지 경험해본 일 가운데 가장 말도 안 되는, 제정신이 아닌 순간 중 하나였다. 특히 고소공포증이 있는데도 말이다. 나는 심장이 몸속에서 쿵쾅거리고 숨이 그 틈을 비집고 나오고 있음을 느낄 수 있었다. 내 마음은 오직 기대감으로 가득 차 있었고, 이제 점프할 일만 남았다.

11
아나이스

Anaïs
+
Samantha

우리가 처음 만난 날

샘이 도착하기 전 주에 나는 몹시 흥분해 있었다. 샘과 연락이 닿았고 직접 만나기로 한 계획이 점점 더 가까이 다가오고 있으니 이보다 더 행복할 수가 없었다. 한편으로 굉장히 초조하기도 했다. 나에게는 마지막 프로젝트인 패션쇼가 남아 있었고 그 일만으로도 감당하기 힘들었다. 샘의 도착에 이어서 그녀의 부모님과 오빠들, 내 부모님이 방문할 것이고 유전자 검사 결과 확인과 패션쇼 등 많은 일들이 연달아 벌어질 것이다. 듣는 것만으로도 정신없이 바쁜 일정이었지만 실제로는 활기가 넘쳤다.

5월 13일은 특히나 이상한 날이었다. 샘이 탄 비행기가 아직 하늘에 떠 있는데도 나는 너무 좋아서 어쩔 줄 몰랐다. "이게 무슨 느낌이지? 대체 무슨 느낌일까?" 나는 계속 중얼거렸다. 샘이 비행기를 타고 어디쯤 왔는지를 상상하는 일 외에는 어떤 것에도 거의 집중을 할 수가 없었다.

한 시간, 한 시간 지날 때마다 나는 생각했다. '좋아. 이제 샘이 더 가까이에 있어.' 우리는 보이지는 않는 끈으로 연결되어 있었다. 그날은 바람이 무척 많이 불어서 혹시나 비행기가 연착되지는 않을지 걱정되었다. 샘이 아침 시간 런던 히드로공항의 착륙은 대단했다는 메시지를 보냈지만 나는 아직 그녀를 볼 수 없었다. 우리는 처음 만날 때 언제, 어디에서, 누가 우리와 함께 있을 것인지 등등 계획을 꼼꼼하게 세워놓았다. 그러면서 둘 다 공항과 같은 공공장소는 피하자는 데 동의했다. 이제 샘은 바다 건너 내가 있는 쪽으로 그 어느 때보다 더 가까이 있었고, 그 사실은 나를 몹시 흥분시켰다.

나는 평소와 다름없는 날인 것처럼 아침에 학교에 갔다. 오전 수업 출석 후 정오 무렵 부모님을 모시러 갔다가 3시쯤 샘을 만날 것이다. 나는 한국인 친구 제니퍼 리와 같이 움직였다. 샘도 친구와 온다고 했고, 나도 누군가와 같이 가면 덜 무서울 것 같았다. 부모님은 파리에서 런던까지 유로스타를 타고 와서 점심때쯤 킹스크로스 역에 도착했고, 제니퍼와 나는 역에서 부모님을 만나 호텔까지 걸어갔다.

아빠는 호텔 방에 짐을 두고 피카딜리 아케이드로 향했다. 거기에는 아빠 회사의 제품을 판매하는 소매점이 있었다. 아빠는 런던에 오실 때면 그곳에 들러 살펴보는 걸 좋아했다. 내가 아빠를 존경하는 이유 중에 하나가 바로 이렇게 부지런하고 헌신적이라는 점이다. 엄마는 나와 함께 샘을 만나러 갈 것이었다. 나는 켈상이 처음 내게 유튜브 비디오를 보여주었을 때 이후로 항상 이 순간을 기다렸다. 그리고 엄마는 나와 이 순간을 함께 할 자격이 충분이 있었다.

엄마와 제니퍼 그리고 나는 올드 스트리트로 가는 버스를 타러 발걸음을 옮겼다. 샘과 다큐멘터리 제작진은 쇼어디치에 있는 아파트를 빌려서 머물고 있었다. 올드 스트리트는 이 도시의 젊음과 최신 유행을 책임지는 곳으로, 내가 살았던 핀즈베리 아파트에서 남동쪽으로 약 30분 거리에 있다. 샘의 부모님과 두 오빠는 너무 멀지 않은 이즐링턴에 있는 작은 호텔에서 묵을 예정이었는데, 목요일이나 돼야 도착할 것이었다.

샘과 나는 우리가 처음 만나는 장소에 둘만 나가는 건 너무 무서울 거라고 생각했다. 그래서 아파트에는 벌써부터 양쪽의 친구들이 많이 와 있었다. 샘은 제임스와 라이언, 카노아를 데리고 왔는데 이들 중 일부는 제작진이었고 친구도 있었다. 샘의 아파트 룸메이트인 리사도 있었다. 나는 마리와 루카스 그리고 마차시를 먼저 보냈다. 특히 마리가 샘을 잘 보살피기를 바랐다. 이제 나는 젠과 엄마와 함께 있었다.

버스에서 엄마는 더없이 기분이 좋아서 아주 작은 소리로 말하고 있었다. 엄마의 눈을 보면 마치 백일몽을 꾸고 있는 것처럼 어딘가 다른 곳에 있다는 걸 알 수 있었다. "이런 일이 정말로 일어나다니 믿을 수가 없어." 엄마가 계속 똑같은 말을 되풀이했다. 나는 엄마가 긴장했거나 지나치게 흥분했을 거라 생각했지만 엄마는 그렇지 않았다.

"재미있는 일이지 뭐니." 엄마가 말했다. "너와 쌍둥이일지도 모르는 사람을 만나러 가는 길이라니, 도대체 무슨 일인지 알 수가 없구나."

버스를 타고 몇 분 지났을 때 마리가 아파트에 도착해서 샘을 만났다고 문자를 보내왔다. 나는 마리에게 샘이 어떤지 묻고 싶지 않았다. 다른 사람들의 느낌이 샘에 대한 내 첫인상에 영향을 주는 걸 원하지 않았기 때문이다. 나는 딱 한 가지 질문을 했는데 샘을 만났을 때 그녀가 울컥할 만큼 감정이 격해졌는지 물었다. "거의." 마리가 답문을 보냈다. 그러면서 자기도 정말 기대되고 흥분된다며 서둘러 오라고 했다.

당연히 우리는 늦었다. 우선 버스가 너무 천천히 달렸고, 내려서는 아파트를 찾을 수가 없었다. 올드 스트리트에 있는 옛 창고 건물들은 공장을 아파트로 개조한 주거지가 많은 브루클린이나 뉴욕을 연상시켰다. 그래서 건물을 정확히 찾는 것이 쉽지 않았다. 마침 다큐멘터리 제작자인 제임스가 우리를 찾으러 나왔다. 나는 전날 밤 그를 만났다. 제임스는 나머지 다른 제작진들보다 먼저 런던으로 날아와 내 아파트에 와서 다큐멘터리에 나갈 인터뷰를 했다. 아주 재미있었다. 그는 정말로 친절했고 그 인터뷰는 카메라 앞에서 샘의 도착에 대해 나의 감정을 표현할 수 있는 첫 번째 기회였다. 제임스는 그런 면에서 나를 무척 편안하게 대해주었다.

제임스가 건물 안으로 우리를 안내하자 나는 정말로 초조해지기 시작했다. 샘이 아주 가까이에 있었다. 샘의 이름을 큰소리로 외치면 그녀가 들을 수 있을 것만 같았다. 샘이 문에서 뛰어나와 나를 깜짝 놀라게 할 것처럼 내 심장이 기대감에 쿵쿵 뛰고 있었다. 제임스가 내게 용기를 주면서 활짝 웃고 있었다. 엄마는 어떤지 보려고 뒤를 돌아봤을 때 커다란 미소를 짓고 있었다. 무척 행복한 모습이었다. 제임스가 아파트로 통하는 아주 커다란 문 앞에 멈춰 섰다. 나는 모두 그 문 뒤에 숨어 있다고 상상했다. 깜짝 파티에서 나를 기다리고 있는 것 같았다. 나는 너무 초조해서 엄마와 제니퍼 뒤에 서 있기로 하고 둘을 먼저 들어가게 했다. 제임스가 천천히 문을 밀어서 열자 내 불안감은 절정에 달했다. 그렇지만 문 너머에는 아무도 없었다. 그저 넓은 복도였고 실제 숙소로 통하는 다른 문이 있었다. 제대로 된 시작이 아니었다!

이제 의심할 것도 없이 다음 문 뒤에서 모두들 기다리고 있을 것이었다. 나는 장난기가 발동해서 제니퍼를 먼저 들여보내고 그녀가 나인 것처럼 가장하기로 했다. 제니퍼는 한국 사람이었지만 나와 그렇게 비슷하게 생기지는 않았다. 아무도 제니퍼를 예상하지 못했을 테지만 결국 어찌된 일인지 이해를 하는 동안에 나는 뒤에서 정말로 재미있다고 생각하고 있을 것이다. 그리고 심란한 마음을 가라앉힐 시간을 좀 더 가질 수 있고 그들이 계획했을지도 모르는 장난을 망칠 수 있을 것이다. 나는 샘도 나만큼 뭔가 공들여 준비할 수 있다는 걸 알았다. 장난꾸러기는 뭔가 공통점이 있었다.

제임스가 두 번째 문을 열자 나는 제니퍼를 안으로 밀었다. 잠시 침묵만 흘렀다. "여기는 제니퍼야." 마침내 제임스가 내 대역을 폭로하는 소리가 들렸다. 그다음에 무슨 일이 벌어졌는지는 기억이 흐릿하다. 내가 앞으로 엄마를 밀었던 것 같은데 어쩌면 엄마가 나를 밀었는지도 모르겠다. 나는 샘이 방 안에 있다는 것을 알았지만 그녀의 말소리가 하나도 들리지 않았다. 샘이 계획한 대로 깜짝 등장할지도 모르는 일이었다. 나는 여러 달 동안 이 순간에 대해 무척 많은 환상을 품었지만 그러면서도 우리가 서로에게 실망하면 어쩌지, 라는 생각에 두려움이 생기기도 했다. 막상 보니 우리가 그렇게 많이 닮지 않았으면 어쩌지? 하지만 그런 두려움이 생기면 재빨리 머릿속에서 지워버렸다. 샘과 나는 웹캠을 이용해 매일 영상 통화를 했는데 분명 굉장히 똑같이 닮았다. 그건 그렇고, 우리가 처음 만나면 껴안아야 하나?

이제 더 이상 지체할 수 없었다. 나는 방 안으로 들어갔다. 샘은 아파트의 장식품인 높이 1미터쯤 되는 금빛 코끼리 조각상 모서리에 앉아 있었다. 방 안에 있던 모두는 아무 말 없이 우리의 반응을 기다리며 우리 두 사람을 응시하고 있었다. 나는 샘이 나를 바라보고 있는지조차 확신할 수 없었다. 샘은 내 눈을 피해 자기 친구들을 보고 있는 것 같았다. 나도 마찬가지였다. 샘을 쳐다볼 수가 없었다. 그리고 마침내 샘이 일어섰다. 어머나 세상에, 샘은 키가 작았다. 샘도 나를 보고 같은 생각을 하고 있을까?

이 모든 상황이 무척 어색하고 무서웠다. 우리 둘 다 어떡해야 할지 몰라서 그냥 방 한가운데 서 있었다. 상대방의 냄새를 맡고 있는 두 마리 강아지처럼 서로를 응시했다. 나는 나와 똑같이 생긴 그녀를 뚫어지게 쳐다보았다. 거울에 비친 내 모습 같았지만, '거울에 비친 내 모습'은 내가 하는 대로 똑같이 움직이지 않았다. 처음에 나는 아무 소리도 들리지 않았다. 사람들이 말이 없어서가 아니라 내가 그들의 목소리를 듣지 못했기 때문이었다. 그때 제니퍼의 목소리가 들렸다. "안아봐!" 제니퍼가 소리쳤다. "안으라고!" 하지만 샘도, 나도 움직이지 않았다. 우리는 서로를 유심히 쳐다보기만 할 뿐 꼼짝도 하지 않았다. 갑자기 나는 걷잡을 수 없이 킥킥거리며 웃음을 터뜨렸고 샘도 키득거리기 시작했다.

엄마는 그냥 빤히 쳐다보고만 있었다. 엄마는 눈에 눈물이 고인 채 큰 감동을 받은 것처럼 보였다. 나는 엄마가 이렇게 멍해 있는 모습은 한 번도 본 적이 없었다. 보통 감동적인 상황에서 엄마는 무척 풍부하고 생생하게 표현했다. 그런데 이번에는 샘과 나처럼 완전히 얼어붙은 것 같았다.

"너희는… 쌍둥이여만 해." 엄마는 같은 말만 계속 되풀이했다.

나는 샘에게 더 가까이 다가가 머리를 쿡 찔렀다. 나는 샘이 진짜 사람인지 봐야 했다. 샘의 피부가 느껴졌을 때 확실해졌지만 나는 아직도 그녀의 눈을 똑바로 쳐다볼 수가 없었다. 거울에 비친 모습을 똑바로 쳐다보면 죽는다는 말도 있지 않나? 샘은 거울에 비친 내 모습이었다. 아니, 그보다 더 이상했다. 거울을 들여다보면 평면적인 모습이 보여야 하는데 샘은 한 번도 본 적이 없는, 내 시각에서 본 입체로 된 나였다. 샘은 나와 무척 많이 닮았다. 나는 거의 죽음에 이르렀을 때 영혼이 몸을 떠나 자신이 죽는 모습을 지켜보는 것이라는 생각까지 들었다. 내가 몸 밖에 있는 것이다. 나는 너무 오래 응시하고 싶지 않았지만 어쩔 수가 없었다.

사람들이 낄낄거리며 웃기 시작했다. 얼마나 시간이 지났을까? 이제 모두들 안정을 찾아가는 듯 보였고 사교성도 되찾고 있었다. 나는 이미 제임스를 만나봤고, 영상 통화로 봤던 라이언과 카노아, 리사도 알아봤다. 라이언은 카메라를 들고 있었고 카노아와 리사는 소파에 앉아서 우리를 바라보며 미소를 짓고 있었다. 카노아는 웹캠으로 볼 때보다 직접 보니 훨씬 더 멋져 보였다. 라이언도 무척 귀여웠다. 나는 라이언의 카메라 앞에서 자연스럽게 행동하려고 최선을 다했지만 굉장히 힘들었다. 이건 내 인생에서 일어난 가장 믿을 수 없는 일이었다. 샘의 인생에서도 마찬가지이겠지만 그녀는 카메라 앞에 있는 게 훈련이 되어서 그런지 편안해 보였다.

우리와 함께 방 안에 있던 열 명의 사람들은 뒤로 물러서서 우리만의 시간을 가질 수 있게 해주었다. 하지만 여전히 너무 공개된 것 같았고 어색하게 느껴졌다. 우리는 일부러 많은 사람들과 함께 있음으로서 충격을 완화시키려고 했다. 샘과 내가 단 둘이 있다고 생각하면 불안감과 걱정이 밀려왔다. 나는 우리가 너무 어색해 할까 봐, 서로에게 아무 할 말이 없을까 봐 두려웠다. 아직까지도 샘과 나는 서로를 계속 살펴보고만 있었다. 샘의 콧구멍은 내 콧구멍하고 똑같이 생겼다고 생각했다. 샘도 발이 아주 작았다. 나는 내 발이 작다는 걸 알았지만 샘의 발을 보니 기형적으로 작아 보였다. 샘이 훨씬 더 옆쪽으로 가르마를 타기는 했지만 우리는 심지어 머리 길이도 똑같았다.

모두 배가 몹시 고파서 30분 후에 우리는 팬케이크를 먹으러 '더 블랙퍼스트 클럽'에 가기로 했다. 런던에는 가벼운 미국식 카페가 여섯 군데쯤 있었지만, 센트럴세인트마틴스의 학생들이 즐겨 찾는 혹스턴 스퀘어의 카페로 갔다. 내 친구 오야가 거기에서 합석했다. 나는 특히 궁금해했던 오야와 함께 샘과 만난 경험을 나누고 싶었다.

우리는 그 카페에서 두 시간 동안 있었다. 샘과 나는 서로 옆에 붙어 앉기도 하고, 떨어져 앉기도 했는데 대화를 활발하게 하기 위해서 모두 자리를 바꾸고 이쪽저쪽 옮겨 다녔다. 샘과 나는 너무 티내지 않으면서 다른 사람들의 표정을 살피며 서로를 바라보곤 했다. 나는 샘에게서 눈을 뗄 수가 없었다. 아직도 믿기지가 않았다. 한 가지는 확실했다. 샘은 예뻤다. 나도 샘만큼 예뻤으면 하고 바랄 정도로! 내 친구들과 샘의 친구들은 정말로 이야기가 잘 통해서 모임 분위기가 더욱 편안해졌다.

카페에서 느긋한 오후 시간을 보낸 후에 엄마와 친구들 대부분은 호텔이나 집으로 돌아갔다. 굉장히 재미있었지만 샘과 나도 지쳐서 그날의 두 번째로 중요한 일정 전에 낮잠을 자 두어야 했다. 그날 밤 10시에 시걸 박사가 영상 통화로 유전자 검사 결과를 알려주기로 되어 있었다. 한 침대에서 샘과 같이 낮잠을 잔다는 건 분명 이상한 일이었다. 하지만 실제로는 전혀 어색하게 느껴지지 않았다. 우리 둘이서만 같이 있는 첫

184

순간이었다. 우리는 얼마나 더 친밀해질 수 있을까? 모르는 사람 옆에서 잠을 잔다는 건 기묘한 일이었다. 아무리 우리가 자궁 안에서 같이 있었다고 하더라도 이 경우에 내가 누군가와 함께 자본 것은 샘이 처음이었다. 우리는 샘의 침대 속으로 뛰어들자마자 곧장 잠들었고, 우리의 잠재의식은 다사다난했던 하루를 처리하느라 분주했다.

우리 둘 다 민낯으로 잠들자 아주 똑같이 생겨서 아무도 우리를 구별할 수 없었다. 이불 속에서는 옷이 보이지 않아서 우리를 구별할 수 있는 건 아무것도 없었다. 자면서도 우리가 동시에 움직였는지 누운 자세도 똑같았다. 어쩌면 쌍둥이가 함께 자궁 속에 있었듯이, 모든 것이 시작됐던 곳에서 우리의 방식대로 다시 우리 이야기를 시작하려는 건지도 몰랐다. 우리는 다시는 헤어진다는 두려움 없이 잠에서 깨어난 뒤 함께 우리 인생을 다시 시작할 것이다.

샘과 나는 밤 9시 30분에 일어났다. 오늘의 만남 때문에 많이 지쳤지만 나는 결과를 받아들일 준비가 되어 있었다. 마라톤의 결승점이 코앞으로 다가왔다. 이제 우리가 어디에 있는지 정확히 알게 되는 순간이었다. 그 순간 나는 깨어 있었다.

내 '심장과도 같은 형제' 조나단이 회사 일을 마치고 곧장 와서 우리와 합류했다. 나는 이 중요한 발표 자리에 그가 함께 있어주기를 진심으로 바랐다. 라이언과 카노아, 제임스가 노트북과 고프로, 카메라를 준비하고 있었다. 카메라 한 대는 샘과 내 얼굴을 비추었고, 나머지 하나는 시걸 박사가 나올 노트북 화면을 향하고 있었다. 샘과 나는 와인을 마셨고 우리가 낮잠을 자는 동안 사람들이 사온 타이 음식을 좀 먹었다. 그리고 초조한 기다림이 시작됐다. 우리는 기다리고, 또 기다렸다. 와인도 내 머릿속에서 모든 두려움을 몰아낼 수는 없었다. 우리의 유대감은 이미 아주 공고했기에, 쌍둥이가 아닐 리 없다는 생각이 우리를 지배하고 있었다. 하지만 우리는 기대하던 결과가 아니더라도 가까이 지내기로 다시 한 번 서약했다.

10시가 되자 방 안에는 우리만 남았다. 우리는 와인을 손에 들고 탁자 앞에 앉았다. 카메라가 돌아가고 있었는데 갑자기 기술적인 문제가 생겼다. 시걸 박사가 영상 통화 화면에 나오지 않았다! 이런 세상에, 무슨 일이지? 시걸 박사가 스카이프 이전 버전을 쓰고 있다는 사실을 아무도 몰랐던 것이다. 기술 스텝들이 문제를 해결하기 위해 애쓰는 동안 샘과 나는 와인을 더 마시며 아무것도 아닌 일에 낄낄거렸다. 15분 후에 시걸 박사가 로그아웃했다가 스카이프 새 버전을 설치한 다음에 다시 로그온을 했고, 우리는 다시 한 번 촬영을 준비했다.

마침내 시걸 박사가 캘리포니아 주립대학교 플러턴의 사무실에서 우리를 향해 환하게 웃는 모습이 보였다. 시걸 박사는 샘과 나 두 사람 모두에게 별 문제 없이 이야기할 수 있어서 아주 행복하고 들떠 보였다. 우리는 둘 다 좋은 소식이라는 것을 알아차렸다!

"자, 샘, 아나이스, 결과를 들을 준비가 됐나요?" 시걸 박사가 물었다.

"두 사람이 쌍둥이인지, 아닌지는 그야말로 인생을 바꾸는 일이에요."

시걸 박사가 이어서 말했다. 아니면 그렇게 들렸는지도 모르겠다. 마침내 시걸 박사는 우리가 기다리고 있던 걸 말했다.

"좋아요. 이제 두 사람은 돌아서서 일란성쌍둥이 자매를 안아주세요!"

감정의 롤러코스터가 휘몰아친 끝에 우리는 마침내 해냈다. 샘과 나

런던에서 처음 만난 아나이스와 사만다.

유전자 검사의 결과를 기다리며.

는 일란성쌍둥이였다! 우리는 즉시 서로를 끌어안았지만 순수한 애정의 포옹은 아니었다. 서로의 팔에 안기는 듯한 안도의 포옹이었다. 환상이 이루어졌다. 감정적으로 만반의 준비를 했음에도 믿기지가 않았다.

이제 걱정스럽게 소식을 기다리고 있을 우리 가족들에게 전해야 할 시간이었다. 내 부모님이 여기 런던에 있어서 우리는 우선 내 부모님께 전화를 했다. 시간은 밤 11시를 향해 가고 있었다.

"쌍둥이가 아니래요!"

내가 너무 유쾌하게 말해서 농담이 아니라고 생각할 수가 없었다. 나는 곧바로 농담이라고 말했다.

"기쁘구나. 그런데 우리는 막 자려던 참이었어."

엄마가 말했다. 아빠도 똑같이 말했다. 다행히 나는 부모님의 목소리를 읽을 줄 알았다. 부모님은 다른 어조와 리듬으로 말했다. 단어 사이에 더 많은 공백을 두고 좀 더 느리게 이야기했다. 이건 부모님이 단순히 공감을 하는 정도가 아니라 행복하다는 뜻이었다!

우리는 샘의 부모님께 연락하기 전에 오빠들한테 먼저 전화하기로 했다. 매튜가 첫 번째였다. 샘이 그에게 하는 이야기 소리가 들렸다.

"오빠, 우리 쌍둥이 아니래… 하하 아니야. 쌍둥이 맞아!"

다음에는 앤드류한테, 그다음에는 외할머니한테 전화를 했다. 나는 샘을 흉내 내서 미국식 억양으로 우리가 쌍둥이라는 소식을 그녀의 외할머니께 말했다.

"방금 화이트 러시안 칵테일을 마셨더니 기분이 좋구나."

외할머니가 대답했다. 외할머니는 이미 축배를 들고 있었다.

"잘 자거라, 얘야. 아니 얘들아, 라고 해야 하나?"

외할머니가 전화를 끊기 전에 덧붙였다. 이런 세상에, 할머니가 한 분 더 생기다니!

우리는 샘의 아빠에게 전화했지만 받지를 않았다. 예상치 못한 일이었다! 그래서 샘의 엄마에게 전화를 했는데 역시 전화를 받지 않았다. 다시 한 번 예상 못한 일이었다! 마침내 전화 연결이 되자 샘의 엄마 재키 아주머니는 진짜로 기뻐했다. 그녀는 무척 충격을 받아서 욕까지 했다.

"정말이니? 이런 제기랄!"

재키 아주머니는 샘의 아빠한테 알려주려고 서둘러 전화를 끊었다.

"잘 자라 얘야. 아니 얘들아, 라고 해야겠지?"

샘의 엄마와 외할머니는 천성일까, 양육일까?

다음 날, 샘과 함께 학교에 갔다. 우리는 장소를 옮겨가며 흥미진진한 하루를 보냈다. 이런 경험은 처음이었다! 식사 시간쯤 나는 샘을 데리고 아빠를 만나러 갔다. 우리는 부모님이 묵고 있는 호텔로 갔는데 부모님이 그 호텔 1층에 있는 레스토랑에서 식사를 하는 걸 알고 있었다. 샘은 우리가 부모님 자리로 다가가는 동안 내 뒤에 반쯤 숨은 채 가까이 붙어 있었다. 아빠가 나를 보고 일어나자 샘이 뒤에서 튀어나왔다. 아빠는 입을 맞추며 샘을 안아주었다. 그 행동은 아빠 스타일이 아니었다. 아빠는 무척 다정한 분이었지만 안아주지는 않았다. 그렇지만 샘에게는 조금도 머뭇거림이 없었다. 아빠가 얼마나 기쁜지 보여주는 행동이었다. 그건 무척 이상했다. 샘과 나는 서로 신체접촉을 하려고 하지 않았지만 다른 사람들은 모두 우리를 안고 만지고 싶어 했다.

다음 날은 지난 4년 동안의 내 마음과 영혼을 온전히 담아낸 패션쇼가 열리는 날이었다. 나는 내 인생에서 가장 중요한 사람들인 부모님과 샘이 패션쇼를 보러 와서 무척 흥분됐다. 게다가 이 패션쇼는 내 대학 생활에서 가장 중요한 순간이기도 했다. 그럼에도 나는 패션쇼가 다 끝날 때까지 부모님과 샘을 많이 볼 수 있을 것 같지 않았다. 내 인생에서 앞으로 남은 네 시간보다 더 바쁜 날은 두 번 다시없을 것 같았다.

센트럴세인트마틴스 플랫폼 시어터에서 열리는 패션쇼의 입장권은 구하기가 무척 어려웠다. 학생들은 입장권을 몇 장밖에 얻을 수 없었다. 보통 부모님 초대용 입장권 두 장 정도였다. 쉽지 않았지만 나는 샘을 위해 하나 더 구했다.

부모님과 함께 밖에 줄을 서 있는 샘에게 웃기는 일도 있었다. 내 프랑스 친구들 중 하나가 샘을 보고는 말을 걸려고 다가갔다. 그 친구는 샘에게 프랑스어로 물었다.

"아나이스, 패션쇼 때문에 흥분돼? 근데 왜 무대 뒤에 있지 않고 여기 있어? 벌써 네 쇼는 끝났어?"

그 친구는 샘을 나라고 생각했다.

샘이 여기 패션쇼에 왔다는 사실에 정말 행복했지만 한편으로는 그보다 훨씬 더 많은 스트레스를 받았다. 물론 내 작품은 순전히 내 취향을 반영한 것이었지만, 내 작품 중 어느 하나도 내 쌍둥이 자매가 좋아하지 않는다면 기분이 어떨까? 무척 실망하겠지? 하지만 샘은 내게 자신감을 주었다. 나는 아무도 실망시키고 싶지 않았다.

패션쇼 리허설을 하면서 나는 고등학생 시절 연극 수업 시간에 했던 작품들을 떠올렸다. 그때의 기억은 무대 위 각광 속으로 발걸음을 내딛기 바로 직전, 내가 느꼈던 희열과 무대공포증으로 가득 채워져 있었다.

아마도 샘은 무대에 오를 때마다 이런 감정을 느꼈을 것이다. 다른 분야이기는 하지만 우리는 관객들에게 예술적 재능을 펼쳐 보이는 공연 작품을 한다는 점에서 똑같다. 우리는 비슷한 진로를 선택했다. 둘 다 창의적이고, 방식이 다르기는 하지만 둘 다 무대를 향한다.

패션쇼는 졸업반 성적의 기초가 되기 때문에 무척 중요했다. 심사를 해야 하는 패션 담당 교수님들은 물론, 패션 산업계의 전문가들과 전 세계에서 온 기자들도 항상 봄 졸업 패션쇼에 참석했다. 내가 선보일 여섯 벌의 작품은 센트럴세인트마틴스에서 보낸 세월의 결과였다. 오랜 노력의 결과물들은 1분 30초 안에 무대 위아래를 오가며 순식간에 사라질 것이다. 나는 패션이란 바로 이런 거라고 생각한다. 사람들에게 확신을 주고 지체 없이, 눈 깜짝할 사이에 감동을 주었다가 영원히 사라지고 마는 것이다.

나는 1940년대에 탄약 공장에서 임시로 남성들을 대신했던 여성들에게서 작품의 영감을 얻었다. 극대화한 여성적인 실루엣과 몸에 덜 달라붙는 좀 더 남성스러운 윤곽선 사이에서 새로운 전환을 시도했다. 그러느라 충전재가 무척 많이 들었다. 한편으로는 예술과 생활을 융합해 작품 소재를 찾았던 독일의 화가 요셉 보이스의 작품과 의상을 조화시키려고 했다. 나는 1940년대에 인기 있는 소재였던 펠트로 작업한 그의 작품에 특히 관심이 많았다. 그에 영향받아 희미한 회색 펠트와 신소재인 네오프렌 폼을 함께 사용해서 너무 무겁지도 않고 큰 제약 없이 풍성한 볼륨감을 만들어냈다. 컨템포러리 룩의 네오프렌 옷감이 내추럴 룩의 펠트와 어우러지도록 자수를 넣는 기법도 사용했다. 소재를 겹치고 중복시키고 늘어뜨리는 방법으로 미니멀리스트 스타일이면서 동시에 인더스트리얼 스타일을 완성했다. 컬렉션에 적합한 시장을 선정하는 것도 과제 중 하나였는데 나는 고급 기성복을 선택했다.

행사 시간이 다가오자 긴장이 극에 달했다. 나는 미친 듯이 돌아다니며 가봉 상태, 액세서리와 끝단 마무리, 다림질 상태, 라벨 부착, 스타킹과 신발을 모두 확인했다. 그러고는 옷가방에 전부 다 넣어 의상 담당자에게 건네주었다. 패션쇼가 가까워지면 모든 의상 작품은 가봉을 하는데, 마지막 가봉 후에 가방에 넣어 조심스럽게 번호가 붙은 바에 정리한다음, 학교에서 특별히 고용한 전문 모델에 맞춰 패션쇼 순서대로 나뉘어졌다. 카메라맨 한 명이 패션쇼를 녹화하고 사진사 두 명이 서로 다른 방향에서 그 현장을 포착할 것이다.

백 스테이지는 악몽 같았지만 이 세상에서 가장 흥분되는 곳이기도 했다. 내 컬렉션은 열세 번째로 무대에 올라간다. 하지만 나는 아무 소리도 들을 수 없고 무대 위에서 벌어지는 어떤 장면도 볼 수 없었다. 내 앞에는 옷을 갈아입으러 달려오는 모델들이 선반에 입었던 옷들을 집어던지고 있었고, 의상 담당자들은 모델들의 뒤를 쫓아 달리며 옷을 집어넣느라 분주했다. 이윽고 내 이름을 부르는 소리가 들렸을 때 나는 끈 풀린 신발 뒤를 쫓아 달려가고 있었다. 내 모델들이 줄을 서서 무대로 들어갈 준비를 하고 있었는데, 누군가 신발 끈 매는 것을 잊었거나 액세서리를 혼동한 것이다. 나는 쉼 없이 달음박질하며 소리를 질러댔고, 고함 소리속에서 긴장한 채로 숨을 골랐다. 문득 고개를 돌려보니 첫 순서로 나갔던 내 모델이 이미 백 스테이지로 돌아와 있었다. 너무 빨랐다! 내 여섯 작품 모두가 무대 위에 선보였던 시간은 1분 30초였다. 런던의 학교에서 보낸 3년 그리고 인턴 근무와 현장 실습 1년은 그렇게 모두 끝이 났다. 내 학사 학위 점수도 그 순간 결정되었다.

40명의 졸업반 학생들이 모두 컬렉션을 선보이면서 두 시간 만에 패션쇼는 끝이 났다. 몹시 치열했던 한 해 동안의 압박감이 갑자기 사라졌다. 백 스테이지는 희열이었다. 마음이 구름처럼 가벼웠고 모든 근심이 사라졌다. 버튼의 지름이 코트에 맞지 않았다거나, 단이 2센티미터 정도 짧았다거나, 실 색깔이 꼭 맞는 회색이 아니었다거나, 허리 라인이 약간 울었다는 등의 모든 근심은 눈 녹듯 사라져버렸다.

백 스테이지에서 나온 뒤에 우리는 제각각 부모님과 친구들, 지도 교사 그리고 동고동락했던 학생들에게로 달려갔다. 눈물을 쏟아내는 학생들도 있었다. 우리가 여기에서 보낸 세월이 거의 끝났음을, 일주일에 엿새 동안 오전 9시부터 밤 10시까지 작업실에서 함께 지내다가 이제는 모두 각자의 길로 가게 되었음을 실감했기 때문이었다. 그렇기는 해도 모두 행복한 것 같았다. 내 앞에는 더 이상 아무런 장벽도 없는 것처럼 느껴졌다. 나는 내 쌍둥이 자매 샘에게 다가가 그녀를 끌어안았다. 샘의 목을 부여잡고 뺨에 입을 맞추었다. 충만한 사랑의 감정을 담아 그녀를 껴안은 건 이번이 처음이었다. 내게 가장 중요한 사람들이 나와 함께 있었다. 그때 그곳은 내 쌍둥이 자매와 함께 할 새로운 인생의 시작점이자, 내 오랜 세월 교육과정의 끝이었다. 나는 해방되었고 내 곁에 있는 쌍둥이 자매 샘과 함께 이제는 성인기로 들어갈 준비를 마쳤다.

지난 며칠이 정신없이 지나갔다. 우선 나는 샘을 만나 우리가 일란성 쌍둥이임을 알게 되었고, 센트럴세인트마틴스에서 내 컬렉션을 무대에 올렸으며, 이제 푸터먼 가족들을 만나려는 참이었다. 프랑스어 속담에

"두 번 일어난 일은 세 번도 일어난다"라는 말이 있다. 두 가지 일은 끝마쳤고 이제 세 번째 일이 시작되려 하고 있었다.

저녁을 먹은 뒤 샘과 나는 샘의 부모님이 묵기로 한 호텔로 갔다. 그분들을 기다리는 시간이 그리 편안하지는 않았다. 결혼한 사람들이 처가나 시댁 식구들을 만나는 게 이런 기분이 아닐까? 그들은 나를 잘 모르지만 나는 그들이 나를 마음으로 받아들여 곧바로 좋아해주기를 바랐다. 나는 되도록 평소처럼 행동해야만 했다. 그분들이 나를 좋아할까? 나를 싫어하면 어쩌지? 샘의 오빠들과 어울리지 못하면 어쩌지? 그들이 나를 싫어하면 샘이 나를 어떻게 생각할까? 샘은 더 이상 나를 자매로 생각하고 싶지 않을지도 모른다. 질문거리가 끝없이 밀려들었다. 그들은 나를 가족으로 여길까? 내 부모님도 좋아할까? 부모님들끼리 잘 어울리지 못하면 어쩌지? 여기까지 먼 거리를 날아왔는데 런던을 좋아하지 않으면 어쩌지? 샘과는 다르게 그들과 유대감을 빠른 시일 안에 갖지 못하면 어쩌지? 나의 이런 걱정이 카메라에 드러나는지도 궁금했다. 나는 궁금한 것이 많다고 쓰여 있는 내 표정을 다른 누군가에게 들키고 싶지 않았다.

샘의 부모님은 비행기가 착륙한 후에 오랫동안 전화를 받지 않았다. 나는 아무 말도 없는 샘을 보고 스트레스를 받고 있음을 알 수 있었다. 우리는 앞으로 맞닥뜨릴 일들에 기뻐해야 했지만 실제로는 스트레스가 심했다. 샘은 부모님과 함께 있기를 바랐다. 아마도 샘은 부모님의 포옹과 위로가 필요했을 것이다. 특히 내가 이 모든 과정을 내 부모님과 함께했기 때문에, 샘은 정말로 자기 부모님이 그리웠을 거였다.

마침내 푸터먼 가족들이 지하철역에서 올라왔다. 재키 아주머니가 제일 먼저였고 그다음이 저드 아저씨, 이어서 매튜가 보였다. 호텔 유리창

194

을 통해 본 그들의 모습은 몹시 지친 것 같았지만 모두들 인상은 정말 좋아 보였다. 샘은 나더러 자기인 척하고 뛰어나가라고 했지만, 나는 아직 두려웠다. 그들이 나를 안아줄까? 그들이 나를 무슨 복제인간쯤으로 생각하고 쌀쌀맞게 대하지는 않을까? 나는 그들이 완전히 얼어붙어 꼼짝도 하지 않고 서 있던 잠깐 동안, 그들을 속였다. 그들 앞에 선 사람이 샘이 아니라 나라는 것을 깨닫자 나를 안아주었다. 그리고 샘이 곧바로 우리와 합류했다. 나는 하루 동안 이렇게 많은 포옹을 한 적도, 받은 적도 없었다. 불과 몇 분 만에 우리가 가족인 것처럼 느꼈다.

바로 그 순간, 그 자리에서 나는 아무 의심 없이 푸터먼 가족들을 신뢰할 수 있었다. 나는 샘이 무척 다정한 가족들 사이에서 자랐음을 알 수 있었다. 아직은 두 오빠들 가운데 매튜만 거기에 와 있었지만 여동생에 대한 그의 깊은 사랑은 누가 봐도 분명했다. 나는 모든 사람들이 내가 그 호텔 앞에서 느꼈던 행복을 경험할 수 있기를 바란다. 그때의 순수한 행복감과 기쁨 그리고 사랑은 결코 무엇으로도 대신 할 수 없는 것이었다. 내 생각은 곧장 내 부모님에게로 미쳤고 다음 날 두 가족이 함께 모이는 일정을 더 이상 기다릴 수가 없었다. 나는 믿을 수 없는 행복을 맛보았고 가능한 모든 최선의 방법으로 나를 변화시키기 시작했다. 샘과 나 그리고 푸터먼과 보르디에 가족들이 앞으로 어디로 향할지는 알 수 없었다. 하지만 한 가지, 우리가 같은 방향으로 함께 가고 있다는 건 틀림없었다.

12
사만다

Samantha
+
Anaïs

나 자신의 얼굴과 마주하다

아나이스와 나는 멀리 떨어진 채 관계를 유지해왔다는 점을 직시할 때가 되었다. 우리는 서로 너무 멀리 떨어져 있어서 만나기 위한 유일한 방법은 비행기를 타는 것뿐이었다. 나는 우리가 그럴 만한 가치가 있는 사이임을 알았다. 우리가 쌍둥이임이 거의 확실해지자 방문 일정을 잡았다. 유럽 여행이 처음이었던 나로서는 이 모든 일에 더욱 더 흥분할 수밖에 없었다.

비행기에서 눈을 떴을 때 나는 아일랜드를 지나가고 있었다. 런던에서 1시간 거리밖에 되지 않았다. 내 접이식 탁자 위에는 버터구이 닭고기가 놓여 있었다. 왜 그런지는 모르겠지만 나는 항상 기내식이 나오는 때에 맞춰 잠에서 깼다. 그래봤자 전형적인 기내식이었고 유제품이 들어가기는 했지만 닭고기는 분명히 탁월한 선택이었다. 나는 멍한 상태로 창밖을 응시했다. 우르릉거리는 부드러운 비행기 소음이 잠에서 덜 깬 머릿속에서 맴돌았다. 탁탁거리는 의자에서는 바깥 기류를 느낄 수 있었다. 내가 여기까지 해냈다는 사실이 믿기지 않았다. 그때 아주 영국 사람스러운 기장의 기내 방송이 나와서 히스로국제공항에 접근하고 있음을 알렸다. 이제 착륙과 함께 아나이스를 만날 준비를 해야 할 시간이었다.

잠시 후면 나는 어떤 방에 서서 나 자신보다 나에 대해 훨씬 더 잘 알 수 있는 사람을 응시하고 있을 것이다. 그녀는 10년 지기 내 친구들보다 나에 대해 더 잘 아는 사람일 수도 있다. 혹은 완전 끔찍한 사람일 수도 있고. 나는 그런 상상이 들 때면 별 거 아니라고 생각하려 노력했다. 그래서 나는 머릿속으로 그녀를 키가 180센티미터쯤 되고 완전히 나쁜 여자로 그려보고는 했다. 분명 키가 180센티미터나 되지는 않겠지만 다른 점들은 어떨까…?

공항을 빠져나온 뒤, 나는 카노아와 리사, 라이언과 함께 밴을 타고 런던 시내와 이웃한 쇼어디치에 임대한 아파트로 갔다. 굉장히 멀게 느껴졌는데 어쩌면 불안감 때문인지도 몰랐다. 창밖의 거리 모습을 보고 있자니 긴장감이 더욱 심해졌지만 나는 일부러 나무 한 그루 한 그루를 바라보며 농담을 하고 풍경을 눈여겨보면서 침착함을 유지하려고 애썼다. 마침내 영원할 것만 같은 시간이 지나고 우리는 아파트에 도착했다. 아나이스가 벌써 아파트에 와 있을까? 이제 무슨 일이 일어날까?

아파트 계단을 내려오는 발자국 소리가 들리고 끼이익 소리를 내며 문이 열리자 심장이 튀어나올 것만 같았다. 아나이스일까? 지금이 바로 그 순간이면 어쩌지? 카메라가 돌아가고 있나? 공을 들여 준비한 바로 그날이었지만 나는 아직도 정확히 언제 내 쌍둥이 자매가 나타날지 전혀 알 수가 없었다. 나는 이 순간을 확실히 카메라로 포착하고 싶었다. 그건 어쩌면 내가 느끼고 있는 긴장감을 털어내기 위한 핑곗거리였는지도 몰랐다. 휴, 그런데 주인공은 제임스였다. 낯익은 얼굴이 쳐다보고 있어서 정말로 다행이었지만 감사하게도 그렇게 많이 친숙한 사람은 아니었다. 나는 아직 준비가 제대로 되어 있지 않았다.

우리는 위층에 짐을 올려놓고 아파트를 구경했다. 가구는 여기저기에서 골라온 것들이었고 방석과 접이식 의자, 색깔이 각기 다른 크러시트 벨벳 소파와 그에 잘 어울리지 않는 작은 테이블, 인디언 무늬의 장식용 쿠션이 있었다. 제대로 작동하는 화장실이 두 개, 꽤 많은 전등 그리고 모든 것이 갖춰진 크고 탁 트인 부엌이 있었다. 장식 가운데 가장 마음에 든 건 소파 옆에 있는 약 1미터 높이의 금빛 코끼리 조각상이었다. 고풍스러운 느낌의 그 조각상은 의자나 작은 테이블로도 쓸 수 있었다.

우리가 자리를 잡았을 때 아나이스의 친구들인 마리와 루카스, 마차시가 왔다. 물론 본능적으로 가장 먼저 든 생각은 그들한테 장난을 치는 것이었다. 나는 불안정한 내 감정을 보이고 싶지 않았고 유머는 좋은 위장이었다. 나는 곧 그들과 있는 것이 편안해졌다. 그들도 나와 함께 있는 것이 편해 보였기 때문이다. 아나이스의 친구 마리는 매우 다정했다. 아나이스의 친구들 가운데 그녀가 최고라고 생각했다. 우리가 모두 어울리고 있을 때 어느 순간 마리가 울기 시작했다. 아나이스가 도착할 시간이 임박하자 분위기가 격해지기 시작했다.

나는 아나이스가 가까이 왔다는 걸 알았다. 마리가 아나이스와 문자를 주고받을 때 휴대폰에서 울리는 작은 새소리로 알 수 있었다. 그때 누군가 소리쳤다. "도착했어!"

나는 어디로 가야할지 몰랐다. 흥분을 참을 수가 없어서 가만히 앉아 있지 못하고 주위를 돌아다녔다. 카노아와 제임스는 내게 너무 이상하게 군다고 말했고 라이언은 계속 촬영만 하고 있었다. 나는 탁자 밑에 숨었다가… 소파에 앉았다가… 금빛 코끼리 위에 앉았다. 이제 아나이스가 더 가까이 왔을 것이다. 내 심장이 쿵쿵쿵 온몸을 울리고 있었다. 나는 그걸 느낄 수 있었다. 그녀가 가까이 있음을 느낄 수 있었다. 제임스가 그녀를 데리러 내려갔다. 이런 제기랄. 이건….

울림소리가 점점 더 크고 가까워지고 있었고 내 심장은 점점 더 빠르게 뛰었다. 나는 얼굴에 두 손을 가져가며 눈을 가릴 것인지, 아무런 방해물 없이 시야를 확보하고 있을 것인지 곰곰이 생각하고 있었다. 바로 그때 문으로 한 사람이 들어오는 게 보였다. 세상에, 아나이스다… 아니 잠깐만, 제임스… 그였다. 제임스가 아직 아나이스를 찾지 못한 것이다! 나는 안도했다. 휴우. 그때 새소리와 함께 마리의 전화가 다시 울렸다. 제임스가 다시 방을 나갔고 문 닫히는 소리가 들리더니 낯익은 웃음소리가 이어졌다. 이런 제기랄. 내 웃음소리잖아! 나는 누가 들어오는지 문만 뚫어져라 쳐다보며 앉아 있었다. 갑자기 한 아시아 여성이 문 안으로 뛰어 들어왔고, 나도 모르게 꽥 하고 비명이 튀어나왔다. 아아, 아니다. 아나이스가 아니었다. 아나이스의 친구 제니퍼였다. 나는 웃음을 터뜨리며 그녀를 끌어안았다. 나는 그녀를 인스타그램에서 본 적이 있었지만 아나이스와 함께 올지는 몰랐다. 내가 다시 돌아보자 문 안쪽에 사랑스러운 얼굴이 보였다. 얼굴의 주인공은 머뭇거리며 방 안으로 걸어 들어왔다.

그녀의 얼굴은 내 얼굴이었지만 밝은 붉은색을 띠었고 머리카락은 헝클어져 있었다. 나는 그 자리에 얼어붙었다. 그러고 나서 내 인생에서 가장 길고 불편한 웃음을 터뜨렸다. 나는 좀처럼 웃음을 멈출 수가 없었다. 머릿속은 텅 비어버렸고, 내 몸속은 시종일관 아드레날린을 펌프질 해대고 있었다. 덥고 땀나고 춥고 흥분되는 감정이 동시에 느껴졌다. 나… 바로 나… 그녀는 나였다!

처음으로 아나이스의 얼굴을 보니 무척 놀라웠다. 내가 저렇게 생겼을 거라고는 한 번도 생각해본 적이 없었다. 내가 아니었지만 마주 쳐다보고 있는 사람은 머리끝부터 발끝까지 나였다. 그 사람은 마치 내가 아는, 꿈속에 나왔던 사람처럼 느껴졌다. 예를 들면 엄마처럼, 온 인생에서 내가 지켜봐온 어떤 사람이었다. 그렇지만 어떤 이유에서인지 그녀는 전혀 모르는 사람처럼, 한 번도 만난 적이 없는 사람처럼 보이기도 했다.

"이제 두 사람은 돌아서서 일란성쌍둥이 자매를 안아주세요!"

그날 밤 낸시 시걸 박사는 우리가 쌍둥이임을 확인해주었다. 아나이스와 나는 일란성쌍둥이였다! 처음 아나이스의 사진을 봤을 때부터 알고 있었지만 전문가로부터 그 말을 듣자 기쁨과 안도감이 밀려왔다. 다음으로 우리는 시걸 박사와 함께 각종 검사를 하게 될 것이었다. 시걸 박사는 우리가 한 사람의 신체적 특징이 다른 사람의 신체적 특징을 거울로 본 것처럼 비추는 '거울상 쌍둥이'인지도 알아볼 것이다.

다음 날 나는 아나이스의 아파트로 향했다. 정말로 멋진 곳이었다. 캠퍼스 분위기가 물씬 풍겼다. 바깥 거리에서 창가를 올려다보면 치마만 입은 마네킹이 보였다. 그 치마는 아나이스가 영상 통화로 보여주었던, 직접 디자인한 의상 중 하나였다. 실내에 들어서니 아나이스와 마리가 디자인 작업을 하는 큰 탁자가 있었다. 내 쌍둥이 자매의 침실에는 커다란 흰색 프레임의 침대 위에 최신 유행의 깃털 이불이 깔려 있었다. 아름답고 밝고 산뜻한 느낌이었다.

나는 아나이스가 하루를 보내는 곳을 직접 보고 그녀의 인생에서 중요한 사람들을 모두 만나기 위해 센트럴세인트마틴스에 따라갈 것이다. 우리는 그녀의 친구들이 우리를 구별하는지 알아보기 위해 옷을 바꿔 입고 장난을 좀 치기로 했다. 내 생각이었지만 아나이스도 사랑스러우면서도 짓궂은 미소를 지으며 내 의견에 따랐다. 솔직히 상대방의 옷을 입고 있으니 어색함이 느껴졌다. 신발까지 바꿔 신자 걸음걸이도 바꿔야 했다. 아나이스의 지갑을 들어보니 이상해서 나는 그 지갑을 가져가지 않았지만 아나이스는 내 배낭을 메고는 나처럼 걸어 다녔다. 가장 재미있는 건 우리 둘 다 손을 똑같은 방식으로 주머니에 집어넣는다는 점이었다.

대학교는 인상적이었다. 센트럴세인트마틴스 건물은 앞에 아름다운 분수대가 있는 웅장한 벽돌 구조물이었다. 나는 출입구 홀의 유리 진열장에 있는 아름다운 의상을 보고 이 학교가 최고임을 직감했다. 또한 이런 최고의 학교에 다닐 정도로 아나이스에게 특별한 재능이 있다는 것도 알 수 있었다. 역할 바꾸기 놀이에 대한 아나이스 친구들의 반응은 정말 재미있었다. 우리의 첫 번째 타깃은 재원이었다. 아나이스는 정확히 무슨 말을 해야 하는지 가르쳐주었고, 나는 뛰어 나가 최선을 다해 프랑스어 억양으로 말했다. "내 쌍둥이 자매가 여기에 왔어!" 그는 멈춰 서서 자기 앞에 외계인이 와 있는 것처럼 뚫어져라 쳐다봤다. 우리 모두 한바탕 웃었다.

아나이스의 학교 친구들은 모두 나를 만나서 몹시 흥분했다. 아나이스는 작업실에서 할 일이 무척 많아서 나는 그녀가 작업하는 모습을 지켜보며 서성거렸다. 아나이스는 다음 날 열릴 중요한 패션쇼를 위해 가봉을 하고 있었다. 그러다가 아나이스는 자기 모델이 신을 부츠 끈을 묶는 작업을 내게 맡겼다. 유능한 조수처럼 나는 모든 신발 끈을 묶었다.

그날 밤 아나이스와 나는 자크 아저씨와 퍼트리샤 아주머니가 묵고 있는 호텔까지 걸어갔다. 레스토랑에서 저녁을 먹고 있을 아나이스의 부모님에게 깜짝 인사를 하려고 거기에 들렀다. 나는 아나이스의 아빠가 나를 좋아하지 않을까 봐 두려웠다. 왜냐하면 내가 미국 사람인데다가 내가 만들고 있는, 당신의 딸과 나에 관한 다큐멘터리를 못마땅해 할지도 모르기 때문이었다. 보르디에 부부는 속마음을 드러내지 않아서 그들의 삶을 다른 사람들에게 드러내기를 바라는지 확실하지 않았다. 그렇지만 나는 정말로 자크 아저씨가 나를 좋아하기를 바랐다. 퍼트리샤 아주머니와는 '더 블랙퍼스트 카페'에서 좋은 유대 관계를 맺었고, 자크 아저씨와도 같은 관계가 되기를 희망했다. 처음에 그는 아나이스와 내가 쌍둥이라는 점에 대해 아주 회의적이었고, 나는 그가 나에 대해서 어떻게 느끼는지 확실하지 않았다.

막상 우리가 레스토랑에서 아나이스 부모님을 만났을 때 자크 아저씨는 내가 지레짐작으로 두려워했던 모습이 전혀 아니었다. 아저씨는 눈을 크게 뜬 채 미소를 감추지 못했다. 나는 무척 안도했다. 우리 둘에 대해 그가 보여준 분명한 사랑은 무척 감동적이었다.

다음 날은 더 대단했다. 아침에 아나이스의 패션쇼가 열렸고 내 부모님은 저녁에 도착할 예정이었다. 나는 패션쇼가 열릴 극장 앞에서 아나이스의 부모님과 만나기로 했는데, 그전에 아나이스와 함께 학교를 좀 더 구경했다. 패션쇼는 계단과 바닥 위의 런웨이와 양쪽에 비디오 카메라를 설치한 깜깜한 박스형 스튜디오에서 열렸다. 정말 대단하고 놀라웠다. 패션 공부를 하는 학생들과 교수들, 그 가족들과 기자들, 패션계 종사자들과 친구들 등 객석은 다양한 사람들로 가득 찼다. 모델들이 무대를 걸어갈 때 교수들이 작품에 점수를 매기는 모습이 보였다. 독창적인 의상은 너무 아름다워서 숨이 막힐 지경이었다. 아나이스의 한 친구는 플라스틱 물병으로 신발 밑창을 만들어 붙였는데 모델이 걸을 때마다 독특한 소리가 나서 컬렉션을 더욱 돋보이게 해주었다. 나는 소리가 디자인에 그렇게 중요한 요소가 되리라고는 전혀 생각하지 못했었다. 모두들 얼마나 긴장하고 진지하던지, 그 모습을 보고 나는 이 패션쇼가 얼마나 중요한지 알 수 있었다.

이 컬렉션들은 우리 세대의 전도유망한 디자이너들의 작품이었다. 내 쌍둥이 자매 아나이스의 작품도 그중 하나라니 믿기지가 않았다. 드디어 아나이스의 아름다운 의상이 등장하자 극장 여기저기에서 박수가 터져 나왔는데 그 쇼의 모든 디자이너가 그런 반응을 얻은 건 아니었다. 내 생각에 아나이스의 컬렉션은 단연 최고였고, 나는 모델들이 입은 의상이 아름답게 움직이는 모습을 보며 자랑스러움을 느꼈다. 아나이스와 나는 피를 나눈 자매이니, 그녀의 창의성이 내 몸에도 흐르기를 바랐다.

패션쇼가 끝나자 우리는 내 부모님이 묵기로 한 토미 미아스 라즈 호텔에 가서 부모님을 기다렸다. 로비에서 기다리고 있다가 엄마와 아빠, 매튜 오빠가 지하철역에서 나오자 아나이스가 나보다 먼저 뛰어나갔다. 나는 그녀에게 내가 늘 하는 것처럼 아빠 배를 가볍게 두드리며 "안녕, 스티브!"라고 말하라고 일러주었다. 아나이스는 그대로 했다. 아빠가 얼마나 크게 미소를 지었던지 아빠도 아시아 사람처럼 보일 정도였다! 아빠는 계속해서 아나이스를 빤히 쳐다보기만 했다. 자기 아기가 태어난 날 자랑스러워하는 여느 아빠들처럼 자부심과 놀람 그리고 순수한 기쁨이 어우러진 표정이었다. 어떤 면에서 그건 사실이었다. 그 순간 아빠는 새로 태어난 아기를 만난 것이다. 내 부모님 두 분 모두 행복감에 압도당했음이 분명했다.

우리는 호텔 로비에 앉아서 이야기를 나누었다. 아나이스는 매튜 오빠와 순식간에 유대감을 맺은 것처럼 보였는데도 그의 옆에서 수줍어했다. 낄낄거리며 농담을 주고받는 두 사람 사이에는 잠시 어색함이 흐르기도 했지만 이내 서로 같이 있는 걸 좋아하기 시작했다. 아빠는 끊임없이 질문을 했다. 어디에서 사니? 무엇을 좋아하니? 런던은 어떠니? 아빠는 탁자 위에 팔꿈치를 대고 앉아서 남학생처럼 아나이스를 뚫어져라 쳐다보았다. 그런 모습을 지켜보며 나는 무척 기뻤다. 어쩌면 할아버지가 처음으로 손주를 보는 게 이런 걸까, 속으로 생각했다.

다음 날 우리는 모두 버스를 타고 런던을 구경했다. 우리 가족이 처음으로 모두 함께 한 것이다. 우리는 점심시간 바로 직전까지 이층버스를 타고 유명한 관광지를 구경하다가 피쉬앤드칩스를 파는 펍에서 나중에 도착한 앤드류 오빠를 만났다. 앤드류 오빠는 아나이스와 나를 가리키며 말했다. "이쪽이 샘이고, 저쪽이 아나이스구나." 앤드류 오빠는 정확히 맞혔다. 그는 아나이스와 적당한 거리를 두고 매튜 오빠와 내가 앉은 테이블 쪽에 자리를 잡았다. 앤드류 오빠는 아나이스와 내가 얼마나 많이 닮았는지 보고 처음에는 약간 정신이 나가 있었다. 그는 킥킥 웃고 있었는데 아나이스와 내가 쌍둥이임을 알고 나서 안도하기는 했지만 약간 불편하기 때문인 것 같았다. 앤드류 오빠는 가족 중에 가장 회의적이었다. 하지만 유전자 검사로 다른 모든 가족들이 내내 확신했던 사실이 확인되자 함께 기뻐해주었다.

가족들이 모두 함께 한 점심은 무척 재미있었다. 매튜 오빠와 앤드류 오빠, 아나이스 그리고 나는 네 명의 '어린아이들'처럼 같이 앉아서 장난을 쳤다. 우리는 사람들에게 성가시게 굴고 우스꽝스럽게 행동하면서 즐거운 시간을 보냈다. 내가 앤드류 오빠 음료수에 콩을 던지자 곧이어 아나이스가 내 음료수에 콩을 던졌다. 그런 다음 그녀는 살짝 짓궂은 미소를 흘렸고 우리는 모두 한바탕 크게 웃었다. 나는 아나이스가 오빠들과 지내는 법을 실험하기 시작한 것이 기뻤다. 우리가 어린 시절에 모두 함께였다면 우리 집은 그야말로 아수라장이었을 것이다. 아나이스가 매튜 오빠와 앤드류 오빠와 같이 있는 모습을 보니 꿈만 같았다. 무엇보다 아나이스한테 처음으로 오빠가 생겼다는 점이 정말 좋았다.

그날 밤, 우리는 카메라 없이 가족들끼리만 저녁을 먹었다. 당연히 한국 식당에 갔다. 아나이스의 부모님은 카메라가 없어지자 훨씬 더 편안해 했고 말이 많아졌다. 그들이 촬영 때문에 불편해 하는 건 지극히 정상적이었다. 보르디에 부부가 다큐멘터리 제작과 제작진에게 감명을 받지 않아서가 아니라, 푸터먼 가족보다 더 사생활을 중시하는 사람들이고 카메라를 무시하는 데 익숙하지 않았기 때문이었다. 우리 부모님들은 아나이스와 나의 어린 시절 이야기를 좋아했다. 모두 같이 사진도 찍고, 선물도 주고받았다. 아나이스의 엄마는 보르디에 가게에서 가져온 물건을 우리 가족에게 선물했다. 나는 오렌지색 악어가죽 지갑을, 내 엄마는 아름다운 빨간 가죽 팔찌를 받았다.

식사 후, 부모님들은 각자의 호텔로 돌아갔고 남은 사람들은 아파트로 돌아가 파티에 갈 준비를 했다. 아나이스의 모든 친구들이 참석한 광란의 파티는 그녀의 친구 오야의 아파트에서 열렸는데, 센트럴세인트마틴스의 대단한 예술가들로 발 디딜 틈 없이 가득 차 있었다. 그녀와 가장 친한 친구인 조나단도 거기에 있었는데 처음에는 알아보지 못할 정도로 완전히 다른 모습이었다. 유전자 검사 결과를 발표할 때 그는 젊고 매력적인 프랑스 사업가처럼 입고 우리와 함께 있었다. 하지만 지금은 부풀어 오른 재킷을 입고 꼭 맞는 야구 모자를 쓰고 있어서 영락없는 뉴욕 출신의 젊은 래퍼 모습이었다. 그가 누구인지 알아차린 후에 우리 모두 깜짝 놀랄 정도였다. 혹시 조나단의 미국인 쌍둥이? 나는 세계 각국에서 온 아나이스의 친구들을 만나서 정말 기분이 좋았다. 그중에 오야는 우크라이나 출신으로 무척 정력적이었다. 모두들 아나이스를 잘 아는 것 같았다. 나는 그녀의 자매라는 사실이 무척 자랑스러웠다.

다음 날 아침 우리는 다행히도 모두 일찍 일어났다. 그래서 이번 여행의 하이라이트 중 하나인 해리포터 스튜디오에 갈 수 있었다. 우리는 런던에서 북서쪽으로 약 32킬로미터 떨어져 있는 왓퍼드정션으로 가는 기차를 타기 위해 기차역에서 만났다. 앤드류 오빠는 해리포터 광팬으로 스튜디오 투어에 특히 흥분했다. 그는 다리에 "도비, 여기에 평화롭게 잠들다"라고 쓴 문신이 있었는데 아마도 내가 오빠에 대해 가장 자랑스러워하는 부분일 것이다. 우리는 그날 아주 즐거운 한때를 보냈다. 나는 이제껏 많은 세트에 서봤지만 해리포터 스튜디오는 특별했다. 아나이스도 완전히 마음을 빼앗겼는데 나는 우리가 위즐리 쌍둥이라도 된 것처럼 여기저기 뛰어다니며 호그와츠에 있는 모든 사람들에게 농담을 했다.

우리는 보르디에 부부가 호텔을 체크아웃하고 나서 파리로 돌아가는 기차 시간에 맞춰 오후 늦게 런던에 돌아왔다. 두 명의 새로운 부모님이 생긴다는 건 무척 놀라운 일이었다. 그분들은 나를 키우지는 않았지만 내가 앞으로 탐험해야 할 완전히 새로운 가족, 바로 나만을 위해 창조된 가족이었다. 나는 아나이스와 내 부모님의 관계도 마찬가지라고 생각했다. 마치 결혼으로 맺어진 가족 관계와 비슷할 것이다. 다행히도 그들 모두 아주 잘 어울려 지냈다. 우리 부모님들은 이미 사진과 이메일 주소를 교환했다. 보르디에 부부가 내게 사랑을 보여주었는데 어떻게 내가 그분들을 사랑하지 않을 수 있겠는가? 게다가 그분들은 내 쌍둥이 자매를 키워주었고 오늘날의 그녀를 만들었다.

그날 밤 늦게 젊은 사람들은 모두 클럽에 갔다. 우리는 거기에서 퀠상을 만났다. 이미 영상 통화와 사진을 통해 익히 알고 있었지만 우리 만남의 가교 역할을 한 그를 실제로 만나는 건 처음이었다. 퀠상이 없었다면 설사 아나이스가 나를 볼 수 있다고 해도 대체 언제가 될지 누가 알겠는가? 우리 모두 꼭두새벽이 될 때까지 춤을 추며 축하 파티를 즐겼다.

그다음 날은 좀 더 전통적인 관광 명소를 선택했다. 우리의 첫 번째 목적지는 런던타워였다. 이번 여행에서 가장 즐거웠던 순간은 한 어린 소년이 독차지하고 있던, 쇠사슬로 엮어 만든 갑옷을 아나이스가 잡아채 갔을 때였다. 그 갑옷은 손으로 만져볼 수 있는 전시품이었는데 아나이스는 그 소년이 너무 오랫동안 가지고 놀았다고 생각했던 거 같다. 나는 아나이스한테 다시 내놓으라며 싸움을 걸었고 우리 모두 마구 웃기 시작했다. 가끔 아나이스는 정말 외동딸 같은 행동을 할 때가 있었다. 이제 아나이스한테는 싸움을 거는 오빠들도 있고 나도 있다. 아나이스도 형

런던타워 앞에서
가위로 오려낸 켈상과 함께.

제자매들에게 익숙해져야 했다.

앤드류 오빠는 다음 날 떠났다. 나는 오빠가 너무 빨리 떠나서 슬펐다. 언제 또 볼 수 있을까? 오빠가 런던에 올 때는 여동생이 하나뿐이었는데 런던을 떠날 때는 둘이 되었다. 앤드류 오빠는 런던을 떠날 때쯤 아나이스와 정말로 죽이 잘 맞았다. 다음 날 아침에는 내 부모님과 매튜 오빠가 떠나기로 해서, 그날 밤에는 인도 레스토랑에서 작별을 기념하는 저녁 식사를 했다.

내 가족들이 모두 떠나고 나자 아나이스는 우리 생모에게 버림받았던 느낌에 대해 허심탄회하게 털어놓았다. 나는 그녀가 나를 믿고 자기의 감정을 털어놓았다는 사실에 슬프면서도 위로가 됐다. 아나이스는 어렸을 때 종종 버림받은 것처럼 느꼈다고 털어놓았다. 나는 결코 그런 감정으로 가슴 아파해본 적이 없었다. 입양은 한 번도 나를 슬프게 하지 않았다. 나는 내 자신이 버려졌다고 생각해본 적이 전혀 없었다.

아마도 오빠들이 있어서 도움이 되었을 것이다. 나는 내가 태어난 이후에 무슨 일이 벌어졌는지 생각할 겨를이 없었다. 매튜 오빠와 앤드류 오빠를 내 방에서 쫓아내고 나를 '괴롭히지' 못하게 하는 데 집중해야 했기 때문이다. 물론 그건 어린 시절 내내 나를 사로잡았던 사랑의 표현이었다. 아나이스는 나와 같은 형제의 방해가 없었다. 아나이스는 오빠들처럼 그녀를 사랑해주는 형제가 없었다. 앤이라는 상상 속 친구가 있었지만 앤은 대꾸를 할 수 없었다. 아나이스는 친가족이 자신을 원하지 않았던 것처럼 느꼈고 또다시 거부당하는 것이 두려워서 친가족 찾기를 포기했다. 아나이스는 또한 부모님이 돌아가시면 무슨 일이 벌어질지 걱정했다. "나한테는 아무도 없을 거야." 그녀가 내게 말했다. 아나이스는 우리 생모를 찾고 싶지 않다고 했다. 아나이스는 조금 더 나은 환경을 위해 자신을 입양 보낸 것이라는 일말의 가능성과 환상을 마음속에 그대로 간직해두고 싶어 했다.

나는 우리가 더 나은 환경을 위해 버려졌다고 믿지 않았다. 왜 이런 일이 우리한테 벌어졌는지 그 진실을 우리는 몰랐다. 우리가 이랬을 것이다 혹은 저랬을 것이다, 라고 추측하고 생각할 수 있지만 진실을 말해줄 수 있는 사람은 오직 한 사람, 어쩌면 두 사람뿐이다. 우리를 낳은 그 여성에게 상황이 힘들었을 것이 틀림없으며 아마도 그 의도가 긍정적이지는 않았을 것이다. 그녀의 의도가 부정적이었다고 해도 과거의 그 사람과 지금의 그 사람이 같은 사람이라고 누가 말할 수 있겠는가? 내가 상상하는 대로 그녀가 우리와 같은 사람이라면 그녀는 강할 것이고, 그녀에게 닥친 상황이 무엇이든 적응할 능력이 있을 것이다. 그리고 그 당시에도 그녀가 어떤 상황에 처했든 그녀는 스스로 선택을 했다. 그 결과 아나이스와 나는 헤어지게 되었다. 그렇지만 나는 그것 때문에 그녀를 미워하지는 않았다.

이제 곧 로스앤젤레스로 돌아가야 했기에 아나이스와 함께 보낼 시간은 많지 않았다. 마지막 날의 여정은 우리 둘의 친구들과 함께 하는 아주 특별한 프랑스 만찬과, 템스 강 위의 커다란 관람차인 런던아이를 타고 위로 올라가 빙글빙글 도는 모험으로 구성되었다. 아나이스와 나는 높은 곳을 몹시 무서워하지만 그래도 런던아이를 타보기로 결심했다. 꼭대기에 올라가면 런던 시내 전체를 볼 수 있었다. 우리의 공포심을 극복해볼 만한 가치가 있었다. 막상 일단 관람차 안에 들어가니 그렇게 무섭지도 않았다. 우리 여행은 만남에 대한 두려움과 함께 시작됐지만, 이제 우리는 그 두려움을 떨쳐버렸고 이 여행의 대미를 장식하고 있었다. 우리는 사람이기에, 고통스러운 상황에 처하면 불안감도 더욱 커지겠지만 사랑하는 누군가와 함께라면 어떤 두려움도 극복할 수 있다. 나는 아나이스와 내가 서로 자매지간인지 아닌지도 모른 채 런던으로 날아왔고, 일생동안 그녀를 알았던 것 같은 느낌을 가지고 떠났다.

아나이스와 사만다의 가족들과 친구들,
다큐멘터리 제작진이 해리포터 스튜디오 앞에 모였다.

13
아나이스

Anaïs
+
Samantha

캘리포니아, 사만다가 있는 곳으로

패션쇼 직후에 나는 로스앤젤레스에 있는 샘을 방문하는 데 두 주의 시간을 낼 수 있었다. 나는 아파트의 짐을 정리하기 위해 7월 중순까지는 런던으로 돌아와야 했다. 이어서 '간결하고 세련되며 매우 여성적인 스타일'로 알려진 파리의 패션 업체 제라르다렐의 면접과 결혼식 참석을 위해 3일 동안 파리에 갈 예정이었다. 나는 정규직을 원했지만 인턴 모집 공고가 났기에 지원을 했다. 면접에 오라는 통지를 받았을 때 나는 아주 흥분했고 인턴직이 정규직으로 이어질 수 있기를 기대했다. 졸업식 참석을 위해 파리에서 런던으로 돌아올 때는 정말로 안도감을 느꼈다. 학업도 끝났고 패션쇼도 굉장히 훌륭하게 마쳤다. 그리고 샘과 나는 '쌍둥이 자매'에게 미친 듯이 빠져 있었다.

패션쇼는 대대적인 극찬을 받았다. 전 세계 패션 관련 주요 언론에 보도됐고, 패션 산업에서 전도유망한 디자이너들의 공개 행사로 알려졌다. 〈그라지아데일리〉는 이렇게 썼다.

"여느 다른 패션 중심지보다 더 열정적이고 참신한 교육이 이루어지는 런던의 명성은 지난밤에 열린 센트럴세인트마틴스의 석사 졸업 무대에서 다시 한 번 입증되었다."

〈엘르UK〉에는 다음과 같이 실렸다.

"매혹적인 분홍빛 색감과 폭발적인 네온 그리고 차분하게 조각한 듯한 실루엣은, 최선의 방법으로 절충을 이루어낸 센트럴세인트마틴스 졸업 패션쇼에서 밤의 훈장이라 할 만했다."

내가 그 패션쇼의 일원이었다는 것이 자랑스러울 수밖에 없었다. 하지만 내가 샘을 만났고 그녀와 아주 깊은 유대관계를 맺었다는 사실보다 더한 기쁨과 행복은 없었다.

나는 이번 여행에서 우리 둘만의 시간을 좀 더 보낼 수 있기를 진심으로 바랐다. 런던에서 샘은 가족과 친구들 그리고 다큐멘터리 제작진과 함께 있었고 나도 내 가족과 친구들과 있었다. 우리 말고 다른 사람들은 우리가 자매로서 친밀해질 기회를 앗아갔다. 특히나 우리가 몇 달 전만 해도 서로에 대해 들어본 적조차 없었다는 점을 고려해보면 우리는 이미 아주 가까운 사이였다. 인터넷과 스카이프 영상 통화 그리고 스마트폰은 우리가 서로의 가상의 품 안에서 잠들 수 있게 해주었기에 아예 없는 것보다는 훨씬 나았다. 그렇지만 나는 샘과 함께 어린 시절을 보낼 수 있는 기회를 박탈당했기에 혼자 샘을 독차지하고 싶었다. 너무 많은 사람들이 주위에 있을 때면 나는 관객들을 앞에 두고 쇼라도 하고 있는 것 같았다. 관객들은 우리가 어떻게 행동할지 궁금해 하며 노골적으로 쳐다보거나 몰래 훔쳐보는 행동을 반복하고 있는 것 같았다. 그들은 우리의 첫 번째 포옹과 첫 번째 오해, 첫 번째 언쟁 그리고 어쩌면 첫 번째 다툼까지도 목격하고 싶어 했다. 그건 피할 수 없는 일이었다. 일란성쌍둥이도 싸운다. 그렇지만 나는 우리의 모든 '첫 번째들'이 구경꾼이 모이는 행사가 되기를 바라지 않았다. 로스앤젤레스에서는 우리 둘이서만 재미있게 지낼 기회가 있기를 소망했다.

샘이 살고 있는 곳에서 그녀를 보는 건 재미있을 것 같았다. 런던은 우리가 처음으로 재결합을 하는 데 적당한, 중립적인 도시였다. 우리 두 가족은 런던에서 모이기 위해 여행을 해야만 했다. 영국 영어는 모두에게 일종의 외국어였고 우리 두 그룹 모두 음식에 대해서는 똑같은 입장이었다. 프랑스 음식과 미국 음식이 영국 음식보다 훨씬 낫다! 이제 나는 곧 샘이 일하고 있는 레스토랑에 가보고, 샘이 침대에 누워 이불 속에서 내게 문자를 보냈던 침실에도 들어가볼 것이다. 나는 샘의 일상, 즉 친구와의 만남과 직장 생활, 기분 전환 장소, 일상생활을 경험할 것이다. 나와 내 친구들의 관계처럼 샘도 그녀의 친구들과 친밀한 관계일까? 친구들과 무엇을 했을까? 친구들과 어떻게 만났을까? 그들은 세련되고 성숙하게 행동할까, 아니면 가까운 친구들 사이에서만 편한 마음으로 할 수 있는 어린애 같은 장난을 칠까?

런던에서 캘리포니아까지 직항으로 갔지만 그래도 12시간이나 걸렸다. 나는 저녁 7시에 런던 히스로국제공항을 떠나 밤 10시에 로스앤젤레스에 도착했는데 3시간밖에 걸린 것처럼 보여도 런던에서는 해가 이미 떠 있었고, 여기서는 이제 막 지는 중이었다. 밤에 착륙한 덕분에 도시의 멋진 야경을 감상할 수 있었다. 하늘에서 바라본 도시의 불빛은 깜깜한 태평양 속으로 갑자기 사라져버렸고, 그 모습에 나는 프랑스 남부 칸 근처의 코트다쥐르를 떠올렸다. 그렇지만 여기는 반짝이는 것들이 촘촘하게 더욱 많이 있었는데 바둑판 위처럼 불빛들이 아주 체계적으로 보였다. 이윽고 비행기가 공항으로 가깝게 접근하자 마침내 나는 진짜 휴가가 시작된다는 안도감을 느꼈다. 하지만 착륙할 때쯤 되자 언제나 그랬듯이 마음이 좀 우울해졌다. 마지막 목적지에 다다랐는데 도망치고 싶은 기분이 드는 것… 특히 공항에서 나의 일란성쌍둥이가 기다리고 있다는 걸 알고 있을 때는 더욱 말이다.

샘과 그녀의 룸메이트 리사가 공항으로 나를 데리러 나왔다. 샘이 레스토랑에서 곧장 오면서 초밥을 가져왔는데 우리는 차 안에서 다 먹어치웠다. 고맙게도 리사가 운전을 해서 우리는 사고를 당할 염려는 하지 않아도 됐다. 샘과 나는 두 번째 만남에 서로를 쳐다보느라 무척 흥분해 있었기 때문이다. 라이언도 같이 있었는데 촬영은 없었다. 샘은 내가 여기에 도착하기 전에 자기와 라이언이 사귀기 시작했다고 귀띔해주었다. 사실 영상 통화를 할 때부터 런던에서까지 서로 관심 있어 하는 행동을 보고 약간 의심을 하긴 했다. 샘을 다시 만난 건 기뻤지만 나와 똑같이 생긴 그녀가 누군가에게 추파를 던지는 모습을 보는 건 좀 이상했다.
미국에 있는 자동차들은 굉장히 컸다! 그렇지 않아도 나는 몸집이 작은데 여기서는 내가 더 작게 느껴졌다. 도로도 아주 넓었다. 나는 미국에 두 번 와본 적이 있다. 한 번은 열다섯 살 때 버지니아 주 노픽에서 3주짜리 교환 학생 프로그램으로 왔고 두 번째는 불과 1년 전이었다. 나는 파리의 존 갈리아노에서 인턴 근무를 해서 모은 돈으로 뉴욕

로스앤젤레스국제공항에서 다시 만난

아나이스와 사만다.

을 샅샅이 파헤치고 싶었다. 친구 막상스를 만나러 시카고에 가서 일주일 동안 머물기도 했다.

이전 두 번의 여행에서 가장 인상 깊었던 건 바로 운전이었다! 미국 사람들은 어쩔 수 없이 필요해서 운전을 해야 한다고 생각하지만 나는 운전을 무척 좋아한다. 미국에서는 시간만 충분하다면야 운전을 해서 어디든 갈 수 있다. 세상은 아주 넓고 탁 트여 있다. 수백 년 동안 개발 되어온 프랑스에서는 가능한 모든 공간에 건물이 들어섰거나 경작지가 조성되어 있어서 이런 기분을 느끼지 못한다. 반면 미국에서는 배경이 계속 바뀌는 것처럼 느껴져서 깜짝 놀랐다. 미국은 방랑벽이 있는 사람들에게 무척 매력적인 곳이다. 나는 앞으로 얼마나 더 가야 하는지 따위는 생각도 하지 않았다. 그런 데에 누가 신경을 쓰겠는가? 내가 지금 길 위에 있는데!

지구 반대편에서 샘과 함께 서 있는 건 아주 이상한 느낌이었다. 우리는 언제나 같은 행성에 살고 있었지만 파리에서 런던까지 내 삶의 궤적을 우리가 함께 한 건 아니었다. 이건 내 경험과는 완전히 다른 경험을 가진 쌍둥이 자매 때문에 생긴 재미있는 일이었다. 나는 뉴저지 주와 뉴욕, 로스앤젤레스로 이어지는 샘의 세계를 그녀와 함께 탐험할 수 있으며, 샘도 나와 함께 나의 세계인 런던과 파리에 함께 있을 수 있다. 우리는 서로에게 세계에서 가장 위대한 도시들의 여행 가이드였다.

도착한 다음 날, 나는 로스앤젤레스에서 잠을 깼다. 샘의 아파트에는 멋진 풍경이 내다보이는 작은 발코니가 있었다. 거기에서는 내가 어디에 있는지 아주 확실하게 일깨워주는, 세계적으로 유명한 할리우드 표지판이 보였다. 그렇다. 아나이스, 너는 지금 할리우드에 있는 거야! 로스앤젤레스의 날씨는 완벽했다. 따뜻하지만 습하지 않았고, 햇살이 빛나는 가운데 피부에 열기가 느껴졌다.

로스앤젤레스의 건축양식은 독특하다. 도시 바깥의 낮은 산 위에서 바라보면 디즈니랜드 파리처럼 보였다. 이 도시는 진짜임에도 도시 전체가 영화 스튜디오의 야외 촬영용 부지 같았다. 모든 건물들이 상당히 이국적이면서 새롭고 현대적이며 매우 빠르게 지어졌다. 하루는 카노아와 함께 베벌리힐스 근처를 운전하며 다녔다. 온갖 다양한 건축 양식을 한데 섞어 지은 대저택들이 아주 흥미로웠다. 윗부분은 피렌체식인데 아래는 페르시아의 호텔처럼 짓고 세부적인 것은 베네치아 풍으로 마무리한 집도 있었다. 그 건물에서 첫 번째 주인의 사회사를 읽을 수 있을 것 같다는 생각이 들었다. 그러니까 저택의 주인이 유럽의 어느 가문 출신인지 알 수 있을 것 같았다.

우리는 샘이 좋아하는 다양한 종류의 식당과 카페 그리고 그녀가 일하는 레스토랑에 가보았다. 로스앤젤레스에는 전 세계 온갖 종류의 음식이 있었는데 모두 맛이 좋았다. 좀 뻑뻑하고 탄수화물이 많은 런던의 음식들과 비교해볼 때 음식 재료들이 모두 햇빛을 받고 자라서 그런 것 같았다. 로스앤젤레스에 있는 음식들은 전부 다 몸에 좋은 것처럼 보였다. 발음을 할 수 있기는커녕 전혀 들어보지도 못한 음식을 먹을 때면 내가 집에서 먼 곳에 와 있다는 사실을 새삼 깨닫게 됐다. 이렇게 물어야 할 때도 있었다. "진짜 먹을 수 있는 거예요?" 많은 음식들이 런던 레스토랑 창가에 진열된 전시용 플라스틱 음식 모형처럼 보였다.

남부 캘리포니아의 햇살과 열기는 전혀 색다른 기분을 느끼게 해주었다. 마치 내 몸의 배터리를 충전하고 있는 것 같았다. 사람들은 항상 야

외에서 활동을 했고 여유로워 보였다. 내 시야도 넓어져서 훨씬 더 먼 곳까지 볼 수 있는 것처럼 느껴졌다. 파리처럼 빽빽한 도시에는 어디에서나 건물들과 시선을 가로막는 것들이 있는데, 어떤 면에서는 감옥에 갇혀 있다는 기분이 들 정도였다.

로스앤젤레스에서 생활방식은 유럽 대부분의 도시와 상당히 다르다. 여기는 공간이 넓고 여유가 있어서 한 곳에서 다른 곳으로 갈 때 시간이 더 필요하다. 그래서 결국 시간이 더 늘어났다는 느낌을 받았다. 또한 다른 사람들의 문제로부터, 그들의 불안감과 염려로부터 멀리 떨어져 더 안전한 거리를 확보하고 있다고 느꼈다. 예를 들어 토요일 오후 4시에 모든 것이 빠르게 오가는 옥스퍼드 광장 같은 런던의 몹시 붐비는 곳에 있다고 상상해보라. 그곳을 지나다가 사람들과 부딪히거나 접촉하게 되면 그들이 스트레스를 받고 있음을 알게 된다. 로스앤젤레스는 전혀 달랐다.

갑자기 샘이 떠올랐다. 내가 지금 지나는 이 풍경은 예전에 샘이 영상통화를 켜놓고 운전하고 있었을 때 보았던 배경이었다. 여기는 샘이 차를 돌리던 곳이었고, 저쪽은 신호등에 빨간불이 들어왔다고 샘이 말했던 곳이었다. 나는 신호가 너무 길다고 생각했었다. 이 지점들이 샘이 있던 정확한 곳은 아닐지도 모르지만 그녀가 사는 곳에 직접 와보니 머릿속으로만 그려왔던 풍경을 좀 더 쉽게 완성할 수 있었다.

샘과 나는 내가 좋아하는 관광지를 모두 섭렵했다. 우리는 베니스 비치와 할리우드 대로, 디즈니랜드에 가보았다. 그리고 나는 처음으로 야구 경기를 보러 갔다. 7월 4일에 벌어진 로스앤젤레스 에인절스와 세인트루이스 카디널스 간의 경기였다. 기가 막히게 좋았다. 샘과 나는 기념

로스앤젤레스 에인절스가 대역전극을 펼친 날

아나이스와 사만다.

으로 야구 모자를 샀는데 내 모자는 파란색 바탕에 흰색으로 에이가 쓰여 있었고, 사만다 모자는 빨간색 바탕에 파란색으로 에이가 쓰여 있었다. 우리는 맥주와 함께 핫도그와 솜사탕을 먹었고 경기가 끝난 후 미국 독립기념일을 축하하는 불꽃놀이를 구경했다. 에인절스 팀은 믿기 힘든 승리를 거두었는데, 5대 3으로 뒤지고 있다가 9회 말에 3점을 뽑아내며 승리를 거두었다!

여기까지 와서 남부 캘리포니아 해변에 안 간다는 건 말이 안 되는 일이다. 우리는 말리부에서 모래사장 위를 달렸고, 모닥불도 피웠고, 샘의 친구들도 많이 만났다. 그런데 샘의 친구 마이클이 불구덩이에 발을 디디는 사고가 났다. 우리가 뜨거운 석탄 위에 덮었던 모래 때문에 불구덩이가 보이지 않았던 것이다. 나는 마이클은 물론이고 책임감 때문에 괴로워하는 샘에게 너무 미안했다. 그런데 이상했다. 샘을 쳐다봤을 때 나는 그녀가 아무런 말을 하지 않았는데도 그 순간 그녀가 겪고 있는 감정, 바로 마이클에 대한 극도의 괴로움과 고통을 느낄 수 있었다. 우리의 보디랭귀지가 비슷하기 때문이었다. 쌍둥이들끼리만 통하는 비밀 언어 같은 것이다. 프랑스에는 이런 말이 있다. "다른 사람의 신발을 신어 보라." 그래야 정확한 느낌을 알 수 있다. 내 몸이 다른 사람이 반응하는 것과 똑같이 반응해야 그 사람이 어떻게 느끼는지 알 수 있는 것이다.

샘이 마이클에 대해 너무 괴로워하는 모습을 보는 건 나로서는 무척 힘들었다. 나도 같은 식으로 나 자신을 탓했을 것임을 알았기 때문에 나 역시 슬펐다. 나 또한 다른 사람들이 합리화 해주는 말들이 위로가 되지 않는 성격이기에, 샘의 기분을 풀어줄 만한 말들을 찾기가 힘들었다. 그렇지만 다른 한편으로는 샘이 고집스레 자신을 탓하는 데 집착하는 모습을 보며 나 자신의 행동을 돌아보는 기회로 삼기도 했다. 나는 뒤로 물러서서 이렇게 말할 수 있었다. "아, 나도 저렇지." 그래서 다음에는 다르게 행동할 수 있었다. 예를 들어 나는 샘을 통해 나 자신에게 지나치게 엄격하게 굴지 않는 법을 배울 수 있었다. 내게 먼저 그런 일이 생겼다면 나도 샘이 했던 대로 행동했겠지만 말이다.

몇 가지 문제에 있어서 나는 샘과 내가 다르다는 것을 안다. 그렇지만 샘이 내 거울이라면, 나는 샘을 통해 내가 어떻게 행동하는지 볼 수 있고, 나에 대해 더 배우거나 다른 방식으로 행동하려고 노력할 수 있다. 내가 나 자신의 문제를 해결하려고 할 때 샘은 자신도 모르는 사이에 내 정신분석 전문의가 된 것이다. 그래서 마이클의 불운한 부상과 샘의 책임감을 통해 나는 엄청난 깨달음을 얻게 되었다.

우리는 태평양 연안의 도시 베니스비치에도 가보았는데 매우 흥미로웠다. 그곳의 바닷가는 프랑스의 대표적인 관광지인 코트다쥐르보다도 넓었는데 하긴, 태평양도 지중해보다 넓기는 했다. 캘리포니아의 공간은 소실점이 달랐다. 남부 프랑스의 야자수와 비교해보면 여기 야자수는 아주 가늘고 높게 쭉 뻗어 있었다. 캘리포니아에서는 야자수들이 더 높이, 더 빠르게 자랄 공간이 있었고 주위에도 여유 공간이 있었다. 그래서 야자수들이 너무 많은 자리를 차지하지 않고도 더 크고 빠르게 자라는 것처럼 보였다. 그곳에는 하와이 음식을 파는 멋진 레스토랑 "포케이"가 있었는데, 우리는 거기에서 한입 크기의 양념 생선회를 주문했다. 맛은 두말할 것 없이 훌륭했다.

로스앤젤레스 사람들의 '이중생활'을 관찰하는 건 아주 재미있는 일이었다. 모두 미래의 배우들 같았다. 이곳에는 발레파킹 주차요원, 버스 기사, 레스토랑 여직원, 요리사 등등 오디션을 보기 위해 대사를 읽고 외우고 있는 사람들이 지천이었다. 그걸 숨기는 사람은 아무도 없었다. 그들은 서비스업에 몸담고 있었지만 그것도 딱 그 일을 할 필요가 없을 때까지 만이었다. 그런 태도는 예술가처럼 생각하고 느끼는데 도움이 되었다. 운동복을 입고 피트니스센터에 들락거리는 사람들도 무척 많았다. 할리우드에서 몸이 건강하고 탄탄하며 그을려 보이는 건 필수적이기 때문에 전혀 이상할 게 없었다. 게다가 기능성 운동복 중에는 유명 디자이너 상표가 달린 것들이 많았는데, 그걸 입어야 진정한 남부 캘리포니아 패션의 완성이라고 할 수 있었다.

패션과 연기는 실제로 강력한 관계를 맺고 있다. 모델들은 단기 배우이기도 했고, 배우들은 단기 모델이기도 했다. 패션과 의상이 없다면 영화는 지금보다 따분해질 것이다. 마찬가지로 연극이나 영화가 없다면 패션에 관심 있는 이들도 훨씬 적었을 것이다. 두 산업 모두 대담함과 창의성을 끝까지 밀어붙인다. 그래서 샘과 내가 다른 진로를 선택하기는 했지만 우리의 선택은 서로 관련되어 있다고 할 수 있다. 우리 중 한 명은 카메라 앞에 서는 걸 좋아했고 다른 한 명은 그 뒤에 있는 걸 좋아했다. 여기 할리우드에서 열정을 갖고 사는 사람들을 보는 건 무척 고무적이었다.

나는 샘의 이중생활을 매우 좋아했다. 그녀의 일상 속으로 들어가 하루 종일 그녀를 따라다니는 건 흥미로운 일이었다. 샘은 아침에 일어나면 가장 먼저 요가 교실에 간다. 돌아와서는 다큐멘터리 관련 수많은 작업들을 해치운다. 그러면 점심시간이다. 샘은 적어도 내가 거기에 있는 동안에는 건강에 도움이 되는 음식들만 먹었다. 점심을 먹고 나면 이른 오후가 되는데 그때부터 오디션 준비를 시작한다. 오디션 일정이 있으면 샘은 배역을 맡기를 기대하면서 오디션을 보러 출발한다. 그렇지 않으면 두 가지 야심찬 프로젝트를 진행한다. 하나는 다큐멘터리를 정리하는 일이고 또 하나는 책을 쓰기 위해 생각을 정리하는 일이다. 그러고 나서 근무하는 날이면 베벌리힐즈에 있는 레스토랑으로 향한다. 그곳은 프랑스를 주제로 한 매력적인 식당으로 벽에는 옛날 프랑스 광고 포스터를 액자에 끼워 걸어 놓았다. 메뉴는 전통적인 프랑스 음식들을 중심으로 일본 음식이 몇 가지 끼어 있었는데 맛이 아주 좋았다. 샘은 정말 열심히 일했다. 쫓아가기에 상당히 빡빡한 일정이었는데 그렇게 하루 종일 뛰어다니는 그녀를 보며 나는 자극을 많이 받았다. 이 책과 다큐멘터리는 샘에게 무척 큰 의미를 갖는다. 그녀는 다른 사람들을 위해 좋은 것들을 성취하려고 이중생활을 하고 있는 영웅 같았다. 특히 우리 이야기가 담긴 영화와 책에 관해 말할 때면 그녀의 눈은 유별나게 반짝였다.

로스앤젤레스에 있는 동안 나 역시 할 일이 많았다. 이제 학업을 마쳤으니 직장을 찾아야 했다. 나는 샘의 아파트에서 채용 광고를 검색하고 이력서를 보냈다. 이미 제라르다렐과 면접이 잡혀 있었지만 안정적인 일자리를 찾을 때까지 계속 검색하고 이력서를 보내야 했다. 패션계에서 좋은 일자리를 얻는 건 정말로 쉽지 않은 일이서 나는 패션업체들을 모조리 뒤져봐야 했다. 해외로 나가는 것도 괜찮았고 파리도 나쁘지 않았지만 가장 좋은 조건은 런던에서 일하는 것이었다. 샘의 아파트에서 일자리를 구하면서 아주 놀라운 경험을 했다. 샘과 나는 우리의 경험과 정말로 중요한 것들을 함께 공유하고 있다는 느낌이 들었다. 우리는 정말로 깊이 연결되어 있었다. 우리는 서로에게서 갈라져나올 수도 있었지만, 그런다고 해도 우리의 유대는 끊어지지 않을 것이다. 매일 샘과 함께 지내는 일상은 따분해지는 게 아니라 가능한 최선의 방식으로 점점 평범한 일이 되고 있었다. 우리는 함께 살고 있고 이제 우리의 삶이 서로 얽혀 있음을 인식했다. 우리는 점점 늙어갈 것이고 기억을 공유할 것이다. 우리는 이제 우리만의 이야기도 만들어나가고 있었다. 나는 더 이상 매일 아침 샘이 실제 인물인지 확인하기 위해 그녀의 페이스북을 살펴볼 필요가 없었다. 이제 우리는 관광객들을 끌어들이기 위한 재미있는 일이든, 매일 하는 심부름이든, 뭐든 함께 하는 살아 있는 존재였다. 이제는 서로를 발견해나가는 일에 머물지 않았고, 경험을 공유하기 시작했다.

나는 샘의 오디션 대사 연습을 지켜보는 게 즐거웠다. 샘은 연습을 거듭하며 인물의 성격을 구축해나갔다. 이제는 샘이 출연하는 영상과 영화에서 그녀의 모습이 아주 다르게 보였다. 샘은 등장인물이다. 아직 '배우 지망생'이라고 불리고 있기는 하지만, 나는 샘이 어떻게 연기하고 어떻게 다르게 행동하는지에 따라 갑자기 다른 사람이 되는 걸 보면 놀라웠다. 멀리 유럽에서 노트북으로 보던 텔레비전 쇼의 카메라 뒤에서는 이런 일이 벌어지는구나, 싶어서 정말 흥미로웠다. 어느 날 우리는 텔레비전에서 샘의 친구 카노아를 봤다. 그는 제작진 가운데 한 명이었는데 작은 장면 하나라도 만들려면 얼마나 오래 걸리는지 알 수 있었다. 아주 짧은 촌극마저도 네다섯 번은 하고 또 해야 했다. 배우들은 그 장면이 만족스러울 때까지 계속해서 준비해야 했다. 아주 많은 인내심이 필요한 일이었다.

어떤 면에서 보면 이건 패션산업과도 매우 흡사하다. 둘 다 짧은 시간 동안 막대한 압박감 아래 매우 열심히 작업해야 한다. 아주 짧은 시간 동안의 예술적인 표현을 위해 긴 시간 동안 준비해야 한다. 그런 다음에 그 작품이 반응을 일으키고 산업계의 자산이 되는 것이다. 샘과 내가 서로의 일에 대한 스트레스를 이해할 수 있다는 건 대단한 일이었다. 우리 둘 다 추구하는 일은 매우 치열하고 소모적이지만 우리는 열정을 가지고 그 일에 임하며, 우리의 노력이 물거품이 되더라도 스스로 감내한다.

나는 샘의 친구들과 귀중한 시간을 보냈다. 샘이 일하고 있을 때면 나는 그들과 함께 시간을 보내고는 했다. 내가 어떻게 그들과 그렇게 빨리 유대관계를 맺을 수 있었는지 이상할 정도였다. 내가 샘과 신체적으로 똑같이 닮은 것이 어쩌면 방해가 될 수도 있었겠지만, 사람들을 안심시킨 결과를 가져온 게 아닌가 싶다. 나는 그들과 어색한 단계를 넘어서서 오랫동안 알고 지낸 것처럼 느껴졌다. 샘과 나의 친구들이 서로 비슷하다는 것 역시 샘과 내가 닮았기 때문이다. 우리는 생각도 비슷했고, 따라서 우리의 성격과 생각이 잘 맞는 사람들과 우정을 키워나간 것이다.

이제 내가 로스앤젤레스에 있으니 캘리포니아 주립대학교 플러턴 캠퍼스에서 낸시 시걸 박사와 함께 검사를 진행할 수 있었다. 태어났을 때 헤어진 쌍둥이들의 경험은 모두 아주 흥미로웠다. 특히 '양육 대 천성'이라는 주제가 관심을 끌었다. 나는 어렸을 때 내 성격이 유전자보다는 교육과 환경의 영향을 더 많이 받았다고 생각했다. 이제 내 관점은 바뀌고 있었다. 나는 우리의 보디랭귀지부터 성격에 이르기까지 샘에게서 많은 공통점을 발견해내고는 깜짝 놀랐다. 모든 게 다 유전적이지는 않았지만 현재의 우리 모습 가운데 얼마나 많은 부분이 우리의 유전적 기질 속에 깊이 닻을 내리고 있는지 알고는 매우 깜짝 놀랐다.

샘과 나는 몇 시간에 걸쳐 검사를 받았는데 검사는 꽤 재미있었다. 인생사 인터뷰와 지능검사, 특수 인지능력 검사, 성격 특성 항목표, 자긍심 척도, 직업 만족도 설문, 의료 기록 확인 등이 이어졌다. 나는 검사가 다 끝나기도 전에 우리의 연구가 무엇을 보여주는지 알고 싶어서 견딜 수가 없었다. 샘과 내가 인간의 성격 발달에 관해 사람들이 더 깊이 이해할 수 있도록 도움을 주었다는 것에 놀라움을 느꼈다.

샘과 나는 함께 한국에 가는 것에 대해서도 의논했다. 샘은 세계한인입양인협회IKAA의 후원으로 7월 29일부터 8월 4일까지 서울에서 열리는 행사에 참석하는 데에 관심이 있었다. 샘은 그 행사에 참석할 예정인 친구 댄 매튜한테 이 소식을 들었다. 댄은 남부 캘리포니아에서 자란 한국인 입양인이었는데 입양 공동체에 아주 깊이 관여하고 있었다. 샘이 몇 달 전에 처음으로 댄을 만났을 때 그가 서울에서 있을 IKAA 행사에 대해 언급했다. 댄은 대단한 경험이 될 것이라며 샘에게 자세히 살펴볼 것을 강력히 권했다. 그는 우리 둘이 다른 입양인들과 유대관계를 맺고 한국에서 시간을 보낼 기회를 갖게 될 것이라고 말했다. 해마다 정기적으로 한국인 입양아들이 다른 도시에서 모이는 소규모 행사도 있었지만, 3년마다 한 번씩은 서울에서 행사가 열렸다. 그 행사는 입양인들을 고국으로 초청하는 특별한 기회였다. 샘은 한국에 가고 싶어 했지만 나는 약간 망설여졌다. 모든 것이 약간 급하게 진행되었고, 또 이건 엄청난 결정이기도 했다.

또한 샘은 그 모임과 그에 관련한 세부사항에 때문에 무척 스트레스를 받았다. 나는 내가 가고 싶은지 확신이 없었다. 어쩌면 한국에 가서 밝혀지지 않기를 바랐던 사실들을 알게 될까 봐 두려워하고 있는지도 몰랐다. 지금 행복하다면 어떤 사실은 묻어두는 것이 더 나은 법이다. 샘은 1년 전에 한국에 갔었고 내가 감정적으로 겪어야 할지도 모르는 것들을 경험했다. 나는 다른 한국인 입양인들의 이야기를 듣는다는 생각은 좋았지만 나 자신과 관련한 것을 꼭 발견하고 싶지는 않았다. 내가 걱정되었던 건 과거가 아니었다. 내 안의 깊숙한 곳에 묻혀 있는 감정들이었다.

우리는 스펜스-채핀 입양기관에 있는 샘의 사회복지사 벤 소머즈의 제안대로 생모에게 편지를 썼다. 나는 편지를 쓰는 일에도 몹시 불안감을 느꼈다. 샘과 나는 거실 소파에 앉아 우리가 모르는 어떤 여성에게 무언가를 전하려 하고 있었다. 샘과 나는 그녀가 우리를 안다고 가정했지만 무슨 말을 해야 할지 선택하는 건 무척 두려운 일이었다. 우리는 계속해서 주제를 바꾸거나 관련 없는 이야기들을 썼다. 우리가 동시에 요점에 집중하는 데 어려움이 있었기 때문이다. 드디어 우리 중 한 사람이 집중을 하면 나머지 한 사람이 농담을 했고 그다음에는 반대로 됐다. 그러다 갑자기 내 감정이 격해지기 시작했다. 어떻게 갑자기 이런 일이 일어날 수 있는지 이상했다. 드러내고 싶지 않은 감정들이 물밀 듯 밀려왔지만 그에 대해 아무것도 할 수 없었다. 샘이 곁에 있다는 게 굉장히 위안이 되었다. 내가 눈물을 흘리거나, 소리를 지르거나 또는 무슨 행동을 하더라도 샘은 나를 이해해주리라는 걸 알기 때문이었다. 나는 샘을 믿었다. 내 감정들을 논리적으로 설명해주고 입증해줄 사람은 그녀뿐이었다. 편지를 다 쓰는 데는 오랜 시간이 필요했다.

샘의 엄마가 런던 여행에서 찍은 사진 몇 장과 함께 생모들이 친자식들에게 쓴 편지를 엮은 책을 보내주었다. 아이들이 입양될 때 그들과 함께 보내진 편지들을 모아 "아가야, 네가 아름다운 인생을 살기를 바란단다: 애란원의 한국 엄마들이 자녀들에게 보내는 편지 I Wish You a Beautiful Life: Letters from the Korean Mothers of Ae Ran Won to Their Chilren"라는 제목으로 출간한 책이었다. 어떤 편지들은 무척 감동적이었다. 나는 아이들이 그렇게 많은 이유로 입양될 수 있는지 생각해본 적도, 상상해본 적도 없었다. 나는 그냥 내 자신의 이야기를 이런 말로 일축해버리는 편이 훨씬 더 쉽다고 생각했다. "나는 화가 나요. 당신은 나를 버렸어요. 이야기 끝."

하지만 여전히 그 여성에게 편지를 쓰는 건 이상하게 느껴졌다. 마치 내 부모님을 속이는 것 같았다. 내 부모님은 나를 키워주고 잘 성장하도록 도와준 분들이다. 어떤 아이들은 친자식인데도 자기 부모님을 닮지 않는다. 신체적인 면만이 아니라 성격도 그렇다는 말이다. 우리는 아주 많은 선조들의 다양한 유전자를 가지고 있고, 복권 추첨과도 같은 유전자와 대립형질 안에서 가능한 조합은 무척 많이 있다.

나는 내셔널지오그래픽 채널에서 쌍둥이에 관한 다큐멘터리를 본 적이 있다. 그 프로그램에서는 우리 안에 있는 어떤 기질이 환경에 따라 어떻게 활성화되거나 활성화되지 않을 수 있는지를 보여주었다. 이 다큐멘터리는 왜 샘과 내가 절반은 똑같고, 나머지 절반은 뚜렷이 구별되는지를 설명해주었다. 우리에게 유전자와 골격을 준 그 여성에게 보내는 편지를 마무리하면서 우리는 그녀가 누구든지 간에 그리고 이유가 무엇이든지 간에 우리를 태어나게 해주어서 감사하다고 썼다. 그것이 가장 중요한 점이었다. 샘과 나는 서로를 발견했고 앞으로의 삶도 함께할 것이다. 우리는 화가 나지 않았다. 그녀가 준비되면 우리는 그녀를 만날 수 있다. 그리고 훗날, 우리는 여전히 그때 무슨 일이 있었는지 알고 싶어 할 것이다.

편지를 다 쓰고 나자 안도감을 느꼈다. 샘과 함께 편지를 쓴 건 잘한 일이었다. 생모에게 편지를 쓰고 생모를 우리 인생의 시작점으로 지목하고 나자, 우리가 잉태된 순간으로 함께 돌아가는 것 같았다. 나는 실제 삶 속에서 점점 더 구체화되고 있는 우리 이야기에 천천히 적응해나갔다.

마침내 샘과 나는 IKAA 행사 참석을 위해 한국 여행을 예약하기로 결정했다. 나는 샘과 함께여서 무척 행복했고 그녀가 IKAA 여행에 대해 내게 확신을 주어서 고마웠다. 보통 때는 내가 언니라고 생각했지만 이번에는 샘이 꼭 언니처럼 느껴졌다. 나는 우리를 그 길로 이끌어준 사람에게도 감사한 마음을 느꼈고, 우리가 곧 만날 것을 알기에 더욱 좋았다. 로스앤젤레스 여행은 우리가 서로에 대해 더 많이 알아가는 데 큰 도움이 되었다. 특히 샘과 나의 차이점은 우리 삶을 더욱 흥미진진하게 만들어주었다. 우리는 아직도 서로에게서 배워야 할 것이 많이 있다. 우리 이야기는 계속되고 있었고 나는 결코 멈추고 싶지 않았다. 이제 막 로스앤젤레스를 떠났는데 벌써 샘이 그립다.

로스앤젤레스 인앤아웃버거에서
아나이스와 사만다.

14
사만다

Samantha
+
Anaïs

뜨겁고 아름다웠던 한국의 여름

나는 시간 낭비를 몹시 싫어한다. 그렇지 않아도 하루 스물네 시간은 내게 충분하지 않다. 그래서 여행이 힘겨워질 때도 있다. 목적지로 향하는 비행기에 몇 시간이고 타고 있는 건 헛된 일 같았다. 언니나 동생을 보려고 기다리고 있을 때면 그런 느낌은 더욱 커진다.

7월 26일은 굉장한 날이 될 것이었다. 로스앤젤레스국제공항에서 인천국제공항까지 약 열세 시간 동안 하늘에 둥둥 떠 있어야 한다. 나는 한국에서 아나이스를 만날 예정이었다. 한국은 우리가 처음으로 친가족에게서 버림받았던 곳이었고, 그건 전 세계로 입양된 한국인들에게는 공통점이었다. 그곳은 내가 아나이스와 헤어지기 전에 함께 있었던 마지막 장소이기도 했다. 아나이스와 나는 IKAA 컨퍼런스에 참석하는 다른 500명의 입양인들과 함께 우리의 역사를 탐험하기 위해 한국으로 돌아가고 있었다.

아파트를 떠나기 전에 나는 늘 하던 일을 했다. 나는 가족들이 어디에 있든지 간에 모두 깨운 다음 어디에 간다고 말해주어야 직성이 풀렸다. 특히 앤드류 오빠는 내 이런 행동을 싫어했다. 나는 항상 곰처럼 깊게 자는 앤드류 오빠가 깰 수 있게 충분히 여러 차례 전화를 걸어 말했다. "나 지금 ○○○로 가는 중임." 그러면 오빠는 대개 정신이 혼미한 채 별 감동 없이 무신경한 목소리로 이렇게 대답했다. "멋지군." 앤드류 오빠 다음은 외할머니와 부모님께 전화를 할 차례. 비행기에 타고 있을 때는 무슨 일이 벌어질지 절대로 알 수 없으니까 사랑하는 이에게 사랑한다고 확실히 말해두어야 한다.

나는 제임스와 라이언과 함께 여행을 떠났다. 공항에서 우리는 내가 이 여행에 관심을 갖게 했던 댄 매튜와 같은 비행기에 탄다는 사실을 알게 되었다. 댄은 뮤지션이었는데 대규모 유튜브 팬층을 확보하고 있는 아시아계 미국인 연예기획사에서도 일하고 있었다. 그는 서울의 클럽 베라에서 열리는 콘서트에서 마지막에 등장해 음악적 재능을 선보일 예정이었다. 그의 말로는 컨퍼런스에서 가장 장대하면서도 즐거운 밤이 될 거라고 했다.

댄과 나는 몇 달 전 브런치를 먹다가 처음 만났다. 처음으로 아나이스를 만나기 바로 직전이었다. 믿기 어려운 이야기이지만 그 또한 태어날 때 헤어진 일란성쌍둥이였다. 댄은 우리가 처음 만났을 때만 해도 그 사실을 몰랐다. 나는 런던에서 돌아온 뒤에 그를 다시 만나 아나이스와 함께 찍은 사진들을 보여주었다. 댄은 그 사진을 보고 완전히 넋이 나갔다. 그는 자기의 혈육에 관한 정보를 모아 자신의 뿌리를 찾기 시작했다. 댄은 가능한 한 빠른 시간 안에 자세한 사항을 몇 가지만이라도 찾을 수 있기를 바랐다.

몇 주 후, 아나이스와 내가 베니스비치의 산책로에 있는 가게에서 기념품을 고르고 있을 때였다. 댄이 이런 제목으로 이메일을 보내왔다.

"샘… 나도 쌍둥이인 것 같아."

메일 내용은 다음과 같았다.

"안녕, 샘. 나 지금 농담하는 거 아니야. 있잖아 나도 쌍둥이일지 모른다는 얘기를 방금 들었어. 만나서 얘기 좀 하자. 댄."

세상에, 뭐라고? 나한테 컨퍼런스에 대해 말해주었던 내 한국인 입양인 친구도 쌍둥이라고? 말도 안 됐다. 이건 엄청난 우연의 일치였다. 댄이 알아낸 바에 따르면 그의 친부모는 쌍둥이 형제를 모두 키울 형편이 못되어 둘 중에 그를 포기하고 입양을 시켰다는 것이었다. 댄의 쌍둥이 형제는 지금도 친가족과 함께 살고 있었고, 그는 우리가 한국에 있을 때 처음으로 가족들을 모두 만날 예정이었다.

댄이 그렇게 사적인 이야기를 나와 공유해주어서 무척 고마웠다. 나는 문자 그대로 감동을 받아 눈물까지 흘렸다. 한편으로 나는 그의 쌍둥이 형제의 입장도 생각해봤다. 어느 날 엄마가 이런 이야기를 해준다면 도대체 어떻게 받아들여야 할까? '있잖아, 실은 엄마가 입양을 보낸 네 쌍둥이 형제가 있단다. 보름 후에 너를 만나러 여기에 올 거야! 야호!' 이 사건과 눈에 띄게 유사한 일을 불과 몇 달 전에 겪었지만 그래도 아나이스와 나는 둘 다 버려졌기 때문에 우리는 더 대등한 입장이었다. 나는 댄의 이야기에 충격을 받았다.

댄 역시도 공항에서 촬영을 하고 있어서 촬영진들 사이에 미묘한 신경전이 연출됐다. 다행히도 제작진들 사이의 영역 문제는 우리 인생에서 펼쳐질 사건들에 비하면 아주 사소한 문제일 뿐이었다. 나는 이미 쌍둥이 자매를 만났고 그에게 위안이 될지도 모르는 경험을 나눌 수 있었다.

"댄, 정신 똑바로 차려야 해." 나는 그에게 주의를 주었다. "일단 비행기에 타면 이 모든 게 현실이 되는 거야. 여행 후에 네 인생은 결코 예전과 같지 않을 거야."

아나이스와 나는 인생이 우리를 데려가는 대로 그냥 놔두는 법을 빨리 배울 수 있어서 다행이었다. 나는 댄이 지금 상황에 잠재된 모든 부정적인 측면에 대해 너무 깊이 생각하지 말고, 그의 인생의 새로운 모험에서 기쁨과 행복을 느끼기를 바랐다. 잠깐이었지만 나는 그에게서 나 자신의 모습을 보았다.

"두려워하지 마." 나는 그에게 말했다. "인생은 절대로 네가 감당할 수 없는 시련을 주지 않아."

그는 내 조언을 들으면서 미소를 짓기 시작했고 몸을 앞뒤로 흔들다가 긴장감에 턱을 신경질적으로 긁었다. 나는 그가 괜찮아질 거라는 걸 알았다.

세계로 향하는 서울의 관문인 인천국제공항은 믿을 수 없을 정도로 조직적이고 최첨단이다. 아나이스는 우리보다 먼저 도착했는데 친구의 친구인 올리버가 그녀를 태우고 서울 근처로 데려가고 있었다. 그래서 아나이스와 우리는 호텔에서 만나기로 했다. 내 친구 수가 나를 태우러 왔다. 수는 1년 전 내 고국 여행 가이드였는데 자애로운 에너지를 가지고 있어서 그녀와 내 엄마 그리고 나는 아주 강력한 유대관계를 맺었다.

그녀는 나와 피를 나눈 한국 사람들의 용기와 투지를 보여주었고, 내가 한국 사람임을 자랑스러워 할 수 있게 해주었다. 한국이 어린 시절의 나에게는 많은 의미를 주지 못했을지 모르지만 지금은 아니었다. 우리 인생에서 천성이 얼마나 큰 역할을 하는지 알게 된 후 아나이스와의 관계가 점점 깊어졌고, 이제는 자랑스럽게 나는 한국 사람이라고 말할 수 있을 만큼 한국은 내게 훨씬 더 큰 의미를 갖게 되었다. 게다가 수는 항상 굉장히 감탄할 만한 한국 음식을 해주었는데, 음식이야말로 영혼으로 통하는 길이라는 건 누구나 알 것이다.

나는 내가 이렇게 빨리 한국에 다시 오리라고는 상상도 못 했다. 아무튼 나는 한국에 다시 왔고, 공항에 나와 있는 수많은 한국 사람들 사이에서 수가 나를 기다리고 있었다. 수는 물론 나와 유전적으로 관계는 없지만 나는 그녀를 가족으로 생각한다.

공항에서 호텔로 가는 길에 나는 수에게 지난해 일어났던 일에 대해 모두 이야기했다. 그녀는 아나이스와 나의 이야기를 뉴스에서 본 적이 있었고 한국의 뉴스 프로그램에 나왔던 영상을 보여주기까지 했다. 그 뉴스는 우리의 킥스타터 예고편 장면 일부와 SNS에 올린 사진들을 가져다 썼다. 우리와 이야기를 나누어보기는커녕 전혀 만나본 적도 없는 사람들이 우리 이야기를 전하기 위해 정성과 노력을 기울여서 만든 그 영상을 보고 있자니 무척 기이하게 느껴졌고 흥분되었다. 사실 내 사생활이 없어지는 점은 겁이 났지만 내 인생의 은밀한 부분을 사람들과 나누기로 이미 결정했기 때문에 두려움은 금세 극복할 수 있었다. 언론은 참 재미있는 매체다. 언론은 상당히 공격적인 속성이 있으면서도 우리로서는 매우 긍정적인 방식으로 많은 사람들에게 우리 이야기가 다가갈 수 있게 해주었다. 사람들에게 알려진 대가로 우리는 킥스타터와 페이스북, 트위터 등등 모든 SNS 채널을 통해 우리 사연에 감동을 받은 입양인들로부터 메시지를 받았다. 우리 사연을 듣고 뿌리 찾기를 시작한 사람들도 있었다. 심지어 수는 다큐멘터리를 위해 라이언이 우리 두 사람을 촬영하는 것도 허락했다.

수는 일반적인 여행 가이드가 아니었다. 그녀는 일 년 내내 여행 가이드를 했지만 내가 1년 전에 왔던 것과 같은 뿌리 찾기 여행만 맡았다. 이 일은 그녀에게 무척 소중했다. 사실 그녀는 해마다 공식적으로 여행단의 한국인 대표가 되어 달라는 요청을 받았다. 그녀는 입양인들에게 고국의 모습을 보여주면서 무척 자랑스러워했다. 가이드 역할 외에도 그녀는 입양인과 친가족 그리고 위탁 가족 간의 만남을 위해 통역 역할까지 했다. 그렇게 긴장감이 극에 달한 상황에 지원자로 나서다니, 나는 그녀를 믿기 힘들 정도로 강인한 사람이라고 생각했다. 그녀가 없다면 가족들은 서로 대화를 나눌 수 없을 것이다. 그녀는 자신의 인생을 다른 사람들의 행복을 위해서 헌신했다. 재미있는 건 그녀도 쌍둥이라는 사실이다. 수의 일란성쌍둥이 언니는 오리건 주에서 살고 있다. 그들은 어렸을 때 헤어진 건 아니었고, 수의 언니가 미국 출신의 남자를 만나 그와 함께 그곳으로 이주했다. 살면서 계속 쌍둥이들과 인연을 맺게 되다니 정말 믿을 수가 없었다.

수는 우리를 데리고 명동 바로 근처에 있는 호텔로 갔다. 명동은 서울에 있는 복잡스러운 최신 유행 쇼핑 구역이었다. 정확히 말하자면 서울의 타임스퀘어라고 할 수는 없었지만, 가끔은 그렇게 느껴지기도 했다. 우리 호텔은 '호텔비즈'였다. 절대로 '리츠칼튼'은 아니었다. 우리 호텔은 큰 길에서 불과 서너 골목 더 아래로 내려온 곳에 있었다. 입구 바로 밖에는 수북하게 쌓인 고양이 똥 더미가 있었다. 정말이지 한국의 여름철 열기 속에서 그건 유쾌하지 않았다. 호텔 안의 안내원은 아주 친절하게 우리 방이 어디에 있는지, 아침 식사 시간은 몇 시인지 안내해주었다. 우리는 바위처럼 딱딱한 침대가 있는 아주 작은 방에 가방을 가져다놓았다. 방은 런던의 주요 건물과 장소가 무늬로 그려진 벽지로 도배되어 있었다. 얼마나 재미있는 일인가? 한국에 있는 호텔 수천 개 가운데 런던을 주제로 한 벽지가 발린 방에 묵고 있다니 말이다. 내 시선은 곧장 런던아이 이미지로 향했고 꼭 5개월 전에 얼마나 많은 일을 겪었는지 떠올렸다.

여름철 한국의 더위는 몹시 맹렬하고 습해서 기온이 올라가면 몇 백 도는 되는 것처럼 느껴졌다. 밤이 되면 온몸이 소금을 뒤집어쓴 것처럼 끈적거려서 땀으로 목욕을 한 것 같았다. 방에 가방을 가져다놓을 때쯤 나는 이미 땀에 푹 젖어서 재빨리 샤워를 하고 아나이스를 기다렸다. 마침내 아나이스가 도착하자 우리는 서로 끌어안고 깡충깡충 뛰었다. 나는 아나이스를 만나는 것이 무척 좋았다. 아나이스는… 내 자매 같았다. 우리가 매일 온라인으로 연락을 주고받았다고 해도 실제로 함께 있는 것과는 비교도 할 수 없었다.

떨어져 있는 것 그 자체가 잘못됐다고 생각하지는 않았다. 그렇지만 우리가 함께 있으면 동화 속 이야기 같았고, 신혼여행 같아서 실제라고 믿을 수 없을 만큼 너무 좋았다. 우리의 유대감은 말로 설명하기 힘들었다. 우리가 서로 아직 모르는 과거에 아주 많은 일들이 있었겠지만 그에 대해 이러쿵저러쿵 이야기를 나눌 필요는 없었다. 우리는 25년 동안 매일같이 이야기를 나눈 자매보다도 더 서로에 대한 깊은 이해심이 있는 것 같았다. 인생에는 연민과 공감이 있다. 나는 아나이스에게 이 두 가지 감정을 모두 느꼈다. 나는 분명히 아나이스가 겪고 있는 그 감정들을 이해할 수 있고 동일시할 수 있으며 측은히 여길 수 있다. 그렇지만 내가 그녀에 대해 가지고 있는 감정은 그 이상이다. 나는 문자 그대로 그녀가 느끼고 있는 감정을 고스란히 내 몸으로 느꼈다. 나는 아나이스가 목이 메면 정확히 목구멍 어디인지, 언제 화가 나서 피가 얼굴로 몰리는지 알 수 있었다. 우리가 초능력으로 서로의 마음을 꿰뚫어 보는 건 아니었지만 우리는 다른 한쪽이 겪고 있는 걸 완전히 인지하고 경험할 수 있는 능력을 공유했다. 그렇다고 오해할 필요는 없다. 항상 그런 건 아니었다. 분명히 상황에 따라 다르겠지만 내 쌍둥이 자매의 내면에서 솟아오르는 원초적인 감정을 나도 그녀와 똑같은 곳에서 느낄 수 있었다.

내가 너무 배가 고프다고 말하자 그제야 우리는 포옹 파티를 끝내고 명동 시장으로 향했다. 쇼핑에 나온 사람들은 대부분 젊은 한국 커플들인 것 같았다. 온갖 종류의 물건과 전 세계 음식을 팔고 있는 노점상들을 비롯해 모든 것이 완전히 새롭고 다채로우며 생기가 넘치는 것 같았다. 우리는 수가 추천한 불고기 식당에서 그녀를 만났다. 수와 아나이스가 서로를 알아가는 동안에 우리는 스테이크와 맥주에 푹 빠져 먹느라 정신없었다.

다음 날 아침, 우리는 컨퍼런스 개최 장소인 롯데호텔로 갔다. 예쁘고 친절한 직원들이 인상적인 아름답고 고급스러운 호텔이었다. 호텔비즈에서 걸어서 고작 10분 거리에 있었지만 더위에 지쳐서 무슨 고비 사막을 횡단하고 있는 것처럼 느꼈다. 가는 길에 비까지 쏟아지기 시작해서 내 신발과 아나이스의 신발은 금세 다 젖었고 장비도 위험에 처했다. 우리는 급한 대로 우산과 장화, 우비를 사러 편의점에 들어갔다. 앞으로 이런 곤경에 처하게 될지도 모르는 사람들에게 한 가지 조언을 하자면, 한국의 무덥고 끈적끈적한 여름날 비가 올 때 우비는 절대로 입지 마라. 비닐 우비를 입은 몸에서 나는 악취가 하루 종일 코끝을 떠나지 않기 때문이다. 그날 이후로 우리는 비닐과 라이언의 체취가 섞인 냄새를 며칠 동안 맡아야 했다. 라이언에게는 어디에나 늘 한 명씩은 있는 냄새나는 친구라는 별명을 붙여줬다.

컨퍼런스에 등록을 하고 몇 개의 세미나를 신청하고 나서 우리는 서울의 비교적 싼 택시를 타고 경복궁으로 향했다. 엄청나게 큰 관광 명소인 이 고궁은 특히 일요일 오후에는 굉장히 많은 사람들로 붐볐다. 궁을 마주 바라보고 섰을 때는 궁 뒤로 산밖에 보이지 않아서 주의를 딴 데로 돌릴 만한 인공물이 전혀 없었다. 그때 비로소 수백 년 전의 풍경이 펼쳐졌고 궁전의 아름다움이 느껴졌다. 고개를 돌려 도시를 마주보면 거대한 삼성 건물과 광화문 광장의 분수대의 조명을 받은 아주 오래된 궁전의 담벼락이 보인다. 그것은 이 나라와 도시가 얼마나 광범위하고 빠르게 개발되어 왔는지를 상기시켜주는 아름다운 건축물이자, 옛것과 새것이 한데 어울린 진정한 예술적 표현물이었다. 나는 1년 전에 경복궁에 왔었고, 아나이스에게도 이 궁을 보여주고 싶었다. 나는 우리가 전생에 함께 마당을 뛰어다니던 모습을 떠올렸다. 공주가 되고 싶어 하는 소녀들의 꿈은 절대로 사라지지 않으리라.

그날 밤 카노아와 토마스가 서울에 도착했다. 다큐멘터리 제작에 대

경복궁에서
아나이스와 사만다.

한 내 스트레스가 얼마나 심한지 알았던 토마스는 카노아에게 임금을 지불하며 합류할 것을 제안했고 자신도 돕기 위해 한국으로 들어왔다. 그의 지원은 말로는 도저히 고마움을 표현할 길이 없을 정도였다. 나와 가장 친한 친구이기도 한 카노아는 잘생긴 아시아계 혼혈이었는데, 아나이스가 마치 십 대 여자아이처럼 그에게 반해버렸다. 그래서 그가 있으면 아나이스도 더욱 행복해 했다. 우리 네 사람은 배가 고프다 못해 화가 날 지경이었다. 그래서 아무 데나 식당을 찾아 들어갔는데 딱 한 군데만 열린 것 같았다. 제대로 된 영어를 할 줄 아는 사람이 아무도 없었고 음식이 너무 매워서 웬만큼 매운 음식을 잘 먹는 나와 아나이스도 끝까지 다 먹을 수가 없었다. 종업원과 의사소통할 수 있는 오직 한 가지 방법은 몸짓으로 말을 대신하는 것이었다.

다음 날, IKAA 컨퍼런스는 순항 중이었다. 이 행사는 삼성이 후원을 하고 있어서 상당히 전문적이리라 기대할 수 있었고, 개회식으로 시작하는 행사 일정은 매우 세심하게 계획되었다. 우리가 롯데호텔에 도착했을 때 로비에서 촬영진이 쫓아다니고 있는 댄의 모습이 보였다. 우리는 어쩌다 로스앤젤레스에서 온 한국인 입양인 둘 다 주위에 촬영진을 몰고 다니게 되었나 싶어서 한바탕 크게 웃었다.

컨퍼런스 개회식은 사전 녹화된 한국의 박근혜 대통령의 연설이 포함되어 있었다. 주최자들이 이 컨퍼런스를 특별하게 만들기 위해 무척 많은 신경을 썼다는 점, 한국의 대통령처럼 어떤 중요한 인물이 우리가 고국에 온 것을 환영해주고 있다는 점은 무척 감동적이었다. 연설에는 부정적인 내용들도 여러 차례 나오기는 했지만, 입양 과정에 얼마나 많은 사랑이 들어가는지에 대해 생각하게끔 강조하고 있었다. 모든 입양기관의 대표들을 포함해 입양 단체에서 온 중요한 인사들도 모두 그 자리에 있었다. 나는 개회식에 완전히 사로잡혀 있어서 아나이스를 슬쩍 돌아보기 전까지 그녀가 울고 있다는 걸 전혀 눈치 채지 못했다.

눈물은 행복이 아니었다. 나는 다른 무슨 일이 있음을 느낄 수 있었다. 나는 아나이스가 감정에 압도되었다고 하더라도 그녀가 슬퍼지는 건 바라지 않았다. 우리는 헤어진 이후 처음으로 함께 한국에 왔다. 아나이스는 처음에 자기가 한국에 오고 싶어 하는지 확신을 갖지 못했지만 어쨌든 우리는 여기에 있었다. 여기에 오는 계획에 나는 엄청난 스트레스를 받았고 캘리포니아에 있는 동안 아나이스는 그 모습을 목격했다. 아나이스는 내가 나 자신에게 스트레스를 주고 있다고 화를 내면서 이 여행으로 내가 행복하지 않다면 그녀에게는 이 여행이 가치가 없다고 말했다. 아나이스는 또한 이 여행이 약간 서둘러서 진행되었다고 생각했다. 나는 내가 스트레스를 받는 것이 내가 얼마나 가고 싶은지를 보여주는 증거일 뿐이라고 아나이스를 안심시켰다. 서로를 돌보기 위해 전쟁을 치렀지만 우리가 얼마나 함께 한국에 오고 싶어 했는지를 내면으로는 알고 있었다.

개회식이 끝나자 우리는 칵테일파티로 향했고 거기에서 다른 입양아들을 만났다. 이미 우리 이야기를 알고 있는 입양아들도 있었는데, 우리는 지난해 수도 없이 들어왔던 똑같은 질문을 받았다. 언제 서로의 존재에 대해 알게 되었나? 언제 만났나? 둘이 닮았나? 어떻게 다른가? 질문은 전혀 공격적이지 않았고, 우리 이야기를 함께 나누는 것도 재미있었지만 백만 번쯤 같은 이야기를 계속 되풀이하다 보니 진이 다 빠질 것 같았다. 그런데 우리 이야기를 함께 나누는 동안 몇몇 사람들에게서 민어지지 않는 이야기를 듣게 되었다.

우리는 아기 때 쌍둥이 형제와 함께 입양되었던 중년의 한국계 덴마크 사람을 만났다. 그는 자기 쌍둥이 형제와 같이 뿌리 찾기를 하다가 자신들에 대해 좀 더 알게 되었다. 알고 보니 그들은 세쌍둥이였던 것이다. 친가족은 한 아이만 키우고 나머지 둘은 입양을 보냈다. 가정에서 많은 자녀들을 키우는 데 드는 비용은 한국 사람들에게 실질적으로 경제적 어려움을 주는 경우가 많았다. 특히 이 남자가 태어났던 시기에는 부담이 컸다. 한국에서는 쌍둥이를 얼마나 큰 행운으로 생각하는지 알 수가 없었다. 아마 그 반대였을지도 몰랐다. 나는 쌍둥이가 기쁜 일이 아니라는 느낌을 받았다. 미국에서 쌍둥이가 태어난다면 하나 값에 두 개를 얻은 듯, 선물을 받은 것과 비슷하게 느껴질 것이다. 그렇지만 내 멋진 친구 수의 경우를 제외하면 한국에서는 마치 입양된 쌍둥이들 거의 모두가 따로따로 입양된 것처럼 보였다.

칵테일파티 후에 우리 모두는 밖으로 나가 한국 문화의 또 다른 중요한 부분을 체험할 준비를 했다. 한국 사람들은 음주와 노래 실력이 뛰어나다고 알려져 있었고 이 여행에 온 한국 사람들도 예외는 아니었다. 그날은 라이언의 생일이기도 했고 내가 그를 정말로 좋아했기 때문에 확실히 멋진 축하를 해주고 싶었다. 정신없이 바쁜 일정 때문에 많은 걸 해줄 수 없는 게 마음에 걸렸는데 라이언을 위해 작게나마 파티를 할 수 있어서 기뻤다. 우리는 댄의 방에서 먼저 술을 마시다가 명동 중심부에 있는 스포츠 바처럼 보이는 곳으로 향했다. 모두들 술을 충분히 마신데다가 더워서 빨리 취해버렸다. 결국 댄과 나는 바 전체를 차지하고 라이언에게 생일 축하 노래를 불러주었다. 나는 그에게 더 많은 걸 주

고 싶었다. 별거 아니었지만 나는 적어도 라이언이 생일 소원은 빌었기
를 바랐다.

다음 날 일정은 정말로 대단했다. 우리는 내 위탁모를 만나고 내가 태
어난 후에 나를 돌보아주었던 입양기관인 대한사회복지회를 방문할 예
정이었다. 이 일정은 벌써부터 약간 스트레스가 되었다. 나는 제작자인
제임스 때문에 골머리를 앓고 있었는데 무슨 이유에서인지 일정표와 주
소를 챙기는 것 같은 일을 나한테 의존하고 있었다. 나는 그러한 일을
처리하는 게 그의 의무라고 생각했다. 그래야 내가 아나이스와 함께 있
는 일에 집중할 수 있기 때문이다. 특히 스트레스가 극심한 경험을 해
야 하는 그날 같은 경우, 나는 모든 세부사항을 파악할 준비가 전혀 되
어 있지 않았다. 아니나 다를까 아침 식사 중에 우리는 모두 대한사회복
지회에 가는 방법을 찾느라 바쁘게 움직여야 했다. 더위 때문에 다들 몸
이 끈적거리고 마음이 들떠 있었다. 아나이스는 내가 얼마나 불안해 했
는지 알아챘을 것이다. 그녀는 뒤로 한발 물러나 있었다. 아나이스가 여
행을 온 목적은 우리 모두와 함께 재미있는 시간을 보내기 위해서였다.
아나이스는 일 때문에 우리가 스트레스를 받는 일은 끝까지 생기지 않
기를 바랐다.

대한사회복지회는 서울 강남에 있었는데 밴처럼 생긴 택시를 타면 20
분 거리였다. 나는 1년 전 나를 담당했던 사회복지사 수주와의 만남을
기대하고 있었고 입양사후관리서비스 팀장인 신혜도 만나고 싶었다. 하
지만 무엇보다 한시라도 빨리 내 위탁모를 다시 만나고 싶어서 견딜 수
가 없었다. 나는 이렇게 빨리 수주를 다시 만날 수 있으리라고는 결코 상

상하지 못했다. 내 위탁모는 만나본 사람 중에 가장 귀여운 아주머니였다. 그녀는 이번에는 온 가족을 데리고 왔다.

대한사회복지회 건물은 그대로였다. 작고 낡은데다 비좁았다. 엘리베이터를 타고 위층으로 올라가자 사무실에 수주가 기다리고 있었다. 그녀는 키가 크고 마른 체형에 환상적인 '도자기' 피부를 가진, 내 기억 속 그대로의 아름다운 모습이었다. 그녀는 여전히 쾌활하면서도 다정한 분위기를 풍겼다. 곧 신혜가 사무실로 들어와서 모두에게 자기를 소개했다. 우리는 나와 아나이스의 사연을 비롯해 스펜스-채핀 입양기관에서 나를 담당하는 사회복지사 벤 소머즈에 관한 이야기를 나누었다. 그리고 지난 몇 달 간의 근황을 주고받았다.

나는 내 쌍둥이 자매 아나이스와 함께 앉아서 내 출생기록을 볼 수 있어서 정말로 흥분됐다. 우리는 앞에 펼쳐져 있는 신체검사 페이지부터 자세히 살펴보았다. 모든 이름과 사실관계를 하나씩 확인하면서 머릿속에 떠오르는 의문점을 하나도 빠짐없이 질문한 뒤에 이를 분석하고 비교했다. 신혜의 잘못은 아니었지만 안타깝게도 그녀의 답변은 실망스러웠다. 아나이스와 나는 잃어버린 우리의 시절을 채워줄 수 있는 대답을 듣고 싶었다. 한편으로 우리는 서류에 기재된 내용이 꼭 진실이라고 할 수는 없으며 허위일 가능성이 상당하다는 점을 이해했다. 우리의 경우에 아나이스와 나의 기록이 전혀 다르기 때문에 기입하는 사람이 완전히 지어냈을 수도 있음을 십분 이해했다.

드디어 내 위탁모가 도착할 시간이 되었다. 그녀가 복도를 걸어오는 소리가 들리자 나는 너무 흥분해서 얼굴이 다 새빨개졌다. 그리고 우리가 다시 마주했을 때는 내 몸에서 아드레날린이 마구 솟구쳤다. 그녀는 양팔을 벌린 채 방으로 뛰어 들어와 나와 아나이스를 둘 다 끌어안았다. 다른 사람들처럼 그녀도 처음에 아나이스를 나라고 생각했다. 내 마음은 순수한 기쁨으로 가득 찼다. 위탁모는 둘째 딸과 사랑스러운 손녀딸을 데리고 왔다. 목걸이와 귀걸이, 케이-팝 포스터와 CD 등 아나이스와 내게 줄 선물도 가지고 왔다. 나는 전형적인 로스앤젤레스 상점인 킷슨에서 구입한 선물들, 위탁모를 위한 꽃병 2개와 딸과 손녀들을 위한 매니큐어와 선글라스 케이스를 전달했다.

제대로 된 대화를 나눌 수 없는 누군가와 함께 앉아 있는 것은 여전히 어색했다. 나는 내 위탁모를 무척 좋아했지만 어떻게 말을 이어야 할지 몰랐다. 대화를 나누면 중간중간 말과 반응이 지연되면서 시간 차가 생겼다. 위탁모를 처음 만났을 때 그녀는 내 손을 꼭 잡고 마음속 이야기를 다 털어놓으며 내게 직접 말했다. 나는 그녀의 감정을 이해할 수는 있었지만 말을 알아들 수는 없었다. 잠시 후 사회복지사의 영어 통역이 귓가에 들렸다. 재미있는 점은 사회복지사가 전체 내용을 반드시 완벽하고 정확하게 통역해줄 필요는 없다는 것이다. 예를 들어 위탁모가 쓴편지에는 내가 멋진 백인 남자를 만나기를 소망한다고 쓰여 있었지만 번역된 편지에는 내가 멋진 남자를 만나기를 소망한다고 되어 있었다.

위탁모와의 첫 만남이 무척 열정적이고 감성적이었다면 이 두 번째 만남은 진정한 재회처럼 느껴졌고 기쁨도 훨씬 더 컸다. 언어 장벽이 있었음에도 우리는 모두 함께 있다는 사실에 설레었다. 나는 한국어를 배우겠다고 다짐했는데 위탁모와 이야기를 나누고 싶은 마음이 가장 큰 이유였다. 나는 언젠가는 우리가 통역 없이 이야기를 나눌 수 있을 거라 믿는다.

대한사회복지회에서 사만다의 위탁모와 함께.
아나이스와 사만다.

아나이스는 이 재회를 지켜보는 것이, 자신을 알지도 못하면서 꼭 만나야 한다며 자신을 무척 염려해주는 누군가를 보는 것이 아주 기쁘고 편안한 것처럼 보였다. 나는 이 만남이 며칠 뒤에 자신의 위탁모를 만나게 될 아나이스의 열띤 흥분을 차분하게 가라앉히는 역할을 하기를 바랐다. 또한 아나이스가 우리의 갓난아기 시절에 대해 어떤 생각을 갖고 있었는지에 상관없이 우리가 태어난 날부터 온전히 사랑에 둘러싸여 있었다는 걸 목격했기를 바랐다.

점심으로 입양기관에서 무척 맛있는 불고기를 대접해주었다. 내 위탁모는 내 옆에 앉아서 아기처럼 나한테 숟가락으로 떠먹여주기 시작했다. 아주 신기했다! 나는 이렇게 먹여주는 걸 정말 싫어했지만 이 경우는 전혀 이상하지 않았다. 위탁모는 내가 아기였을 때 이렇게 한 적이 있어서 그랬는지 모르겠지만, 어찌 됐든 나는 그녀와의 관계가 지금도 남아 있다고 생각하고 싶었다. 나는 이걸 좀 더 상징적인 관계라고 생각한다. 위탁모와 내가 헤어졌다가 26년 만에 다시 만나 나를 돌보고 있는 것이다.

내 위탁모는 내가 결혼할 때 결혼식에 오고 싶다고 말했다. 그리고 다음에 내가 한국에 오면 그녀의 집에서 지내야 하며 음식을 만들어줄 것이라고 했다. 세상에, 그 이야기는 정말 놀라웠다. 나는 위탁모가 어디에서 어떻게 살고 있는지 보고 싶었다. 한국인 엄마가 생긴 것 같았다. 무언가를 할 때마다 가족이 확대되고 있었다. 점심 식사가 끝났고 작별의 포옹을 나눌 시간은 너무 빨리 찾아왔다. 나는 위탁모를 보내고 싶지 않았다. 내가 그녀를 만나는 것이 이번이 마지막이 아님을 알기는 했지만 언제 다시 그녀를 안아볼 수 있을지는 알 수 없었다. 나는 위탁모와 함께 있는 것이 무척 좋았다. 그녀는 여느 엄마들처럼 내 마음을 평온하고 행복하게 해주었다.

　다음 날 아침은 상당히 스트레스가 심한 상태로 시작됐다. 아침을 먹으면서 아나이스가 우울하다는 속내를 내비쳤다. 아나이스는 롯데 호텔로 가는 길에 다시 한 번 자기 마음을 조금 더 이야기했지만 20분 뒤에 사람들이 모두 도착하자 하고 싶은 말을 다 털어놓지 못했다. 아나이스가 금방이라도 울음을 터뜨릴 것 같아 그녀를 데리고 재빨리 화장실로 갔다. 나는 아나이스가 사람들 앞에서 울게 하고 싶지도, 그녀를 불편하게 만들고 싶지도 않았다. 아나이스와 나는 카메라와 다른 듣는 귀가 없는 둘만의 시간, 둘만의 대화가 필요했다. 우리는 대중을 위해 카메라 앞에서 우리의 모든 감정을 솔직히 표현하고 약속했지만, 이 순간 그 약속 따위는 신경 쓰지 않았다. 나는 오직 아나이스의 감정에만 관심이 있었고 그녀가 행복하기를 바랐다. 아나이스는 내게 다큐멘터리나 프로젝트보다 중요했다.

　아나이스를 데리고 나와서 다행이었다. 그녀의 마음을 불편하게 만든 주범이 바로 다큐멘터리 제작이었기 때문이다. 아나이스는 우리에게 어떤 일이 벌어지면 왜 바로 그 순간에 하던 것을 멈추고 인터뷰를 해야 하는지 이해하지 못했다. 대부분의 경우에 아나이스는 자신이 어떻게 느끼는지 확실하지 않았고, 특히 세상 사람들과 이야기를 공유해야 한다면 정말이지 그 현장에서 감정을 만들어내서 말하고 싶어 하지 않았다. 나는 카메라 앞에서 나를 드러내는 걸 편안하게 느끼지만 그녀는 그림이나 만화 스케치로 자신을 표현하는 걸 더 좋아한다고 말했다. 나는 그게 전혀 문제될 게 없다고 말했다. 우리가 진정 바라는 것과 우리가 하고 싶은 말을 독창적으로 표현해내는 것이야말로 나의 목표였다.

이것은 단지 사실이 아니라 우리 그 자체였다! 나는 무엇보다 아나이스가 편안하기를 바랐다.

"네가 미칠 것 같고 감정을 정확히 묘사할 수 없다면 그게 바로 네 감정이야."

나는 아나이스에게 확신을 주었다. 아나이스가 자신이 너무나 불행하다고 말했을 때 나는 끔찍한 기분이 들었다. 나는 아나이스가 나아지기를 바랐다. 이 다큐멘터리는 나만큼이나 그녀를 위한 것이기도 했다. 나는 아나이스에게 우리 고국을 보여주고 싶었고 추억이 될 수 있는 경험, 감사할 수 있는 경험을 주고 싶었다. 그녀를 한국으로 데려와 스트레스를 받게 할 의도는 전혀 없었다. 그렇지만 그녀는 편안해 하지 않았다. 호텔비즈는 매력적이지도, 느긋하고 편안한 느낌을 주지도 않았고 우리 둘 다 잘 맞는 환경이 아니었다. 그녀의 얼굴 앞에는 이번 여행에서 가장 중요한 비중을 차지하는 카메라가 항상 들러붙어 있었고, 설상가상으로 다음 날은 그녀의 위탁모와 재회하는 날이었다. 이런 상황은 심각하게 그녀를 압박하기 시작했고 불안감은 걷잡을 수없이 커졌다.

8월 1일, 그날은 아나이스의 위탁모를 만나기로 한 날이었다. 아마도 내 쌍둥이 자매 아나이스의 감정이 가장 격한 날이 될 것이었다. 아나이스는 점점 초조해했는데 특히 촬영에 대해 예민하게 굴었다. 나는 라이언과 단둘이 앉아서 아나이스가 모든 걸 다큐멘터리에 담는 방식을 못마땅해 한다고 설명했다. 우리는 그때부터 아나이스의 감정에 좀 더 신경 써야 했다. 아나이스는 자기 영역이 침범당하는 경험을 했고 어떤 상황에서, 특히 감정이 격앙되고 어떤 것에 압도되어 있을 때 혼자만의 시간을 가지지 못한다는 불만을 토로했다. 나는 여배우였고 카메라 앞에서 위안을 찾았지만 아나이스는 그렇지 않았다. 라이언은 다큐멘터리에 필요한 것이 무엇인지 자신이 정확히 안다고 생각했기 때문에 지금까지의 접근 방식을 바꾸고 싶어 하지 않았다. 나는 그를 신뢰했지만 그 순간에는 나의 가족인 아나이스의 안전과 평안이 우선이었다. 나는 아나이스가 완전히 자신을 닫아걸게 될 위험성도 있다며 라이언에게 경고했고, 그는 마지못해 촬영할 때 좀 더 조심스럽게 접근하는 데 동의했다.

나는 아나이스가 어떤지 보려고 방으로 돌아왔다. 아나이스는 자기가 어떤 옷을 입고 싶어 하는지 곰곰이 생각하면서 여러 차례 옷을 갈아입고 있었다. 아나이스는 위탁모를 위한 선물이 이 정도면 충분한지 내게 몇 번이나 물었다. 나는 프랑스에서 사온 아름다운 차와 초콜릿은 완벽한 선물이라며 위탁모가 고마워할 거라고 장담했다.

우리는 이십여 년 전에 아나이스를 프랑스 가정으로 보낸 입양기관인 홀트아동복지회에서 아나이스의 위탁모를 만나기로 했다. 홀트아동복지회는 서울 시내 중심부와 떨어진 곳에 있어서 택시를 타야 했다. 그래서 우리는 홀트아동복지회로 가는 길에 노천 시장인 남대문 시장에 들러서 점심을 먹기로 했다. 우리는 아나이스와 내가 좋아하는 냉면을 먹었다. 뜨거운 날씨에 냉면은 최고의 냉방 효과를 가져왔다. 메밀로 만든 면은 질겨서 꼭꼭 씹어야 했고, 국물은 차가운 소고기 육수에 식초와 오이, 그 외 여러 가지 재료가 섞여 있었다. 점심을 먹은 후에 아나이스는 짭짤하게 말린 해초 과자를 대량으로 파는 가게를 발견하고는 완전히 열광했다. 파리에는 그런 가게가 없었으니까! 아나이스는 가져갈 수 있는 것보다 훨씬 많이 사고는 행복해 했다. 그녀는 말린 해초 가게

의… 어린아이 같았다

드디어 아나이스가 위탁모를 만날 시간이 되었다. 아나이스는 긴장한 표정이 역력했다. 나는 이 만남이 그녀가 원하는 것이기를 바랐다. 아나이스가 아직 준비되지 않은 어떤 것을 강제로 하게 하고 싶지 않았다. 내가 전에 이 과정을 경험했다는 사실에서 아나이스가 위안을 찾았으면 하고 바랐다. 어쩌면 내가 이기적이어서 그 자리에 아나이스와 함께 있기를 바라고 있는지도 몰랐다. 아나이스가 위탁모를 만나는 모습을 보고 나도 기분이 좋아질 테니까. 하지만 아나이스가 나 때문에 불행해진다면 나 역시 불행해질 테니, 내 동기가 무엇인지 생각해볼 수밖에 없었다. 나는 이 모두가 아나이스를 위한 것이기를 바랐다. 엄마가 자기 아이를 위해 어떤 결정을 내리면서 자신이 선택한 일이 마땅히 해야 할 일이기를 소망하는 감정이 바로 이런 게 아닐까, 라는 생각이 들었다. 결국 택시 안에서 아나이스는 잠이 들었는데 우리 둘에게는 무척 사랑스럽고 전형적인 모습이었다. 스트레스를 받으면 우리는 낮잠을 잔다.

서울은 다른 시간대가 완전히 섞여 있는, 놀라운 도시다. 한 블록이 한 세기 전이라면 그 다음 블록은 완전히 현대적이다. 어떤 거리는 오래된 건물들로 가득해 갈색 풍경으로 보였는데 다음 거리에는 삼성이나 현대가 지은 것 같은 아름답고 거대한 현대식 건물들이 늘어서 있었다. 홀트아동복지회는 "홀트 입양사후관리 서비스"라는 큰 녹색 간판이 달린, 조금 허름하고 작은 건물 안에 있었다. 우리가 문을 열고 들어가자 아주 친절한 노신사가 우리를 불러 세우며 신발을 벗고 슬리퍼를 신으라고 말해주었다. 내 심장은 심하게 요동치기 시작했다. 아나이스도 마찬가지라는 걸 나는 알았다. 상상해왔던 일들이 이제 실제가 되었다. 아나이스의 위탁모가 벌써 와 있으면 어쩌지? 그녀가 우리 바로 뒤에 나타나면 어쩌지? 그녀는 어떻게 생겼을까? 아나이스는 괜찮을까? 아나이스는 만날 준비가 됐을까?

사무실 위층에서 우리는 아나이스의 입양과 관련해 모든 연락 업무를 담당한 사회복지사 프랑크를 찾았다. 그는 나와 아나이스를 위해 모든 정보의 조각들을 한데 모으느라 스펜스-채핀의 벤과 꾸준히 연락을 했다. 벤처럼 프랑크도 입양아였는데 그는 프랑스로 입양됐었다. 그 점에 아나이스가 더욱 안심했을 것이라고 나는 확신했다.

프랑크는 내 머릿속의 이미지와 맞지 않았다. 그는 생각보다 키가 작았고 머리가 더 길었으며 대담한 장신구를 하고 있었다. 나는 그가 이렇게 멋지고 꾸밈없는 사람일 거라고 기대하지 않았다. 깜짝 놀란 건, 그가 제작진과 나에게는 영어로 말을 하고, 아나이스에게는 프랑스어로, 사회복지사들에게는 한국어로 말을 한다는 점이었다. 나는 정말 깜짝 놀랐고 아나이스도 깊은 인상을 받은 것 같았다. 드디어 프랑스어로 말하는 사람을 만났다. 아나이스는 미국 사람들한테 둘러싸인 채 한 번도 와본 적이 없는 나라에서 무척 불편해 했다. 이제 그녀는 숨통이 트여서 자기를 자기답게 느끼며 모국어로 말할 수 있게 되었다.

프랑크는 아나이스의 위탁모와 만나기로 한 방으로 우리를 안내했다. 방은 쾌적했고, 연한 초록색 벽에 편안한 소파가 놓여 있어서 대한사회복지회 방보다 좀 더 편안했다. 아나이스는 프랑크와 함께 앉아서 자신의 기록을 살펴보았다. 대부분은 아나이스가 전에 본 것들이었지만 처음 보는 사진도 몇 장 있었다. 그녀가 태어났을 때의 사진들이었다. 나한테도 비슷한 사진이 틀림없이 있을 거라고 생각했다. 그 순간 나는 아나이스 바로 옆에서 찍힌 내 사진이 있는지, 없다면 내가 이미 그녀와 헤어졌다는 뜻인지 궁금했다. 내가 저기에 있었을까? 우리는 태어나자마자 곧바로 헤어진 걸까? 우리 중에 한 명이 다른 침대에 잘못 놓였던 건 아닐까? 하지만 나는 재빨리 현실로 돌아와서 이건 내가 아니라 내 쌍둥이 자매, 아나이스에 관한 것이라고 나 자신에게 말했다. 이건 아나이스의 경험이었다. 그래서 나는 아나이스와 프랑크가 프랑스어로 된 아나이스의 기록을 살펴보다가 가끔씩 나를 돌아보며 정중하게 영어로 뭔가 얘기해주는 모습을 가만히 지켜보기만 했다.

나와 아나이스가 처음 연락을 하고 나서 불과 며칠 만에 발견했듯이 아나이스의 출생 기록에는 일치하지 않는 점이 여러 개 있었다. 나는 내 과거에 대해 결코 진실을 알게 되지 못할 수도 있다는 생각에 약간 실망했다. 하지만 지금 우리와 일하고 있는 사회복지사들과는 아무런 관련이 없기 때문에 이 사람들에 대해 반감을 가질 이유는 없었다.

마침내 시간이 되었다. 아나이스의 위탁모가 홀트아동복지회에 도착했다. 아나이스는 일어나 옷매무새를 매만졌다. 아나이스는 내가 1년 전에 경험했던 감정을 느끼고 있을 터였다. 나는 그녀가 침착하게 앞으로 일어날 일을 감당할 수 있기를 바랐다. 1년 전 바로 이 순간, 나는 끼이익 하고 문이 열리는 소리에도 가슴이 철렁 내려앉고 신경이 곤두서서 미칠 것만 같았다. 나를 돌봐주었던 여성의 얼굴을 보자마자 나는 갑자기 차분해지면서 그때까지의 모든 기대감도 일순간에 사그라졌다. 거의 아무런 대가도 없이 나에게 너무 많은 것을 주었던 그녀와 내가 다시 만난 것이다. 물론 내 위탁모처럼 아나이스의 위탁모도 영웅이었다.

마침내 그녀가 왔다! 나는 아나이스의 위탁모를 보자마자 그녀와 아나이스가 발산해내는 비슷한 에너지에 경이로움을 느꼈다. 아나이스처럼 그녀도 침착하고 수줍어하며 조심성 있게 행동했다. 사람의 성격이 태어난 지 불과 며칠, 몇 주 아니 몇 달 안에 형성될 수 있을까? 그렇다면 우리 성격의 가장 기초가 되는 부분이 우리의 위탁모에 의해 만들어진 건 아닐까? 나는 유전적 특징이 우리 인생에 중요한 역할을 한다는 걸 알고 있었지만, 내 첫 번째 양육자인 내 위탁모와 공유하는 에너지도 분명 있었다. 전날 대한사회복지회 사무실에 내 위탁모가 들어왔을 때 그녀는 비명을 지르며 나를 힘껏 끌어안았고 장난스럽게 내 팔을 때리기도 했다. 내 위탁모는 감정을 직설적으로 표현했는데 그건 그녀를 처음 만났을 때도 그랬다.

아나이스의 위탁모는 달랐다. 그녀는 수줍은 모습으로 행복해 했고 천천히 방 안에 온기를 퍼트렸다. 그녀가 아나이스 옆에 서 있었을 때 그 두 사람은 교감을 나누는 것처럼 서로를 응시했다. 어떻게 위탁모들에게서 우리 자신의 모습이 그렇게 많이 보일 수 있을까? 내가 기억하는 사람들이든, 아니든 간에 내 인생의 모든 사람들이 어떤 식으로든 나에게 영향을 미친다는 사실이 분명해지고 있었다. 위탁모들은 우리 뇌가 빠르게 발달하고 우리 몸이 자라고 있을 때 우리를 돌봐주었다. 그러니 우리가 그들과 비슷해지는 건 당연한 결과다! 그들은 우리의 어린 시절 성장의 기반이자 힘이었다.

모두가 함께 앉았을 때 내 머리는 폭발할 지경이었다. 세 가지 다른 언어가 계속 들렸다. 프랑크가 한국어에서 프랑스어로 통역을 했고, 가끔 누군가 나를 돌아보며 영어로 말했다. 문득 어색한 기분이 들었다. 마치 내가 저기에 앉아 있는 아나이스처럼 느껴졌고, 나 자신의 재회를 보고 있는 것 같았다. 나는 경이로움에 가득 차 그 순간을 가만히 응시했다. 비록 그 언어를 알아듣지 못했지만, 도대체 어디서부터 어디까지가 프랑스어인지, 한국어인지도 분간하지 못했지만 나는 그들이 서로 통하고 있음을 느꼈다. 내가 알아들을 수 있는 유일한 언어는 보디랭귀지였는데 그 언어는 많은 것을 말해주고 있었다. 그걸 보고 있자니 무슨 스페인 드라마 같은 걸 통역하는 기분이었다. 이런 식이었다. 자⋯ 아나이스의 위탁모는 아나이스와 함께 앉아 있어서 기뻤다. 아나이스는 그녀를 만나서 행복하다고 말했다. 그녀의 위탁모는 화가 났는데⋯ 아니, 그게 아니라⋯ 아나이스의 위탁모는 행복했다⋯ 그녀는 자신이 돌봐왔던 아이들 중 한 명이 직접 만나러 올 만큼 자기에 대해서 생각했다는 사실에 크게 놀랐다⋯ 그리고 지금 아나이스와 프랑크는 푸아그라가 얼마나 맛있는지 얘기하고 있다⋯ 이런, 내 실력 괜찮은데?

대부분의 위탁모들이 성인이 된 위탁아들을 만날 기회를 갖지 못할 것이다. 그래서 비록 나의 통역이 정확하지 않다고 해도 아나이스가 그날의 경험에 대해서는 굉장히 고마워할 거라고 생각했다.

가능한 모든 언어들이 총 출동했던 짧은 만남이 끝난 뒤 아나이스의 위탁모는 홀트아동복지회 근처의 불고기 식당으로 우리를 초대했다. 그녀는 자신의 생활 영역을 자랑하며 즐거워했다. 위탁모는 우리를 대신해 주문한 다음 방바닥에 앉도록 했다. 그녀가 아나이스를 아기처럼 먹여주었을 때가 압권이었다! 위탁모는 내게도, 심지어 라이언과 카노아에게도 똑같이 했다. 그녀는 우리 모두를 돌봐야 할 정도로 무척 자애로웠다.

나는 저녁을 먹으며 아나이스가 그렇게 행복해 하는 모습은 처음이라고 생각했다. 아나이스는 미소를 감추지 못했다. 위탁모는 아나이스에게 그녀가 아기였을 때 어땠는지에 대해 들려주었다. 아나이스는 절대로 자기 자랑할 사람이 아니기에 내가 나서서 위탁모 쪽으로 몸을 기울이며 그녀가 패션 디자인에 굉장한 재능이 있다고 말해주었다. 나는 아나이스가 앞으로 남은 인생 동안 그렇게 행복할 수 있기를 바라고 또 바랐다.

우리가 한사코 만류했지만 아나이스의 위탁모는 저녁 식사 값을 본인이 내겠다고 고집을 부렸고, 결국 그렇게 했다. 식당을 나와서는 우리의 간곡한 부탁에도 불구하고 그녀는 한사코 택시를 타지 않겠다고 거절했고, 우리와 함께 버스 정류장까지 걸었다. "부탁이에요." 우리가 계속 청했다. "아나이스가 아기였을 때 아주 잘 돌봐주셨으니 이제 저희 차례예요." 그녀는 끝까지 받으려 하지 않았고, 절대로 한국인으로서의 자부심을 굽히지 않았다. 위탁모는 아나이스를 안아주고 나서 문자 그대로 쏜살같이, 버스를 향해 있는 힘껏 달려갔다. 가는 내내 그녀는 작별 인사로 허공에 대고 계속 손을 흔들었다. 다큐멘터리 제작진과 나는 큰 충격을 받았다. 우리 모두 경외감에 휩싸여 서로를 빤히 쳐다봤다. 아나이스를 슬쩍 돌아보니 그녀는 완전히 자지러지게 웃고 있었다. 순수한 기쁨의 웃음이었다.

홀트아동복지회 건물로 다시 돌아온 아나이스와 나는 위층 아기 방에 있는 어린 아기들을 보고 싶었다. 무척 귀여운 아기들이었다. 우리는 아기들을 안아주고 놀아줘도 된다는 허락을 받았다. 처음으로 나는 아기를 안고 무척 행복했다. 나는 그 아기들을 전부 돌봐주고 싶었고, 단 한 명도 보내고 싶지 않았다. 아나이스도 품에 아기를 안고 흔들어주었다. 그 모습을 보니 아나이스는 훌륭한 엄마가 될 수 있을 거라는 확신이 들었다.

그날 늦게 호텔 방으로 돌아오자 마침내 아나이스와 나는 둘만의 시간을 가질 수 있었다. 아나이스는 조용히 나를 돌아보며 고맙다고 말했다.

"뭐가?" 내가 물었다.

"나를 여기에 데려와주고 위탁모를 만나게 해줘서. 사실 한국에 오고 싶은지, 위탁모를 만나고 싶은지 확신이 없었거든. 나를 여기까지 끌고 와줘서 고마워."

나는 무척 안심이 되었다. 나는 아나이스가 한국에서 놀라운 경험을 하길 바랐다. 나 또한 1년 전에 한국에 왔을 때 처음으로 내가 한국 사람이라고 말하는 것이 무척 자랑스럽게 느껴졌다. 내 위탁모와의 재회도 내가 태어난 날부터 보살핌을 받았음을 알게 된 매우 특별한 경험이었다. 아나이스는 처음으로 다큐멘터리를 위해 인터뷰를 하겠다고 자발적으로 나섰다. 그녀는 카메라 앞에서 마음의 문을 활짝 열고 진심으로 어떻게 느꼈는지 표현했다. 아나이스가 자신이 아기 때 입양되었다는 사실에 슬픔을 드러낸 건 그날이 처음이었다. 나는 한 번도 이런 종류의 깊은 회한을 느껴본 적이 없었지만, 적어도 지금 나에게는 아나이스가, 아나이스에게는 내가 있었다.

다음 날 우리는 서울에서 가장 높은 곳인 N서울타워에 갔다. 전망대에 올라가니 풍광이 무척 아름다웠다. 유리 전망대에서는 서울 너머까지 360도로 볼 수 있었다. 타워 바로 옆에는 화려한 색채의 나무와 기와로 꾸민 정자가 있었다. 현대적인 N서울타워와 전통 양식이 살아있는 건축물이 나란히 서 있는 모습을 보며 나는 아나이스와 나를 떠올렸다. 우리는 한국에서 우리의 존재가 비롯된 옛것을 찾고 있으며, 더불어 우리의 완전히 새로운 관계를 뜻하는 새것을 기념하고 있었다. 굉장한 비유 아닌가!

전망대 유리창 맨 위에는 각 방향에 있는 세계 도시들과 주요 지역들이 얼마나 떨어져 있는지 쓰여 있었다. 그래서 서울의 중심에서 바깥을 응시하고 있으면 나는 과거의 지평을 볼 수 있었다. 그때 나는 얼마나 먼 곳에서 와 있는지 깨달았고 그 도시들에 있는 내 모습을 상상했다. 아나이스와 나는 전망대 안을 한 바퀴 돌면서 모든 방향의 풍경의 감상했다. 아나이스가 파리와 런던 방향으로 사진을 찍을 때, 나는 뉴욕과 로스앤젤레스를 향해 사진을 찍었다. N서울타워의 또 다른 명물은 자물쇠와 열쇠였다. 영원의 상징으로 자물쇠 위에 이름을 쓰고 난간에 건 다음 열쇠를 멀리 던져버리는 것이다. 너무 진부해서 연인들에게나 어울렸지만, 나는 아나이스와 함께 해보고 싶었다. 절대로 깨지지 않게 영원토록 자물쇠로 잠가놓은 사랑이라는 아이디어는 어쨌든 정말 마음에 들었다.

한국에서의 마지막 밤이 다가오자 아나이스와 나는 한껏 치장하기 시작했다. 우리가 미국에서 같이 자랐다면 고등학생 시절 파티에 갈 준비를 하는 모습이 이랬을 거라고 생각했다. 우리는 삼성에서 주최하는 공식적인 축하 행사에 참석하려고 준비하고 있었다. 그런데 아나이스가 심하게 짜증을 내기 시작했다. 그녀의 마음속에서 위탁모를 만났을 때의 순수한 기쁨이 사라지기 시작하고 불안감이 다시 스멀스멀 기어 나오고 있었다. 아마도 여행이 끝나가는 것과 기약할 수 없는 우리의 다음 만남에 대한 불안감이었을 것이었다. 그런 감정이 모든 것에 대한 짜증으로 흘러나오는 것 같았다. 아나이스는 호텔 방을 정말로 싫어했고, 드레스 지퍼를 끝까지 올려서 잠그지도 못했다. 그녀는 계속 자기가 뚱뚱하고 못생겼다고 말했다. 나는 아나이스의 그런 모습을 보고 굉장히 슬퍼졌다. 나는 계속해서 예뻐 보인다고 말했지만 그녀를 우울한 기분에서 구해주지는 못했다. 그 순간 아나이스는 자신의 외모가 끔찍하다고 깊이 확신했다. 그런데 그녀가 자기 자신을 뚱뚱하고 못생겼다라고 묘사하는 건, 그러니까 나도 똑같이 뚱뚱하고 못생겼다는 뜻 아닌가? 뭐, 그렇다 해도 그게 무례한 말이라고 콕 집어 말하고 싶지는 않았다.

우리는 축하 행사의 후반부에 도착했는데 축사와 인사말 두 개를 놓치기는 했지만 축하 공연에는 늦지 않았다. 한 파트는 한국 고전 무용 무용수들이 꾸몄고 다른 파트는 케이-팝 그룹이 맡았다. 아주 유치했지만 어쩔 수 없었다. 한국 방문에서는 케이-팝 공연이 빠지면 안 된다. 케이-팝은 무척 이상한 현상인데 조잡한 음악에, 화장을 잔뜩 한 남자들이 나오면 여자애들이 열광하고 달려든다. 이해가 안 된다.

반면 감탄이 절로 나오는 음식과 와인이 곁들어진 축하 행사는 대단했다. 아나이스는 드디어 유럽식 음식을 다시 먹을 수 있어서 정말로 행복한 것 같았다. 그녀는 나를 돌아보고 큰 미소까지 지어보이며 말했다. "이건 정말 완벽해!" 그 말에 우리 모두 웃었다. 나는 아나이스가 즐기는 모습이 정말 좋았다. 나는 아나이스 자신의 기쁨을 방해하는 또 다른 자아가 다시는 올라오지 않기를 바랐다.

다음 날 밤, 우리는 '흑백 콘서트'에 참석했고 이어서 클럽 베라에서 열리는 심야 댄스파티에 갈 예정이었다. 아나이스와 나는 파티에 어울리는 드레스를 샀다. 아나이스는 흰색, 나는 검은색이었다. 베라에서 쇼가 시작되기 전에 여유 시간이 좀 있어서 아나이스와 나는 댄 매튜를 만나러 일찍 서둘렀다. 그는 나한테 자기 밴드 기타리스트인 바비 최의 무대에 올라오겠느냐고 물었다. 노래도 한 곡 해달라고 했다. 대단한 영광이었다. 그렇지만 내게 노래는 약간 민감한 분야였다. 어렸을 때도 나는 연기자였지, 가수는 아니었다. 왜 그런지는 몰라도 음정을 제대로 듣지 못해서 노래를 시작할 때마다 다른 음정이 튀어나오곤 했다. 굉장히 당혹스러웠는데 다른 아이들은 깔깔대며 시시덕거렸지만 그렇다고 나는 주눅 들지 않았다. 나는 음치에서 벗어나기 위해 내가 할 수 있는 한 열심히 연습했다. 내 방에서 하루에 두 시간씩, 오빠들과 부모님이 견디다 못해 쫓아올 때까지 연습하기도 했다. 결국 나는 실력자가 됐지만 그렇다고 해서 긴장하지 않는다는 말은 아니었다. 특히 내 친구들 앞에서는 더 긴장을 했다. 무섭지는 않았지만 첫 음을 부르기 바로 직전에는 좀 부끄러워했다.

댄이 아직 도착하지 않아서 나는 바비와 먼저 연습을 했다. 잠시 후 댄이 들어왔는데 세상에, 누가 같이 왔느냐 하면… 그의 쌍둥이 형제였다! 대단한 여행이었다. 나는 불과 몇 개월 전에 아나이스와 내가 똑같이 닮았다는 걸 알고 나서 여기까지 왔다. 그런데 어떻게 이럴 수가 있을까? 그들은 외모는 물론, 습관도 똑같았다. 누나도 함께 왔다. 무례했지만 나는 그들을 뚫어지게 쳐다볼 수밖에 없었다. 아, 이거야말로 최고로 말이 안 되는 일 아닌가! 그 두 사람이 들어왔을 때 내 옆에는 아나이스가 서 있었다. 나는 지난 3개월 동안 다른 사람들이 아나이스와 나를 살펴보았던 그 시선으로, 그들을 보았다.

나는 우리 말고 다른 사람도 일란성쌍둥이 형제를 찾았다는 사실에 정말 기분이 좋아졌다. 아나이스와 나만 그런 것이 아니어서 위안이 되었다. 나는 댄이 어떤 기분일지 상상조차 할 수 없었다. 아마도 고통스러웠을 것이기 때문에 도저히 그에게 물어볼 용기가 나지 않았다.

리허설은 잘 진행됐다. 내가 연습을 하느라 무대에 있을 때 아나이스는 한국에 사는 파리 친구와 커피를 마시러 갔다. 돌아왔을 때 그녀는 무척 스트레스를 받은 듯 보였다. 거의 공황 상태에 가까웠다. 아나이스는 마이크를 차려고 해봤지만 다리 끈이 애를 먹였다. 구역질이 나고 열까지 올라서 눕고 싶어 했다. 그걸로 끝이 아니었다. 나는 아나이스의 스트레스가 기하급수적으로 심해지는 걸 느낄 수 있었다.

곧 공연이 시작되었고 클럽은 사람들로 점점 더 붐볐다. 나는 댄과 바비와 함께 무대 뒤에서 우리 순서를 기다리고 있었다. 그때 라이언이 와서 아나이스가 갑자기 발작을 일으키더니 화장실에서 토하고 있다고 말해주었다. 나는 화장실 변기 앞에 무릎을 꿇은 채 울고 있는 아나이스를 발견했다. 아나이스는 모든 것이 현실로 다가와 자신을 짓누르고 있다며 울먹였다. 그녀는 우리가 내일이면 한국을 떠날 것이며 다음에 나를 언제 보게 될지 모른다고 말했다. 나는 아나이스를 위로하려고 했지만 어떻게 해야 할지 몰랐다. 솔직히 처음으로 그녀가 느끼고 있는 감정이 무엇인지 이해할 수가 없었다. 나는 한 번도 그 정도의 불안감을 느껴본 적이 없었다. 그저 아나이스를 안아주는 것말고는 할 수 있는 게 없었다. 내가 무슨 말을 하면 상황이 더 악화될까 봐 두려웠기 때문이었다. 내가 바라는 건 오직 아나이스의 기분이 나아지는 것뿐이었다.

무대에 오를 시간이어서 나는 아나이스에게 나와 같이 올라가고 싶은지 물었다. 그녀는 무대 뒤에서 보겠다고 했다. 어쩌면 한국에 오고 싶지 않은 아나이스를 내가 강제로 끌고 온 건 아닌가, 하는 두려움이 밀려왔다. 나는 그녀에게 다큐멘터리든 뭐든 간에 그 무엇보다 내가 관심 있는 건 아나이스라고 수도 없이 말해왔다. 만약에 그녀가 내키지 않았는데도 나를 실망시키고 싶지 않아서 따라온 것이고 그 때문에 지금 극심한 불안감이 그녀를 짓누르고 있는 거라면… 어떻게 해야 할까?

나는 무대에 온전히 집중하지는 못했지만 공연은 아주 성공적으로 끝났다. 나는 내 쌍둥이 자매 아나이스 외에는 어떤 것에도 신경 쓰지 않았다. 오로지 그녀가 괜찮은지에만 관심을 기울였다. 나는 공연을 마치자마자 그녀를 찾아 뛰어갔다. 다행히 그녀는 기분이 좀 나아졌고 우리는 관객석으로 나와서 술을 한잔 마셨다. 음악이 고조되고, 밤이 깊어지자 우리는 그동안 억눌러 있던 불안감을 모두 쏟아내며 춤을 추기 시작했다. 감사하게도 아나이스는 점점 더 활기가 넘치는 것 같았다. 우리는 칵테일 몇 잔을 더 마시며 함께 시간을 보낸 뒤에 둘 다 어린 소녀처럼 깔깔대며 뛰어다녔다. 함께 스트레스를 푸는 건 정말 즐거웠다. 우리가 서로에게 주었던 위안이 힘든 상황을 훨씬 더 잘 견딜 수 있는 힘이 되었음은 의심의 여지가 없었다.

다음 날 아침, 나는 눈을 뜨고 내 옆에 누워 있는 나의 변치 않는 기쁨, 나의 혈육 아나이스를 보았다. 아나이스는 오늘 집으로 돌아갈 예정이었다. 우리 모두는 그녀가 공항으로 가는 열차를 탈 지하철역으로 향했다. 마침내 작별 인사를 나눌 시간이 되자 시간이 천천히 흐르고 있는 것 같았다. 마치 영화 〈하오의 연정〉에서 오드리 헵번과 게리 쿠퍼가 역에서 기차가 출발하기 전 마지막 순간을 보내고 있는 장면 같았다. 우리는 가만히 서로를 응시하며 서 있었다. 이 시간이 영원할 것만 같았다. 우리는 이미 아주 오랜 세월 동안 떨어져 지냈다. 그리고 이번에는 처음으로 다시 만날 날을 정하지 않았다. 내가 얼마나 사랑하는지 아나이스가 느낄 수 있도록 나는 있는 힘껏 그녀를 끌어안았다.

아나이스는 엘리베이터를 타고 지하철역으로 들어갔다. 아나이스는 장시간 비행을 앞두고 긴장하고 있을 것이었다. 나는 그녀가 비행기에서 괜찮기를 바랐다. 그녀의 불안감이 비행 중에 나타날지, 그렇지 않을지 알 수 없었다. 하지만 이제 모국어로 말할 수 있고, 친구들도 곁에 있고, 면전에 들이대는 카메라 없이 자신을 있는 그대로 느낄 수 있는 집으로 향하는 길이니 안심이 될 거라고 생각했다. 아나이스는 내가 경험해보지 못한, 프랑스에서의 자기 삶으로 돌아가고 있었다. 그녀가 아침에 크루아상을 먹고 자전거를 타고 에펠탑을 지나가는 모습을 상상해보았다. 이상했다. 아나이스는 내 자매였지만 우리는 아주 많은 면에서 여전히 이방인이었다.

15
아나이스

Anaïs
+
Samantha

한국, 두렵지만 너와 함께라면 괜찮아

나는 나 자신이 서울에서 열리는 IKAA 컨벤션에 정말 가고 싶은지 확신하지 못했다. 샘이 댄 매튜를 만난 후에 그 행사를 언급했지만 나는 입양인 모임에 가는 걸 좋아하지 않았다. 어렸을 때 프랑스에서 두어 번 부모님과 함께 참석한 적이 있었지만 어른이 된 다음에는 "한국의 뿌리 Racines Coréennes"라는 재불한인입양인협회에서 주최한 한국 다큐멘터리 상영 프로그램에 한국인 친구 아나이스와 함께 딱 한 번 참석했다. 그 다큐멘터리는 굉장히 행복하면서도 슬펐다. 영화 속 여성이 서울에 있는 공항에서 친가족들과 만나는 장면에서는 도저히 흐르는 눈물을 주체할 수가 없었다. 그런데 그녀는 친가족과 만난 이후에도 자기가 찾고 있던 질문에 대한 답을 모두 얻지 못했다. 그녀의 당혹감이 고스란히 느껴졌다. 나는 그 시사회 모임에서 즐거운 시간을 보냈고 다른 한국인 입양인들과도 교류했다. 어떤 입양인들은 나보다 나이가 약간 더 많았지만 내 경험을 이해하는 사람들과 함께 있어서 기분이 좋았고 그들의 인생도 행복해 보였다. 그럼에도 나는 그런 모임에 가는 걸 너무나 두려워했다. 사람들이 자신의 문제를 해결하기 위해 가는, 무슨 알코올중독자 모임처럼 될지도 몰라 무서웠기 때문이었다.

샘에게서 한국에 가자는 계획을 들었을 때도 늘 있었던 똑같은 두려움을 여전히 가지고 있었다. 나는 아직 나 자신에게도 묻지 못하는 질문을 가지고 갔다가 해답을 충분히 얻지 못할까 봐 겁이 났다. 나는 또한 굳이 알고 싶지 않은 이야기를 듣고 좌절감과 분노를 느끼게 될까 봐 두려웠다. 알고 싶은 걸 못 알아내든, 알고 싶지 않은 걸 알게 되든 상관없이 똑같았다. 기본적으로 나는 두려웠다. 나는 샘을 찾아냈고 그걸로 충분히 만족했다. 다른 어떤 것도 필요하지 않았다.

결국 나는 여행을 떠나는 데 동의했다. 네트워크라는 관점이 매력적이었는데, 안내 책자에 이렇게 적혀 있었다.

"2013년 IKAA 모임의 비전은 한국의 입양인들이 세계의 입양인들과 서로 만나고 한국 사회와의 상호 작용 및 국제 입양인 사회에서 사회적, 직업적, 문화적 네트워크의 기회를 얻음으로서 선두적인 국제 네트워크를 구축하는 데 있습니다."

일주일에 걸친 프로그램에는 재미있어 보이는 것들이 많았다. 나는 샘의 아파트에 있을 때 샘이 스트레스가 극에 달해 머리를 쥐어뜯는 걸 본 적이 있다. 그녀는 한국에 가는 게 다큐멘터리에도 좋을 거라고 말했지만, 나는 한국 여행 기간 동안 그녀가 신경이 날카로워지고 스트레스에 괴로워하기보다 행복하고 즐겁게 지내기를 바랐다. 샘과 내가 행복하고 즐거운 경험을 하기 위해 함께할 거라는 사실은 내게 위안을 주었다. 샘과 함께라면 나는 아무런 두려움이 없다. 다만 스트레스와 기쁨 사이의 균형에 대해 걱정할 뿐이었다.

샘과 같이 있다고 해도 나는 부모님이 나와 함께 가주기를 바랐다. 샘도 한국에 처음 방문했을 때 그녀의 엄마와 같이 갔다는데, 나도 한국에 엄마, 아빠와 함께 가고 싶었다. 한국에는 일곱 살 때 가보기는 했지만 어른이 되어서는 가본 적이 없었다. 나는 원래 혼자 여행하는 걸 두려워하지 않지만 이번에는 영화 〈사랑도 통역이 되나요?〉의 주인공처럼 완전히 이방인으로 살게 될 것 같았다. 어느 정도는 받아들여야 한다고 생각했다. 하지만 자신과 애착관계에 있는 것들과 멀리 떨어지게 되면 어디론가 떠나게 되는 것 같고, 어떤 그룹에서도 멀어지게 되며, 결국에는 어디에도 속하지 않게 된다. 이건 최악의 경우다. 내게 위탁모를 만나고 입양기관을 방문하는 것은 무척 중요했기 때문에 엄마, 아빠와 함께, 적어도 두 분 중에 한 분만이라도 정말로 함께 하고 싶었다. 여행 예약을 하기 전에 엄마, 아빠 없이 혼자 가도 확실히 괜찮은지 다시 확인했다. 부모님은 조금 서둘러서 진행하는 것 같다고 생각했지만 허락해주었다. 마리나 켈상과 함께 갈 수만 있었어도 도움이 되었을 것이다. 샘은 다큐멘터리 제작진과 아주 가깝기 때문에 잘 아는 사람들과 같이 가는 거나 다름없었다. 하지만 나한테는 오직 샘뿐이었다.

안면만 튼 사이기는 하지만 여행에 가는 사람 가운데 두 명은 내가 아는 사람이었다. 나는 그들과 재불한인입양인협회 다큐멘터리 시사회에서 잠깐 만난 적이 있었다. 헬레네는 협회 회장이었고 찰스는 회계를 맡고 있었다. IKAA 서울 모임에 가는 오백 명이 넘는 참가자들 가운데 헬레네와 찰스, 나를 포함해 프랑스 입양인들은 12명 정도였다. 그렇지 않아도 얼마 안 되는 프랑스 사람들 가운데 몇 명은 아는 사람이어서 다행이었다. 우리 모두 우리가 유래했던 곳으로 돌아가고 있다고 말하면 이상하게 들릴지 모르겠지만, 나는 다른 한국계 프랑스인 입양인들에게 공동체 의식을 느꼈다. 그들은 나에게 고국에서 같이 지낼 작은 프랑스 팀이었다.

여행을 앞두고 시간은 놀랄 정도로 잘 흘러갔다. 7월 14일로 시작되는 주에는 제라르다렐의 면접이 있었다. 가죽제품 팀장은 기획안을 작성해 다음 주까지 보내달라고 요청할 정도로 나를 좋아했다. 센트럴세인트마틴스의 졸업식은 7월 17일이었고 나는 며칠 뒤에 기획안을 보냈다. 한국으로 떠나기 전날, 나는 제라르다렐의 인사 담당자에게서 온 전화를 받지 못했고 음성 녹음만 확인했다. 안타깝게도 내가 전화를 다시 걸기에는 너무 늦은 시간이었다.

내가 서울로 출발하는 날은 런던의 아파트를 떠나는 날이기도 했다. 이삿짐을 싸서 그날 아침까지 방을 비워야 했다. 모두 정리한 후에 여행 가방까지 다 챙기고 나서 마지막으로 음성 사서함을 열어보았다. 제라르다렐에 합격했다는 메시지가 와 있었다. 나는 기쁨에 겨워 깡충깡충 뛰면서 모국으로 가는 비행기를 타러 히스로국제공항까지 달려갔다. 공항에서 탑승 수속을 하는데 창구의 영국항공사 직원이 내 좌석이 비즈니스 석으로 업그레이드되었다고 말해주었다. 켈상이 샘을 발견한 이후로 내게 이런 행운이 찾아온 적은 없었다. 공항을 다 뒤져봤지만 복권을 파는 곳이 한 군데도 없었다는 게 아직까지도 한탄스럽다!

상관없었다. 나는 한국에서 샘을 만나기만을 기대하고 있었다. 이제 나는 지구상 어딘가의 먼 도시에 도착한 뒤 미리 계획한 만남의 장소에 가서 내 쌍둥이 자매를 찾는다는 이 기막힌 여행을 즐기기 시작했다. 나는 어디든지 갈 수 있을 것 같았다. 우리는 언제나 서로를 향한 길을 찾아낼 것이다. 나는 비행기 여행을 무척 좋아하는데 내가 가장 좋아하는 순간은 비행기가 이륙하기 시작할 때와 땅을 내려다볼 때 그리고 지구 저쪽 끝에 있는 육지에 착륙하려고 할 때였다. 이제 나는 쌍둥이 자매를 다시 만날 것이고, 이보다 더 흥미진진한 일은 없었다. 여행을 준비하는 내내 그리고 비행기를 타고 가는 동안 나는 지금쯤 샘은 무엇을 하고 있을까, 하고 상상하곤 했다. 짐을 싸고 있겠지? 그런데 출발 시간에 늦은 거야. 지금쯤 공항으로 뛰어가고 있겠지? 등등 말이다. 여행의 흥분 탓에 두려움은 싹 사라져버렸다. 기장이 곧 한국에 착륙한다는 안내방송을 했을 때 나는 내 안의 감정이 솟구치는 걸 느꼈다.

"한국에서 즐거운 여행이 되시기를 바랍니다. 아울러 고국으로 돌아오는 분들께도 인사를 전합니다. 귀국을 환영합니다."

기장이 "고국"이라고 말했다. 나는 방문하러 온 승객과 고국으로 돌아온 승객, 양쪽 모두에 해당하는 승객이었다.

센트럴세인트마틴스의 후배인 올리버가 공항으로 마중 나와주어서 다행이었다. 그는 한국 사람이었는데 가족과 함께 지내려고 한국에 들어와 있었고 친절하게도 엄마 차를 몰고 나를 데리러 와주었다. 게다가 나는 호텔 이름을 잘못 알고 있었고 샘은 주소를 잘못 알려주었는데, 올리버의 도움으로 문제를 해결할 수 있었다. 행운이 계속되는 것 같았다.

우리 호텔 바로 옆은 명동시장이었는데 여러 블록에 걸쳐 대단히 매력적인 상점들과 가판대, 길거리 음식, 각종 식당 그리고 관광객들을 위한 상품과 생활용품을 파는 곳들이 늘어서 있었다. 나는 아주 많은 색상의 매니큐어를 파는 가판대에 매료되었다. 이곳은 여성들의 천국이었고, 그제야 비로소 왜 그렇게 한국 여성들이 나보다 훨씬 여성스러운지 이해할 수 있었다. 내가 좋아하는 김도 지천에 깔려 있었다! 우리는 기름기 많은 길거리 음식의 유혹을 뿌리치지 못했고, 가판대를 지나갈 때마다 뭔가를 계속 사 먹었다.

컨퍼런스는 박근혜 대통령의 감동적인 연설로 시작됐다. 녹화된 것이기는 했지만 대통령은 너무 많은 아이들이 해외로 입양되어 고국을 떠났다는 사실을 인지하고 있었다. 고국의 대통령이 시간을 내어 우리를 예우해준 것이나 마찬가지라는 생각에 눈물이 날 정도로 감동을 받았다. 우리의 존재를 아는 한국 사람들을 만나게 된 것도 정말 기분이 좋았다. 한국 사람들은 우리를 알고 있었고, 그 사실을 입양인 공동체에게 알려주는 작은 표현만으로도 나는 감정이 북받쳐 올랐다.

이번 여행에서 좋았던 점은 계획된 강연과 행사 사이사이에 배치한 관광과 각자의 입양기관 방문 시간이었다. 경복궁은 아주 훌륭했다. 경복궁에 간 날 폭우가 쏟아지기는 했지만 우리는 아주 멋진 시간을 보냈다. 사실 그 주 내내 폭우가 자주 쏟아졌다. 비가 멈췄을 땐 온 세상이 한증막 같았지만 비가 마구 퍼부을 때는 신비로운 무언가에 싸인 것 같은 독특한 분위기를 풍겼다.

지어진 지 700년도 더 된 경복궁은 한때 방이 7,700개나 있었다고 한다. 하지만 1900년대 초 일본이 한국을 강제로 점령한 기간에 대부분 파괴되었고 복원 작업이 천천히 진행되고 있었다. 주요 문 가운데 하나인 광화문은 최근에 원래 모습을 되찾아 몇 년 전에 다시 문을 열었다. 거기에서는 수문장 교대식이 열리기도 했다. 나는 그런 관광 명물을 구경하는 걸 무척 좋아했다. 수문장들은 버킹엄 궁전 앞에서 가죽 모자를 쓰고 우아하게 옷을 입고 말을 타는 런던탑 경비병들과는 사뭇 모습이 달랐다. 이들은 밝은 원색의 예복을 입고 캐나다 기마경찰대 스타일의 모자를 썼다. 그들은 무척 큰 깃발을 들거나 긴 검이나 창 같은 전통 무기를 지니고 있었다. 무엇보다 내가 가장 좋아한 건 수문장 교대식이 거행되는 동안 울리는 북소리였다. 정말 장관이었다. 나는 북소리를 정말 좋아한다. 북소리가 들리면 완전히 정신이 나가서 춤을 추고 싶다. 샘도 춤추는 것을 굉장히 좋아했다. 샘과 나, 둘 다 열광하기 시작하면 아마 무표정한 수문장들마저도 미소를 지을 수밖에 없을 거다.

그 여행도 스트레스가 아주 심했다. 샘도 1년 전에 내가 지금 겪고 있는 걸 똑같이 겪었겠지만 나는 속도를 좀 늦출 필요가 있었다. 나는 거대한 도시 한가운데 있었다. 이 나라 말도 하지 못했고 혼란에 빠져 있었다. 다큐멘터리 제작진은 모두 자기 일에 아주 많이 신경을 쓰고 있어서 빠른 속도로 여기저기 쫓아다녔다. 하지만 나는 보고 듣는 것들을 완전히 이해할 시간이 필요했다. 가장 중요한 점은 무슨 일이 벌어지고 있는지 깨닫는 시간이 필요하다는 것이었다. 어쨌든 나는 내가 태어난 나라에 있었다. 눈앞에 닥친 것들을 인지하고 무슨 일이 벌어지려고 하는지 분명하게 느끼고 확인하기 위해 나는 한 발 뒤로 물러설 필요가 있었다. 때때로 샘은 다른 제작진들만큼 촬영에 전전긍긍하는 것처럼 보였다. 그래서 내가 그런 감정에 빠져 있을 때 나는 혼자였고 좌절감을 느꼈다. 샘은 그런 나를 위해 곁에 있어주었다. 하지만 내가 눈물을 터뜨릴 정도로 힘겨워하고 있는데도 〈트윈스터스〉를 최고의 다큐멘터리로 만들려는 그녀의 욕망을 꺾을 수 있는 건 아무것도 없었다.

샘의 위탁모가 얼마나 샘에게 마음을 쓰는지를 보고 무척 감동했다. 하지만 어떤 면에서는 두 사람이 얼마나 다정한지 좀 당혹스럽기까지 했다. 나는 내 위탁모가 나를 만나 생기 넘치고 행복해 하지 않을까 봐, 내가 아나이스와 똑같은 경험을 하지 못할까 봐 겁이 났다. 그건 어쩌면 위탁모와의 재회가 잘못될 경우 내가 느낄 실망감과 다시 버려지는 것에 대한 두려움 때문일지도 모른다. 위탁모가 나를 다른 사람으로 잘못 알고 있으면 어쩌지? 나를 좋아하지 않으면? 또는….

완전히 지쳐버릴 정도로 무척 많은 일들이 동시에 일어나고 있었다. 샘은 다큐멘터리와 제작진의 어떤 점들에 대해 불만족스러워했고 그걸 보고 있는 건 끔찍했다. 나는 단 한 번이라도 촬영에 참여하고 싶지 않은 모습을 내비치면 그녀가 실망할까 봐 무척 두려웠다. 나는 가끔씩 방해를 받는 게 짜증이 날 때도 있었지만, 대부분의 경우에는 마이크 때문에 좀 간지러웠을 뿐이었다. 나는 여기서의 일어나는 모든 일들을 받아들이고 처리하는 과정이 필요했지만 내 감정과 몸은 머리가 분석하는 것보다 더 빨리 반응하고 있었다.

토마스와 카노아가 우리와 함께 있다는 게 정말 놀라웠다. 그 둘은 정말로 친구 같았지만 마냥 친구로서 시간을 보낼 수만은 없다는 걸 알기에 혼란스러웠다. 대신에 우리는 다큐멘터리에 관해 서로에게 소리를 지르게 되었다. 솔직히 가끔씩 샘은 다큐멘터리 작업에 너무 깊이 빠져서 나를 조금 외롭게 만들기도 했다. 하지만 나는 일을 제대로 하려는 그녀의 열정을 이해했다.

드디어 내 위탁모를 만나기로 한 날, 나는 감정을 주체할 수가 없었다. 원래 나는 감정을 드러내는 걸 좋아하지 않는 성격인데다 특히나 카메라 앞에서는 내 감정을 표현하기 싫었기에 촬영이 겁이 났다. 뭔가 일이 잘못될까 봐 촬영이 두렵기도 했다. 혹여나 내가 위탁모에게 적절치 못한 반응을 보이지는 않을지, 모두를 만족시키려면 샘처럼 행동해야 하는 건 아닌지 겁이 났다. 그밖에도 갖가지 걱정이 나를 괴롭혔다. 내가 위탁모에게 특별한 감정을 느끼지 못하면 어쩌지? 그러면 나는 괴물이 되는 걸까? 샘도 함께 있을 것이고 제작자도 당연히 촬영을 하고 있을 것이다. 그럼 그들은 내 행동에 따라 나를 판단할까? 내가 그 상황에 프랑스식으로 반응해도 될까? 미국 사람은 내게 어떻게 하라고 가르쳐줄까? 스트레스가 너무 심했다. 나는 흥분했지만 뭔가 잘못될까 봐 두려웠다. 또다시 버려진 느낌이 들었다. 빗속에서 가냘프게 울고 있는 아기 고양이처럼 외롭다고 느꼈다. 나는 앞으로 벌어질 일들에 겁에 질려 있었다.

나는 내 위탁모에게 선물을 주는 것까지도 스트레스를 받고 있었다. 나를 돌봐줬던 그 여성에게 고맙다고 인사를 하고 싶었지만 그녀가 전혀 기억나지 않았다. 내가 기억할 수 있는 것보다도 더 오래 전에 나를 알았던 누군가를 상상하는 건 이상한 기분이었다. 그녀가 나를 돌봐주었다는 건 알았지만 내게는 그녀의 정체에 대한 아무런 실마리도 없었다. 그래서 나는 위탁모가 어떤 모습일지, 그녀가 나를 어떻게 볼지 알수 있다는 생각에 감정이 격해졌다.

나는 홀트아동복지회에서 나를 담당하고 있는 프랑크를 만날 수 있어서 좋았다. 그는 내 편이었고 내가 의지할 수 있는 사람이었다. 그는 프랑스로 입양되었던 한국 사람이고 프랑스어로 말을 했다. 입양인 공동체 안에서 보호받는 느낌을 받는다는 건 이 여행의 놀라운 면이었다. 입양아가 아닌 사람들은 절대로 알 수 없는 감정을 이해하는 500명의 형제자매들을 가진 것 같은 느낌이었다.

샘이 지난해에 한국에 다녀간 이후로 법이 바뀌어서 이제 출생기록의 몇몇 정보는 노출되지 않는다. 샘이 지난해에 스펜스-채핀에 방문했을 때는 위탁모 이름을 알 수 있었다. 하지만 내 경우에는 홀트아동복지회 측에서 내 위탁모에게 연락을 취해 내게 이름과 전화번호 등을 알려줘도 되는지 허락을 받아야 했다. 다행히 그녀는 나를 만나는 데 동의했고 분명히 나를 기억했다.

거기서 보았던 입양기록은 처음 본 건 아니었다. 그 기록은 내가 파리에서 가지고 있는 것과 똑같았다. 여전히 그 기록 가운데 어떤 부분은 원초적인 감정을 불러일으켰다. 샘과 나는 이미 그녀의 기록과 내 기록 사이에 차이점이 있음을 알고 있었다. 이제 우리가 쌍둥이임을 확인한 상황에서 그 이유를 찾으려고 애쓰는 건 더 이상한 일이었다. 기록에 따르면 우리 부모님의 개인사마저도 달랐다. 흰 종이 위에 검은 글자로 적혀 있는 그 모든 것이 전부 다 거짓말이었다는 사실을 알고 나는 무척 화가 났다.

내가 모은 자료에는 〈트윈스터스〉 다큐멘터리에 관한 뉴스 기사들도 있었다. 나는 이제 그저 이 나라를 떠났던 한 명의 입양아가 아니었다. 그 이야기는 오래 전에 끝났다. 나는 그 이후로도 계속 발전해온 사람이고 그래서 실제로 생기를 되찾고 있었다. 나는 지금 이 순간 나를 정확히 아는 것처럼 느껴졌다. 나는 내 인생에 무엇이 있는지 알았고 나에게 없는 것 때문에 마음 아파하지 않았다. 말하자면 이거였다.

'좋아, 더 이상은 모르지만 내 정체성, 그거면 됐어.'

내 기록을 다시 살펴본 다음 나는 재회를 위해 최대한의 준비를 했다. 마침내 사무실로 들어오는 내 위탁모를 처음 보았을 때 그녀의 하나도 변하지 않은 모습이 믿기지가 않았다. 지난 25년 동안 그녀의 사진을 수도 없이 봤다. 그리고 지금 내 앞에 그녀가 있다! 뭐라 말로 설명하기 어려운 감정이었다. 나는 위탁모와 내가 닮았다는 생각까지 들었다.

내 위탁모는 내가 너무 보고 싶어서 일찍 홀트아동복지회에 도착했다고 한다. 그녀와 대화를 나눌 때는 서로의 언어가 얼마나 다른지, 새삼 신기했다. 그녀는 이야기를 하고 또 했다. 그래서 아주 많은 이야기를 하는 것처럼 들렸지만 갑자기 들린 통역은 너무 짧았다! 나는 전체 이야기를 다 듣고 싶은데!

내 눈에 위탁모는 낯선 사람이었지만 그녀는 나를 기억하고 있었고 그 사실에 안도감이 들었다. 나는 금세 그녀가 좋아졌다. 순식간에 내 위탁모에게 보이지 않는 유대감을 느꼈다. 나는 그녀에게 완전히 푹 빠져서 한시도 눈을 뗄 수가 없었다. 그녀의 존재만으로도 어떤 면에서 나는 보호받는 느낌이 들었다. 그녀는 우리에게 위탁모를 시작하게 된 계기와 위탁모 일을 시작한 지 얼마 안 되어 나를 돌보게 되었다는 이야기 등을 해주었다. 나는 그녀의 세 번째 아기였다. 듣자 하니 나는 혼자 있을 때 많이 울었는데, 당시 어린아이였던 그녀의 아들이 나를 돌보는 일을 도와주었다고 한다.

내 위탁모는 내가 태어난 직후 몇 주 동안 나와 가장 많이 교감한 사람이었을 것이다. 샘은 그렇기 때문에 틀림없이 위탁모는 우리의 남은 인생에 큰 영향을 미쳤을 거라고 말했다. 나 역시 그 말에 동의했다. 우리 사이의 유대감만으로도 누가 누구의 위탁모인지 확실히 알 수 있었다. 샘은 그녀의 위탁모와 연결되어 있었다. 나도 몰랐고 내 위탁모도 나에게 그동안 말해줄 수 없었던 한 가지 사실, 바로 그녀가 오랜 세월 나를 사랑했다는 사실을 나는 이제 깨닫게 되었다. 내 위탁모는 내가 그녀의 남편도 만나보기를 바랐지만 그날 그는 아파서 올 수가 없었다. 안타깝게도 우리가 만날 수 있는 날은 그날뿐이었는데 말이다. 오늘밖에 시간이 없었기에 그녀는 곧장 우리를 근처 식당으로 데려갔다. 음식은 맛있었다. 그녀는 나와 내 친구들을 먹여주었다. 문자 그대로 음식을 조금씩 우리 입에 넣어주었다.

나는 이 놀라운 여성에 대한 감사의 마음을 도저히 말로 표현할 수가 없었다. 그녀의 가슴은 분명 언젠가 떠나보내야 할 아기일지라도 품에 안아 돌볼 수 있을 만큼 넓었다. 내 인생은 그녀의 손 안에 놓여 있었다. 그녀를 다시 만난 후 나는 그녀를 완전히 신뢰했고 그 마음은 앞으로도 영원히 변하지 않을 거라는 걸 알게 되었다.

한국의 위탁모들은 이타적이고 넉넉한 마음을 지닌 아주 훌륭한 사람들이다. 내 위탁모와의 만남은 입양에 대한 시각을 바꿔놓았다. 오랫동안 나는 버려졌다는 느낌에 매우 아파했고 내 인생은 프랑스에 도착한 날 시작되었다고 생각했다. 이제 나는 한국이 나를 버렸다며 슬퍼하지 않는다. 나는 사람들이 샘과 내가 태어난 그날부터 우리를 아주 잘 돌봐주었음을 깨달았다. 우리 인생이 시작될 때부터 그들이 우리를 사랑해주었고 여전히 기억하고 있다는 사실은 내가 한국에 오기 전부터 품고 있던 비통함과 깊은 분노를 내려놓는 데 큰 도움이 되었다. 샘과 나는 푸터

홀트아동복지회에서 아나이스의 위탁모와 함께
아나이스와 사만다.

먼 가족과 보르디에 가족들 품에 안기는 바로 그 순간까지 이 사람들에게 사랑받았고, 그 이후부터는 지금의 가족들에게 사랑받았다.

나는 우리 친부모님에 대해서 더 알고 싶지 않았다. 어떻게 보면 아무것도 알아내지 못한 것이 오히려 기뻤다. 친부모 문제가 샘에게는 무척 큰 의미라는 걸 알고 있었지만, 나는 듣고 싶지 않은 이야기를 알게 될지 모른다는 두려움이 더 컸다. 하지만 나는 샘을 위해, 샘이 스펜스-채핀에 뿌리 찾기 요청을 했을 때 나도 홀트아동복지회에 같은 부탁을 했다. 그래서 나는 뿌리 찾기가 그리 간절하지 않다. 새로운 법 때문에 이제 친부모를 찾으려면 내 모든 정보에 대한 접근과 친부모나 위탁모와 연락을 주고받는 걸 허락하겠다는 내용의 서류를 작성해야만 한다. 나는 이게 내 부모님을 속이는 것처럼 느껴졌고 부모님에게 상처를 줄까봐 겁이 났다.

나는 여전히 우리가 태어날 당시에 일어났던 일과 우리 친부모님의 사연에 관해 말도 안 되는 시나리오를 상상하고 있다. 특히 한국의 역사와 경제적, 사회적 위기에 대해 알게 된 후에도 생각은 멈추지 않았다. 탈북자 강연과 소규모 다큐멘터리 페스티벌에서 우리는 꽤 많은 북한 사람들이 배를 타고 부산으로 도망쳐왔다는 사실을 알게 되었다. 그래서 어쩌면 우리가 북한 사람일지도 모른다는 생각도 해보았다. 사실 그건 중요한 게 아니다. 실제로 과거를 되돌아보자는 것이 아니라 더 많이 상상하고 공상하는 게 중요하다. 우리는 무슨 일이든 일어날 수 있다는 이야기를 수도 없이 들었다. 적어도 탈북자 이야기는 나의 고국이 얼마나 복잡한 상황에 처해 있는지에 대해 눈을 뜨게 해주었다. 한국전쟁을 다룬 프랑스 역사책 몇 페이지에 만족하는 대신에, 한국에 대해, 한국에 무슨 일이 있었는지에 대해 더 많이 읽었어야 했다는 걸 이제 깨달았다. 나는 마치 나 자신의 역사를 배우고 있는 것처럼 느껴졌다.

우리는 대한사회복지회와 홀트아동복지회에서 아기 방에 가볼 기회를 얻었고 그곳에서 믿기 어려운 경험을 했다. 나는 항상 나 스스로가 정말로 자녀를 갖고 싶어 하는지 궁금했다. 나는 어린아이였을 때부터 내가 입양됐다는 사실을 알았고 양부모님에게서 비롯된 인생은 위대한 선물이라고 생각했다. 이 세상에는 사랑과 보살핌이 필요한, 부모 없는 아이들이 너무나 많기에 입양은 내가 어른이 되면 꼭 해야 할 일처럼 느껴졌다. 나는 나 자신을 고아로 자라도록 방치되지 않고 구원을 받고 소중히 여겨진 아이들을 데리고 있는 입양 홍보대사라고 상상했다.

나중에 나는 한 친구와 입양에 관해 대화를 나누었다. 우리는 입양되었다는 사실이 자신과 닮은, 그러니까 신체적으로 비슷한 외모를 지닌 사람을 찾고 싶다는 욕구를 어떻게 불러일으키는지에 대해 토론했다. 오랫동안 이 문제에 대해 충분히 생각한 후에 나는 내 몸에서 태어난, 육체적으로 애착을 느낄 수 있는 내 아이를 갖기로 결심했다.

대한사회복지회에서 만난 아기들은 아주 귀여웠고… 너무 통통했다! 그들은 분명 사랑이 가득한 보살핌을 받은 것처럼 보였다! 우리는 유리창을 통해 아기들이 요람에서 조용히 평화롭게 자고 있는 모습을 바라보았다.

홀트아동복지회에서는 아기들이 유리창 너머에 있지는 않았다. 그들은 놀면서 음식을 먹고 있었다. 가장 나이가 많은 아이도 아무리 많아야 두 살 정도로 보였다. 보모의 감독 하에 나는 남자아이를 안아보았다. 그 아이는 일그러진 표정을 짓기 전에 나를 향해 미소를 지어 보였다! 그

다음 또 미소를 짓기 시작했다. 냄새와 표정에 나타난 만족감을 보고 나는 그 아이가 막 나한테 오줌을 눴다는 걸 확실히 알 수 있었다. 샘과 함께 두 입양기관의 아기 방에서 행복하고 건강한 아기들을 보고 나서 나는 더 이상 내 갓난아기 시절에 대해 궁금해 하지 않게 되었다. 나는 샘과 나 역시 그렇게 잘 보살핌을 받았기를 바랐다. 그리고 설사 우리가 그런 보살핌을 받지 못했다 하더라도 여기에서 아기들이 어떤 대접을 받고 있는지를 보고 정말 안심이 되었다.

현재 한국은 해외 입양을 단계적으로 폐지하고 있다. 유명인들이 출연해 한국 사람들이 아이들을 직접 돌봐서 자신의 유산이 있는 나라에 남을 수 있게 해달라고 요청하는 강력한 캠페인이 펼쳐지고 있다. 나는 내 자신의 아이를 갖는 것뿐 아니라 한국에서 아기를 정말로 입양하고 싶었기 때문에 그 소식을 듣고 무척 슬펐다. 그 정책의 긍정적인 면 중 하나는 실제로 진전을 보이고 있다는 점이다. 입양아라는 오명이 줄어들고 있고 입양을 둘러싼 비밀 유지도 더 쉬워지고 있다. 하지만 모든 아기들이 가정을 찾지는 못한다. 아무런 서류나 출생기록이 없이 발견된 아기들이나 어린이들은 입양될 수가 없다고 들었다. 그 말은 한국에 고아들이 많다는 뜻이다. 강제로 서류를 작성해 신분이 노출되는 걸 두려워하는 어떤 엄마들은 교회의 "베이비 박스"에 아기들을 갖다 두기도 한다. 그 아기들은 고아원으로 갈 가능성이 크다. 버려진 아기에 대해 생각하는 건 항상 너무나 고통스러운 일이었다.

컨퍼런스의 마지막 밤에는 삼성이 마련한 축하 행사와 클럽 베라에서의 댄스파티가 있었다. 입양인들은 고국으로 돌아온 이 상황에 대해 저

홀트아동복지회 앞에서
샘과 아나이스.

마다 다르게 느끼고 있겠지만, 어찌 되었든 이 밤은 우리 모두를 축하하는 자리였다. 하지만 내 몸은 지난 열흘 사이에 겪었던 감정의 극심한 변화에 반응을 보이고 있었다. 나는 이런 새로운 감정들을 받아들이지 못했다. 내가 전에 느꼈던 것들이 더 이상 옳지 않은 것 같았다.

샘은 매우 참을성 있게 나를 기다려주었다. 마침내 내가 정신을 차렸을 때 우리는 무척 인상적인 저녁 식사 자리에 참석하고 있었다. 모두 우아하게 정장이나 드레스를 차려 입고 있었는데 특히나 프랑스 음식이 나와서 나는 무척 기뻤다.

드디어 내가 가장 기대한 순서가 돌아왔다. 입양인들 모두가 라이브 공연을 보러 클럽 베라로 갔다. 로스앤젤레스에서 온 샘의 뮤지션 친구 댄 매튜가 공연을 하고 샘은 그와 함께 노래를 부를 예정이었다.

샘이 연습을 하고 있는 동안에 나는 프랑스에서 알던 친구와 커피를 마시러 나갔다. 그녀는 한국 사람이었는데 지금은 서울로 돌아와 살고 있었다. 그녀는 한국에서 자신의 뿌리를 되찾고 싶다고 입버릇처럼 말했다. 하지만 그녀는 한국에서 문화 갈등을 겪으며 살고 있었고 자신이 한국 사람임에도 얼마나 프랑스인다운 면이 많은가를 깨닫고 있었다. 무슨 이유든 간에 그녀의 말은 내 안에 엄청난 감정의 폭풍을 불러일으켰다. 도대체 나는 누구일까? 나는 한국에서 태어났고 지금 여기 한국에 있지만 나는 프랑스 사람이고 내가 알고 있는 곳은 오직 프랑스뿐이다. 설상가상으로 이제 나한테는 미국인 쌍둥이 자매가 생겼고 여기 우리의 고국에 방문객으로 함께 와 있지만 아직도 우리 친가족에 대해서는 아무것도 몰랐다. 이제 내면에서 소용돌이치고 있는 감정들을 도저히 제어할 수가 없었다.

내가 클럽 베라로 돌아왔을 때 샘은 내게 무슨 일이 벌어지고 있는지 전혀 몰랐다. 나는 그녀의 빛나는 순간만큼은 방해하고 싶지 않았지만 이미 나는 완전히 내 감정들에 압도당했다. 정신을 차리고 보니 나는 마음을 추스르기 위해 여자 화장실로 달려가고 있었다. 극심한 불안과 함께 몸에서는 땀이 흘렀고 구역질이 났다. 다시 정신을 차릴 수 있을지 확신이 서지 않았다. 고맙게도 라이언이 나를 발견하고 무슨 일인가 벌어지고 있다고 느꼈던 것 같았다. 그는 다정하게 나를 샘에게 데려갔고 샘은 무대 뒤에서 공연을 볼 수 있게 해주었다. 그리고 무대 옆에서 넋을 잃고 샘의 공연을 지켜보는 동안 내 공황 상태는 천천히 가라앉았다.

쇼는 정말 놀라웠다. 샘과 댄은 완전히 프로였고 그날의 위대한 아티스트였다. 그들은 사람들의 극찬을 받았다. 댄의 에너지는 끝을 알 수 없었는데 아마도 처음으로 자신의 쌍둥이 형제를 만난 결과였을 것이다. 처음으로 샘과 연락을 했을 때 나도 그걸 느꼈다. 그건 전에는 알지 못했던 에너지였다. 쇼가 끝나자 우리는 무대 앞 중앙홀로 가서 밤새도록 춤을 추었다.

서울에서 보낸 많은 시간은 기대했던 것 이상의 보람이 있었다. 샘과 나의 위탁모를 만난 것 외에도 동료 여행객들로부터 아주 흥미로운 입양 이야기를 들을 수 있었다. 나는 그들이 감정을 어떻게 제어하는지, 그들이 덴마크와 스웨덴, 벨기에 등등 여러 나라에서 입양을 어떻게 경험했는지에 대해 알게 되었다. 어떤 입양인들은 사실상 아시아 공동체가 없는 나라에서 자랐다. 주변에 아시아 사람들이 아무도 없는 나라라니, 틀림없이 더욱 힘들었을 것이다.

한국에서 샘과 나의 입양인 세대는 아마도 가장 규모가 크고 많은 나라에 흩어져 있을 것이다. 다들 들려줄 만한 일화와 재미있는 이야기가 없는 사람이 없었다. 이 여행 후에 우리 모두가 아주 친한 친구가 될 필요는 없겠지만, 나는 다른 사람들과 우리의 경험을 공유할 수 있다는 것만으로도 기뻤다. 분명히 그들도 함께 나누었던 그 시간이 행복했을 것이다.

이번 서울 모임은 어른들을 위한 수학여행처럼 정말로 좋았다. 우리는 여행 내내 밤마다 한국인 입양인들과 함께 놀러 나갔다. 마치 우리가 알던 어떤 곳에 소속된 것처럼 느껴졌다. 더 이상 우리는 드넓은 바닷속을 각자 헤매는 별 볼일 없는 작은 물고기가 아니었다. 우리는 한 무리의 멋진 물고기들처럼 모두 함께 즐거운 시간을 보냈다. 나는 돌아오기 전에 너무 극적인 사건에 빠질까 봐 걱정했었다. 하지만 그곳에서의 모든 일들은 아주 흥미진진했고 벅찬 감동을 주었다.

정말이지 내가 완전히 이방인처럼 느껴졌을 때도 있었고, 물론 그 시간들은 힘겨웠다. 특히 내가 연약하다고 느껴질 때 나는 프랑스 대표단들과 함께 시간을 보내는 걸 좋아했다. 우리는 쉽게 눈에 띄었을 것이다. 우르르 모여서 건물 밖 구석에서 담배를 피우고 있었으니까.

내 쌍둥이 자매 샘과 있던 시간도 대부분은 행복했다. 가끔 나는 다큐멘터리 제작진에게서 그녀를 떼어낸 다음 독차지하고 싶은 마음도 들었다. 샘은 논리적으로 문제가 있거나 반대 의견이 있을 때 화를 내고 좌절감에 당황했기 때문이다. 그렇지만 무슨 일이 벌어지든지 간에, 새로운 것을 발견하고 새로운 기억으로 새 인생을 시작하면서 나는 여전히 행복했고 그녀와 함께 있음에 안도했다.

샘의 위탁모로부터 샘이 생후 3주가 됐을 때부터 그녀를 돌보기 시작했다는 이야기를 들은 뒤로 나는 종종 샘이 생후 첫 3주 동안 어디에서 지냈을지 궁금했다. 홀트아동복지회에서는 처음에 생모가 쌍둥이 중 한 명을, 오직 한 명의 아기만 키우고 싶어 했을 수도 있다는 가설을 내놓았다. 그들은 생모가 출산 직후 나를 먼저 포기했고, 그다음에 샘도 키울 수 없는 현실을 받아들이고 난 뒤 나중에 다른 입양기관에 그녀를 데려다주었다고 생각했다. 기록에 따르면 우리는 출산 바로 다음 날 입양을 보내기로 결정되었다고 쓰여 있었다. 우리는 함께 태어났다. 내가 먼저, 그다음에 샘이. 그리고 우리는 헤어졌다.

16
사만다

Samantha
+
Anaïs

파리에서 함께 맞은 첫 번째 생일

　돌이켜 생각해보면 한국 여행 중에 즐겁지 않은 적도 있었다. 특히 몇 몇 순간은 더욱 그렇다. 그렇지만 아나이스와 나는 9일 동안 인생이 바 뀔 만한 경험을 했고, 우리 자신과 서로에 대해 많은 걸 알게 되었다. 나 는 내 일란성쌍둥이 자매와 함께 내가 태어난 나라를 경험했다. 우리는 그곳에서 많은 일들을 함께 헤쳐 나아갔고 그 어느 때보다 더 가까워졌 다. 이제 우리는 파리에서 생일을 함께 보낼 계획을 세웠다. 나는 거기에 온 신경을 집중하고 있었다. 나는 아나이스와 너무 오랫동안 떨어져 있 을 수 없었고, 서로를 찾은 이후 처음으로 맞는 생일을 영상 통화나 소 셜 미디어로 보낸다는 건 상상할 수도 없었다.
　계획은 이랬다. 내가 비행기를 타고 런던으로 가서 마리와 함께 하룻 밤을 보낸 뒤, 그다음 날 아침에 유로스타를 타고 2시간 반을 달려 파리에 도착하는 것이었다. 어느 누가 이런 행운이 가능하다고 생각했겠는 가? 26년 만에 처음으로 쌍둥이가 생일을 함께 보내는 것과 같은 행운 말이다. 더 운이 좋았던 건 자크 아저씨가 내 항공료를 대신 내주었다는 거다. 이제 여기저기 돌아다니며 프랑스를 여행할 일만 남았다!

나는 우리 생일 이틀 전날인 11월 17일 일요일 비행기를 탔다. 토마스와 카노아가 나와 함께 가고 있었는데 아나이스와 나, 우리 둘 모두를 위한 특별 선물이었다. 이 두 친구는 한국 여행 기간 내내 굉장했고 파리에서 있을 우리 생일 파티 때는 훨씬 더 여유로울 것이었다. 히스로 국제공항에서 짐을 찾은 다음 핀즈베리 파크 지하철역까지 가는 게 즐겁지는 않았지만 내 옆에는 나를 도와주는 잘생긴 남자 두 명이 있었다.

마리 집에 도착해 마리를 만나니 정말 좋았다! 게다가 더욱 기쁜 건 마리가 막 세 명의 아시아계 미국인 손님에게 중국식 닭고기 요리를 대접하려는 찰나에, 켈상이 도착한 것이다. 나는 진심으로 켈상을 존경한다. 그가 없었다면 유튜브에서 나를 찾는 일도 없었을 테고, 그동안 있었던 수많은 일들은 시작도 못했을 거다. 나는 그를 만나서 정말 좋았다!

저녁 내내 나는 아나이스와 함께 문자를 주고받거나 영상 통화를 했다. 우리는 아주 가까이 있으면서도 여전히 멀리 떨어져 있었다. 무척 이상했다. 그날 밤 나는 아나이스가 쓰던 방에서 잤다. 이상하면서도 재미있었다. 마리는 자기 아파트에 아나이스가 있는 것 같다고 말했다. 마리는 우리와 같이 파리로 가서 아나이스와 나와 함께 생일 파티도 하고 자기 부모님과 시간도 보낼 것이었다. 내 생일에 기차를 타고 파리로 가는 것보다 더 환상적인 일이 또 있을까?

아나이스는 파리 북역에 자기 엄마가 기다리고 있을 거라고 말했다.

그래서 나는 모피를 안쪽에 댄 귀여운 코트를 입고 파리 플랫폼 끝에 서 있는 사랑스럽고 자그마한 프랑스 버전의 나를 보고 깜짝 놀랐다. 그녀는 물 만난 고기 같았다.

보아하니 뇌이쉬르센은 그곳에서도 꽤 호화로운 지역이었다. 대체 내 행운은 어디까지일까? 세 명의 미국인들이 아파트에 짐을 풀었다. 나는 아나이스가 방 하나짜리 아파트에 너무 많은 사람들이 들어갔다고 스트레스 받지 않기를 바랐다. 하지만 그녀는 우리가 와서 아주 흥분한 것 같았다. 아나이스는 우리를 데리고 걸어서 가까운 거리에 있는 이웃 동네에 갔다. 나는 외출한 동안 내가 좋아하는 로스앤젤레스 야채 음료인 건강에 좋은 녹즙을 팔 만한 곳이 없는지 찾아봤다. 크루아상과 패스이트리를 파는 빵집이 두 군데 있었고 코코넛 주스를 파는 '건강 먹거리' 가게가 있었는데 그 주스에서는 물에 흙이 살짝 튄 것 같은 맛이 났다.

보르디에 부부는 아나이스와 그리 멀지 않은 곳에 살았지만 그래도 우리는 차를 타고 갔다. 나는 아나이스의 앙증맞은 감청색 벤츠를 보고 정신이 나가는 줄 알았다. 내 라브4는 로스앤젤레스에서는 보통 크기였는데 여기서는 엄청나게 커 보일 것 같았다. 내 쌍둥이 자매가 운전하는 모습을 보니 무척 신기했다. 아나이스의 차는 반자동 변속인데도 수동 변속 차량처럼 운전해야 해서 기어를 직접 바꿔주어야 했다. 아나이스만의 공간에서 그녀를 보니 느끼는 점이 많았다. 지금껏 보르디에 부부의 아파트를 상상하기만 했는데 실제로 어떤 모습인지 곧 알게 될 것이었다. 편안한 기분이었지만 한편으로는 내 상상력이 멋대로 만들어내는 미스터리를 즐겼다.

자크 보르디에와 퍼트리샤 보르디에는 아주 친절하고 다정했다. 나는 혹여나 내가 그분들에게 버릇없는 유머감각으로 터무니없는 소리를 할까 봐 불안했다. 그렇지만 퍼트리샤 아주머니의 기쁨 가득한 눈을 보자마자 불안감은 온데간데없어졌다. 누군가 그 정도로 긍정적이고 진심 어린 행복한 기운을 줄 때 거기에 화답하지 않기란 무척 어려운 일이다.

보르디에 부부의 아파트에 도착하자 우리 네 사람은 내가 타본 것 중에 가장 작은 엘리베이터 안에 몸을 구겨 넣어야 했다. 나는 보르디에 부부가 키우는 아메리칸 코카 스파니엘인 "에코"가 나와 아나이스를 헷갈려할지 궁금했지만, 역시 동물들은 속지 않는다. 에코는 냄새를 맡아서 우리의 차이점을 알아냈지만 그럼에도 나한테 친근하게 굴었다. 아파트는 아름다웠다. 훌륭한 조명과 우아한 나무와 유리로 되어 있는 책장 그리고 아주 편안한 가죽 의자와 소파가 있었다. 유리로 된 식탁은 우리 생일 선물이라고 생각할 수밖에 없는 것들로 잔뜩 덮여 있었다. 여태껏 나는 이렇게 선물을 늘어놓은 광경을 본 적이 없었다. 탁자 한가운데에는 아름다운 꽃다발이 놓여 있었고 선물들은 양쪽으로 정확히 거울을 비춘 것처럼 놓여 있었다.

내 안에 있는 어린아이는 탁자 위로 뛰어올라가 선물 상자마다 하나씩 흔들어보고 마구 상자를 뜯어보고 싶어 했지만, 시기가 적절치 않았다. 우리는 먼저 아파트의 거실에 자리를 잡고 앉아 건배를 해야 했다. 텔레비전 받침대 위에는 아기 때부터 최근까지 아나이스의 사진들이 놓여 있었다. 내가 살아보지 않은 인생 안에 있는 내 모습을 보는 건 무척 이상했다. 그 사진들을 보며 만약 내가 보르디에 부부에게 입양이 됐다면 내 인생은 어떻게 되었을지 궁금해졌다. 하지만 입양 운운하는 말까지 써가며 우리 상황을 더 이상 생각하고 싶지는 않았다. 그건 아나이스의 어린 시절이었고 사진 속 순간들은 그녀가 누구인지를 밝혀주는 증거들이었다. 그녀의 인생이라는 퍼즐에 들어가는 순간의 조각들이었다. 잃어버린 내 인생의 한 부분이 아니라, 아나이스가 멋진 젊은 여성으로 성장하는 데 꼭 필요했던 순간들이었다.

아나이스와 나는 처음으로 선물을 교환했다. 나는 드레스와 셔츠를 주었다. 우리는 스타일이 달랐고 내가 고른 옷이 불편할지도 모른다고 생각했지만 그럼에도 나는 아나이스가 그 옷을 세련되게 잘 소화할 수 있다는 걸 알았다. 내 일란성쌍둥이 자매의 옷을 사는 건 무척 쉬운 일이다. 그냥 내가 입어보면 된다. 나한테 맞으면 아나이스한테도 맞을 것이다. 나는 또 내가 좋아하는 브랜드의 화장품도 샀는데 아나이스의 피부가 약간 더 밝고 붉은 기운이 돌기 때문에 그녀에게 어울리는 좀 더 밝은 색조를 골랐다.

아나이스는 내게 흰색과 파란색 줄무늬가 있는 프렌치 세일러 셔츠를 주었다. 그녀는 나를 프랑스 사람으로 만들려고 하고 있었다! 다음 선물은 뭘까? 베레모일까? 맞았다. 베레모였다. 내가 그걸 어떻게 알았지? 아나이스는 파리에서 주문 제작한 고급 양초도 주었는데 뒤에 우리 이름이 새겨져 있었다.

선물을 모두 풀고 사진을 찍은 다음 생일을 축하하는 식사 자리가 이어졌다. 프랑스에서 한국 음식을 먹어볼 수 있는 기회였다. 솔직히 나는 회의적이었다. 로스앤젤레스에는 아주 맛있는 한국식 불고기 식당이 있지만 여기는 프랑스였다! 레스토랑까지 가는 길에 교통체증은 말도 안 되게 심했는데, 밖으로 보이는 풍경은 더욱 말이 안 됐다. 어느 순간 창밖을 보니 개선문이 나타났다. 조금 있다가 반대쪽 창밖을 보니 에펠탑이 있었다! 믿을 수가 없었다. 나는 파리에 대한 환상을 갖고 있었다. 바구니에 바게트가 든 자전거를 타고 에펠탑 아래로 와서는 내 평생에 기억에 남을 키스를 나누고 있는 모습…. 얼마나 로맨틱한가? 나의 강인함과 고집스러움은 그냥 겉모습일 뿐이다!

레스토랑에 들어서자 안내를 해주던 중년의 한국인 여자 종업원이 나를 빤히 쳐다보았다. 아나이스가 미소를 지으며 나를 소개했다. 그녀는 사람들에게 우리 이야기를 하는 걸 즐기는 것 같았다. 그건 나도 마찬가지였다. 사람들의 표정에 드러나는 반응을 보는 건 즐거운 일이었다. 그건 우리만의 작은 비밀 같은 것이다. 우리는 열쇠를 지키는 사람들로서 우리가 정한 순간에 그 비밀을 공표할 힘이 있었다.

아나이스와 내 여정의 첫 6개월 동안에는 하나에서부터 열까지 우리의 닮은 점에만 집중했다. 그리고 이제는 다른 점에 주목하기 시작했다. 요즘 나는 아나이스의 불안정한 심리상태가 눈에 띄었다. 그녀는 끊임없이 놀리고 괴롭히는 남자 형제들과 같이 자라지 않아서 자존감이 약간 낮다. 아나이스는 누군가가 조금이라도 자신에 대해 부정적인 이야기를 할 때면 그 말이 정말 사실인지 판단하느라 고민에 빠졌다. 만약에 오빠가 나한테 뚱뚱하다고 했다면 나는 오빠 방에 부비트랩을 설치하거나 여자아이가 놀러왔을 때 오빠한테 창피를 주어 복수를 했다. 그런 놀림은 개 콧구멍으로 알았다. 그건 가족의 규칙이다. 그렇지 않은가? 다른 사람들이 뭐라고 말을 하든, 무슨 행동을 하든 우리는 너무 심각하게 여기지 않고 여전히 서로를 사랑하고 곁을 지킨다는 걸 안다. 집에서의 단련을 통해 나는 무시하고 지나치는 법을 익혔고, 모욕에 상처받지 않고 피해가는 법을 배웠다. 그런데 아나이스는 어떤가? 그녀에게는 오빠들에게 밤낮으로 괴롭힘을 당했던 시절이 없었다. 아나이스와 나는 자신감과 회복력 면에서 다른 방향으로 발전한 것 같았다. 심지어 어른이 된 우리가 선택한 창조적인 분출구도 이를 반영하는 것처럼 보인다. 나는 더 외향적으로 창의적인 분야를 선택했고 아나이스는 훨씬 더 내향적인 선택을 했다. 나는 내 에너지를 밖으로 발산하고 아나이스는 안으로 끌어당긴다.

자크 아저씨가 식사 자리의 제일 어른이었다. 언어에 관해 해박한 지식을 자랑하는 그는 허리를 살짝 굽혀 한국인 종업원들에게 한국어로 인사했다. 퍼트리샤 아주머니도 다정하고 따뜻했고, 다행히 레스토랑의 퓨전 스타일 음식도 친숙했다. 나는 여러 한국 레스토랑에 가본 경험이 있다. 로스앤젤레스와 한국에는 한 그릇에서 덜어먹는 스타일의, 선택의 폭이 넓고 다양한 음식이 메뉴에 있었다. 모두 같이 나눠 먹는 음식에 각자 숟가락을 여러 번 집어넣었다. 여기는 그런 음식이 거의 없었고 모두 자기 음식을 주문했다.

한국 음식과 로제 와인이 같이 나오는 메뉴는 한 번도 경험보지 못했다. 양념한 소고기와 로제 와인 세트는 이상하게도 잘 어울렸다! 26년 만에 처음으로 함께 생일을 맞이한 이날, 우리는 특별한 레스토랑에서 한국 음식을 나누며 우리 자신을 축하했다. 나는 평생토록 이날을 잊지 못할 거라 생각했다.

다음 날 아침, 나는 아나이스와 함께 잠에서 깼다. 신기하게도 26년 동안 떨어져 있었는데도 한 침대를 같이 쓰는 게 무척 편안했다. 균형을 되찾은 것 같았다. 보통 나는 누군가와 상당히 친밀해진 다음에야 내 침대에서 같이 자게 해주었다. 내 남자친구한테는 모욕감을 주지 않도록 괜찮은 척했지만 그날 밤에는 이리저리 뒤척이며 잘 자지 못했다. 하지만 아나이스와 잘 때는 죽은 듯이 잠에 들었다. 우리는 한 침대에서 잘 때면 늘 같은 자리를 고수했다. 아나이스는 오른쪽 끝이었고, 나는 왼쪽 끝이었다. 나는 오른쪽 끝으로 가면 잠을 못 잤다. 우리가 같이 침대에 있을 때면 나는 자궁 속에서 서로의 코를 쿡쿡 찌르던 때를 상상하게 된다. 내가 왼쪽에, 아나이스가 오른쪽에 있었을 것이다. 시걸 박사의 말에 따르면, 떨어져서 자란 쌍둥이들이 같이 자란 쌍둥이보다 오히려 더 비슷할 수 있다고 한다. 떨어져서 자란 쌍둥이들은 서로 달라지고 싶어서 투쟁하는 과정이 없기 때문이다. 그래서 자기 본성을 거스르지 않게 된다. 나는 시걸 박사의 말이 옳다는 걸 똑똑히 확인할 수 있었다.

아나이스는 다음 날 출근을 해야 했기에, 우리에게 파리 여행 일정표를 짜주었다. 아나이스의 계획에 따르면 우리는 우선 에펠탑을 구경하고 나서 센 강을 따라 노트르담 성당 쪽으로 걸을 것이다. 그다음 생제르맹과 리브고슈로 향하게 된다. 아나이스는 최근에 인기가 많은 광장인 생제르맹 근처의 생 쉘피스에서 점심을 먹고 나서 호텔 드 빌레 방향으로 걸어가면서 쇼핑을 좀 하다가 현대 미술관인 퐁피두센터를 종착지로 삼으라고 권했다. 하루 만에 해야 할 것들이 많았지만 우리는 만반의 준비가 되어 있었다.

우리는 그날 저녁 아나이스와 그녀의 다섯 명의 친구들을 만날 때까지 느릿느릿 움직였다. 아나이스가 저녁 예약을 해놓은 레스토랑에서 모두가 다시 모일 예정이었다. 시간이 다 돼서 레스토랑의 창가 자리에 앉아 와인을 한 잔 마시고 있는데, 거리 맞은편에 같은 이름의 다른 레스토랑이 보였다. 그제야 우리가 다른 곳에 잘못 들어와 있음을 깨달았다. 우리가 식당을 제대로 찾아들어갔을 때 아나이스는 마리와 두 명의 한국계 프랑스인 입양인 그리고 파리 출신의 다른 좋은 친구들 두 명과 함께 있었다. 입양인 친구 중 한 명은 한국에서 열린 IKAA 컨퍼런스에서 함께 시간을 보낸 적이 있었다. 나는 아나이스를 통해 만난 사람들을 아주 좋아했다. 이제 나는 전 세계에 아주 많은 친구들과 가족들이 생겼다.

다음 날 우리의 첫 번째 목적지는 루브르박물관이었다. 〈모나리자〉를 보러 갔을 때는 중국 관광객들이 몰려와 말도 못하게 밀어붙였다. 얼마나 많은 감시카메라가 천정에 줄지어 달려 있던지 무척 인상적이었다. 아나이스는 미술을 좋아했다. 그녀는 그림을 보며 며칠씩 지낼 수 있었다. 어렸을 때는 아주 많은 시간을 루브르에서 보내서 그림이나 데생은 지겨울 정도로 봤다고 한다. 상상할 수 있는가? 너무 많은 시간을 루브르박물관에서 보낸 사람이라니! 나도 그림을 좋아하지만 텔레비전과 영화를 더 좋아한다. 기분이 나쁘면 앉아서 무언가를 보면서 잠시 잊어버릴 수 있었고 그러면 기분이 좋아졌다. 나는 상호작용을 통해, 어딘가에 참여하고 있다는 느낌을 통해 만족감을 얻는다. 내 생각에 아나이스에게는 내향적인 면이, 내게는 외향적인 면이 나타난 것 같다. 시걸 박사의 연구에 따르면 내가 아나이스보다 더 외향적이다. 벌써부터 놀라면 안 된다! 대표적인 다섯 가지 인격 성향에는 변화에 대한 개방성과 수용성, 성실성, 신경증적 불안 그리고 외향성이 있는데 우리는 이 마지막 성향이 가장 달랐다.

아나이스와 저녁을 먹은 뒤 우리는 아나이스 부모님의 가게에 갔다. 그 가게는 도시에서 가장 아름다운 곳에 있었다. 고급 양품점들과 아름다운 크리스마스 등이 좁은 자갈길에 줄지어 있었다. 퍼트리샤 아주머니는 우리를 보고 기뻐했지만 너무 바빴다. 그녀는 손님과 이야기하는 동안 나를 계속 흘긋 보며 미소를 지어보였다. 나는 그녀가 속으로는 환하게 웃고 있다는 걸 알 수 있었다. 여유가 좀 생기자 그녀는 가게 직원들에게 나를 소개했고, 나에게 대한 이야기를 많이 들었던 그들은 열광했다.

다음 목적지는 제라르다렐 본사에 있는 아나이스의 사무실이었다. 건물은 파리 패션 구역의 중심인 레오뮈르 거리에 있었다. 아나이스가 상사에게 나를 소개하자 우리에 대해서 처음 알게 된 모든 사람들이 그랬던 것처럼 그 역시 경이로워했다. 다음으로 아나이스의 나머지 동료들도 만났다. 아나이스의 직장을 구경하는 건 정말 즐거웠다. 예전에 아나이스가 사무실에서 단정하게 늘어선 핸드백들을 배경으로 찍은 셀카 사진을 본 적이 있다. 이제 나는 아나이스가 가죽 액세서리와 핸드백 디자인을 할 때 정확히 어디에 앉아서 일하는지 알 수 있었다.

우리의 성대한 생일 파티는 그다음 날 마리가 예약해둔 바에서 열렸다. 손님들이 도착하기 시작하자 양 볼에 뽀뽀하는 프랑스식의 인사가 넘쳐났다. 나는 사람들이, 특히 낯선 사람이 내 얼굴을 만지는 걸 아주 싫어한다. 하지만 아나이스를 위해 얌전히 굴었다. 밤이 깊어지자 아나이스의 어린 시절, 대학 시절, 인턴 시절, 직장 등등 그녀의 인생에서 관련 있는 모든 사람들이 쏟아져 들어오기 시작했다. 놀라웠다. 보스턴 대학교 출신의 내 친구 두 명도 왔다. 한 명은 사업차 파리에 있었고, 나머지 한 명은 나를 보러 파리에 왔다.

많은 사람들이 아나이스와 나의 차이점을 잘 설명하지 못했다. 그들은 멈춰 서서 가만히 나를 응시했다. 나는 어색할 정도로 오랫동안 눈을 맞춰준 다음 아나이스를 가리켰다. 아나이스의 친구 중 하나는 우리가 처음으로 함께 맞이하는 생일을 기념하기 위해 아기용 장난감을 선물해주었다.

마리가 우리 생일 케이크를 가져오는 게 보였다. 반은 미국 국기가, 나머지 반은 프랑스 국기가 그려져 있었다. 맨 위에는 우리의 첫 번째 생일을 뜻하는 아름다운 컵케이크가 놓여 있었다. 나는 더 이상 바랄 게 아무것도 없었다. 내 생일에 파리에 와서 내 일란성쌍둥이 자매와 함께 있는데 무얼 더 바라겠나? 초의 불을 꺼야 할 시간이 됐을 때 나는 소원을 빌지 않았다. 소원 비는 것조차 잊어버렸다. 그냥 그 순간에 거기에 있다는 것 자체가 굉장히 흥분됐다. 하지만 나는 아나이스가 소원 비는 걸 기억했기를 바랐다. 그랬다면 아나이스는 두 배의 기회가 생긴 것일 테니까. 그녀가 무슨 소원을 빌든지 간에 나도 그 소원을 빌 테니까!

아직 매일 밤 정해진 시각에 하는 에펠탑의 유명한 라이트 쇼를 보지 못했다. 그래서 우리는 레스토랑에서 프랑스식 양파스프를 먹으며 그 광경을 감상했다. 양파스프도 지금껏 먹어본 것 중 최고였다.

아나이스의 아파트로 돌아와서 우리는 유튜브 비디오를 훑어보았다. 그러던 중에 아나이스가 〈입양된다는 건 어떤 느낌일까…. 나는 샘〉 영상에서 멈추었다. 나는 그 싸구려 비디오를 보고 싶지 않았는데.

"샘." 아나이스가 사뭇 진지한 목소리로 말했다. "내가 이 비디오를 봤을 때 어떤 기분이었는지 상상할 수 있겠어?"

아나이스는 9개월 전 퀠상이 이 비디오를 처음 보여주었을 때와 같은 경험을 내가 하길 바랐다.

샘과 아나이스의
스물여섯 번째 생일 파티.

"나는 충격 받았었어. 그래도 계속 비디오를 보고 또 봤어."

그녀가… 옳았다. 그 반대였다면 어쩌지? 아나이스가 자신이 입양되었다고 독백하고 있는 비디오를 내가 봤다면, 그리고 낯설지만 나와 똑같이 생긴 사람이 나와 같은 날, 같은 도시에서 태어났다는 사실을 알게 된다면 나는 어땠을까? 아나이스는 그 사실을 편안하게 받아들이지 못했다. 그녀는 그 영상을 처음 본 순간 내가 자신의 쌍둥이 자매라는 걸 알았다. 그녀가 절대로 들추어내고 싶지 않았던 과거에 대한 기억이 공포와 기쁨 그리고 사람이 느낄 수 있는 모든 감정의 쓰나미와 함께 엄청난 속도로 그녀에게 몰려들었을 것이다. 이런 젠장, 상상하기 힘들었다.

보르디에 부부의 집에서 먹은 점심은 맛있었다. 퍼트리샤 아주머니는 소시지와 햄을 곁들인 알자스 지방 음식인 사우어크라프트를 준비했다. 아침에 아나이스가 사우어크라우트를 좋아하냐고 묻자 나는 핫도그를 먹을 거냐고 되물었다. 그녀는 내게 프랑스어 억양으로 "아니, 사우어크라우트는 핫도그랑 먹지 않아!"라고 말했다. 내가 먹었던 사우어크라우트는 항상 긴 프랑크 소시지를 갈라진 흰 빵 안에 넣어 감싼 다음 그 위에 밝은 노란색 머스터드를 뿌려서 먹는 것이었다. 아주 맛있지만 프랑스 음식에 비하면 좀 떨어졌다. 그런데 퍼트리샤 아주머니의 사우어크라우트는 아주 훌륭했다. 하지만 그 음식은 말하자면 '사우어크라우트와 핫도그'였다. 핫도그와 출신이 비슷한 두 가지 종류의 소시지를 위에 얹고 베이컨과 햄 스테이크를 곁들인 사우어크라프트였다. 내 예상이 완전히 빗나간 건 아니었다. 뒤집혀서 위가 터진 핫도그라고 할까? 아무튼 굉장히 맛있었다. 미국에서는 긴 소시지를 화이트 와인과 주니퍼베리에 찌지 않는다. 머스터드 소스는 색이 아주 밝아서 깜깜한 어둠 속에서도 잘 보인다. 대재앙의 칠흑 같은 밤에도 눈에 잘 띌 정도여야 한다.

우리는 점심을 먹고 낮잠을 자다가 퍼트리샤 아주머니의 "푸아그라"라는 말에 잠을 깼다. 나를 깨우는 데 귀에다 대고 이 말을 속삭여주는 것보다 더 좋은 방법은 없다. 오, 세상에 천국이 아마 이런 모습일 거다. 내 쌍둥이 자매가 옆에 있고, 보졸레 와인과 푸아그라가 차려져 있었다. 내 말은 아나이스가 나와 정확히 같은 순간에 천국에 있어야만 한다는⋯ 그런 뜻은 아니다. 아나이스는 나중에 올 수도 있지만 나랑 같이 있으면 좋겠다⋯ 뭐 이런 말이다.

아나이스의 아파트로 돌아와 짐을 싸는 동안 나는 이 모든 선물을 어떻게 집어넣어야 할지 고민이었다. 나는 전부 다 가방에 넣어보려고 짐을 죄다 꺼내서 다시 넣고, 다시 넣고 했다. 하지만 다 넣을 수가 없었고 몇 가지는 아나이스의 아파트에 두고 가기로 했다. 아나이스가 추수감사절에 뉴욕에 올 때 가지고 오면 되니까. 나한테 아나이스가 있고, 아나이스의 여행 가방에 여유 자리가 있어서 얼마나 다행인지!

짐을 다 싼 다음에 우리는 침대에 누워서 텔레비전을 봤다. 우리는 수다를 떨고 싶었다. 우리는 남자들 이야기며 체모, 섹스 등 온갖 것들에 대해 이야기를 했다. 우리는 친구 집에 하룻밤 자러 와서 잠자리에 들기 직전의 소녀들 같았다. 나는 소문을 늘어놓고 이야기를 공유하며 남자들한테 홀딱 반한 이야기를 마구 쏟아낼 수 있다는 점이 정말 좋았다. 쌍둥이 자매가 있다는 건 확실히 좋은 일이다.

당연히 우리는 잘 시간을 훨씬 넘겨서까지 깨어 있었다. 우리는 내가 잠들 때까지 수다를 떨었다. 문자 그대로 나는 잠에 빠져 버렸다. 말을 하다 말고….

11월 25일은 돌아가는 날이었다. 아나이스가 준비하는 데 시간이 좀 더 걸리기 때문에 먼저 샤워를 했다. 나는 옷을 다 입고 준비도 싹 마친 다음 내 쌍둥이 자매를 쳐다봤다. 아나이스는 속옷 차림으로 서서 나한테 소시지를 건넸다. 도대체 왜? 그녀가 먼저 샤워를 했다. 왜 아직도 준비가 안 된 거지?

우리는 자크 아저씨가 우리를 기차역에 데려다주러 도착했을 즈음에 간신히 준비를 마쳤다. 그는 우리 둘을 안아주고 나서 차에 내 짐을 실었다. 자크 아저씨는 방금 전에 라디오에서 저스틴 팀버레이크의 〈미러스〉가 나왔는데 우리가 놓쳤다며 아쉬워했다.

기차역에서 아나이스는 내가 유로스타 출발 구역까지 짐을 가지고 가는 걸 도와주었다. 시간이 다 되었지만 나는 그녀를 두고 떠나고 싶지 않았다. 며칠 있으면 아나이스를 다시 만날 거라는 걸 알고 있었지만 나는 아직도 즐겁게 보낸 시간의 여운이, 특히 불과 몇 시간 전에 수다를 떨며 보냈던 밤의 여운이 남아 있었다. 그건 내가 가장 좋아한 시간이었다. 내가 파리에 와 있다는 건 동화 같은 이야기였다. 하지만 마음속 깊은 곳에 있는 모든 생각과 비밀을 나눈 가장 친한 친구가 생겼다는 이야기에 비하면 아무것도 아니었다. 그것이야말로 진정한 선물이었다.

아나이스의 가족들과 함께한
파리에서의 생일 파티.

17
아나이스

Anaïs
+
Samantha

뉴욕에서 대가족을 만들다

    한국에서 집으로 돌아온 뒤 다시 샘과 그녀의 가족을 만나러 뉴욕에 가기까지 3개월의 시간은 무척 느리게 흘러갔다. 내가 일하는 디자인 파트는 2014/2015 시즌을 위한 컬렉션 준비를 하느라 일이 많아서 굉장히 바빴다. 내 업무는 액세서리 부서의 가죽 제품 디자인이었다. 나는 그림 그리는 걸 좋아해서 기술 도안을 그릴 때 컴퓨터를 이용하기보다는 손으로 직접 그렸다. 나는 내 일이 무척 마음에 들었다. 여기에서는 팀 단위로 작업했는데 나는 생산, 마케팅, 원자재 팀과 직접 만나 함께 일했다. 우리는 북아프리카와 이탈리아의 공장과 가죽 박람회를 돌며 새로운 유행을 살피고 그에 따라 원자재를 구입했다. 박람회에서는 여러 종류의 가죽과 가죽 제품에 들어가는 부자재 그리고 새로 나온 재료를 살펴보며 창의력을 끌어올리려 했다. 다들 이탈리아어를 상당히 잘했다.

나는 알아듣기는 했지만 말을 잘 하지는 못해서 이탈리아어를 배워야 겠다고 결심했다.

우리는 아침부터 밤까지 일해야 했지만 내 상사 다이앤이 나를 함께 데려와 자신감과 경험을 심어주어서 정말 기뻤다. 나는 더 이상 인턴이 아니었고 그 점에 감사했다. 다이앤은 내게 창의력을 드러낼 기회를 주었고 일할 때 나를 믿어줬다. 몇 년에 걸쳐 얻어야 할 자신감을 몇 달 사이에 얻은 것 같았다.

미국의 추수감사절은 프랑스의 어떤 휴일과도 겹치지 않았다. 프랑스에서는 11월에 휴일이 이틀뿐이었는데 11월 1일은 가톨릭에서 모든 성인을 기념하는 날인 '만성절'이었고, 11월 11일은 '휴전기념일'이었다. 나는 쉬는 날을 최대한 줄이려고 샤를드골공항에서 야간비행기를 타기로 했다. 그래도 푸터면 가족들과의 만찬 시간에는 늦지 않고 도착할 수 있었다. 아빠가 뉴욕에서 업무상 약속이 있어서 내 부모님은 하루 먼저 떠났다. 그래서 나는 혼자 여행을 해야 했다.

나는 미국의 추수감사절에 대해서는 아무것도 몰랐다. 프랑스 사람들이 그날에 대해 아는 건 북아메리카에 제일 먼저 정착한 유럽 사람들이 아메리칸 인디언 원주민들과 함께 추수를 했던 걸 기념하는 것, 아니면 그런 비슷한 종류의 유래라는 것이 전부였다. 프랑스 사람들이 추수감사절의 의미를 알게 되는 경로는 대부분 미국 영화의 장면들이다. 토비 맥과이어가 출연한 〈스파이더맨〉에도 추수감사절 식사 장면이 나오는데, 할리우드 버전에는 항상 폭식과 폭음, 지저분한 저질 유머 같은 것들이 많이 등장했다. 가령 한 사람이 사랑하는 사람을 데리고 가족과 만나기 위해 왔다가 그 따뜻하고 편안한 장소에서 모든 일이 잘못되고 봉인

되었던 가족의 비밀이 드러나는 식이었다.

샘한테 당혹스러운 버릇이나 금기시되는 과거가 있거나 혹은 적절치 못한 유머감각을 가진 약간 이상한 삼촌이 있는지 궁금했다. 샘이 내게 주의를 준 사람은 아무도 없었지만 영화를 보면 항상 곤드레만드레 술에 취해 너무 말을 많이 하는 사람이 꼭 있었다. 샘과의 추수감사절에 그러한 인물이 없다면 나는 그녀와 내가 그 역할을 대신할 수 있을 거라고 확신했다. 우리는 함께 미친 사람 연기하는 걸 굉장히 좋아했다. 우리는 심지어 중간에 역할을 서로 바꾼 다음 거기에서부터 다시 시작할 수도 있었다.

나보다 부모님이 먼저 도착하기로 되어 있었다. 재키 아주머니와 저드 아저씨는 한 방에서든, 다른 방에서든 모두 지내기에 방은 충분하니 내 부모님도 베로나에 있는 집에서 지내기를 권했다. 하지만 부모님은 폐를 끼치기도, 사양하기도 바라지 않았다. 그래서 푸터먼 댁에서 8킬로미터 안에 있는 호텔에서 머물기로 했다. 부모님은 사교적인 분이었지만 동시에 사생활도 중요하게 생각했다. 부모님은 푸터먼 가족들과 보낼 시간을 기대하는 만큼이나 잘 자고 제대로 휴식을 취하고 싶어 했다. 또한 우리를 위해 푸터먼 부부가 계획한 바쁜 일정을 마치고 난 후 만난 사람들과 가본 곳에 대한 느낌을 정리하려면 호텔에 머무는 편이 최선이었다.

5월 이후 샘과 나는 겨우 일정을 맞출 수 있기에, 내 부모님 비행 일정이 잘 맞아서 우리 모두가 함께 시간을 보내는 게 정말 중요했다. 이번 여행은 두 부모님들이 자기 딸의 시각에서 벗어나 서로를 더 잘 알 수 있는 기회이기도 했다.

내 부모님은 내 친구들 사이에서는 세상에서 가장 멋진 분들이지만 나는 부모님을 좀 구식이라고 생각한다. 엄마가 프랑스어에서 영어로 옮기다가 단어 하나라도 발음을 잘못하거나 틀리게 사용하면 나는 무척 짜증을 낼지도 모른다. 아빠는 좋은 뜻으로 내가 어렸을 때 이야기를 할지 모르지만 내게 당혹스러운 이야기라면 아빠한테 그만하라고 소리칠 것이다. 이건 다 부모님을 보호하기 위한 거다. 부모님이 당혹감을 느끼는 게 싫었기 때문이다.

나는 내 부모님이 아니라 보르디에 부부로서 엄마와 아빠가 푸터먼 부부와 잘 어울려 지냈으면 했다. 부모님들 사이의 친밀감은 내게 정말로 중요했다. 우리 부모님 네 분은 쌍둥이 딸들을 공유했다. 그들은 쌍둥이 딸들을 함께 키우지는 않았지만 이제는 두 딸을 공유하고 있다. 나는 내 엄마와 재키 아주머니가 정기적으로 영상 통화를 하는 걸 알고 있었다. 아빠도 저드 아저씨를 정말 좋아하는 것 같았다. 내 부모님은 샘의 부모님처럼 대가족이 아니다. 엄마의 하나뿐인 남동생은 가톨릭 사제여서 자녀도 아내도 없었다. 아빠는 지난 몇 년 사이에 형제들과 연락이 끊겨서 갈수록 가족이 늘어나는 것이 아니라 줄어들고 있었다. 하지만 이제 푸터먼 가족들과 함께 우리 가족은 더 많아지고 있다. 나는 엄마가 재키 아주머니를 언니나 여동생으로, 아빠가 저드 아저씨를 형이나 남동생으로 여기면 정말로 좋겠다고 생각했다. 우리 부모님 네 분 모두 호감이 가고 따뜻하며 지적인 분들이다. 부모님들이 공통점을 찾고자 한다면 아주 쉬웠다!

나를 입양했을 때 부모님은 나이가 많았고 내게는 형제자매가 없기 때문에 엄마는 엄마와 아빠가 세상을 떠나면 내가 일가친척 하나 없이 홀로 남겨질까 봐 걱정했다.

엄마와 재키 아주머니는 벌써부터 가까워지기 시작했다. 그들은 샘과 나의 어린 시절 이야기를 나누며 비슷한 점을 찾았다. 스프 이야기는 압권이었다. 재키 아주머니 말로는 샘이 어렸을 때 치킨 누들이나 치킨 스프를 아주 좋아했다고 한다. 그런데 집에서 만든 거 말고, 헬시 초이스나 프로그레소 아니면 다른 통조림 제품을 좋아한다고 했다. 재키 아주머니는 샘에게 음식을 주기 전에 당근 조각을 모두 골라내야 했다. 안 그러면 먹지를 않으니까. 만약에 샘의 눈에 아주 조그마한 오렌지색 점이라도 보이면 샘은 굉장히 화를 냈다. 나도 마찬가지였다. 집에서 만든 스프 말고 당근 조각을 모두 골라낸 통조림 스프를 좋아했다.

샘과 저드 아저씨가 공항으로 나를 데리러 왔다. 베로나에 도착할 즈음에 나는 몹시 잠이 부족한 상태였지만 두 번 다시 경험하기 힘든 일이고, 내가 처음으로 맞이하는, 영화에서나 보았던 미국식 추수감사절이었기 때문에 최대한 즐기고 싶었다! 물론 샘의 삼촌, 이모, 사촌들과 단한 번의 만남으로 완전히 신뢰하는 유대관계가 될 수는 없을 터였다. 나는 내 쌍둥이 자매가 자신이 가장 사랑하는 사람들과 교감하는 모습을 보는 것만으로도 무척 좋았다.

우리는 샘의 외할머니를 속일 생각은 없었다. 하지만 그녀가 나를 안아주러 다가왔을 때 나를 샘이라고 생각하고 있었기 때문에 우리도 어쩔 수 없었다. 다른 친척들도 샘이 내 뒤에서 짠! 하고 나타날 때까지 나를 샘이라고 생각하고 인사를 했다. 샘의 가족이 내 가족과 나를 좋아하고 받아들였다는 증거 따위는 필요하지 않았다. 나는 모두 함께 시간을 보내며 서로에 대해 좀 더 알아가고 추억을 만들어가는 모습을 보며 기분이 좋았다.

샘의 집은 굉장히 멋졌다. 내가 처음 집에 들어섰을 때 구석구석마다 보이는 친밀함에 나는 진심으로 그 가족의 일원인 것처럼 느꼈다. 그건 그들의 사랑과 열정, 평소의 행동양식에 대한 증거였다. 그 집 자체가 사람의 마음을 잡아끌고 아늑하며 사람들과 애완동물에게 우호적이었다. 여기는 푸터먼 가족들의 일생이 담긴 사진과 보물들로 가득한 곳이었다. 가구들은 집과 한 몸인 듯 자연스러웠고, 야단스럽거나 형식적이거나 쉽게 부서질 것처럼 보이는 것들은 전혀 없었다. 그래서 내가 뭘 잘못 건드릴까 봐 전전긍긍할 이유가 전혀 없었다.

나는 샘이 그 집에서 자라면서 행복했을 것이고, 그 시간을 정말 사랑했을 거라는 걸 금세 알 수 있었다. 나는 온갖 장난감들과 방과 후에 놀러온 친구들로 가득했을 그녀의 어린 시절 방의 모습을 상상해보았다. 샘이 오빠들과 함께 다락방까지 높이 솟은 창이 있는 안방에서부터 창과 문으로 실내처럼 꾸며놓은 1층의 집 앞 테라스 공간까지 3층 집 안 곳곳을 오르내리며 노는 모습도 머릿속에 그려보았다. 나는 샘과 오빠들이 부엌에서 말다툼을 하면 재키 아주머니와 저드 아저씨가 그들에게 얌전하게 굴고 서로 때리지 말라고 타이르는 모습도 상상이 되었다. 내 머릿속에서 샘과 그녀의 가족은 벽난로 앞에 모여 앉아 있거나 마당에서 개들과 뛰어다녔고, 일요일 오후에 온가족이 함께 텔레비전 앞에서 야구 경기를 보는 모습이 펼쳐졌다. 내가 지구 반대편에 있는 동안 샘이 그 많은 일들을 해왔다는 걸 알게 되다니 믿기지 않았다.

샘은 분명 대가족 안에서 아주 행복한 어린 시절을 보냈을 것이다. 가족이 키우는 앵무새 펠리노는 테라스 방에 있는 걸 좋아했는데 아마도 사방에 창이 있어서였을 것이다. 앵무새를 키우는 가족은 처음이라 나는 앵무새에 매료되었다. 펠리노는 무척 예쁜 새였고 공격적이면서도 웃겼다. 푸터먼 가족은 샘이 어렸을 때 펠리노를 데려왔는데 샘은 귀찮아할 뿐이었다. 재키 아주머니는 이런 샘을 놀렸다. "네가 아무리 그래도 앵무새로 추수감사절 스프를 끓이지는 않을 거란다." 나는 펠리노가 나와 샘 구별할 수 있는지 궁금했다. 만약에 펠리노가 외모에서 차이점을 알아채지 못한다면 결정적인 증거는 내 프랑스식 억양일 것이다. 하지만 나는 펠리노가 나를 샘으로 착각했다고 생각한다. 샘은 펠리노를 좋아하지 않아서 그러든 말든 상관하지 않았고, 펠리노는 처음부터 내가 싫었는지 부리로 나를 쪼려고 했다. 푸터먼 가족은 매기와 시머스라는 두 마리의 개를 키웠는데 둘 다 앵무새보다는 친근하게 굴었다. 나는 샘이 자기가 살아온 집에서 가족들과 함께 있는 모습을 보며 그녀를 좀 더 이해하게 되었다. 그녀가 자기 오빠들이나 사촌, 친구들과 이야기하는 모습을 지켜보는 것도 무척 흥미로웠다. 나 역시 샘과 함께 추억의 시간을 만들어가고 있었지만, 한편으로는 나를 만나기 이전 샘의 생활도 머릿속에 그려볼 수 있었다.

갖가지 종류의 음식과 예쁜 접시들 그리고 격식 있는 상차림 등 추수감사절 만찬의 전통은 화려했다. 이렇게 많은 종류의 음식을 준비하려면 아주 많은 준비가 필요했을 것이다. 하기야 해를 거듭하며 이렇게 많은 사람들을 위해 음식을 준비하다 보면 나중에는 자동적으로 하게 될 것이었다. 각자의 역할 즉, 준비하고 자르고 나르고 젓고 붓는 등, 해야 일을 헷갈려 하는 사람은 아무도 없었다. 굉장한 일이었다!

음식은 완전히 미국식이었다. 프랑스에서는 칠면조 고기를 거의 먹지 않는다. 크리스마스에 엄마는 거세한 수탉에 밤을 넣어 요리하곤 했다. 추수감사절 음식 가운데 어떤 음식은 정말 맛있었고, 어떤 음식은 전혀 내 취향이 아니었다. 음식이 뭔가 잘못이 있었던 게 아니라 내 입맛을 사로잡지 못한 것뿐이었다. 내가 좋아했던 음식 중 하나는 마시멜로를 얹어 구운 고구마였다. 나는 그런 음식을 먹어본 적이 없었는데, 그 두 가지의 조합이 맞아떨어지리라고 누가 상상이나 할 수 있겠는가? 재키 아주머니에 따르면 그 요리는 분명 남부 지방 조리법에서 유래했지만 이제는 추수감사절에 어디에서나 먹을 수 있는 특식이라고 했다. 저드 아저씨가 만든 칠면조 스프도 아주 뛰어났다! 샘은 이 음식을 자주 보게 될 거라고 장담했다. 추수감사절이 끝난 후 며칠 동안 아침식사 때마다 보게 될 거라는 말도 덧붙였다. 이 요리는 물론 미국식 주식이 아니라 푸터먼의 주식이었다. 결국 우리는 파리로 돌아가는 비행기를 타는 날 아침까지 칠면조 스프를 먹었다.

식사 시간은 영화에서처럼 네 시간 동안 계속되었다. 모두들 정신이 혼미해질 때까지 먹고 또 먹었다. 젊은 축에 속하는 샘, 매튜, 앤드류, 그들의 사촌인 조나단과 제스는 음식을 너무 많이 먹고 마신다고 불평할 새가 없었다. 이제 길에서 태클 없는 풋볼인 터치 풋볼을 할 시간이었다. 그건 푸터먼 가족들이 충실히 지키고 있는 미국의 전통이었다. 나는 예전에 경기 중에 얼굴을 다친 적이 있기 때문에 신체 접촉이 많은 운동은 잘 못하는 편이었다. 나는 그 시간을 처음으로 샘의 이웃을 둘러

볼 기회로 삼았다.

샘의 동네 거리에는 어딜 가나 위풍당당한 풍채를 자랑하는 아름다운 나무들이 서 있었다. 같은 블록에 있는 독특하고 잘 꾸며진 집들은 앞뒤로 모두 마당이 있었다. 어떤 집들은 울타리 비슷한 걸로 이웃집과 나뉘어 있었지만, 상당수 집들은 마당이 이웃과 바로 연결되어 있었다. 보도를 사이에 두고 서로 마주보고 있었는데, 도로의 경계가 나온 뒤 이어서 도로가 나오는 식이었다. 나무로 지은 집들은 영화에서 봤던 것과 똑같았다. 주택들만 있는 거리를 보니 이상했다.

내가 자란 파리에는 한두 블록마다 식품점과 제과점, 약국, 케이크 전문점, 작은 시장이 있었다. 생필품을 사러 차를 몰고 나갈 필요가 없었다. 맨해튼에서 약 32킬로미터밖에 떨어져 있지 않은 샘의 동네는 아주 평화로웠다. 거기에서 두세 블록만 나가면 통근자들이 뉴욕에 갈 때 이용하는 복잡한 도로가 나왔지만 이 동네만 해도 미국 소도시의 정취가 있었다.

날이 깜깜해져서 터치 풋볼 경기가 끝나갈 때쯤 샘이 승리의 터치다운을 했다. 나는 미식축구에 대해 아무것도 몰랐지만 우리 두 사람 모두에게 큰 기쁨을 주는 아주 극적인 순간이었다. 패배한 팀이 실망감을 애써 숨기며 디저트를 먹으러 집으로 돌아갈 준비를 하는 동안 샘의 팀은 영광의 함성을 질러댔다.

집에 돌아왔을 때 우리 부모님들은 그들 나름의 아름다운 시간을 보내고 있었다. 나는 우리의 부모님들이 무척 자랑스러웠다. 나는 처음 만난 사람들 앞에서 수줍을 많이 탔지만 샘과 함께 있을 때는 무슨 말을 해야 할지 몰라서 쩔쩔 맬 일은 없었다. 엄마와 아빠도 느긋하고 편안해 보였다. 샘의 아빠와 앤드류가 아침에 내 부모님을 마중 나갔었고, 무엇이 됐든 간에 계획된 모험을 시작하러 그 집으로 데리고 돌아왔다. 그런데 부모님은 밤이 늦도록 돌아갈 생각을 하지 않았다. 게다가 샘의 친척들은 너무 따뜻하고 사교적이어서 환영받지 않는다고 느끼기는 거의 불가능했다.

디저트 시간은 추수감사절 분위기에서 나와 샘의 생일 분위기로 바뀌었다. 우리를 위한 생일 케이크가 두 개 있었는데, 하나는 아이스크림 케이크였고 나머지 하나는 매튜의 여자 친구가 직접 만든 케이크였다. 매튜와 앤드류와 함께 시간을 보낸 건 이번이 두 번째였다. 그들에 대해 좀 더 알게 되어 기뻤다. 나는 왓츠앱이라는 메신저로 매튜와 메시지를 주고받고는 했는데 그는 웃기는 사진을 보내는 걸 좋아했다. 앤드류와 나는 정기적으로 페이스북에서 채팅을 했다. 외둥이로 왔다가 갑자기 오빠가 둘이 생기다니 말도 안 되는 일이었다. 나는 런던에서 처음 그들과 포옹했을 때부터 신뢰할 만한 사람이라는 걸 곧바로 느꼈다. 샘은 언제나 두 오빠들이 자신을 보호해주었다고 말했다. 이제 그들은 나도 보호해주고 있었다.

샘은 어린 시절에 쓰던 침실에서 화장을 하기 위해 거울 앞에 서 있던 곳을 내게 보여 주었다. 샘은 거기가 손가락으로 젖소의 얼룩무늬 자국을 그리며 옷장 문에 페인트칠을 한 자리라고 했다. 그녀는 방 안을 여기저기 돌아다니면서 어렸을 때 이야기를 해주었다. 나는 샘이 커가는 단계별로 그녀의 모습을 상상할 수 있었다. 계단 꼭대기에 서서 오빠들한테 소리를 지르고, 학교에 늦어서 계단을 뛰어 내려갔다가 밤늦게 자기 방으로 살금살금 올라오고 있는 샘의 모습이 눈에 선했다. 머릿속으로 우리 인생의 서로 다른 부분을 맞추어보았다. 샘이 여기서 잠들어 있었을 때 나는 학교 벤치에 앉아 있었다. 샘이 저녁을 먹고 있을 때 나는 잠이 들어 꿈을 꾸고 있었다. 샘이 주말에 그림을 그리고 있을 때 나는 말을 타고 있었다. 나는 재키 아주머니가 저녁을 먹으러 내려오라고 소리치는 걸 상상해보았다. 과거를 바라보는 것 같았다. 내 인생과 끈끈하게 이어진 어떤 인생의 미스터리한 부분 같았다.

드디어 잠자리에 들 시간이었다. 나는 지난 스물네 시간 동안 다섯 시간밖에 자지 못해서 완전히 지쳐 있었다. 우리의 새로운 습관에 따라 샘과 나는 침대에 같이 기어들어갔다. 이불 속에서 장난을 치면서 우리는 다시 남자애들부터 친구 이야기며 가족들과 샘의 이웃들 이야기 그리고 이 집에 대한 기억들까지 모든 것에 대해 이야기했다.

나는 베로나에 이틀밖에 있지 못했다. 짧은 기간이었지만 푸터먼 가족들은 우리를 위해 흥미진진한 일정을 잡았고 사려 깊고 세심하게 계획을 세웠다. 예를 들어 뉴욕의 라디오시티 뮤직홀에서 〈크리스마스 스펙타큘러〉를 감상하는 것과 같은 독특한 계획들이었다. 재키 아주머니는 이 여행을 특별하게 만들기 위해 혼신의 힘을 다 쏟았다.

우리 부모님들이 어떻게 서로 비슷한 점이 이렇게 많은지 이상할 정도였다. 생일도 그렇고 이전 직업 등등 많은 것들이 정말로 비슷했다. 아이들이 계단을 뛰어 내려가고 있을 때 재키 아주머니가 세 아이들을 위해서 아침을 준비하고 있는 모습을 상상해보았다. 재키 아주머니가 참을성 있게 한 아이에게 진정하라고 말하거나 소리 좀 그만 지르라고 아이들에게 말하는 모습이 그려졌다. 재키 아주머니의 표정에서는 침착하고 다정한 성격이 묻어났다. 그녀는 연민 어린 눈빛과 부드럽고 위안을 주는 웃음과 목소리를 지녔다. 저드 아저씨는 언제나 내게 큰 웃음을 주었다. 그는 자신의 업무나 중요한 문제에 대해서는 철저한 사람이면서도 아이들과 가족들을 즐겁게 해주기 위해 항상 농담을 건네는 다정한 아빠였다. 그는 아이들에게 자유를 허용하면서도 항상 곁눈질로 아이들이 잘 있는지 살펴보는, 자녀들을 애지중지 아끼는 아빠였다. 그는 가족들이 확실히 행복해 할 일들만 했다. 그는 이야기를 재미있게 하는 굉장한 재주가 있어서 시간을 들여 아이들에게 무엇이 옳은지에 대해 이야기해주었다.

추수감사절 다음 날 우리는 뉴욕으로 갔다. 1년 전에 가본 적이 있지만 이번이 훨씬 더 특별했다. 새로운 가족들과 함께였기 때문이다. 특히 맨해튼에 있는 샘의 고등학교를 산책하는 건 정말 좋았다. 그곳은 샘이 자신의 배우로서의 경력을 쌓기 시작한 곳이었으며 노래하고 춤추며 연기하는 법을 배운 곳이었다. 자신의 꿈이 실현되기 시작한 곳이기도 했다. 나는 영화 〈페임〉 속 주인공처럼 샘이 언젠가 유명한 배우가 될 거라는 희망을 품고 춤을 추며 앞으로 나아가는 모습을 상상했다. 우리가 방문한 곳들은 샘이 살아온 인생에서 중요한 장면들을 품고 있는 곳이었고 지금의 그녀를 만들어온 곳이었다. 나는 미스터리를 풀어나가듯이 이제까지의 샘의 인생을 전체의 그림으로 그릴 수 있도록 연결고리와 숫자들을 하나씩 맞춰나갔다. 그건 푸터먼 가족들이 가꿔온 비밀 정원에 들어가는 것과 같았고, 내게 무척 큰 의미였다.

떠나는 날 아침, 나는 한 가족이 주는 친밀함과 새로운 추억들로 충만한 기분이 들었다. 나는 휴가가 더 길었으면, 영원히 계속되었으면 좋겠다고 생각했다. 샘과 함께 여기저기 돌아다니며 그녀의 어린 시절 다른 추억의 장소들도 가볼 수 있도록 말이다. 나는 샘과 나의 두 가족들이 모두 서로 잘 지내고 따뜻하게 교류하는 모습을 볼 수 있어서 무척 기뻤다. 이 여행은 서로의 경계를 지우고 있는 두 가족의 여정이었다. 두 가족이 서로 잘 지내기를 희망하는 '결혼' 같은 것이었다. 우리 가족들은 서로에게 다정하기만 할 수는 없기 때문에 내게 이번 여행은 훨씬 더 중요했다. 그들은 진정으로 서로를 사랑해야만 했다! 그건 내게 그 무엇보다 의미 있는 일이었다. 부모님들은 여행 전부터 매일같이 이메일을 주고받기는 했지만 이번 여행을 통해 실제로 만나서 서로 이야기를 나누고 즐거운 시간을 보낼 수 있었다. 내게 이보다 더 큰 행복은 없었다.

이제 나도 샘의 오빠들과 유대관계를 맺었다. 나는 그들에 대해 더 자세한 것들을 알고 싶었다. 직업은 무엇인지, 무엇을 좋아하고, 무엇을 싫어하는지, 여자 친구는 어떤 사람인지, 미래에 대한 계획은 무엇인지 등등 모든 것에 대해 알고 싶었다. 가장 좋은 방법은 오빠들의 집에서 그들에 대해 알게 되는 것이다!

보르디에 부부와 푸터먼 부부가 뉴저지 주 베로나에서 함께 지내면서 경험한 것들은 말로 다 표현할 수 없었다. 우리 삶은 각자 평행선을 그리고 있다가 하나로 모였다. 반드시 만나야 할 지점에서 겹쳐졌다. 두 선은 늘 있었지만 시공간의 필연적인 지점에서 만나기 전까지는 의미가 없다. 내 얘기를 하자면, 샘을 알게 된 지점이었다. 샘은 실제로 존재했고, 샘에게 마음을 쓰는 사람들은 내게도 관심을 보였다. 아직도 나는 통과의례처럼 실제로 그것을 보고 경험해야 한다. 내가 실제 현실에서 샘을 처음 만난 것과 비슷했다. 나는 내가 그녀에게 얼마나 중요한 의미인지, 나 스스로 얼마나 그녀를 사랑하는지 알고 있다. 그렇지만 처음에 는 '가상으로' 연결되어 있었고 인간적인 접촉까지 가지는 않았다. 그리 고 샘과 내가 만났을 때 나는 충격을 받았다. 우선 나는 내가 그렇게 작 은지 몰랐다! 하지만 샘의 머리를 콕 찔러보고 그녀가 진짜라는 걸 확인 했는데도 내가 그 사실을 인지하는 데까지는 몇 시간이 걸렸다. 나는 여 전히 샘 주위에서 움직이는 법을, 그녀의 주위에서 행동하는 법을 배워 야 했다. 샘은 거울에 비친 내 모습이 아니기 때문에 나는 그녀가 거울 에 있는 것처럼 반응하지 않을 거라는 사실을 깨달아야만 했다. 우리가 얼마나 똑같이 생겼는지에 상관없이 우리는 같은 우주, 같은 공간에 있 는 서로 다른 두 사람이었다.

이번 여행을 통해 샘과 그녀의 가족에 대한 나의 사랑은 결코 전과 비 교할 수 없을 만큼 커졌다. 그들과 헤어질 시간이 다가왔을 때 나는 더 이상 그렇게 슬프지 않았고 오히려 언제나 그들이 여기에 있다는 걸 알 기에 행복했다. 나를 가장 슬프게 했던 건 다음에 언제 만날 수 있을지 알 수 없다는 점이었다. 모두 함께 혹은 따로따로, 나는 샘의 가족들 한 사람, 한 사람에 대해 좀 더 알고 싶었다. 샘의 인생에서 중요한 모든 사 람들에 대해 더 알고 싶었다!

뭐라 말로 하기는 어렵지만 나는 샘과 그녀의 가족을 내 모든 감각을 통해 경험했기 때문에 이제 내 사랑은 무한대가 되었다고 생각한다. 비 록 우리가 순간이었을지도 모르는 얼마간의 시간 동안 서로에 대해 알 았을 뿐이어서 다른 사람들에게는 완전히 말도 안 되는 것처럼 보일지 도 모르지만, 이 현실에서 그 어떤 것도 우리 사랑을 앗아갈 수는 없다.

18
사만다

Samantha
+
Anaïs

그래도 생명을 주셔서 감사합니다

2013년 추수감사절은 내 인생에서 가장 기억에 남을 만한 가족 휴가가 될 것이었다. 내가 가장 좋아하는 휴일이 추수감사절이어서가 아니라 아나이스와 그녀의 부모님이 우리 집 식구들과 친척들을 만나기 위해 미국에 오기 때문이었다. 우리는 뉴저지 주 베로나에 있는 부모님 집에서 모이기로 했다. 물론 아나이스는 내가 어린 시절을 보낸 집에 와본적이 없었다. 보르디에 부부는 런던에서 내 부모님을 만난 적은 있었지만, 우리 집까지 와서 친척들과 다 함께 모인다면 굉장할 것이었다. 무언가 완전히 새로운 일을 시작하는 것 같았다. 이처럼 중요한 일이 또 있을까? 보르디에 부부는 이미 나의 가족이었고, 나머지 모든 내 가족들이 한곳으로 모이는 지금 여기로 오게 된 것이었다.

로스앤젤레스로 이사 간 이후에 나는 1년에 한두 번 정도는 부모님 집에 왔고 늘 이 집을 그리워했다. 9월에서 12월까지는 뉴욕에서, 1월에서 8월까지는 로스앤젤레스에서 지낼 수만 있다면 얼마나 좋을까? 로스앤젤레스는 내가 한 명의 아티스트로서 창의적인 자극을 얻고 성장한 곳이라 더 친숙하기는 했지만 나는 항상 마음 한 켠에 동해안에 집을 가지고 싶다는 소망을 품고 있었다.

2013년 추수감사절로부터 1년 전, 역사상 최대 규모의 북대서양 폭풍인 허리케인 샌디가 지나갔다. 마당에 있는 연못으로 나무가 쓰러졌지만 집은 피해를 입지 않았다. 이번 추수감사절이 특별한 이유는 많다. 하지만 이렇게 말할 수 있는 사람들은 얼마 되지 않을 것이다.

"얼마 전에 찾은 내 일란성쌍둥이 자매와 그녀의 가족을 포함해 내 프랑스 가족이 처음으로 우리와 함께 미국 추수감사절을 기념할 거야!"

프랑스에도 훌륭한 음식이 많겠지만 아빠가 만든 칠면조 스프 같은 건 없을 거다! 나는 다가오는 만찬을 대비하기 위해 프랑스어 단어들을 찾아보았다. 하지만 발음할 줄 아는 프랑스어 단어가 하나도 없어서 음식들이 알아서 자기가 뭔지 보여줘야 했다.

엄마와 매튜 오빠가 뉴어크국제공항으로 나를 데리러 왔고, 우리는 뉴저지 주 블룸필드에 있는 동네 식당에서 무교병 스프와 샐러드를 먹었다. 나는 비행과 시차 때문에 아직 몽롱했지만 고향에 돌아와서 엄마와 오빠와 함께 그리운 음식을 먹어서 행복했다. 파리에서 내 쌍둥이 자매 아나이스와 보낸 시간은 무척 즐거웠고, 아나이스의 부모님은 내 부모님에 대한 그리움을 불러일으키기도 했다. 내 부모님은 내게 행복과 기회, 끝없는 사랑을 준 분들이었다. 내가 집에 돌아왔을 때 엄마는 내게 무척 중요한 선물을 주었다. 미국 프로미식축구 팀 뉴욕 제츠의 로고가 새겨진 트레이닝셔츠와 티셔츠였다. 우리 가족은 뉴욕 제츠의 열렬한 팬이었다. 최근 여러 시즌 동안 좋은 성적을 내지 못했음에도 아빠 말로는 그 지역 최고의 풋볼 팀이었다. 올해는 지금까지 4번 이기고 6번 져서… 좋아 보이지는 않았다. 그 말은 야구 시즌이 시작할 때까지 아빠는 계속 투덜거리며 짜증을 낼 거라는 뜻이었다.

그다음 날, 나는 친구들을 만나러 뉴욕에 갔다가 저녁 식사 시간에 맞춰 베로나로 돌아왔다. 엄마는 내가 어렸을 때처럼 버스 정류장까지 나를 마중 나왔다. 엄마가 나를 위해서 얼마나 많은 헌신을 하는지, 엄마는 언제나 나를 놀라게 한다.

수요일, 추수감사절 전 날에 나는 아나이스의 부모님이 도착했다는 걸 알고 잠에서 깼다. 내가 내 몫보다 훨씬 더 많이 먹는 바람에 아빠는 칠면조 스프를 더 만들려고 집에 일찍 왔다. 아빠는 보르디에 부부가 하룻밤 묵은 뉴욕에 있는 호텔에서 그들을 태우고 우리 집 근처에 있는 호텔로 데려왔다.

나는 가끔 아빠가 오빠나 나와의 유대 관계에 있어서 대접을 덜 받는다는 걸 깨달았다. 뿌리 찾기에서도 입양인들은 언제나 생모를 찾는 걸 최우선으로 한다. 우리의 존재에 있어서 생부의 공로를 크게 인정하지 않는 것이다. 나의 생부는 누구일까? 나는 생부가 아나이스와 나에 대해 생각해본 적이나 있는지, 우리의 존재에 대해 알기는 하는지 궁금했다. 왜 아무도 생부에 대해서 얘기하지 않을까? 생부는 우리 존재의 절반을 차지한다. 그렇지 않은가? 그런데 아버지의 사랑이 엄마의 사랑만큼 심오하지 않다고 누가 말할 수 있을까? 나는 생모와 아이와의 유대를 경험해보지 않았지만 사람들은 아이를 향한 아빠의 사랑보다 아이를 향한 엄마의 사랑이 더 위대하다는 식으로 말한다. 하지만 내 몸속에 흐르는 피와 유전자는 생모와 생부 두 사람에게서 온 것이다. 우리 가족에서 보면, 나는 엄마가 나와 오빠를 사랑하는 것과 똑같이 아빠도 우리를 사랑한다는 걸 안다. 아빠가 칠면조 스프를 만드는 시간을 즐기는 모습을 보면서 내가 왜 아빠를 그렇게 많이 사랑하는지 절로 깨닫게 되었다.

파리에서 돌아온 지 며칠밖에 되지 않았지만 나는 자크 아저씨와 퍼트리샤 아주머니를 다시 만나서 기뻤다. 여기 미국에서 그 분들을 만나니 뭔가 다른 느낌이 있었다. 내 생각에 두 분이 자신의 딸과 쌍둥이 자매인 내가 자란 곳을 보는 건 중요한 일이었다. 피자 가게와 네일숍이 지나치게 많다고 해도 나는 내가 자란 마을이 자랑스러웠다.

아나이스의 부모님을 만나 포옹을 하고 볼 뽀뽀를 나눈 뒤 가장 먼저 간 곳은 피자 가게 겸 이탈리아 레스토랑이었다. 우리는 차에 몸을 구겨 넣고 내가 세상에서 제일 좋아하는 포르테피자리아앤드리스토란테로 향했다. 길 한쪽에는 피자 전문점들이 있었고, 건너편에는 제대로 된 만찬을 즐길 수 있는 식당이 있었다. 우리의 선택은 언제나 피자 전문점이었다. 우리는 고급이 아니었다. 나는 파스타 파지올리, 그리고 파르메산 치즈와 가지를 곁들인 스파게티를 주문했다. 보르디에 부부는 포르테의 야단스러운 분위기와 놀랄 만한 일 인분의 양 그리고 와인이 없다는 점에 조금 놀란 것 같았다. 자크 아저씨는 깊은 인상을 받으면서도 동시에 속이 울렁거리는 것 같았지만, 음식은 맛있었다. 저녁을 먹은 뒤에 보르디에 부부는 호텔로 곧장 돌아가지 않고 집에 들러서 차를 마시며 이야기를 나누었다.

그다음 날은 추수감사절이었고, 아나이스가 도착하는 날이었다! 아빠와 나는 존에프케네디국제공항에서 도착 비행기 명단을 지켜보며 승객이 세관을 통과하는 데 얼마나 걸리는지 계산을 해보았다. 그래야 우리가 기다리고 있는 사람이 언제쯤 나올지 더 잘 판단할 수 있을 테니까. 예를 들어 일본항공 비행기의 착륙 시간은 9시 45분이었고 10시 15분이 되어서야 일본 사람들이 터미널로 밀려 들어왔다. 비행기 출구에서부터 입국 허가까지 약 30분이 걸린 셈이었다. 시간 보내기에 정말 좋은 게임이었다.

마침내 아나이스가 큰 여행 가방과 케이-팝 스티커를 잔뜩 붙인 엄청나게 큰 엘르 가방을 들고 모퉁이를 돌아 나왔다. 한국에서 산 케이-팝 스티커들이 결국 아나이스의 가방 위에서 자리를 잡은 것이다. 아마도 짜증이 난 쌍둥이 중 하나가 거기에다 붙였던 것 같다. 누가 알겠는가? 아나이스를 끌어안았을 때 그녀가 좋아하는 프랑스의 샤넬 향수 냄새가 살짝 스쳤다. 나와는 얼마나 차원이 다른지! 나는 비행기에서 내리면 과자와 위스키, 퀴퀴한 방귀 냄새 같은 걸 풍기는데 말이다. 게다가 아나이스는 밤새 대서양을 가로지르는 비행을 한 뒤인데도 아주 우아했다!

베로나에 도착하자 아나이스는 친척들로부터 질문 공세를 받았다. 우리 가족은 런던에서 아나이스를 본 뒤로 처음이라, 엄마는 그녀를 다시 보고 매우 기뻐했다. 아나이스를 한 번도 보지 못한 외할머니는 우리가 막 도착했을 때 차를 세우고 있었다. 마치 많은 팬들에게 둘러싸여 있는 록 스타처럼 흥분한 사람들과 만나는 일은 분명히 아나이스에게 힘든 일이었을 것이다. 내 친척들은 그녀의 온 생애를 다 알고 싶어 했고, 아나이스는 자신의 유명세를 상냥하게 받아들였다. 나는 아나이스에게 마치 나인 것처럼 외할머니한테 달려가서 안으라고 말했다. 두말할 것도 없이 외할머니는 속았다. 다음으로 내 사촌 질과 그녀의 남편 톰이 집에 도착했다. 톰은 나인 줄 알고 아나이스를 아주 꽉 끌어안으며 뺨에 입을 맞췄다. 아나이스는 그들이 누군지도 모르면서 그냥 받아들였다. 톰은 자기가 실수했음을 깨닫고는 충격을 받았다. 몇 초 후에 고모 조와 고모부 밥 그리고 사촌 조나단과 제시가 파티에 합류했다. 고모 조가 바로 아나이스가 트위터에서 나를 찾으면서 발견했던 "조 푸터먼"이었다. 누가 누구인지를 알아보면서 모두들 한바탕 크게 웃었다.

모두 모인 가운데 샴페인을 들 시간이 되었다. 자크 아저씨와 퍼트리샤 아주머니가 프랑스에서 샴페인 두 병을 사왔다. 스파클링 샴페인이 아니라 진짜 샴페인이었다. 우리의 새로운 가족들과 건배를 한다니 황홀한 기분이 들었다. 우리 가족들이 같은 곳에 함께 모여 있다니, 이건 내 꿈과 환상의 정점이었다. 주위를 빙빙 돌며 서성이는 많은 사람들 때문에 밀실공포증을 느껴서이기도 했지만, 나는 음식을 만드는 척하면서 부엌으로 피신했다. 나는 집에 있을 때 흥분을 가라앉히며 음식 만드는 걸 좋아한다. 야채를 썰고 냄비를 계속 지켜보는 일은 신경을 안정시키고 한 가지에만 집중할 수 있게 해준다. 그 사이 내 머릿속은 과부하가 걸린 나머지 감각들을 처리하는 데 집중하게 된다. 내 쌍둥이 자매 아나이스는 아마도 낮잠을 한숨 자고 싶었을 텐데도 거실에서 엄청나게 공손한 태도로 모든 질문에 대답을 하며 그 자리에 있고 싶은 척하고 있었다.

아빠는 해마다 당신의 장기인 칠면조 스프를 만들면서 추수감사절 전 일요일을 시작한다. 나는 늘 흔적도 없이 사라질 정도로 끓고 있는 칠면조 냄새와 아빠가 벌여놓은 난장판 덕분에 포식하느라 부엌에서 정신

줄을 놓은 개들이 내는 소리에 잠에서 깼다. 스프가 끓으면 아빠는 휘휘 저으면서도, 미국의 모든 아빠들처럼 미식축구를 보았다. 나는 매 시간마다 스프가 어떻게 되고 있는지 직접 보러 부엌에 가고는 했다. 몰래 냄비에서 한두 숟가락 가득 퍼서 내 입맛에 맞는지 맛을 봤다. 추수감사절 이후 며칠 동안 아침, 점심, 저녁 식사 시간 그리고 간식 시간까지 칠면조 스프가 나올 것이다. 하지만 아무도 불평하지 않았다. 그만큼 맛있었으니까.

올해에는 스물두 명이나 되는 사람들의 자리 배치를 어떻게 해야 할지 엄마가 걱정이 많았다. 엄마는 모두를 만족시키고 싶었다. 그래서 모자 속에다 이름을 쓴 종이를 넣고 추첨을 하기로 결정했고 무작위로 이름표를 테이블에 놓았다. 엄마의 방식을 속이는 것일 수도 있겠지만 나는 아나이스 이름표와 내 이름표 위치를 바꾸었다. 어떻게 해도 우리는 같이 앉게 될 것이었다.

아빠가 오븐에서 칠면조를 꺼냈지만 아직 30분은 더 있어야 했다. 나는 발사믹 식초와 샴페인 비네그레트를 뿌린 케일에 구운 호박씨와 말린 체리, 구운 버터넛 스쿼시를 곁들인 애피타이저를 만들었다. 결과는 대 히트였다. 고모는 세 접시를 먹고 극찬을 했다. 내가 만든 애피타이저는 칠면조와 칠면조 속, 으깬 감자 요리가 나오기 전까지 테이블을 책임지기에 딱 좋았다.

보르디에 부부의 첫 번째 추수감사절은 성공적인 듯 보였다. 내게도 절대로 잊지 못할 추억이었다. 다 같이 둘러앉아 먹는 모습, 아나이스가 칠면조 고기와 속을 먹는 모습, 통조림 얌 위에 마시멜로를 얹고 그 위를 살짝 그을려 익히는 아빠의 모습… 내가 상상했던 그대로였다. 개들이 음식 부스러기라도 얻어보려고 부엌에서 우리를 간절히 바라보고 있었다.

식사는 해가 지기 직전에 끝났다. 그 말은 밖으로 나가서 터치 풋볼을 할 시간이 있다는 말이었다. 이 게임은 우리의 전통이기에 아나이스가 함께 하기를 바랐지만 그녀는 어렸을 때 얼굴에 공을 맞은 이후로 그냥 구경하는 걸 더 좋아했다. 아나이스를 뺀 나머지는 어린아이들처럼 장난스레 비명을 지르면서 길거리를 뛰어다녔다. 나는 마지막에 승리의 터치다운을 했고 오빠들의 자랑이 됐다. 보도에 걸려 넘어져서 손이 다 까지기도 했다. 하지만 몇 번 긁히거나 부딪히지 않고 어떻게 오빠들과 거리에서 풋볼을 할 수 있겠는가?

추수감사절은 내 생일과 가까워서 디저트는 언제나 내 생일 케이크였다. 올해도 예외는 아니었다. 그날 최고의 순간은 바로 내 쌍둥이 자매와 함께 케이크를 나누었을 때였다. 아나이스와 나는 초를 끄면서 소원 비는 걸 또 잊어버렸다. 하지만 내가 무얼 더 바랄 게 있을까? 내가 필요한 사람들이 모두 이 거실에 함께 있는데 말이다.

추수감사절 다음 금요일에는 우리 부모님들과 아나이스, 오빠들과 함께 라디오시티 뮤직홀에서 하는 〈크리스마스 스펙타큘러〉를 보려고 뉴욕에 갔다. 링컨 터널을 향해 가는 길에 허드슨 강을 가로지르는 맨해튼 스카이라인 전체의 모습이 보였다. 아나이스는 숨이 멎을 듯한 아름다운 풍광이라며 감탄사를 내뱉기 시작했다. 재미있는 일이다. 나는 아나이스가 에펠탑이 뒷마당에 있는 곳에서 자랐다는 게 말도 안 되게 로맨틱하다고 느꼈다. 나는 내가 사는 도시에 너무 익숙해져서 나만의 랜드마크를 당연하게 여겼던 것이다. 스카이라인 가운데 꼭대기에서부터 맨

아래까지 빨간색과 초록색 불빛으로 치장한 엠파이어스테이트 빌딩이 그 건물만의 인상적인 느낌을 만들어내고 있었다.

모두들 미국 내에서 가장 높은 건물인 프리덤 타워로 새롭게 단장한 월드트레이드센터 부지를 보고 싶어 했다. 그래서 우리는 맨해튼 남쪽 지역인 로어맨해튼으로 향했다. 여전히 엄숙한 분위기의 그 부지는 다시 시작할 수 있다는 우리 능력의 증거이기도 했다. 2001년에 우리는 결코 예전과 같을 수 없는 이 도시에 함께 왔다. 우리는 직접 경험했고 아주 많은 사람들이 겪고 있는 아픔을 느꼈기 때문에 이 현장에서 멀리 떨어져 있는 사람들보다 더 공포에 질려서 우리의 권리에 상당히 방어적이라고 느끼기까지 했는지도 모른다. 경의를 표하러 외국에서 온 여행객들의 숫자는 믿기 어려울 정도였다.

우리는 '헬스 키친' 구역의 9번가 45번지에 있는 저스틴 팀버레이크의 레스토랑 '서던 호스피탈리티'에 점심을 먹으러 갔다. 그의 노래 〈미러스〉를 좋아하는 사람들이 어떻게 그의 레스토랑에는 가지 않을 수 있을까? 프랑스 레스토랑에 비하자면 모양과 양은 꽤 엄청났다. 아나이스와 나는 특히 케일을 좋아했는데 이는 우리의 또 다른 공통점이었다!

점심을 먹은 뒤 우리는 록펠러센터에 가서 아직 불이 켜지지도 않았지만 아무튼 세계적으로 유명한 크리스마스트리 앞에서 셀카를 찍었다. 그런 다음 폭죽놀이를 보러 라디오시티 뮤직홀에 갔다. 누구나 살면서 한 번쯤은 〈크리스마스 스펙타큘러〉를 봐야 한다. 확실히 휴가 기분에 빠져 들게 해준다. 아나이스와 나는 절대로 그 무대 위에 오를 수 없을 것이다. 무대 위 코러스 줄의 조각상 같은 여성들은 발을 높게 차올렸는데, 우리는 178센티미터쯤 되는 그들의 평균 키에 한 30센티미터는 모자른 것 같았다.

쇼가 끝난 뒤 우리는 모두 5번가로 걸어가서 세인트패트릭 대성당에 들렀다. 대성당은 온통 공사를 위한 가설물이 둘러쳐져 있어서 우아함을 찾아보기 힘들었다. 노트르담 대성당 이후에 지어진 모든 교회와 성당들은 상대적으로 초라해보였다. 노트르담 대성당이 세인트패트릭 대성당보다 거의 700년이나 더 오래되었다는 점 때문에 다른 성당들은 덜 중요해 보이는 것 같았다.

한국식 불고기 레스토랑에서는 아나이스와 내가 나서서 음식을 주문했다. 아나이스의 부모님은 한국 사람들과 미국 사람들이 모든 음식을 나눠 먹는 방식 때문에 약간 입맛을 잃었다. 아나이스는 부모님이 이 문화를 이해하지 못하는 것에 신경을 쓰기 시작했고, 나는 아빠가 원래 한국 음식을 좋아하지 않는다고 말해서 화가 났다. 나는 양지머리가 우리가 유월절에 먹는 소고기와 똑같은 부위인데 얇게 썰어서 바로 앞에서 불에 굽는 것만 다르다고 아빠에게 똑똑히 일러주었다. 나는 아빠를 비난하기 시작했는데 뒤 돌아보니 아나이스도 그녀의 부모님과 똑같을 일을 하고 있었다. 프랑스어로 말한 것만 빼면.

저녁을 먹은 뒤에 아나이스와 나는 내 친구들과 함께 술을 한잔하러 시내에 갔다. 내 친구들이 눈에 보일 만큼 가까이왔을 때 아나이스가 나를 뒤에 남겨둔 채 바를 향해 뛰기 시작했다. 나는 믿을 수가 없었다. 내 쌍둥이 동생은 한국에서 그녀의 위탁모가 했던 것처럼 아주 우스운 모양새로 쏜살같이 달려가버렸다. 내가 안에 들어갔을 때 아나이스는 키득거리며 그녀를 안다고 생각했던 사람들에게 손을 흔들고 있었다. 우리는 재미있었지만 내 친구들은 그녀가 나인 척 한 행동에 약간 불편해 했다.

아나이스는 뉴욕 5번가에서 살짝 벗어난 곳에 있는 뉴욕현대미술관에 가고 싶어 했다. 나는 아나이스가 그렇게 흥분한 모습은 처음 봤다. 그녀는 내 손목을 잡고 말했다. "이 화가의 그림은 꼭 봐야 해!" 나는 아나이스의 예술가들과 작품 의도에 대한 해박한 지식이 무척 인상적이었다. 아나이스는 예술사를 완전히 꿰고 있었다. 나는 가끔 그림의 이면에 숨은 의미를 찾는 걸 좋아한다고 말해왔다. 하지만 단순히 그림이 예뻐서 감탄하며 바라보는 경우가 더 많았다. 나는 팝아트의 색감과 재질을 좋아하지만, 아나이스는 수묵화에 더 끌렸다. 팝아트는 내게 즉각적인 희열과 함께 흥미진진하고 황홀한 느낌을 준다. 반면에 우울한 그림을 보면 좀 의기소침해진다. 그렇지만 아나이스는 그런 그림을 좋아한다. 일란성쌍둥이라도 다른 점은 있다.

이제 시간이 다 되었다. 하지만 나는 아나이스를 보내고 싶지 않았고 그녀도 똑같이 심란해 했다. 우리는 다시 아주 멀리 떨어져 지내야 했다. "우리 이제 한동안은 못 만나겠지." "전화할게!" "4월에 보자!" 그리고 온갖 다른 약속들이 이어졌다. 나는 그 전에 우리가 다시 만나야 하는 이유를 생각하려고 했다. 우리는 책 집필과 다큐멘터리 작업을 같이 하고 있었기 때문에 다시 함께 만나야 할지도 몰랐다. 나는 다시 영상 통화로 매일 아나이스를 만날 것이다. 현대적인 삶이 그런 거 아니겠나. 그녀를 보고 싶으면 클릭 한 번만 하면 된다. 우리가 처음 연락을 주고받은 후로 나는 이미 매일 아침 아나이스의 문자메시지 소리에 잠에서 깨고 있다. 그래서 우리는 그렇게 멀리 떨어져 있는 것 같지 않았다. 그렇기는 하지만 내 쌍둥이 자매의 얼굴을, 그러니까 내 얼굴을 보고 잠에서 깨는 것과는 엄연히 다르다! 나는 아나이스가 깰 때까지 약을 올리곤 했다. 머리 맡에서 베개를 빼는 거다.

마지막 밤에 우리는 아침까지 꽤 많은 이야기를 나누며 밤을 새웠다. 어쩌면 우리가 함께 자라지 않은 편이 더 나은 건지도 모르겠다. 같이 컸다면 절대로 잠을 안 잤을 테니까! 부모님이 매일 같이 이렇게 소리를 질렀을 거다. "얘들아! 제발 불 좀 끄자!" 그러면 우리는 손전등을 들고 이불 속으로 들어가서 내가 옛날이야기를 하는 동안 아나이스가 그림을 그렸을 거다. 내 자매. 내가 그런 말을 하게 될 줄은 정말 몰랐다. 매튜와 앤드류는 내 오빠들이다. 우리 셋 중에 남자애가 둘, 여자애는 나 혼자였다. 그리고 내게는 생모가 있다. 언젠가는 만나게 될지도 모르는 한 여성이 어딘가에 있다. 가끔씩 나는 아나이스와 나에 대한 생모의 의도가 악의적이었는지 궁금하다. 생모가 일부러 우리 둘을 떨어뜨려 놓았던 것이라면? 그녀가 아나이스와 내가 서로에 대해 알게 되기를 결코 바라지 않았다면 어쩌지? 하지만 이제는 상관없는 일이 된 거 같다. 생모의 의도가 무엇이었든지 간에 그 의도는 놀랍게도 무언가가 긍정적인 것으로 변했다. 그 과정은 사랑 없이는 불가능했을 것이다.

생모가 우리를 떨어뜨려 놓은 건 결과적으로 우리에게 또 다른 가족을 선물해준 셈이 되었다. 생모는 보르디에 부부에게 죽는 날까지 사랑할 딸을 주었다. 그리고 내 가족은 나를 얻었다! 그녀가 처음에 무슨 생각을 품었든지 간에 지금 우리가 가진 것들을 변화시키지는 못했다. 아나이스와 내가 생모를 만난다면 그녀는 좀 더 자세한 사실들로 우리 이야기를 채워줄 수 있을지 모른다. 그렇지만 우리는 지금 모습 그대로도 충분히 아름답다.

나는 내 생모를 사랑한다. 그녀는 내게 생명을 주었다. 그녀는 내게 내 가족과 함께 하는 인생을 주었다. 그녀는 내게 쌍둥이 자매를 주었다. 그녀 덕분에 나는 양쪽 세상에서 최고의 사람들을 얻었다.

푸터먼과 보르디에 가족들이
모두 한자리에 모였다!

19
아나이스 그리고 사만다

Anaïs
+
Samantha

우리는 서로 얼마나 다를까

늦가을 즈음, 시걸 박사의 연구는 마침내 검토할 준비를 마쳤다. 시걸 박사는 모든 데이터를 수집하고 검사 결과 전체를 분석했으며 마지막 인터뷰를 진행한 뒤에 〈성격과 개인 차Personality and Individual Differences〉라는 학술지에 발표할 우리에 관한 논문을 준비했다. 우리는 천성과 양육이 우리 성격에 어떻게 영향을 미쳤는지 궁금해서 견딜 수가 없었다.

시걸 박사는 우리가 매우 유사하다는 점을 발견했다. 시걸 박사가 가장 먼저 주목했던 사항 중 하나는 우리가 직접 만나기도 전에 얼마나 빠르게 서로에게 마음을 열었나, 하는 점이었다. 우리는 처음 몇 차례의 온라인 대화에서 같이 쓸 "팝"이라는 애칭을 짓기도 했다. 시걸 박사는 우리의 신체와 습관의 유사성에 흥미를 느꼈다. 그녀는 우리가 수줍어할 때 똑같은 미소를 지으며 낄낄거리며 웃을 때도 아주 흡사하다고 했다.

썰렁한 유머 감각과 쾌활한 기질을 공유한다는 점도 주목했다. 우리는 둘 다 예술적이고 창의적이며 진로도 이런 재능을 바탕으로 결정했다. 둘 다 열심히 일하고 독립성이 강하다는 점도 똑같았다.

　시걸 박사는 런던에서 있었던 우리의 재회의 현장에 참석하지는 않았다. 그렇지만 그녀는 서로에 대한 우리의 첫 반응이 따로 떨어져 자란 일란성쌍둥이들이 처음 만났을 때의 매우 전형적인 모습임을 관찰할 수 있었다. 우리는 조심성이 많고 호기심도 많았다. 우리는 끌어안지는 않았지만 상대방이 진짜인지 확실히 하기 위해 서로를 쿡 찔러보았다. 아무튼 우리는 정말로 서로가 낯설었다. 우리 둘 다 백인 가정에서 자랐기에 입양아라는 사실에는 의심의 여지가 없었다. 다만 우리는 이 세상 어딘가에는 누군가 우리와 닮은 사람이 있을지 궁금해 했다. 우리는 우리의 정체성을 공고히 해주는 실제 만남을 정말로 원했다. 런던에서 우리가 처음 만났을 때는 갑자기 눈앞에 나타난 자신의 거울을 보는 것 같은 모습에 우리는 가만히 응시하기만 했고, 우리는 그러한 서로의 반응이 이상하지 않았다.

　시걸 박사의 검사는 인생사, 특수 인지능력, 성격적 기질, 지능, 자긍심, 직업 만족도, 의료 기록, 사회적 관계 등 여덟 가지 영역으로 이루어져 있었다. 검사는 우리가 함께 있을 때도, 떨어져 있을 때도 진행되었다. 아나이스에게는 프랑스어로 작성된 질문지가 주어졌다.

　시걸 박사는 개인사에 관한 연구에서 '따로 떨어져 자란 쌍둥이에 관한 미네소타 연구'의 참가자들에게 실행했던 인터뷰를 활용했다. 시걸 박사는 우리의 입양 환경과 입양한 가족, 교육적 배경 그리고 이력과 관련된 요소들을 살펴보았다.

우리의 지적 능력을 평가할 때는 웩슬러성인용지능검사-VI<small>WAIS-VI</small>를 이용했다. 2013년 9월 샘은 로스앤젤레스에, 아나이스는 파리에 있을 때 일주일에 한 명씩 따로 검사를 진행했다. 이 검사는 IQ로 지수화 하는 일반 지능뿐 아니라 언어 이해와 지각 추론, 작업 기억 그리고 처리 속도를 측정했다. 그 외에 13개의 특수 지적능력 검사도 마쳤다.

우리는 '작동 기억'을 제외한 모든 것이 유사하다는 결과가 나왔다. 이는 이전의 따로 떨어져 자란 쌍둥이들의 검사 결과와 일치한다. 시걸 박사는 기억 과제에서 뛰어난 수행 능력을 보인 샘의 검사 결과가 그녀의 연극 대사 암기력과 관련이 있다고 분석했다. 샘의 배우 활동과 웨이트리스 업무는 기억력과 사회적 이해력 그리고 문제 해결 능력을 필요로 한다. 다섯 가지 시공간 검사에서는 아나이스가 샘보다 네 가지 항목에서 우수했다. 이는 패션 디자이너가 시각적인 능력 면에서 더 뛰어나기 때문에 유리할 것이라는 생각과 일치했다. 아나이스가 의상의 치수와 형태의 움직임을 상상하면서 시공간에 대한 감각을 키웠을 확률이 높았다.

시걸 박사는 샘의 두 직업에서 필요로 하는 많은 기술 또한 지능검사에서의 차이를 설명해줄지도 모른다고 말했다. 샘은 지능검사에서 129점을 얻었고, 아나이스는 112점이었다. 쌍둥이 사이에서 17점 차이는 표준 편차인 15점을 약간 넘어선다. 이 차이는 불균형한 영향 상태 등 우리의 태아기 환경과 직업에서 필요한 기술, 그 외 인생사나 출생 요인에서 알려지지 않은 차이점을 다양하게 나타낼 수 있다. 시걸 박사는 또한 "평균으로의 회귀" 현상이 있을 수 있다고 했다. 그래서 우리가 검사를 다시 받는다면 우리 둘 사이의 점수 차이는 줄어들지도 모른다. 그러니까 샘이 그날 검사를 유독 잘 치렀고, 아나이스는 몸이 안 좋았을지도 모른다는 것이다. 다른 날에는 시험 결과가 다를 수 있다. 다른 사례들을 살펴보면 사람들은 주어진 상황에 따라 약간의 변화를 보이기도 한다.

시걸 박사는 우리가 서로 다른 나라에서 자랐다는 점이 매력적이라고 했다. 이는 어떻게 문화가 공통 유전자와 상호작용하여 식별 가능한 차이를 만들어내는지 살펴볼 수 있는 기회가 되었다는 것이다. 우리는 성격에 관해서도 세 가지 설문 검사를 받았다. 첫 번째 검사는 스물한 개의 성격적 측면과 대표적인 다섯 가지 성격 성향인 '변화에 대한 개방성과 양심, 외향성, 수용성, 신경증적 불안 그리고 안정성'으로 구성된 200개의 항목이 포함되어 있었다. 두 번째 성격 목록표에는 300개의 형용사가 나열되어 있는데 각 용어가 자신을 묘사하는지 여부를 점검하는 것이었다. 세 번째 설문지는 60개의 성격 목록표로 구성되어 있으며 대표적인 다섯 가지 성격 성향에 대한 점수도 측정한다.

대표적인 다섯 가지 성격 성향 프로필을 통해 우리의 잠재적인 차이점을 발견해낸다는 건 놀라운 일이었다. 우리 둘 사이의 가장 큰 차이점은 신경증적 불안과 외향성 범주에서 나타났다. 아나이스는 신경증적 불안 범주에서 더 높은 점수를, 샘은 외향성 범주에서 더 높은 점수를 받았다.

시걸 박사는 이들 차이점이 나타나는 이유는 명확하지 않다고 말했다. 아나이스는 최근에 졸업 프로젝트를 마치고 프랑스에서 새로운 직장에 다니고 있었고, 이러한 생활의 변화가 반영되어 외향성에서 상대적으로 더 낮은 점수를 받았을 것이다. 또 다른 가능성은 성장기에 맞닥뜨리는 편견이었다. 그 외에 개방성과 양심 그리고 수용성에서 우리의 점수는 거의 일치했다.

검사는 우리 둘 다 훌륭한 자긍심을 지니고 있다는 걸 입증했다. "훌륭한"이 속하는 범주는 15에서 25 사이다. 샘은 24점을 얻었고, 아나이스는 15점이었다. 우리 점수는 이 범주의 상하 끝에 걸쳐 있는데 시걸 박사에 따르면 그건 우리 유사점의 출발이었다.

우리 직업의 만족도를 알아보기 위해 시걸 박사는 미네소타 직업 만족도 설문지 검사를 했다. 검사에서는 각 항목과 관련된 20개의 직업에 대한 만족도를 표시하기 위해 1부터 5까지 척도를 사용했다. 우리는 전반적인 직업 만족 면에서 아주 유사한 패턴을 보였다. 아나이스의 점수는 그녀가 샘보다 자신의 직업에 약간 더 만족하고 있다는 걸 보여주었다. 어찌되었든 자신의 일에 대한 우리의 만족도는 직업 만족도에 대한 유전적 영향과도 일치했다.

우리는 또한 질병과 부상, 입원을 총망라하는 의료 기록을 작성했다. 아나이스가 샘보다 약 2센티미터 더 크기는 했지만 우리는 키와 몸무게가 매우 비슷했다. 아나이스는 양손을 다 쓸 수 있었지만 우리는 기본적으로 둘 다 오른손잡이였다. 둘 다 대체로 건강하지만 주로 위장과 관련해서 다양한 증상을 보이고 불편함을 느꼈다. 둘 다 유당불내증이 있었지만 이에 상관없이 치즈는 먹었다. 우리는 둘 다 두통이 심했다. 샘은 일반 의약품으로 해결한 반면에 아나이스는 처방 받은 약을 먹었다. 샘의 두통은 성가신 정도였고, 아나이스의 두통은 더 심각해서 때로는 일상생활을 멈추고 침대에 누워서 쉬어야 할 정도였다. 우리는 둘 다 알레르기가 있고, 갈증을 잘 느끼고, 입이 잘 마르고, 멍이 쉽게 들고, 콘택트렌즈나 안경을 쓰고, 경구용 피임약을 먹는다. 2012년 아나이스는 왼쪽 어깨에 신경통을 앓았고 샘은 다리에 신경통을 앓았다.

건강과 관련해 약간 다른 문제도 있었다. 샘은 부비강으로 고생하고 있었고, 항생제 알레르기가 있다. 사랑니를 뽑으려고 입원을 한 적도 있다. 아나이스는 벌레와 해산물, 아스피린에 알레르기가 있다. 저혈압 증세를 겪은 적이 있고 두근거림 증상과 관절 통증이 있으며 이를 간다.

인정하기는 무척 싫지만 우리는 둘 다 이따금씩 담배를 피운다. 샘은 열한 살 때 처음으로 담배를 배웠고, 두 주에 한 개비를 넘지 않았다. 아나이스는 열아홉 살 때 처음으로 담배를 배웠고 매일 적어도 한 개비는 피웠다. 하지만 하루에 반 갑 이상 피워본 적은 없다.

공동 인터뷰를 하는 동안 캘리포니아 주립대학교 플러턴 연구소에서 녹화를 했는데 우리의 유사성을 관찰하기 위해 재회에서부터 예술가로서 일하는 현장까지 온갖 주제에 대해 이야기를 했다. 우리는 서로 생활양식이 얼마나 다른지 따져보다가 우리가 얼마나 비슷한지 우연히 발견하고는 자주 깜짝 놀란다고 인정했다. 오빠들 틈바구니에서 자란 샘은 아나이스가 더 여성적이라고 생각했다. 가장 중요한 건 우리 둘 다 하루라도 빨리 남은 인생 동안 함께 시간을 보내고 싶어서 견딜 수가 없다는 점이었다.

우리들 각자는 시걸 박사의 연구 결과와 전문 지식으로부터 조금씩 다른 것들을 얻었다. 우리 둘 다 유사성에서 벗어나는 지점을 집어내는 것이 가장 흥미로웠다. 샘은 쌍둥이의 거울상 효과와 사회적 조화 검사 그리고 지능검사에 관심이 있었다. 아나이스는 복잡한 문제들에 더 관심을 보였다. 예를 들어 언어 시험과 대규모 연구에 대한 우리의 참여도 그리고 지능검사 같은 것들이었다. 우리는 무엇보다도 지능검사에 흥미를 느꼈다. 지능검사에 대한 각자의 생각을 정리하자면 이렇다.

나는 검사 결과를 확신할 수가 없었다. 특히 정신적인 면을 어떻게 검사할 수 있을까? 나는 아나이스와 내가 완전히 다른 점수가 나올까 봐두려웠다. 나는 멍청한 미국 여배우이기 때문에 당황스러울 정도로낮은 점수가 나오면 어쩌나 하고 걱정했다. 하지만 아나이스는 '떨어져 자란 쌍둥이에 대한 미네소타 연구'를 보면 쌍둥이들은 평균적으로 7점 정도 차이가 나고, 어떤 쌍둥이들은 전혀 차이가 없다며 나를안심시켜 주었다. 하지만 어떤 쌍둥이는 7점 이상 차이가 나기도 하고 무려 29점이나 차이가 나는 경우도 있었다. 나는 그 사실을 알고깜짝 놀랐지만 우리 결과를 받고서는 더욱 깜짝 놀랐다.

세 가지 성격 검사 결과는 믿기 어려웠다. 우리는 외향성과 신경증적불안과 관련된 점만 제외하면 모든 면에서 아주 유사했다. 세 번째 인격 목록표를 기초로 만든 차트는 그 점에 있어서 완전한 평행을 이루지 않았다. 여배우와 디자이너가 내향적인 면과 외향적인 면으로 서로 대립한다는 건 그렇게 놀랄 일은 아니었다. 하지만 실제로 그렇게다르다고 하니 충격적이었다. 나는 연기를 할 때는 내 감정을 자유롭게 숨기지 않지만 평소에는 뒤로 물러서는 편이다. 실제로도 꼭 필요할 때가 아니면 말을 많이 하지 않는다. 그렇지 않으면 최소한으로 한다. 아니면 적어도 나 자신이 그렇게 한다고 여겼다.

나는 내 지능검사 점수가 더 높게 나와서 정말 신이 났다! 이제 프랑스 사람들은 절대로 우리를 "멍청한 미국 사람들"이라고 부를 수 없다! 나는 아나이스가 이제 막 학교를 졸업했고 나보다 학교를 더 오래 다녔다는 사실에 깜짝 놀랐다. 나는 단 한 번도 숙제를 해본 적이 없는데다, 대학교 2학년 때까지 공부에는 아예 관심이 없었다. 아무튼 학자금 대출이 돈 낭비가 아니었음을 알게 되어 다행이었다!

우리가 "거울상 쌍둥이"인지를 알아보는 신체검사의 결과는 특별히 놀랄 만한 게 없었다. 이미 알고 있던 것들을 확인해주는 정도였다. 신체검사를 통해 우리가 정반대의 특징을 보이는지 알아보았다. 그 현상은 일란성쌍둥이한테서만 일어난다. 일란성쌍둥이의 경우 수정된 난자가 수정 후 비교적 늦은, 8일 이상 됐을 때 나눠진다. 거울상 쌍둥이들은 거울 영상 효과 때문에 신체 특징을 거꾸로 보여준다. 가령 한 사람이 오른손잡이면 다른 사람은 왼손잡이다. 그들의 모반은 비슷할 수는 있지만 서로 맞은쪽에 있다. 만약 그들이 곱슬머리라면 머리카락이 서로 반대쪽으로 꼬일 수도 있다. 일란성쌍둥이 가운데 4분의 1만이 이와 같은 반대의 특징을 보인다.

아나이스와 나의 경우, 서로 거울상인 점들도 있었지만 모두 그런 건 아니었다. 나는 오른손잡이지만 아나이스는 양손잡이다. 그녀는 무언가를 할 때 4분의 1 정도만 오른손을 썼다. 시걸 박사의 시험이 아나이스가 학교에서 오른손을 쓰도록 권장 받았다는 사실을 고려했는지, 왼손잡이를 아주 좋지 않게 여기는 프랑스 교육의 실태를 염두에 두었는지는 모를 일이다. 아나이스가 열다섯 살 때 말을 타다가 오른쪽 팔이 부러지는 바람에 왼손으로 글씨를 쓸 수밖에 없었던 이유도 있었다. 어쨌든 아나이스는 양손잡이고 나는 오른손잡이다. 우리 눈도 약간 다르다. 내 오른쪽 눈의 시력이 좋다면 그녀의 오른쪽 눈의 시력이 약하고, 그 반대도 마찬가지다.

눈과 손의 조정력 검사에서 우리는 날아오는 탁구공을 잡는 테스트를 여러 번 받았다. 이 검사는 정말 재미있는 기억으로 남았는데, 규칙은 오직 한 손으로만 잡아야 한다는 것이었다. 아나이스는 한 손으로는 공을 제대로 잡지 못했다. 반면 나는 한 손으로 공을 잡았다. 왼손으로 받든, 오른손으로 받든 전혀 머뭇거리지도 않았다. 사실 그리 놀라운 일은 아니다. 나는 오빠들 덕분에 소프트볼과 농구 같은 운동을 하며 자랐다. 반면에 아나이스는 승마와 발레만 했다.

그리고 한 가지 더. 아시아 사람들은 죄다 수학을 잘한다고 생각하는 사람들이 있다. 그런 편견을 깨주는 검사 결과가 여기 있으니 참고하시길!

아나이스

나는 시걸 박사의 책과 논문을 통해 그녀가 발견한 사실들에 대해 이미 잘 알고 있었다. 나는 시걸 박사가 나와 나의 쌍둥이 자매 샘에게 보냈던 자료를 온라인으로 보고, 모든 문서를 읽었다. 나는 쌍둥이에 관해서라면 뭐든지 다 알고 싶었다. 그래서 검사할 내용에 대해서도 어느 정도 준비하고 있었다.

검사의 많은 부분이 내 모국어인 프랑스어로 쓰여 있었다. 그런데 당시 나는 런던에서 꽤 오랫동안 공부를 해왔고 영어 공부도 열심히 하고 있었다. 그래서 어휘와 쓰기 검사를 받을 때 프랑스어로 올바른 문장을 만드는 법을 잊어버려서 무척 긴장했다. 재미있게도 사람들은 내가 모국어로 더 자유롭게 말할 수 있다고 생각할 것이다!

인격 검사에 있어서 나는 같은 질문을 다른 표현으로 바꾸어 다시 묻는 걸 보고 이상하다고 생각했다. 그러한 질문들은 번역이 된 것처럼 보였고, 가끔은 정확한 의미로부터 미묘한 뉘앙스의 차이를 찾아야 하는 건지 불확실하게 느껴졌다. 아마도 생각이 너무 많았던 거 같다. 하지만 나는 확실히 이해하기 위해 영어 문구를 두 번씩 살펴보았다. 나는 요즘도 두 나라 말 사이의 번역 때문에 어찌할 바를 모를 때가 있다!

나도 기억력은 꽤 좋다고 생각했지만, 샘의 기억력이 나보다 약간 더 좋다는 사실에 놀라지는 않았다. 나는 그보다는 좀 더 시각적이었다. 하루 종일 디자인을 들여다보고 있기 때문에 그럴 듯한 결과였다. 한편 나는 내 지능검사 점수에 좀 낙심했다는 사실을 인정할 수밖에 없다. 내가 멍청하다는 사실을 알게 됐기 때문이다. 우리 프랑스 사람들이 항상 미국 사람들을 놀리기 때문에 샘은 아주 신이 났을 거다! 하지만 그건 단 한 건의 특정한 지능검사였고 게다가 미국 사람들이 만들었다. 우리는 정확한 측정을 위해 프랑스 사람이 만든 검사를 다시 받아야 한다. 나는 샘에게 재대결을 신청하는 바이다.

에필로그

epilogue

―――――――――――――

그냥 흘러가게 놓아두렴

우리가 서로를 발견한 그 순간, 우리 인생뿐 아니라 가족들 모두의 삶에 변화가 찾아왔다. 우리 부모님은 딸이 새로 생겼고, 딸들은 새 부모님이 생겼다. 우리는 부모님에게 당신들의 생각을 종이에 적어달라고 부탁했다. 우리는 부모님들의 글을 보고 큰 용기를 얻었다. 그래서 그 글을 여기에서 함께 나누고자 한다.

자크 보르디에

샘이 어쩌면 아나이스의 쌍둥이 자매일지도 모른다는 이야기를 처음

들었을 때 나는 무척 조심스러웠다. 아나이스는 원래 무슨 일이 생기면 감정의 영향을 많이 받는 아이라 딸아이에 대해 아주 잘 아는 아빠로서 아나이스가 의기소침해질까 봐 크게 실망할 일은 피하기를 바랐다.

'보통의 백인'인 나는 아시아 사람들의 얼굴 사이에서 유사성을 찾아보려고 했다. 백인들은 '저 사람들은 다 똑같이 생겼어'라고 생각하는 경향이 있다. 물론 나는 백만 명의 한국 사람들과 다른 아시아 사람들이 내 딸 주위를 아무리 에워싸고 있어도 아나이스를 알아볼 수 있다. 아나이스와 닮았다는 생각이 드는 젊은 아시아 여성을 여러 번 마주친 적이 있었다. 그중에 아나이스가 여덟 살쯤 되었을 때 본 젊은 아시아 여성이 지금도 선명하게 기억난다. 아마도 한국 출신이었던 것 같은데 나이는 열여덟 살에서 스무 살쯤 되어 보였다. 나는 아나이스가 스무 살이 되면 딱 저 모습이겠구나, 하고 생각했다. 내게는 정말 큰 충격이었다. 마치 영화를 보는 것처럼 한 사람의 미래가 투영된 모습이 내 눈 앞에 있었다. 아주 인상이 깊어서 지금까지도 그 순간을 기억한다.

내가 요전에 본 한국 영화에는 아나이스와 닮은 여배우가 나온다. 물론 내 딸과 그녀가 가족 관계일 가능성은 전혀 없었다. 그래서 우리가 샘에 대해 알게 되었을 때 나는 그녀가 아나이스와 자매 사이일 거라는 생각을 받아들일 준비가 되어 있지 않았다. 나 스스로 회의적이었으며 아나이스의 달아오른 분위기를 '식혀주고' 싶었다.

기본적으로 그런 일이 벌어질 가능성은 매우 낮다. 불가능한 일을 두고 한국에는 이런 속담이 있다. "서울에서 김 서방 찾기다." 한국 인구의 5분의 1의 성이 "김"이기 때문이다. 아나이스의 한국 성도 "김"이다. 한국 사람들도 서울에서 "김 서방"을 못 찾는데 한 명은 프랑스에, 한 명은 미국에, 이렇게 온 세상에 흩어져 있는 "김 씨 자매들"을 찾는 일이 얼마나 어렵겠는가?

아나이스가 구글에서 찾은 증거라며 샘과 아나이스가 명백하게 닮은 모습과 부산에서 11월 19일에 태어났다는 내용 등을 보여주었을 때 제법 관심이 끌렸다. 그런데 내가 찾아본 첫 번째 웹사이트에서 사만다 푸터먼은 11월 1일에 태어났다고 되어 있었다. 나는 구글 검색을 그만두고 즉시 아나이스에게 샘과 자매 사이가 아닐 수도 있다고… 보통 아빠들처럼 즉각적인 결론을 내렸다.

물론 아나이스는 계속 조사를 해보라며 나를 설득했다. 그리고 〈입양된다는 건 어떤 느낌일까…. 나는 샘〉이라는 샘의 짧은 영상을 보고 나서는 정말로 한발 물러섰다. 나는 그 비디오를 계속해서 다시 봤다. 그리고 이번에는 정말이지 진짜로 아나이스가 그렇게 느낄 만한 충분한 이유가 있다고 생각했다. 그럼에도 다음과 같은 이유로 나는 이성적으로 아나이스에게 쌍둥이가 있다는 생각을 받아들일 수 없었다.

첫 번째로 퍼트리샤와 나는 한국의 입양기관을 전적으로 신뢰했다. 그래서 아나이스가 태어난 후에 아나이스를 잘 돌봐주었다는 것과 아나이스의 생모의 상황에 대해 우리에게 전한 내용을 믿었다. 그런데 샘에 대해 들은 것과는 완전히 다른 이야기였다.

두 번째로 쌍둥이어도 입양하겠느냐는 질문을 받았을 때 우리는 당연히 입양하겠다고 대답했다. 그러므로 쌍둥이 자매가 헤어질 이유가 없었다.

세 번째로 같은 엄마 자궁 속에서 태어난 두 아기가 세상으로 흩어졌다가 다시 서로를 찾을 가능성은 무척 희박하다. 통계 전문가가 이성적으로 우리에게 보여준 자료에 따르면 유럽 복권을 사서 백만장자가 될 확률이 더 높았다.

그렇지만 지금은 합리성을 따질 때가 아니었다. 예순두 살 먹은 내 이성적 사고는 아직 그런 종류의 증거를 받아들일 준비가 되어 있지 않았다. 시간이 흐르고 매주 새로운 사실이 들려왔다. 의심과 염려에도 겉모습이 닮은 것 이상의 무언가 다른 것이 더 있었다.

아나이스는 무척 흥분했지만 나는 아나이스가 마지막 시험과 패션쇼 준비에 집중하기를 바랐다. 아직 아나이스와 샘이 쌍둥이인지 아무도 알지 못하는데 벌써 다큐멘터리 제작을 위한 자금이 모금되었다는 사실을 알고 나는 기분이 좋지 않았다. 나는 킥스타터에 대해서 들어본 적이 없었고 어떻게 운영되는지도 몰랐다. 물론 우리도 샘의 부모님처럼 기부를 했다. 그리고 많은 친구들도, 두 아이의 이야기에 감동을 받은, 누군지도 모르는 아주 많은 사람들도 기부에 동참했다. 그리고 그 이야기는 신문과 잡지, 블로그를 통해 전 세계로 퍼져나가기 시작했다.

우리는 샘이 부모님과 함께 5월에 런던에 온다는 소식을 듣고 무척 기뻤다. 우리 모두가 만날 수 있는 기회였기 때문이다. 무척 행복한 뉴스였다! 어떻게 이런 일이 가능할까? 하지만 한편으로는 '내가 이렇게 행복하기만 해도 되나' 하는 죄책감이 들었다. 샘과 아나이스가 쌍둥이 자매가 아니면 어쩌지? 나는 유전자 검사를 받게 하고 싶은 마음이 굴뚝같았다. 그래야 내 이성이 평안을 찾을 수 있을 것 같았다. 만약에 검사를 해보지 않는다면 우리가 그 인심 후한 사람들을 기만하는 것이라 생각했고 이는 나 자신과 가족 윤리에 반하는 일이었다. 그리고 몇 주 후에 우리 모두 런던으로 떠났다. 완벽한 봄은 아니었지만 무슨 상관인가. 내가 눈을 감는 날까지 나는 그때를 기억할 것이다.

내 아내 퍼트리샤는 샘과 아나이스가 실제로 만나는 모습을 지켜보았지만 나는 그러지 못했다. 거의 하루 종일 일을 하고 있었다. 그날 아내에게서 문자를 받았다.

"틀림없어요. 이제 우리는 딸이 둘이에요."

그날 저녁 나는 아내와 묵고 있는 호텔에서 저녁을 먹고 있었다. 아나이스가 샘에게 학교 구경을 시켜주고 있어서 퍼트리샤와 나는 함께 조용한 저녁 시간을 보내려고 했다. 우리는 다음 날 샘과 샘의 부모님과 오빠들을 만나 런던 관광을 할 예정이었다. 그때 갑자기 아나이스한테서 문자메시지가 왔다. 학교에서 집으로 가는 길에 잠깐 '들렀다' 가려고 한다는 내용이었다. 나는 우리의 만남을 준비할 시간이 없었다. 채 몇 분도 되지 않아 샘이 이미 친숙한 얼굴에 사랑스러운 미소를 지으면서 우리 앞에 서 있었다. 그리고 자기 자매와 똑같은 미소를 짓고 있는 아나이스가 곁에 함께 있었다.

내가 샘에게 인사를 하려고 그녀를 품에 안았을 때는 심장이 거의 멎는 것 같았다. 내 모든 합리적인 편견도 순식간에 사라져 버렸다. 나는 엄청난 일이 벌어졌음을 확인하기 위해 더 이상 유전자 검사가 필요하지 않았다. 헤어졌던 두 자매는 다시 만났다! 그 다음날 우리는 샘의 가족들과 만나 런던을 여행했다. 우리가 금세 그들과 잘 어울리다니 정말 놀라웠다. 우리에게는 또 다른 기쁨이었다.

퍼트리샤 보르디에

아나이스한테서 자기와 매우 똑같이 생기고 같은 날, 한국의 같은 도시에서 태어난 미국인 여배우에 대한 이야기를 듣자마자 나는 그녀가 아나이스의 쌍둥이 자매일 거라고 생각했다. 곧 자크와 나는 유튜브에서 사만다가 나오는 〈입양된다는 건 어떤 느낌일까…나는 샘〉을 보았다. 나는 그 순간 미국식 억양으로 영어를 말하고 있는 저 여자아이가 아나이스라고 생각했다. 나는 그 비디오를 연달아서 세 번 봤다. 깜짝 놀랐다. 같은 미소와 같은 말투, 같은 몸짓… 모든 것이 같았다. 그 특별한 순간에 나는 그 둘이 쌍둥이일 것이라고 확신했다!

런던에서 아나이스가 샘과 실제로 처음 만날 때 나는 그 자리에 함께 있었다. 아나이스가 아파트로 들어가 샘에게 다가갔다. 나는 출입문에 그대로 서 있었다. 아나이스와 샘이 서로를 응시하다가 큰 소리로 웃으며 얼굴을, 뺨을, 입술을, 손가락을 만지고 있었다…. 나는 '두 명의 아나이스'를 보고 있었다. 내가 샘을 안았을 때 둘째 딸을 안고 있는 것처럼 느껴졌다. 곧 나는 기분이 좋아졌다! 나는 남편에게 문자를 보냈다.

"이제 우리는 딸이 둘이에요."

그날 밤 로스앤젤레스에 있는 어떤 박사가 스카이프를 통해 유전자 검사 결과를 알려주기로 되어 있었다. 나는 아나이스를 위해, 그리고 샘을 위해서도 긍정적인 결과가 나올 것이라고 확신했다. 아나이스와 샘이 쌍둥이가 아니라면… 결과는 당연히 쌍둥이였다!

그다음 날 우리는 샘의 부모님과 오빠 둘을 만났다. 우리는 곧 가족처럼 느껴졌다. 우리는 비슷한 감정을 많이 공유했다. 그 가운데 두 딸이 함께 무척 행복해 하는 모습은 보며 느끼는 기쁨이 가장 컸다.

저드 푸터먼

2013년 2월 21일, 사만다가 내게 문자를 보냈다. "아빠, 쌍둥이?" 사만다와 이야기를 나눈 다음에야 한국 부산에서 1987년 11월 19일에 태어난 한 젊은 여성한테 연락을 받았다는 사실을 알게 되었다. 사만다와 태어난 날짜와 장소가 똑같았다. 사만다는 아직 이 젊은 여성과 이야기를 해보지는 않았지만 사진을 보고 내게 문자를 보낸 것이었다.

딸아이와 이야기를 나누면서 나는 온몸에 소름이 돋았다. 이게 정말 가능한 일일까? 아름다운 스물다섯 살짜리 내 딸아이한테 이 세상 어딘가에 진짜 쌍둥이 자매가 있다는 건가? 오, 세상에 이런 일이 벌어질 수도 있는 걸까?

며칠 후 사만다는 자신의 쌍둥이 자매일 수도 있는 아나이스한테서 사진을 받기 시작했다. 내게는 내 딸아이한테 쌍둥이 자매가 있다는 것이 명백해 보였다. 그 여자아이는 영국에 살고 있었다. 내가 무슨 말을 더 할 수 있을까? 사만다와 같은 피를 나눈 누군가를 만나다니, 정말 굉장했다.

모두 유전자 검사 결과가 나올 때까지 "조심하라"고 말했다. "너무 큰 기대를 하지는 마." 하지만 나는 아니었다. 나는 영국에 있는 이 아름다운 젊은 여성이 사만다의 쌍둥이 자매이자 나의 또 다른 딸이라는 걸 대번에 알았다.

사만다는 아나이스와 그녀의 부모님을 만나러 가기 위해 런던 여행을 계획했다. 나는 내 새로운 딸과 그녀의 엄마, 아빠를 하루라도 빨리 만나고 싶어서 견딜 수가 없었다. 우리 모두에게, 그리고 누구보다도 사만다와 아나이스에게 이런 일이 벌어지다니 얼마나 신나는 일인가? 런던에 도착한 뒤 우리는 기차를 타고 호텔에서 한 블록 떨어진 곳까지 갔다. 밤 11시 30분이었고 우리는 완전히 녹초가 됐다. 호텔로 가고 있을 때 놀랍게도 사만다가 뛰어나와 재키와 매튜, 나를 안았다. 그때 진짜 사만다가 호텔에서 나왔다. 나는 두 번을 들여다본 후에야 나를 처음에 껴안은 이 아름답고 사랑스러운 여자아이가 사만다가 아니라 아나이스라는 사실을 깨달았다. 이런 세상에나!

첫 만남 이후에 나는 아무도 상상할 수 없는 사랑으로 내 또 다른 딸을 사랑하는 법을 빠르게 익혀나갔다. 내 딸들은 아름답고, 똑똑하고, 사랑스럽고, 매력이 넘치고, 게다가 재미있었다. 그들은 이 세상 모든 아빠들이 꿈꾸는 최고의 딸이었다.

런던에 도착한 바로 다음날, 우리는 지구상에서 가장 아름다운 두 사람, 퍼트리샤 보르디에와 자크 보르디에, 바로 아나이스의 부모님을 만났다. 다정하고 따뜻하며 매력적이고 멋진 두 사람이었다. 자크와 퍼트리샤가 아나이스의 진짜 부모라면 재키와 나는 아나이스에게 또 하나의 부모라고 생각했다. 지금까지도 나는 하나님이 내게 오셔서 이 놀랍고 멋진 세 사람을 주셔서 사만다와 나의 온 가족이 완전한 행복을 누리게 해주셨음을 안다.

재키 푸터먼

바보 같은 소리라는 건 알지만 나는 우리가 아나이스를 만나기 전에 그녀에 대한 책임감을 느꼈다. 나는 아나이스가 행복한 유년기를 보냈을지, 아나이스의 부모님을 내가 좋아할지 걱정했다. 사람으로서 '좋아하는' 것이 아니라 지금까지 어떤 부모님이었는가라는 면에서 부모님으로서 '좋아한다'는 뜻이다. 내가 슈퍼맘이나 그 비슷한 사람이었던 것처럼 말이다. 퍼트리샤도 우리에 대해서 비슷한 말을 했던 것 같다. 저드와 나는 샘과 아나이스가 "쌍둥이로서 우리에게 다가오면" 그들을 우리의 쌍둥이로 받아들이기로 동의했었다. 설명하기는 좀 어렵지만 나는 이미 아나이스가 내 딸인 것처럼 느껴졌다.

아나이스와 샘과 처음으로 함께 시간을 보내면서 아나이스가 늘 알고 지내던 사람처럼 느껴졌다. 아나이스의 웃음과 보디랭귀지, 유머감각, 목소리 등등 모든 면이 샘과 아주 많이 비슷했기 때문이다. 나는 금세 아나이스를 좋아하게 되었고 아주 빨리 사랑하게 되었다. 내가 샘에게 느끼는 감정이 아나이스한테로 확장된 것 같았다. 그렇지만 우리가 런던에서 집으로 돌아왔을 때 나는 아나이스를 실제로는 만나지 않은 것처럼 느껴졌다. 아나이스와 샘이 늘 함께 있었고 사람들이 너무 많아서 우리는 아나이스하고만 시간을 보내지 못했다. 그래서 나는 샘을 아나이스에게 넘겨주기만 하지 않았나 하는 생각이 들었다.

아나이스가 뉴욕에 왔을 때, 저드와 나는 함께 시간을 보내게 되었다. 아나이스와 이야기를 나누고 의견을 들었다. 나는 이제 두 아이들 사이에 비슷한 점뿐 아니라 차이점에 대해서도 잘 안다. 이제는 각자의 개성이 더 잘 보인다.

나는 자크와 퍼트리샤와 서로 교류를 하면 할수록 그들이 더 좋아졌다. 우리 부모들은 낯설고 이상한 입장에 놓여 있다. "사돈"과 같은 용어가 우리에게는 없다. 내 딸이 자매인 아나이스와 맺고 있는 관계에 대응하여 우리와 맺고 있는 관계에 해당하는 용어도 없다. 자크와 퍼트리샤는 그냥 새로 사귄 친구가 아니다. 그들은 내 딸의 자매의 인생에서 매우 중요한 사람들이다. 그리고 내 딸의 자매는 내 딸의 인생에서 아주 중요한 사람이 되었다. 더 넓게 보면 우리는 모두 서로에게 정말 중요한 사람이 되었다. 나는 우리 네 사람의 부모가 또 하나의 딸과 우리들 각자에 대해 책임감을 가지고 있다는 걸 안다. 이 모든 것이 인터넷 덕분이다. 우리 모두를 한자리로 불러 모아 함께 있게 해주었다.

사만다

나는 아나이스에 대해 알게 됐을 때 정신적 붕괴를 경험할 수도 있었다. 나는 인생의 의미에 대해 고민하고 깊은 우울감에 빠질 수도 있었다. 쌍둥이를 떼어놓는 엄마라니 얼마나 잔인한가? 내 짐작이기는 하지만, 자기가 저지른 일이 훗날 절대로 밝혀지지 않기를 바라면서 말이다. 생모는 절대로 그렇지 않기를 바랐겠지만 나는 결국 내 남은 인생 동안 함께 행복하게 지낼 누군가를 찾았다. 이것이 요점이다. 나는 선물을 받왔고 밝은 면을 보기로 결정했다. 나는 쌍둥이 자매가 자신들의 의사와 상관없이 헤어졌다는 부정적인 상황을 무언가 긍정적이고 창조적인 것으로 바꾸려 한다.

나는 입양되었다는 사실에 슬퍼하고 의문을 가지며 부정적인 면에 초점을 맞추는 어린 입양아들을 아주 많이 본다. 그들은 버려졌다는, 거부당했다는 느낌에서 벗어날 수가 없다. 그렇지만 태어나지 않았다면 그들이 이 지구상에 있을지, 없을지 누가 알겠는가? 그들이 곁에서 부모님과 가족들, 친구들에게 행복을 줄 수 있는지 누가 알겠는가?

나는 우리가 헤어지지 않았다면 아나이스와 나의 삶이 어땠을지 상상할 수도 없다. 우리가 한국에서 함께 자랐을까? 사람들이 우리를 하나로 보고 "그들" "쌍둥이들" "그 여자애들"이라고 하기 때문에 우리가 서로를 미워했을까? 우리가 패션 디자이너와 여배우가 될 수 있었을까? 우리가 크루아상과 치즈를 좋아했을까? 그렇지만 무엇보다도 중요한 건 퍼트리샤 아주머니와 자크 아저씨가 그들의 남은 인생 동안 사랑하며 돌볼 딸을 갖게 됐을까, 하는 것이다.

나는 아나이스가 없는 퍼트리샤 아주머니와 자크 아저씨를 상상할 수조차 없다. 아나이스는 그분들의 자랑이며 기쁨이다. 그냥 보면 안다. 아나이스가 그들에게 인생에 의미를 주었다. 나는 언젠가 미래에 친자식을 낳고 입양도 해서 자녀를 키울 수 있기를 소망한다. 나는 이 세상의 모든 좋은 것들을 자식들에게 가르치며 인생을 살고 싶다. 나는 아이들을 데리고 다니며 운동하는 모습과 학예회 하는 모습을 지켜보고 스키 타는 법을 가르치고 싶다. 그리고 내가 없다면 우리 부모님은 어땠을까?! 부모님에게는 아무것도 없었을 것이다. 부모님이 안 계셨다면 나 역시 아무엇도 아니었을 것이다.

나의 부모님은 놀라운 분들이다. 이 세상 어느 누구도 그 모든 사람들을 차에 태우고 추수감사절 동안 뉴욕 시내 전체를 헤집고 다니며 레스토랑과 쇼, 유적지, 공항을 왔다 갔다 할 수 없을 것이다. 신경 써야 할 사람들이 너무 많았지만 우리 부모님은 헌신적으로 모든 사람들을 대했다. 내 부모님들의 베푸는 마음은 이해할 수 없을 정도로 넓고도 크다. 부모님은 나에게 사랑하는 사람들을 위해서 할 수 있는 건 뭐든지 다 하라고 가르쳤다. 말로 이래라, 저래라 가르친 적은 한 번도 없었고 오직 행동으로 보여주었다.

나는 부모님이 가족과 친구들을 위해 했던 것처럼 나도 그들을 돌보고 사랑할 수 있기를 바란다. 나는 엄마가 곁에 없을 때 늘 엄마를 그리워한다. 엄마는 가끔 날 귀찮게 할 때도 있지만, 나는 엄마를 그 누구보다도 사랑한다. 엄마는 사람들을 대하는 법과 닭고기 요리를 만드는 법을 가르쳐주었다. 나의 슈퍼 히어로, 나의 엄마는 모든 걸 해낼 수 있는 분이다.

아나이스

나는 외동딸로 자랐다. 그런데 자매가 생겼다. 나는 쌍둥이다! 학교를 졸업했을 때, 내 안에 있는 고민들로 혼자 폭발했을 때, 나의 정체성을 확립해나갈 때, 이렇게 25년 인생을 살면서 이런 일이 생기리라고 기대해본 적이 없었다. 정말로 우연히 쾰상에 의해 모든 것이 바뀌었다. 졸업 후에 나는 세상 어디든 내가 가고 싶은 곳으로 갈 수 있었다. 사실 내 분야는 전 세계의 멋지고 큰 도시에서 살 수 있는 완벽한 선택이었다. 그러다 우연히 면접을 보았고 지금의 일자리를 얻어 집이 있는 파리로 오게 되었다. 내가 다시 돌아오려고 의도한 건 아니었지만 때로는 어디로 이끌리든 마음을 비우고 일이 흘러가게 놓아둘 필요도 있는 것 같다.

어떤 면에서 부모님이 가까이에 계시는, 집이 있는 곳으로 간다는 사실에 편안함을 느꼈다. 어쨌든 바로 지난해에 이런 일이 있었고 그때 나는 부모님 가까이에 있어야겠다고 생각했다. 나는 가족이 얼마나 중요한지 깨달았다. 샘을 찾아낸 뒤로 일어난 모든 일에 나는 오랫동안 충격받았던 것 같다. 너무 심오하게, 아주 갑자기 인생이 바뀌면 뭔가 친숙한 것이 필요하다. 그 격변이 얼마나 행복을 불러오는지에 상관없이 약간의 질서가 필요하다.

샘한테 오빠가 있다는 사실을 알았을 때 나는 질투가 나지 않았다. 오빠가 있으면 어떤 기분일까 궁금하기는 했다. 특히 자기는 입양되었지만 오빠는 부모가 직접 낳은 친아들일 경우에는 기분이 어떤지 더욱 호기심이 일었다. 나는 샘한테 오빠가 있어서 매우 기뻤지만 그렇다고 해서 내가 부족하다고 느끼지는 않았다. 그들은 샘 인생의 일부였다. 거기다가 그들은 이제 내 오빠기도 하다. 샘의 부모님도 내 가족이다. 어쩌면 삼촌이나 이모 비슷한 관계일지도 모른다. 그분들은 내 부모님이 아니다. 그분들은 샘의 부모님이다. 정말 놀라운 건 모두 같은 편이라는 사실이다.

샘을 찾은 뒤에도 나는 샘이 없었던 25년이라는 내 인생의 전반부 중 그 어느 것도 바꾸고 싶은 마음이 없었다. 아무도 나보다 더 훌륭한 부모님을 가질 수는 없다. 그냥 불가능하다. 내 부모님은 내가 하는 모든 걸 지지해준다. 부모님은 나를 데리고 여러 번 세계 여행을 했고 절대로 나를 뒤처지게 하는 한계를 두지 않도록 격려했다. 부모님은 누가 뭐래도 프랑스 사람이지만 영혼과 정신은 세계인이다. 부모님은 세상 모든 다양한 문화와 언어, 종교, 정치 그리고 사람들을 품었다. 그리고 나도 그렇게 하라고 가르쳤다. 부모님은 나를 아무런 조건 없이 사랑하고 나는 그분들을 사랑한다.

아주 드물게, 아주 잠깐 동안 나를 낳아준 여성에 대해 생각한다. 나는 그녀가 어떻게 생겼는지, 혹은 어떤 사람인지 어떻게 상상해야할지 모른다. 그녀는 몇 살일까? 다른 아이들을 낳아서 키우고 있을까? 정말로 벼농사를 짓는 데서 일했을까? 아직도 부산에 살고 있을까? 나는 생모의 사연을 밝혀내는 데 별 관심이 없지만 대한사회복지회에서는 그녀에 대해 조금 더 조사를 했다.

저마다 나와 샘이 어떻게 헤어지게 됐는지에 대해 의견을 내놓는다. 나도 우리가 왜 헤어지게 되었는지에 대해 나만의 이론이 있다. 우리는 로봇이나, 우주에서 보낸 복제인간일 수도 있다. 거기에서부터 시작하자면 이 이야기는 무엇이든 될 수 있다. 가장 간단한 이야기에서부터 가장 복잡하고 극적인 이야기까지 모두 될 수 있다. 한때는 내가 왜 버려졌는지 알아야 한다고 생각했다. 하지만 이제는 샘이 여기에 있다. 그러니 더이상 아무 것도 중요하지 않다. 사만다와 나는 한때 같은 이야기 속에 살다가 헤어졌다. 그리고 지금은 함께 행복하게 살면서 더 앞으로 나아갈

수 있다. 우리는 정말로 과거를 돌아볼 필요가 없다. 친부모에 관해서라
면 그건 그들의 이야기다. 우리의 이야기가 아니다.

사만다로부터

다큐멘터리 제작진들에게(카노아 구, 라이언 미야모토, 리사 아렌다스키, 아일린 드노빌, 마이클 알렌, 야마토 시부카, 토마스 유, 마리 루리온, 제나 우쉬코비츠, 제프 콘지글리오, 댄 매튜, 스티브 브라운): 내 곁에 딱 붙어서 내가 긴장을 잃지 않게 해주고 언제나 믿어주어서, 이 말도 안 되는 모험의 일부가 되어줘서 고마워.

카노아 구, 그 어떤 순간에도 내가 현실에 발을 딛고 나를 지킬 수 있게 해줘서 고마워.

라이언 미야모토, 나와 여행을 같이 해주고 지원을 아끼지 않아줘서 고마워. 아무도 너를 대신할 수는 없어. 영원히 사랑할 거야.

리사 아렌다스키, 회계부터 청소까지 그 사이에 있는 모든 일들을 도와주고 지원해줘서 고마워. 네 덕분에 내가 지금까지 살아 있는 거야.

스콧 무어, 퀠상 도르지 돈사르, 제임스 이, 저스틴 전, 렐러티버티 미디어Relativity Media, 로렌 아르프스, 케빈 우: 당신들이 없었으면 나는 결코 내 쌍둥이 자매 아나이스를 만나지 못했을 거야. 우주가 우리를 이렇게 함께 불러 모은 이유를 이제야 알겠어.

벤 소머즈, 강신혜, 김수주 그리고 정 수: 지금까지 알아봐준 모든 정보와 나를 위한 지원들은 내 인생을 바꾸어놓았어요.

아일린 드노빌: 오랜 시간 동안 나를 보호해주고 언제나 내 옆에 있어줘서 고마워. 처음부터 내 재능을 키워주고 오늘날의 나를 있게 해준 최대의 은인이야.

위탁모 김신자님께: 내가 태어난 순간, 그리고 내 인생의 가장 중요한 순간에 나를 키워주셔서 정말 고맙습니다. 당신이 안 계셨더라면 나는 절대로 살아남을 힘과 영양분을 공급받지 못했을 거예요.

엄마와 아빠에게: 백만 배, 억만 배만큼 두 분을 사랑합니다. 두 분이 안 계셨더라면 나한테는 아무것도 없었을 거예요. 엄마, 엄마는 내 인생의 영웅이에요. 엄마가 내게 준 용기와 사랑은 내가 지금 여기에 서 있을 수 있는 힘이에요. 내 손을 잡아주고, 스프에서 당근도 빼주고, 내 꿈을 이루게 해주셔서 고마워요. 아빠, 아빠는 지금의 내 모습처럼 주관이 뚜렷한 여성이 되도록, 가족을 넘어 앞으로 더 나아갈 수 있도록 가르쳐주셨어요. 나를 언제나 믿어주고 이 세상에서 내가 되고 싶은 것은 무엇이든지 될 수 있음을 깨닫게 해주셔서 감사합니다.

매튜 오빠와 앤드류 오빠: 비디오 게임을 하고, 길에서 스틱 볼 놀이를 하고, 차에 구겨 타고 메인 주까지 놀러가고, 한데 똘똘 뭉쳐서 부모님한테 장난을 치던 그 모든 세월 동안 오빠들은 내 보호자였고 내 가장 친한 친구였어. 성가실 때도 있지만 오빠들은 최고야. 사랑해.

할머니, 고모부 밥, 고모 조, 질, 조나단, 제세, 톰, 외삼촌 칙, 외숙모 낸시, 로라, 신디, 리차드, 외삼촌 대니, 외숙모 조앤, 레이첼, 맥스 그리고 제레미: 지금의 나를 이렇게 열정적인 사람으로 만들어줘서 고마워요. 모두 사랑해요. 그 오랜 세월 동안 제게 하누카 노래를 억지로 부르게 하지 않았다면 유튜브에서 제 자신을 드러낼 만큼 적극적인 사람이 될 수는 없었을 거예요.

퍼트리샤 아주머니와 자크 아저씨: 저를 한 가족으로 받아주시는 두 분을 보며 사랑의 의미를 더 깊이 이해하게 되었습니다. 제 친자매 아나이스를 사랑해주셔서 감사합니다. 사랑합니다. 그리고 푸아그라와 와인 그리고 디저트, 끝없이 이어지는, 가족으로서 함께 나누는 저녁 식사를 기대합니다.

아나이스에게: 나는 언제나 내 인생에서 일어날 수 있는 모든 가능한 사건에 대해서 생각했었어. 너를 만나게 되다니, 한 번도 상상해본 적이 없던 일이었어. 우주가 우리를 서로에게로 이끌어주고, 우리가 함께 있기를 정말로 원했기에 가능한 일이야. 그렇지만 네 용기가 없었다면, 네가 미지의 세계를 기꺼이 탐험하고자 마음먹지 않았다면 나는 너의 존재를 모른 채 인생을 살아갔을 거야. 그랬다면 행복이 진정으로 의미하는 바가 무엇인지 절대로 깨닫지 못했겠지. 너는 내가 세상을 무한한 가능성이 있는 곳으로 볼 수 있도록 시야를 넓혀주었고 끊임없이 모든 것은 선하다는 사실을 일깨워주었어. 포옹이든, 이모티콘이든, 그저 네가 이 세상에 살아 있음을 알려주는 것만으로도 너는 내게 위안을 주고 인생이 주는 어떤 도전도 감행할 수 있는 힘을 줘. 내게 진정으로 인생과 사랑, 행복 그리고 가족의 의미를 깨달을 수 있는 기회를 줘서 고마워. 나는 네가 없으면 아무것도 아니야. 사랑해. 팜.

리사 퓰리처: 우리 경험을 진정으로 이해해줄 사람은 이 세상에 거의 없습니다. 당신은 친절하고 영감을 불어넣어주는 여성입니다. 우리 이야기를 세상에 내놓는 데 이보다 더한 도움을 줄 사람은 아무도 없을 것입니다. 우리 가족의 일원이 되어주셔서, 그리고 우리의 생각을 충분히 펼칠 수 있게 해주셔서 감사합니다.

마사 스미스: 당신과 리사는 이 프로젝트의 첫째 날부터 우리와 함께 해왔어요. 당신의 노고와 헌신에 큰 감사를 드립니다.

시걸 박사: 우리가 더 바랄 수 없을 정도로 우리를 위해 많은 걸 해주셔서 감사합니다. 유전자 검사를 비롯해 많은 것들을 진행해주신 은혜는 세상 끝 날까지 잊지 못할 것 같습니다. 당신은 이 세상의 귀중한 자산이며 개인적으로는 우리의 친구입니다.

스펜스-채핀 입양기관, 홀트아동복지회, 킥스타터, 굿모닝아메리카, 삼성, 페이스북스토리스, 유튜브 그리고 IKAA: 여러분은 우리의 모든 꿈이 실현될 수 있도록 도와주었습니다.

우리에게 생명을 주신 분들: 생명이 잉태하려면 두 분이 필요합니다. 우리에게 생명을 주셔서 무척 기쁩니다. 우리는 언제나처럼 행복합니다. 감사합니다.

킥스타터 후원자 분들: 여러분 덕분에 아나이스와 저는 다시 만날 수 있었습니다. 여러분의 호의와 기부는 우리가 처음으로 직접 대면하는 순간, 우리가 같은 방 안에 서 있을 수 있게 해주었습니다. 우리를 믿어주시고 우리의 여행에 함께 해주셔서 감사합니다.

아나이스로부터

켈상 도르지 단사르 또는 "신의 손"이라 불리는 이에게: 당신은 언제나 내게 패션계 스승으로 남아 있을 거예요. 내게 모든 기법을 알려주고 때로는 훌륭한 요리사가 되어 나를 잘 돌봐주었어요. 당신은 이 세상에서 가장 마음이 넓고 헌신적인 사람입니다. 당신의 유튜브 중독에 대한 고마움을 영원히 잊지 않을 거예요. 사랑합니다.

마리 루일론과 굉장한 제이스 워너, 내 가장 친한 친구이자 룸메이트로서 모든 정신적인 지원과 음식, 청소, 음악, 아파트를 같이 쓰면서 함께 만든 환상적인 추억까지 모두 고마워. 그리고 또 다른 룸메이트 로리 크로포드와 라파 빌라로 보스의 기이한 인터넷 검색 기술과 샤워 중에 부르는 오페라도 잊지 못할 거야. 그리고 이전 룸메이트였던 마차시와 패트릭, 올리버에게도 감사 인사를 전할게.

내 심장 같은 친구이자 남동생 조나단 듀브릴과 그의 엄마 앤 아주머니: 우리는 꼬마일 때부터 서로 알고 지내왔어. 조나단, 너는 일을 마치고 런던 반대편 끝에서부터 내 자매 샘을 만나러 와줬어. 네 덕분에 나는 굉장한 사람들을 만났어. 네가 나와 내 자매 샘을 위해 함께 있어주었듯이 언제나 너를 위해 곁에 있을게.

윌리엄 반 힌루펜: 모든 것이 시작될 때 당신에 대해서는 거의 아는 것이 없었지만 당신은 처음부터 나를 위해 곁에 있어 줬어요. 내가 손톱을 물어뜯고 이를 갈아도 놀라서 도망가지 않아서 고마워요. 내게 무척 큰 의미인 이 프로젝트를 날마다 지원해주어서 고마워요.

루카스 글로펜, 너는 모든 것들이 한데 섞이고 모이던 그 순간, 버스에 같이 있어줬어. 첫 번째 트윗을 보내 샘의 관심을 끌어 준 막상 패러쉐, 힘을 주며 인내심을 가지고 참아준 파비안 폰얀. 너희들의 도움이 없었다면 이번 여행은 절대 시작도 못했을 거야.

이제원과 제니퍼 리, 내게 한국 문화와 모든 한국 음식, 케이-팝을 알려줘서 고마워. 그리고 무엇보다 내가 한국을 자랑스럽게 여기게 해줘서 고마워.

저스틴 전과 케빈 우, 유명 배우여서 그리고 샘과 영화를 찍어 줘서 고마워. 리사 아렌다르스키! 토마스 유, 라이언 미야모토, 카노아 구, 제임스 이, 샘의 친구들, 나를 인정해주고 내가 당신들의 삶에 들어갈 수 있게 해줘서 고마워. 그리고 우리 여행의 일원이 되어준 것도 고마워. 나는 우리가 언젠가 만나서 친구가 될 수 있기를 바라. 왜냐하면 너희들은 금처럼 영원히 변하지 않을 보물이니까.

아나이스 를롱과 찰스: 변함없는 나의 '입양아' 언니가 되어주고 심장 같은 형제가 되어줘서 고마워.

재불한인입양인협회, 프랑크 르로이, 홀트아동복지회, 우리가 한국에서 많은 것을 찾고 조사하는 데 도움을 줘서 무척 감사합니다.

문 의수님, 내가 갓난아기였을 때, 위탁모로서 나를 아주 잘 돌봐주셔서 정말 감사합니다. 내 인생에서 처음으로 나를 사랑해준 사람은 분명히 당신일 것입니다. 그러므로 당신은 내게 가장 소중한 사람 중에 하나입니다.

푸터먼 온 가족 여러분: 여러분은 굉장한 사람들입니다. 내 부모님과 나를 여러분의 집에서 한 가족으로 환영해주고 받아들여주어서 집에서 아주 먼 곳에 있었는데도 마치 우리 집에 있는 것처럼 편안했습니다.

재키 아주머니와 저드 아저씨, 내 '동생'에게 훌륭한 부모님이 되어주셔서 감사합니다. 샘과 늘 함께 있어주시고 좋은 길로 인도해주셔서 감사합니다. 지금의 샘을 만날 수 있게 해주셔서 얼마나 기쁜지 이루 말로 표현할 수가 없습니다. 감사합니다.

앤드류와 매튜, 나한테도 오빠가 둘이나 생겨서 너무 기뻐. 십 대 시절로 돌아간 것 같아. 오빠들에게 착한 여동생이 될 수 있으면 좋겠어.

할아버지, 할머니 가스통 보르디에 옹과 마드렌느 보르디에 여사님, 벌써 세상을 떠나셨지만 지금 계신 곳에서 분명히 우리를 보고 계실 거예요. 제게 아빠를 주셔서 감사합니다. 그리고 외할아버지, 외할머니 자크 바흐 옹과 시몬느 바흐 여사님, 제게 엄마를 주셔서, 멋진 외삼촌 질 바흐 신부님을 주셔서 감사합니다.

엄마, 아빠, 내가 무엇을 하든 제 부모님이 되어주시고 돌보아주시고, 또 위로해주시고 가르치고 먹여주고 놀아주고 사랑을 듬뿍 쏟아주셔서 감사합니다. 엄마는 언제나 나를 너그럽게 이해해주셨어요. 아빠, 늘 내가 더 앞으로 나아가고 내 한계를 뛰어넘을 수 있게 해주셔서 감사해요. 그리고 내가 바라는 건 무엇이든 할 수 있다는 걸 몸소 보여주셔서 고마워요. 제가 영어를 배우게 하시려고 침대 옆 테이블에 《해리포터》 책을 올려놔 주셨죠? 아빠, 엄마, 제가 미술을 공부하고자 하는 열정을 따르겠다고 했을 때 그리고 내 인생을 바꿔준 런던에서 공부를 하겠다고 했을 때 그 결심을 지원해주셔서 감사해요.

내 혈육, 내 자매 아나이스: 내가 어렸을 때 그리워했던 사람이 너인지, 아닌지 절대로 알지 못했을 거야. 그렇지만 언제라도 매일 나를 가장 행복한 사람으로 만들어줄 사람이 이 세상에 어딘가에 있다는 느낌이 들었어. 그 많은 세월이 지난 후에 우리가 서로를 찾았다는 사실이 내게 위안이 돼. 우리가 결국에는 만나게 되어 있었다고 나는 믿고 싶어. 꿈도 꾸지 못했던 방식으로 이렇게 갑자기 변한 우리 인생이 나는 무척 고마워. 우리가 SNS에서 어쩌다 서로를 발견하게 됐다는 사실에 날마다 깜짝깜짝 놀라지 않을 수가 없어. SNS가 우리 삶에 가져다준 사랑이 너무 고마워. 매일 만나는 너의 기쁨과 열정, 농담 그리고 메시지는 매일 받는 선물 같아. 내 동생, 네가 여기 있어서 나는 이제 아무것도 두렵지 않아.

사만다와 아나이스로부터: 스티브 로스, 케리 콜렌, 엘렌 길버트, 레이첼 알트만, 도미나 올벡, 빅토리아 쉐퍼, 파멜라 피셔, 그리고 에릭 서든슨, 우리 팀이 되어주고 언제나 이 모든 무모한 일에 대한 우리의 결정을 지지해줘서 고마워. 우린 최고의 팀이야.

킨드러드 입양 재단

킨드러드 입양 재단은 2014년 사만다 푸터먼이 설립한 미국 재단이다. 사만다와 아나이스의 재회가 전 세계적으로 주목을 끌었을 때 사만다는 동료 입양인들로부터 수없이 많은 이야기를 들었다. 사만다는 함께 나눌 가치가 충분한 모든 이야기들을 들으며 다양한 상황 속에 있는 입양인들을 돕고 싶다는 열망이 생겼다.

킨드러드는 국내외 입양인들과 그들의 가족들(입양으로 맺어진 가족과 친가족 모두)을 대상으로 다시 만나기를 희망하는 이들을 위한 여행과 통역, 심리 상담 서비스의 제공을 계획하고 있다. 이를 위해 접근하기 쉬운 직통 전화와 예술에 대한 소개, 예술적 표현의 장려 그리고 위탁 양육되거나 정부 시설에서 살고 있는 고아들을 돕기 위해 모국에 정착하는 프로그램 등을 계획 중이다. 재단의 목표는 규모와 관계없이 입양인과 그 가족들이 안정과 행복을 찾을 수 있도록 돕는 데에 있다.

사랑과 가족은 유전자를 함께 나누어 가진 이들뿐 아니라 우리 삶에 받아들이기로 선택한 사람들에게까지 확대될 수 있다.

킨드러드에 관해 더 알고 싶다면 다음을 방문하시오.

www.kindredadoption.org

www.facebook.com/kindredadoption

www.twitter.com/kindredadoption

옮긴이 정영수

연세대학교 국어국문학과를 졸업한 후 방송국에서 다수의 교육 프로그램을 제작했으며, 결혼 후 영국 스코틀랜드 에든버러로 건너가 7년간 생활했다. 영국의 문화를 직접 체험하며 문학작품 번역에 관심을 가지게 되었고 귀국 후 글밥 아카데미를 수료하고 바른번역에서 전문 번역가로 활동하고 있다.
옮긴 책으로는 《1984》《홀로코스트 마지막 기차 이야기》《아버지는 내게 이렇게 말했다》《어쩌면 나일지도 모르는 코끼리를 따라서》《엄마를 나누기는 싫어요!》《통통공은 어디에 쓰는 거예요?》가 있다.

어나더 미

우리는 왜 기적이어야 했을까

초판 1쇄 펴낸날 2015년 5월 1일

지은이 아나이스 보르디에, 사만다 푸터먼
펴낸이 정구철
옮긴이 정영수
기획이사 최만영
편집장 김진형
책임편집 유승재
디자인 규
마케팅 박영준 | 영업 관리 김효순
제작 김용학 김성수

펴낸곳 (주)한솔수북
출판등록 제2013-000276호
주소 121-896 서울시 마포구 월드컵로 96 영훈빌딩 5층
전화 02-2001-5819(편집) 02-2001-5828(영업)
전송 02-2060-0108
전자우편 isoobook@eduhansol.co.kr
책담 블로그 http://chaekdam.tistory.com
책담 페이스북 https://www.facebook.com/chaekdam

ISBN 979-11-85494-98-2 03840

책담 그대를 위한 세상의 모든 이야기